聖教ワイド文庫 051

人間革命

第2巻

池田大作

聖教新聞社

目次

一、本書は、聖教新聞社発刊の『池田大作全集 144』に収められた「人間革命」の中から第2巻を収録した。

一、御書の御文は、『新編 日蓮大聖人御書全集』（創価学会版、第二七八刷）、法華経の経文は、『妙法蓮華経並開結』（創価学会版、第二刷）に基づき、（御書〇〇ページ）、（法華経〇〇ページ）と示した。

一、本文中の引用文献は（ ）で数字を付し、巻末に参考文献とともに文献名をあげた。

一、＊印を付した語句の解説は巻末の注解にまとめた。□内の数字は、本書のページ数を表す。

人間革命 第2巻

装画　東山魁夷

挿画　三芳悌吉

幾《いく》山《さん》河《が》

一九四六年（昭和《しょうわ》二十一年）の九月下旬《げじゅん》——。

北関東《きたかんとう》の山々《やまやま》は、既《すで》に秋《あき》たけなわであった。

農家《のうか》の庭《にわ》の柿《かき》は色《いろ》づき始《はじ》め、路傍《ろぼう》には、薄紫色《うすむらさきいろ》の野菊《のぎく》や、さまざまな秋の草花《くさばな》が咲《さ》き薫《かお》っていた。風《かぜ》に揺《ゆ》れるススキの穂《ほ》も、秋の到来《とうらい》を告《つ》げていた。

戸田城聖《とだじょうせい》ら一行《いっこう》七人は、朝早《あさはや》く、栃木県《とちぎけん》那須郡《なすぐん》の黒羽町《くろばねまち》を発《た》ち、徒歩《とほ》で両郷村《りょうごうむら》に向かっていた。

那珂川《なかがわ》に沿《そ》って北《きた》に向かい、途中《とちゅう》で、一行は、街道《かいどう》を右《みぎ》にそれて、山道《やまみち》に入《はい》った。

傾斜《けいしゃ》は緩《ゆる》やかだが、石《いし》ころの多い田舎道《いなかみち》であった。

那須高原《こうげん》に近《ちか》い、この地方《ちほう》は、右にも左《ひだり》にも、山々の峰《みね》が重《かさ》なっている。北西《ほくせい》は、那須火山群《なすかざんぐん》の山々《やまやま》である。その中央《ちゅうおう》は、活火山《かつかざん》の茶臼岳《ちゃうすだけ》だ。峰《みね》からは、白《しろ》い煙《けむり》が、かすかに上《のぼ》っていた。

空《そら》は澄《す》んでいた。山脈《さんみゃく》の陰影《いんえい》も、濃淡《のうたん》を表《あらわ》している。なかには、既《すで》に黄《き》ばみかけた木々《きぎ》もあった。

山は、急《いそ》ぎ足《あし》で秋《あき》の半《なか》ばを迎《むか》え、今、装《よそお》いを変えようとしているのであった。

静《しず》かだ。平和《へいわ》だ。

*杜甫《とほ》の「春望《しゅんぼう》」の詩《し》が、戸田《とだ》の心《こころ》に思《おも》い浮《う》かんだ。

「国破《やぶ》れて山河《さんが》在《あ》り
城春《しろはる》にして草木深《そうもくふか》し
時に感《かん》じては花《はな》にも涙《なみだ》を濺《そそ》ぎ
別《わか》れを恨《うら》んでは鳥《とり》にも心を驚《おどろ》かす……」(1)

ここは城ではない。春でもない。今は秋だが、「草木深し」とは、確《たし》かに実感《じっかん》であった。

一行《いっこう》は、しきりに空を仰《あお》ぎ、山を眺《なが》め、喜々《きき》として、遠近《おちこち》の風物《ふうぶつ》に目をやりながら歩《ある》いていた。

真《ま》っ赤《か》な葉鶏頭《はげいとう》、紅紫《べにむらさき》の小花《こばな》をつけた萩《はぎ》、丈高《たけたか》く伸《の》びたエゾ菊《ぎく》……。

焼《や》け野原《のはら》の東京人《とうきようじん》の目には、絵《え》よりも美《うつく》しく感《かん》じられた。

遠《とお》い山々《やまやま》の峰《みね》は、近《ちか》くの山に隠《かく》れてしまった。柿《かき》の実《み》や、イガをつけた栗《くり》の実が、目に入《はい》ってきた。都会育《とかいそだ》ちのある人は、「栗だ」「柿だ」と、大発見《だいはっけん》でもしたように、指《ゆび》をさし、子《こ》どものように、はしゃいでいた。

戸田城聖《とだじようせい》の表情《ひようじよう》は、国破《やぶ》れた日本の山河《さんが》に、やがて永遠《えいえん》の楽土《らくど》を築《きず》くために、今、力強《ちからづよ》く歩いているのだという自負心《じふしん》に輝《かがや》いていた。

一行《いっこう》は、小西武雄《こにしたけお》から、八キロほどの道程《みちのり》と聞いていたが、歩き慣《な》れない田舎道《いなかみち》は、単調《たんちよう》で長《なが》く感じられた。

「ずいぶん遠いな。まだか?」

戸田は、小西に呼《よ》びかけた。

「いや、もうすぐです」

先頭《せんとう》に立つ小西は、振《ふ》り向《む》きながら言った。

「さっきから、もうすぐ、もうすぐといって、ちっとも、すぐじゃないじゃないの」清原《きよはら》かつは、小西《こにし》に向かって叫《さけ》んだ。皆《みな》も、「そうだ、そうだ」と口《くち》をそろえて攻《こう》撃《げき》した。

戸田《とだ》は、弟子《でし》たちの騒《さわ》ぎを、度の強《つよ》いメガネ越《ご》しに、慈《じ》眼《げん》を向けて楽《たの》しそうに見ていた。

彼《かれ》は、笑《わら》いながら言った。

「小西君の『もうすぐ』は、われわれと距離《きょり》の単位《たんい》が違《ちが》うようだな。道《みち》を間《ま》違《ちが》えたんじゃないだろうな。おいおい、大丈夫《だいじょうぶ》かい」

小西は、真面目《まじめ》くさって答《こた》えた。

「先生《せんせい》、まさか。ここは一本道《いっぽんみち》ですよ。大丈夫です。本当《ほんとう》に、もうすぐです」

「本当か？」

一行《いっこう》は、どっと笑った。にぎやかな笑い声《ごえ》は、静寂《せいじゃく》を破《やぶ》って、透明《とうめい》な秋空《あきぞら》に消《き》えていった。

戸田は、夏服《なつふく》を着《き》ていた。洋服《ようふく》の襟《えり》から、真《ま》っ白《しろ》い開襟《かいきん》シャツがのぞいている。そして、鳥打《とりう》ち帽子《ぼうし》を、ちょこんと頭《あたま》にのせていた。

長身《ちょうしん》の彼《かれ》の周囲《しゅうい》には、六人の男女《だんじょ》が、先《さき》になり後《あと》になり、一団《いちだん》となって坂道《さかみち》を上《のぼ》っていった。

彼らは、それぞれチグハグな服装《ふくそう》をしていた。よれよれのスフ*の国民服《こくみんふく》の人もいる。ある人は、色《いろ》あせた不格好《ぶかっこう》な黒《くろ》の背広《せびろ》に、兵隊用《へいたいよう》のズボンをはいていた。中年《ちゅうねん》の女性《じょせい》は、もんぺ*に、夫《おっと》の背広を着《き》て、長《なが》い袖《そで》の先から指先《ゆびさき》をのぞかせていた。まるで仮装《かそう》行列《ぎょうれつ》である。戦後《せんご》の衣料《いりょう》の窮乏《きゅうぼう》のため、服装など、全《まった》くかまっていられなかったのである。

地元《じもと》の人たちは、この一行《いっこう》を買《か》い出《だ》し部隊《ぶたい》と思《おも》って、眺《なが》めていた。だが、不思議《ふしぎ》にも思った。

彼らは、誰一人《だれひとり》としてリュックサックを背負《せお》っていない。買い出し部隊特有《とくゆう》の、消沈《しょうちん》した顔《かお》、暗《くら》い影《かげ》、焦《あせ》りの目も見られない。いや、あまりにも明《あか》るい、生き生きとして活気《かっき》に満《み》ちた動作《どうさ》である。この一団には、近年《きんねん》、戦前《せんぜん》戦後を通《つう》じて見られぬ明朗《めいろう》な雰囲気《ふんいき》があった。時折《ときおり》の哄笑《こうしょう》、爆笑《ばくしょう》に、村人《むらびと》までが楽《たの》しくなるほどであった。

村人《むらびと》たちは、いささか奇異《きい》の眼差《まなざ》しで、一行《いっこう》を見送《みおく》っていた。

「さぁ、いよいよ村に入《はい》った。ほれ、これを見ろ」

小西武雄《こにしたけお》は、一本の電柱《でんちゅう》を指《さ》して大声《おおごえ》で言った。そこには、粗末《そまつ》な紙《かみ》に、墨《すみ》で黒々《くろぐろ》と書《か》かれたビラが張《は》ってあった。

一行は、すぐに電柱に近《ちか》づき、顔《かお》を寄《よ》せた。

「戸田城聖氏来《とだじょうせいしきた》る
法華経大講演会《ほけきょうだいこうえんかい》
九月二十二日午後《ごご》二時　両郷《りょうごう》＊国民学校《こくみんがっこう》にて」

「やってるな、やってるな」

原山幸一《はらやまこういち》は、じっとビラを見ながら言った。人柄《ひとがら》のいい彼《かれ》は、喜《よろこ》びの表情《ひょうじょう》を隠《かく》しきれず、同志《どうし》の奮闘《ふんとう》に、心《こころ》からの祝福《しゅくふく》を送《おく》ったのである。

「増田《ますだ》さん一家《いっか》も、大《たい》したものね。戦後《せんご》、地方《ちほう》で先陣《せんじん》を切って折伏《しゃくぶく》に立ったんだもの。皆《みな》、うんと応援《おうえん》してあげようじゃない」

清原《きよはら》かつの口調《くちょう》も、妙法《みょうほう》の使徒《しと》に対《たい》する激励《げきれい》の情《じょう》にあふれていた。

戸田《とだ》は、カラカラと笑《わら》った。そして、屈託《くったく》ない声《こえ》をあげて言った。

「戸田城聖《じょうせい》などといったって、誰《だれ》も知るまい。いったい、どんな男《おとこ》かと思《おも》って、大《おお》勢《ぜい》やって来るといいんだがなぁ」

しばらく行くと、またビラが張《は》ってあった。そのたびに、一行《いっこう》の足《あし》の運《はこ》びは、次第《しだい》に速《はや》く、軽《かる》くなっていった。

「先生《せんせい》、ここです、増田《ますだ》さんの家は……」

小西《こにし》は、道《みち》に沿《そ》った一軒《けん》の農家《のうか》を、指《さ》して言った。

「やれやれ、来たか。小西君の『もうすぐです』には、今日《きょう》は、まいったな」

皆《みな》は、軽口《かるくち》を叩《たた》きながら、裏《うら》に回《まわ》り、南側《みなみがわ》の中庭《なかにわ》に出た。

人声《ひとごえ》を聞きつけた増田の一家《いっか》は、さっと飛《と》び出《だ》してきた。待《ま》っていたのである。その顔《かお》は、喜《よろこ》びを満面《まんめん》にたたえて明《あか》るかった。

増田久一郎《きゅういちろう》は、元警察官《もとけいさつかん》であり、牧口門下《まきぐちもんか》の学会員《がっかいいん》で、東京《とうきょう》の大森《おおもり》に住《す》んでいた。戦時中《せんじちゅう》に退職《たいしょく》して、ある会社《かいしゃ》に籍《せき》を置《お》いていたが、戦況《せんきょう》が不利《ふり》になってきた一九四四年（昭和十九年《しょうわ》）五月に、郷里の両郷村《きょうりりょうごうむら》へ、家族全員《かぞくぜんいん》を疎開《そかい》させたのである。妻《つま》と娘二人《むすめふたり》と、姉娘《あねむすめ》の婿《むこ》との四人である。娘二人は、東京《とうきょう》でも教員《きょういん》をしていたので、この村の国民学校《こくみんがっこう》に職《しょく》を得《え》ていたが、時間を見つけては、家族《かぞく》と農業《のうぎょう》に励《はげ》んだ。国破《やぶ》れ、久一郎《きゅういちろう》も、戦後《せんご》は東京を去《さ》り、郷里で一緒《いっしょ》に暮《く》らすようになったのである。年老《としお》いてみれば、故郷《ふるさと》で農業に専念《せんねん》する道《みち》しかなかった。

親《おや》から受《う》け継《つ》いだ田《た》六反《たん》（約《やく》六〇アール）、畑《はたけ》四反（約四〇アール）、計《けい》一町歩《ちょうぶ》（約一ヘクタール）の農地《のうち》に悪戦苦闘《あくせんくとう》する、未経験《みけいけん》の自作農一家《じさくのういっか》である。六十の坂《さか》を越《こ》えた久一郎を、先頭《せんとう》にしての労働《ろうどう》であった。そのうえ、肥料《ひりょう》すらない。近所《きんじょ》の農家《のうか》の人びとは、一家を冷《ひ》ややかに見ていた。

慣《な》れない農作業《のうさぎょう》は、実《じつ》に辛《つら》かった。勝手《かって》も違《ちが》う。しかし、彼《かれ》らには、御本尊《ごほんぞん》があった。慌《あわ》ただしく変動《へんどう》する時代《じだい》に、生活様式《せいかつようしき》も大きく変わる人生行路《じんせいこうろ》に立って、ただ一筋《ひとすじ》に、御本尊に一切《いっさい》を願《ねが》わずにはいられなかった。

増田《ますだ》一家は、にわかに那須山中《なすさんちゅう》で、一粒種《ひとつぶだね》の強盛《ごうじょう》な信仰者《しんこうしゃ》となっていたのである。

彼らは、慣れぬ農作業に懸命《けんめい》に取《と》り組《く》んだ。また、地域《ちいき》への貢献《こうけん》のために力《ちから》を注《そそ》いできた。彼《かれ》ら一家《いっか》の真剣《しんけん》な仕事《しごと》ぶりと、純粋《じゅんすい》に信仰を続《つづ》ける姿《すがた》に、村人《むらびと》の好奇《こうき》の目も、いつか畏敬《いけい》の目に変わっていった。一家の折伏活動《しゃくぶくかつどう》は、歓喜《かんき》のうちに、自然《しぜん》と始《はじ》まっていたのである。

御書《ごしょ》に「法自《ほうおのずか》ら弘《ひろ》まらず人・法を弘むる故《ゆえ》に人法《にんぽう》ともに尊《とうと》し」（八五六㌻）とある。妙法《みょうほう》それ自体《じたい》の偉大《いだい》さに変わりはないが、それを弘める人の出現《しゅつげん》を待《ま》って、初《はじ》めて法の尊さが実証《じっしょう》されるという原理《げんり》だ。

増田《ますだ》一家にしても、那須山中《なすさんちゅう》に、妙法の功力《くりき》を燦然《さんぜん》と輝《かがや》かすためには、道理《どうり》にかなった実践《じっせん》と、燃《も》えるような信仰の一念《いちねん》が必要《ひつよう》であった。この地に、妙法が広《ひろ》まるかどうかは、すべて、一家の信仰の厚薄《こうはく》にかかっていたのである。

ちょうどそのころ、東京《とうきょう》の学会本部《がっかいほんぶ》では、地方指導《ちほうしどう》の日程《にってい》を決定《けってい》した。九月二十一日の土曜日《どようび》から、「秋季皇霊祭《しゅうきこうれいさい》」（後《のち》の「秋分《しゅうぶん》の日」）の二十四日までである。場所《ばしょ》は、栃木県《とちぎけん》の両郷村《りょうごうむら》と、群馬県《ぐんまけん》の桐生市《きりゅうし》に、指導の手を伸《の》ばすことになった。

桐生にも、数人《すうにん》の疎開《そかい》した学会員がいた。彼らは、同地の日蓮正宗檀信徒《にちれんしょうしゅうだんしんと》と共《とも》に座談会《だんかい》を開催《かいさい》し、折伏活動が活発化《かっぱつか》していた。

敗戦《はいせん》ここに一年――一九四六年（昭和二十一年《しょうわ》）秋《あき》のことである。初代会長《しょだいかいちょう》・牧口《まきぐち》常三郎《つねさぶろう》が、地方指導《ちほうしどう》の途次《とじ》、静岡県《しずおかけん》の下田《しもだ》で身柄《みがら》を拘束《こうそく》された四三年（同十八年）七月から、三年余《よ》の月日《つきひ》が経過《けいか》していた。今、学会《がっかい》の再起《さいき》も、戦後《せんご》最初の地方指導を敢《かん》行《こう》する段階《だんかい》にまで、発展《はってん》していたのである。

この二カ月前、黒羽町《くろばねまち》の近村《きんそん》に、小西武雄《こにしたけお》が現《あらわ》れた。彼《かれ》の生家《せいか》が、あったからである。

彼は、ある日、師範学校時代《しはんがっこうじだい》の親友《しんゆう》が、両郷国民学校《りょうごうこくみんがっこう》にいることを知り、自転車《じてんしゃ》を飛《と》ばした。校庭《こうてい》から、職員室《しょくいんしつ》にいる親友に声《こえ》をかけた時、そこに、一人《ひとり》の女性《じょせい》がいた。

その女性が、彼に向かって叫《さけ》んだ。

「まぁ、小西先生《せんせい》ではありませんか！」

小西は、とっさに誰《だれ》であるか、思《おも》い出《だ》せなかった。

「私、増田《ますだ》でございます。直江《なおえ》です。関《せき》先生に折伏《しゃくぶく》された、増田直江です」

久一郎《きゅういちろう》の長女《ちょうじょ》・直江は、この奇遇《きぐう》を喜《よろこ》び、創価教育学会《そうかきょういくがっかい》の消息《しょうそく》を、しきりに尋《たず》ねるのであった。

彼女《かのじょ》は、戸田理事長《とだりじちょう》の健在《けんざい》を知り、学会《がっかい》の活動《かつどう》が、早《はや》くも軌道《きどう》に乗《の》ったことを聞いて驚《おどろ》いた。そして、今年《ことし》は、夏季講習会《かきこうしゅうかい》も数年《すうねん》ぶりで復活《ふっかつ》する旨《むね》を聞き、山中《さんちゅう》の自分《じぶん》の遅《おく》れを、強《つよ》く感《かん》じたのであった。

一家《いっか》は、この出会《であ》いを喜《よろこ》んだ。これを契機《けいき》に、直江《なおえ》は、学校《がっこう》が休暇《きゅうか》に入《はい》ると、妹《いもうと》の政子《まさこ》と共《とも》に東京《とうきょう》へ走《はし》った。そして、親《した》しかった学会員の家を、訪問《ほうもん》したりした。さらに、西神田《にしかんだ》の学会本部《ほんぶ》の法華経講義《ほけきょうこうぎ》にも出席《しゅっせき》した。

戸田城聖《じょうせい》の生命論《せいめいろん》は、彼女たちには、全《まった》くの衝撃《しょうげき》であった。大きな感動《かんどう》を覚《おぼ》えた二人《ふたり》は、そのまま同志《どうし》に伴《ともな》われて、戸田に親しく指導《しどう》を受けた。

彼女たちは、村《むら》の折伏《しゃくぶく》の困難《こんなん》を訴《うった》えた。

戸田は、優《やさ》しく、つつみ込《こ》むように話《はなし》を聞いた。終《お》わると、温《あたた》かい激励《げきれい》の末《すえ》に、きっぱりと言った。

「よろしい。行《い》ってあげよう。しっかり*下種《げしゅ》しておきなさい。約束《やくそく》したよ」

姉妹《しまい》は、闘魂《とうこん》を燃《も》え上《あ》がらせ、火の玉《たま》のようになって、村へ帰《かえ》って来た。

〝この地が、広宣流布《こうせんるふ》の最初《さいしょ》の地方拠点《ちほうきょてん》となる。ここから、妙法《みょうほう》の聖火《せいか》が上がるのだ！〟

姉妹《しまい》は、真剣《しんけん》であった。その夜から、折伏《しゃくぶく》を開始《かいし》したのである。

暇《ひま》さえあれば、村《むら》の一軒一軒《いっけん》を折伏して回《まわ》った。学校《がっこう》の若《わか》い二人《ふたり》の先生《せんせい》姉妹の話《はなし》である。村の人たちも、話には耳《みみ》を傾《かたむ》けた。

だが、信心《しんじん》する人はいなかった。要《よう》するに、何がなんだか、わからなかったのである。宗教《しゅうきょう》の話かと思うと、そうでもない。哲学《てつがく》の話かと思うと、実《じつ》に現実的《げんじつてき》な生活《せいかつ》に話が飛《と》んだ。話す方《ほう》も、聞く方も、話は錯綜《さくそう》してしまった。ただ、二人の姉妹の熱情《ねつじょう》が、聞き入る人びとの胸奥《きょうおう》に響《ひび》いてはいた。

しばらくして、東京《とうきょう》から、「戸田理事長以下《とだりじちょういか》、七人の幹部《かんぶ》が指導《しどう》に行く」との通知《つうち》が届《とど》いた。

増田《ますだ》一家《いっか》は、戸惑《とまど》ってしまった。

「さぁ、大変《たいへん》だ！」

苦労性《くろうしょう》の直江《なおえ》は、大挙《たいきょ》してやって来る学会《がっかい》の幹部の名前《なまえ》を見て、一層《いっそう》、驚《おどろ》いた。明《あか》る政子《まさこ》は、歓声《かんせい》をあげた。しかし、一家《いっか》の心《こころ》に去来《きょらい》するものは、〝迎《むか》える自分《じぶん》たちに力《ちから》が足《た》りず、せっかくの、この指導《しどう》を失敗《しっぱい》させては大変《たいへん》だ〟という心配《しんぱい》だった。皆《みな》、真剣《しんけん》に悩《なや》み始《はじ》めた。

「政子ちゃん、どうしよう。こんなに大勢《おおぜい》、来ていただいて……」

姉《あね》は、妹《いもうと》に呼《よ》びかけた。

「私だって、こんなに大がかりになるとは、思《おも》わなかったわ。こんな山《やま》の中ですもの……。一人《ひとり》か、二人《ふたり》ぐらいと思っていたわ」

政子まで、心細《こころぼそ》くなってきたのである。

「お母《かあ》さん、どうしましょう。私、困《こま》るわ」

「そうだね……」

母のよねは、そう言ったきり、黙《だま》り込《こ》んでしまった。

久一郎《きゅういちろう》は、彼女《かのじょ》たちの話《はなし》を聞いていた。それまで、固《かた》く口《くち》を結《むす》んでいたが、皆の顔《かお》を見ながら言った。

「千載一遇《せんざいいちぐう》じゃないか。ありがたい話だ。何も困ることはない」

「だって、お父《とう》さん、せっかく、こんな遠《とお》いところまで来てくださるっていうのに、誰《だれ》も集《あつ》まらなかったら、お詫《わ》びのしようもないじゃありませんか」

直江《なおえ》の言葉《ことば》を受けて、政子《まさこ》も言うのであった。

「本当《ほんとう》よ。いくら折伏《しやくぶく》したって、誰一人《だれひとり》、信心《しんじん》をしない、ひどい村《むら》です。お父さんは、認識不足《にんしきぶそく》よ」

「信心する、しないは別《べつ》として、村の人たちを、真心込《まごころこ》めて集めることに努力《どりよく》しよう。今こそ、そのことを御本尊様《ごほんぞんさま》に祈《いの》りきる時じゃないか。一家《いつか》で、全力《ぜんりよく》をあげて頑《がん》張《ば》ろうよ。至誠《しせい》が通《つう》じないわけがなかろう」

久一郎《きゆういちろう》は、確信《かくしん》を込《こ》めて言った。皆《みな》、父親《ちちおや》の強《つよ》い一念《いちねん》に動《うご》かされたのであろうか、たちまち頷《うなず》き合《あ》った。

時ならぬ家族会議《かぞくかいぎ》も、結局《けつきよく》のところ、「家中《いえじゆう》の一人ひとりが、会う人ごとに、二十二日、日曜日《にちようび》の会合《かいごう》を知らせ、出席《しゆつせき》を確約《かくやく》させていく以外《いがい》に方法《ほうほう》はない」ということに、話《はなし》は落《お》ち着《つ》いた。そして、「ビラを張《は》ろう、遠い集落《しゆうらく》の電柱《でんちゆう》にも、漏《も》れなく張ろう」ということに一決《いつけつ》したのである。

二人《ふたり》の姉妹《しまい》は、それでも不安《ふあん》でならなかった。この夜から、二人の唱題《しょうだい》は深夜《しんや》まで続《つづ》いたのである。

彼女《かのじょ》たちは、父親《ちちおや》の確信《かくしん》を通《とお》して、いざという時の一人《ひとり》の決意《けつい》、信心《しんじん》が、どれほど多くの人に影響《えいきょう》を及《およ》ぼすかを、あらためて知った。この時の父親の一言《ひとこと》が、二人の人生《じんせい》の糧《かて》となった。

一行《いっこう》七人は、前日《ぜんじつ》の正午《しょうご》ごろ、東京《とうきょう》を発《た》っていた。

乗車制限《じょうしゃせいげん》の厳《きび》しい最中《さいちゅう》である。各駅《かくえき》は、一日の乗車券《けん》の発売枚数《はつばいまいすう》を制限していた。一枚の乗車券を入手《にゅうしゅ》するにも、半日以上《はんにちいじょう》も、出札口《しゅっさつぐち》に列《れつ》をつくって、順番《じゅんばん》を待《ま》たねばならなかったのである。

日本人の悪癖《あくへき》は、こうした時に現《あらわ》れる。駅員《えきいん》は、つまらぬ特権意識《とっけんいしき》を顔《かお》に出して、威張《いば》り散《ち》らしていた。また、行列《ぎょうれつ》の難行苦行《なんぎょうくぎょう》を避《さ》けるために、乗車券を闇《やみ》ルートで手に入れて、ことさら偉《えら》ぶる者《もの》もいた。迷惑《めいわく》するのは、いつも善良《ぜんりょう》な庶民《しょみん》である。

切符《きっぷ》の行列だけではない。当時《とうじ》の俸給生活者《ほうきゅうせいかつしゃ》が、二、三日の旅費《りょひ》を捻出《ねんしゅつ》することも、容易《ようい》ではなかった。急激《きゅうげき》なインフレの皺寄《しわよ》せが、彼《かれ》らの肩《かた》に、かかってきたのである。月々《つきづき》の給料《きゅうりょう》だけで、満足《まんぞく》な生活《せいかつ》を送《おく》れる人は、どこを探《さが》してもいなかった。ほとんどの人が、内職《ないしょく》で稼《かせ》ぎ、衣服《いふく》を売《う》って、その日、その日をしのいでいた。

生活の前途《ぜんと》は、あまりにも暗《くら》かった。朝夕《あさゆう》のあいさつ代《が》わりに「民主主義《みんしゅしゅぎ》」を口《くち》にしても、現実《げんじつ》の生活は、ますます絶望《ぜつぼう》の淵《ふち》に沈《しず》むばかりであった。

旅行者《りょこうしゃ》といえば、ほとんどが買《か》い出《だ》しであった。彼らの多くは、*復員兵《ふくいんへい》たちであった。列車《れっしゃ》という列車は、すべてこれらの人びとで超満員《ちょうまんいん》である。時には、機関車《きかんしゃ》の前《ぜん》部《ぶ》までも、人で鈴《すず》なりになっていた。

土曜日《どようび》の東北本線《とうほくほんせん》も、それこそ車内《しゃない》は立錐《りっすい》の余地《よち》もなかった。定員《ていいん》の三倍《ばい》、いや五倍にも達《たっ》した乗客《じょうきゃく》は、デッキにまであふれ、乗降口《じょうこうぐち》の鉄棒《てつぼう》にも、多数《たすう》の人がしがみついていた。駅々《えきえき》での乗降も、窓《まど》から出入《でい》りしなければならなかった。秋《あき》といっても、車内は、ほこりにまみれ、人いきれと汗《あせ》の臭《にお》いで、むせ返っていた。そして、長《なが》い停《てい》車《しゃ》時間には、さらに我慢《がまん》がならなかった。

戸田城聖《とだじょうせい》も、これらの群衆《ぐんしゅう》と共《とも》に、立ちながら、汽車《きしゃ》に揺《ゆ》られていた。一行《いっこう》の誰《だれ》かが、戸田《とだ》の体《からだ》を案《あん》じて話《はな》しかけると、彼《かれ》は、笑《わら》いながら大きな声《こえ》で言った。

「なかなかの難行苦行《なんぎょうくぎょう》だよ」

彼は、周囲《しゅうい》の乗客《じょうきゃく》の心《こころ》を、ひしひしと感《かん》じて、いとおしくさえ思《おも》っていた。空《むな》しい顔《かお》と、殺気《さっき》だった目の底《そこ》には、不安《ふあん》と絶望《ぜつぼう》に駆《か》り立《た》てられている心の動揺《どうよう》が、ありありと、うかがえたからである。

しかし、立ち込《こ》めた悪臭《あくしゅう》と、身動《みうご》きならない満員列車《まんいんれっしゃ》には、彼も、相当《そうとう》、疲《つか》れてきた。

戸田は、一行《いっこう》の一人《ひとり》ひとりの顔を探《さが》した。それぞれ、すし詰《づ》めの車内《しゃない》にあって、活力《かつりょく》にあふれ、際立《きわだ》って明《あか》るい顔をしているのを見て、ひとまず安心《あんしん》した。

長身《ちょうしん》の彼は、人びとの肩越《かたご》しに、頰《ほお》をほてらせて埋《う》まっている、清原《きよはら》かつの顔を見た。見知《みし》らぬ乗客と、何か言い争《あらそ》っている三島由造《みしまよしぞう》の横顔《よこがお》も見える。かなり離《はな》れて、互《たが》いに頷《うなず》き合《あ》っている、小西《こにし》と関《せき》の顔も見た。

彼と共《とも》に、山間《やまあい》の地に行くこれらの弟子《でし》を、戸田は、さらにいとおしく思った。おそらく、日々《ひび》の家計《かけい》のやりくりに大変《たいへん》であったろう皆《みな》の生活状態《せいかつじょうたい》も、知悉《ちしつ》している。

いわんや、四日間の旅費《りよひ》の捻出《ねんしゅつ》の苦労《くろう》は、並大抵《なみたいてい》ではなかったろう。

〝わが一行《いっこう》は、姿《すがた》こそ買《か》い出《だ》しの人たちと同じだが、今は数少《かずすく》ない仏《ほとけ》の軍勢《ぐんぜい》である〟

と彼《かれ》は思《おも》った。それを、誰一人《だれひとり》、気づくはずもない。

汽車《きしゃ》は、さまざまな境涯《きょうがい》の人を乗《の》せて、進《すす》んで行《い》った。

西那須野駅《にしなすのえき》には、日が暮《く》れてから着《つ》いた。そして一行は、東野《とうや》鉄道《てつどう》という私鉄《してつ》に乗り換《か》えた。乗客《じょうきゃく》は少《すく》なかった。この沿線《えんせん》に、小西武雄《こにしたけお》の生家《せいか》がある。西那須野駅から十三キロほど走《はし》ると、終点《しゅうてん》の黒羽駅《くろばねえき》に着き、那珂川《なかがわ》の清流《せいりゅう》を望《のぞ》む旅館《りょかん》に入《はい》った。

窓辺《まどべ》で、清流の瀬音《せおと》を聞き、戸田《とだ》は、くつろいだ。

そこに、小西の兄《あに》が、仏立講《ぶつりゅうこう》の信者《しんじゃ》を連《つ》れて、あいさつに来た。ほどなく、折伏《しゃくぶく》が始《はじ》まった。戦《たたか》いの火ぶたが切られたのだ。

仏立講の信者が帰《かえ》ると、戸田を囲《かこ》んで談笑《だんしょう》の花《はな》が咲《さ》いた。

ややあって、湯気《ゆげ》の立つトウモロコシが、山《やま》と積《つ》まれて出された。

戸田は、その一本を手に取り、一口《ひとくち》食べると、頰《ほお》をほころばせた。

「うん、これは実《じつ》にうまい。みんなも食《た》べないか」

そのトウモロコシの匂《にお》いと味《あじ》は、北海道《ほっかいどう》のそれに似《に》ている。彼《かれ》は、故郷《こきょう》の北海道を思《おも》い出《だ》した。

――戸田《とだ》の家は、海辺《うみべ》に近《ちか》かった。少年《しょうねん》の日、彼は学校《がっこう》から帰《かえ》ると、海風《うみかぜ》を部屋《へや》いっぱいに受けた窓際《まどぎわ》の机《つくえ》に向かって、トウモロコシをかじりながら本を読《よ》むのが、何よりの楽《たの》しみであった。

秋《あき》の厚田《あつた》の海《うみ》は、鉛色《なまりいろ》である。はるか水平線《すいへいせん》の彼方《かなた》まで、さえぎるものは何一《なにひと》つない。ただ、水平線上の左手《ひだりて》に、小樽《おたる》が遠《とお》くかすんで見えるだけである。右手《みぎて》は、島影《しまかげ》一つない。茫漠《ぼうばく》として、浜辺《はまべ》の波《なみ》の音《おと》だけが、無限《むげん》の音律《おんりつ》のように聞こえていた。

少年の夢《ゆめ》は、海原《うなばら》のように果《は》てしなく広《ひろ》がっていった。そして、彼のたくましい気《き》性《しょう》が形成《けいせい》されていったのである。

浜には、春《はる》のニシン漁《りょう》の賑《にぎ》わいは、跡形《あとかた》もない。さびれた砂浜《すなはま》に、昆布《こんぶ》を手にする女《おんな》たちの姿《すがた》が、ちらほら見えるだけであった。

少年《しょうねん》は、机《つくえ》に両肘《りょうひじ》をつき、トウモロコシをかじっては、食《く》い入《い》るように本の文字《もじ》を追《お》った。

彼《かれ》は、こうしてナポレオンを知り、*バイロンや福沢諭吉《ふくざわゆきち》、板垣退助《いたがきたいすけ》など、古今《ここん》の英雄《えいゆう》、英傑《えいけつ》の生涯《しょうがい》を知った。彼の青雲《せいうん》の志《こころざし》は、いわばトウモロコシとともに始《はじ》まったのである。

今、川岸《かわぎし》の旅館《りょかん》で、みんな、うまそうにトウモロコシを、かじっていた。戸田《とだ》は、北海道《ほっかいどう》の故郷《こきょう》を語《かた》り、話《はなし》は自然《しぜん》に彼の育《そだ》った漁村《ぎょそん》(厚田《あつた》)に移《うつ》った。それはニシン漁《りょう》の賑《にぎ》わいの模様《もよう》である。

——村《むら》は、当時《とうじ》、一万足《た》らずの人口《じんこう》であった。ニシン漁の行《おこな》われる四月から七月にかけては、内地《ないち》や北海道各地《かくち》から働《はたら》きに来た人たちで、三万の人口に膨《ふく》れ上《あ》がる。そして、村も、浜《はま》も、ニシンだらけになる。ニシンの匂《にお》いが、この村の匂いである。戸田の家は、海産物商《かいさんぶつしょう》であった。戸田少年も忙《いそが》しかった。学校《がっこう》は、休校《きゅうこう》になってしまうのである。

ニシン漁《りょう》が始《はじ》まる時には、まるで米《こめ》のとぎ汁《じる》を流《なが》したように、見《み》渡《わた》す限《かぎ》り、海面《かいめん》が白《しろ》くなる。ニシンの大群《たいぐん》が海岸近《かいがんちか》くに押《お》し寄《よ》せて、産卵《さんらん》するためである。漁獲《ぎょかく》は何日《なんにち》も、昼夜兼行《ちゅうやけんこう》で行《おこな》われた。

皆《みな》、驚《おどろ》きながら、この北海《ほっかい》の豪快《ごうかい》な話《はなし》に耳《みみ》を傾《かたむ》けていた。

戸田《とだ》は、立ち上がって、身《み》ぶり手ぶりで、ニシンの捕獲《ほかく》の仕草《しぐさ》までして見せた。みんなは、思《おも》わず拍手《はくしゅ》をした。そして、戸田は座《ざ》に戻《もど》ると、今度《こんど》は、獲《と》りたてのニシンの味《あじ》のうまさを語《かた》った。

「話は、どうも食《た》べ物《もの》のことに落《お》ちるな」

彼《かれ》の話に、爆笑《ばくしょう》が深夜《しんや》まで続《つづ》いていた。この旅館《りょかん》の一室《いっしつ》だけには、秋《あき》の夜の寂《さび》しさはなく、春《はる》の明《あか》るさが漂《ただよ》っているようだった。

黒羽町《くろばねまち》の一夜が明《あ》けた。

一行《いっこう》は、両郷村《りょうごうむら》に向かったのである。そして昼近《ひるちか》く、増田《ますだ》の家に着《つ》いた。ここでも、やはりトウモロコシが待《ま》っていた。

法華経大講演会《ほけきょうだいこうえんかい》は、午後《ごご》二時、開会《かいかい》の予定《よてい》になっていた。皆《みな》、打《う》ち合《あ》わせに余念《よねん》がない。準備《じゅんび》が終《お》わると、一行《いっこう》は、少々《しょうしょう》、早《はや》めに会場《かいじょう》へ向かった。

会場には、国民学校《こくみんがっこう》の畳敷《たたみじ》きの裁縫室《さいほうしつ》が、あてがわれていた。

ざっと、八十人ぐらいの聴衆《ちょうしゅう》が待っていた。皆、思《おも》い思いに座《すわ》り、ある人はタバコをふかし、ある人は雑談《ざつだん》したり、何やら薄《うす》い雑誌《ざっし》などを見ていた。裁縫室は、ほぼ満員《まんいん》である。

この集《あつ》まり具合《ぐあい》に、直江《なおえ》も、政子《まさこ》も、ほっとしていた。

司会者《しかいしゃ》は、増田久一郎《ますだきゅういちろう》である。彼《かれ》もまた、いささか得意顔《とくいがお》であった。

体格《たいかく》のいい彼は、体《からだ》を直立《ちょくりつ》させ、大きな声《こえ》で開会のあいさつを始《はじ》めた。

彼は、まず亡国《ぼうこく》の悲《かな》しみを話《はな》した。さらに憂国《ゆうこく》の真情《しんじょう》を、情熱込《じょうねつこ》めて訴《うった》えていった。

そして、「その根本《こんぽん》の解決《かいけつ》は、日蓮大聖人《にちれんだいしょうにん》の仏法《ぶっぽう》に帰依《きえ》する以外《いがい》にはない。そうでなければ、日本の再建《さいけん》も、国民一人《こくみんひとり》ひとりの安定《あんてい》した幸福《こうふく》も、確立《かくりつ》することはできない」と結《むす》んだ。

冒頭《ぼうとう》から熱弁《ねつべん》である。集《あつ》まった村人《むらびと》は驚《おどろ》き、呆気《あっけ》にとられた。

〝あの爺《じい》さんに、あんな力《ちから》があるとは思《おも》ってもみなかった。しかも、あれほど確信《かくしん》に満《み》ちた雄弁《ゆうべん》で……。これから何が始《はじ》まるのだろう〟

村人たちは、内心《ないしん》の驚愕《きょうがく》を隠《かく》すことができなかった。

久一郎《きゅういちろう》は咳払《せきばら》いをし、最後《さいご》に、この日の講演者《こうえんしゃ》の紹介《しょうかい》をしていった。戸田《とだ》理事長《りじちょう》以下《か》の紹介が終《お》わった時、拍手《はくしゅ》が、パラパラと起《お》こった。

日曜《にちよう》の校庭《こうてい》では、子《こ》どもたちが、思いっきり遊《あそ》び回《まわ》り、その声《こえ》が騒《さわ》がしく響《ひび》いていた。

最初《さいしょ》の登壇者《とうだんしゃ》は、小西《こにし》である。演壇《えんだん》の背後《はいご》には、「認識《にんしき》と評価《ひょうか》、小西武雄《たけお》」と、第一行《ぎょう》に書《か》いてあった。

「私は、皆《みな》さんと同じように、この那須《なす》の地に生まれた、農家《のうか》のせがれであります。農業《のうぎょう》が、いちばん自分《じぶん》には適《てき》していたのですが、どういうはずみか、学校《がっこう》の先生《せんせい》にされてしまいました」

堅苦《かたくる》しかった会場《かいじょう》に、どっと笑《わら》いが起こった。

ニコニコと、拍手《はくしゅ》を送《おく》る青年《せいねん》もいた。

「さて、人生《じんせい》の目的《もくてき》ということを、よく口《くち》にします。だが、その目的が何であるかといえば、学者先生《がくしゃせんせい》は、真理《しんり》の探究《たんきゅう》であるなどと、いかにも立派《りっぱ》な、高邁《こうまい》なことを言います。しかし、地球《ちきゅう》が太陽《たいよう》の周《まわ》りを回《まわ》っているという真理が、わかったとしても、われわれの生活《せいかつ》に、どうということもない。

このように、普遍的《ふへんてき》な真理を認識《にんしき》することが、人生の目的だとすると、日常《にちじょう》、悩《なや》みに悩んでいる人生というものは、いったい、どうしてくれるんだ――と、少々利口《しょうしょうりこう》な人であれば、誰《だれ》でも怒《おこ》りたくなります。

われわれの人生というものは、認識することに目的があるのでは決《けっ》してない。常《つね》に、何か価値《かち》あるものを追求《ついきゅう》しているのが、人生のありのままの姿《すがた》であります」

真面目《まじめ》そうな四、五人の中年《ちゅうねん》の人たちが、小西《こにし》の一言一言《ひとことひとこと》に、頷《うなず》いている姿が印象《いんしょう》的《てき》であった。

小西の話《はなし》は、教鞭《きょうべん》を執《と》っている時と、なんら変わりがなかった。

「したがって、人生の目的は、幸福《こうふく》の追求であります。これを具体的《ぐたいてき》にいうと、価値の追求《ついきゆう》ということになります。

ですから、真理《しんり》の認識《にんしき》そのものは、なんらの価値《かち》もない。その、なんの価値もない認識を、さも大変《たいへん》な価値があるように評価《ひようか》して、喜《よろこ》んでいる。

一切《いつさい》の物事《ものごと》を考《かんが》える際《さい》、まず、この辺《へん》に重大《じゆうだい》な混乱《こんらん》があり、混乱のままに考えている人生《じんせい》が、うまくいくはずがありません」

聴衆《ちようしゆう》は、〝おやっ〟という顔《かお》をして聞いていた。宗教《しゆうきよう》の話《はなし》ではないからである。いわゆる〝ありがたい〟話ではなかった。老人《ろうじん》たちは、ありありと失望《しつぼう》の面持《おもも》ちを表《あらわ》していた。

「認識と評価の混同《こんどう》は、真理をそのまま、すぐ価値と錯覚《さつかく》するところに基《もと》づいています。この誤《あやま》りを、最初《さいしよ》に気づいて、哲学的《てつがくてき》に究明《きゆうめい》した人が、私たちの会長《かいちよう》・牧口常三郎先生《まきぐちつねさぶろうせんせい》でありました。

先生は、一切のものは、私たちの生活感覚《せいかつかんかく》に関係《かんけい》する時に、初《はじ》めて、なんらかの価値を生《しよう》ずると、『価値論』*という論文《ろんぶん》に、明確《めいかく》にお書《か》きになった。

ところが、私どもは批判精神《ひはんせいしん》が発達《はつたつ》しているというのでしょうか、よく知らないこ

とても、すぐ我見《がけん》でデタラメな批判《ひはん》をする。つまり、安直《あんちょく》な評価《ひょうか》をする習性《しゅうせい》がありま
す。これもまた、大変《たいへん》な誤《あやま》りであります。これを、無認識の評価といいます。
先生《せんせい》は、特《とく》に、その誤りを厳《きび》しく指摘《してき》しております。つまり、価値《かち》ありと思《おも》ったり、
あるいは価値なしと判断《はんだん》する前に、正《ただ》しい認識《にんしき》から出発《しゅっぱつ》しなければならない。それを、
評価に急《きゅう》で、認識をおろそかにする。これも、認識と評価の一種《いっしゅ》の混同《こんどう》であります。
今日《きょう》は、これから、いろいろなお話《はなし》があり、耳慣《みみな》れないことも多いと思いますが、
まず正しく認識してください。そして、私どもの信仰《しんこう》が、果《は》たして、どのような価値
をもたらすものか、よくお考《かんが》え願《ねが》いたいと思います」
小西《こにし》は、一礼《いちれい》して演台《えんだい》を離《はな》れた。
続《つづ》いて、関久男《せきひさお》が、若々《わかわか》しい声《こえ》で話《はな》し始《はじ》めた。
「ただ今、小西さんから、ちょっと、『価値論』という言葉《ことば》が出ました。私は、その
価値論について、かいつまんでお話をしたいと思います。どうか、無認識の評価をな
さらぬように、最初《さいしょ》にお願いしておきます。
人間《にんげん》の営《いとな》みというものは、結論《けつろん》として、価値を創《つく》り出すことに尽《つ》きます。価値獲得《かくとく》

の大小《だいしょう》が、幸福《こうふく》の内容《ないよう》の大小であり、カントをはじめドイツ哲学《てつがく》では、それを真《しん》・善《ぜん》・美《び》に置《お》き、これまで誰人《たれびと》も疑《うたが》う人はありませんでした。

ところで、皆《みな》さんは、お米《こめ》にどのような栄養《えいよう》があるかを知っている。それを知っているということは、一つの真理《しんり》を知っているということであり、認識《にんしき》であります。しかし、いくら詳《くわ》しく知っていても、それだけでは、満腹《まんぷく》という幸福感は味《あじ》わえない。たとえ成分《せいぶん》や栄養価を知らなくても、空腹《くうふく》の時に、飯《めし》を腹《はら》いっぱい食《た》べれば、誰《だれ》でもお米のありがたさを知る。つまり、価値《かち》を知るわけです。したがって、真理は、そのまま価値の内容ということにはならない。

また、『猫《ねこ》に小判《こばん》』という、ことわざが昔《むかし》からあります。小判は、人間《にんげん》には絶大《ぜつだい》な価値があっても、猫にとっては、なんらの価値もない。所詮《しょせん》、価値とは、主体《しゅたい》と物《もの》との関係性《かんけいせい》にある。すなわち、私たちの生命《せいめい》と、外界《がいかい》との関係から生《しょう》ずるものでありま す……」

彼《かれ》は、それから価値内容として、美・利《り》・善を説《と》いていった。すなわち、美・利・善を正価値《せいかち》とするなら、その反対《はんたい》の醜《しゅう》・害《がい》・悪《あく》は反価値《はんかち》である。正価値《せい》が人生《じんせい》の幸福内容《ないよう》であり、反価値《はんかち》が不幸《ふこう》ということである――と、牧口《まきぐち》の価値論を語《かた》った。

関《せき》の頬《ほお》は紅潮《こうちょう》し、目がキラキラ光《ひか》った。

「……以上《いじょう》が、牧口先生《せんせい》の独創的《どくそうてき》な価値論のあらましであります。私たちの人生《じんせい》を豊《ゆた》かにし、幸福《こうふく》にするものは、正《せい》価値の創造《そうぞう》であり、その獲得《かくとく》以外《がい》にありません。

ところで、価値を生《しょう》ずる場《ば》が、生命《せいめい》と外界《がいかい》との関係性《かんけいせい》にあるとすると、生命という問題《もんだい》が重大《じゅうだい》になってきます。

外界に働《はたら》きかける生命が、はつらつとした状態《じょうたい》にあれば、対象《たいしょう》を意《い》のままに変えることもできましょう。その反対《はんたい》に、主体性《しゅたいせい》が乏《とぼ》しく、弱《よわ》い生命状態にあれば、外界の環境《かんきょう》に左右《さゆう》されてしまいます。つまり、正価値か反価値か、あるいは幸《こう》か不幸《ふこう》かを決める力《ちから》は、生命それ自体《じたい》にあるといっても、過言《かごん》ではありません。

このような生命の根本《こんぽん》問題を、宗教《しゅうきょう》が説《と》いてまいりました。しかし、それを正《ただ》しく説き明《あ》かした宗教と、誤《あやま》って説いた宗教があるのです。

つまり、人生の幸・不幸を根本的に決定《けってい》するのが、どのような宗教を信《しん》ずるかにあることは、必然《ひつぜん》の帰結《きけつ》であります。

ゆえに、宗教《しゅうきょう》の真実《しんじつ》を見極《みきわ》めなければなりません。どんなに有名《ゆうめい》な人であっても、また、人柄《ひとがら》がよくても、間違《まちが》った宗教に惑《まど》わされている以上《いじょう》は、不幸《ふこう》な人生《じんせい》をたどらざるを得《え》ないのです。逆《ぎゃく》に、どんな人でも、正《ただ》しい宗教を信仰《しんこう》して人間革命《にんげんかくめい》するならば、必《かなら》ず最後《さいご》は、幸福《こうふく》な境涯《きょうがい》へ到達《とうたつ》することができます。

日蓮大聖人《にちれんだいしょうにん》は、一切《いっさい》の不幸の根源《こんげん》は、誤《あやま》った宗教、思想《しそう》にある、と喝破《かっぱ》されました。個人《こじん》にしろ、家庭《かてい》にしろ、また国家《こっか》、社会《しゃかい》にしても、ことごとく、この原理《げんり》から逃《のが》れることはできません。

ご承知《しょうち》のように、日本は無謀《むぼう》な戦争《せんそう》に突入《とつにゅう》し、敗戦《はいせん》を迎《むか》えた。そして、今日《こんにち》の混乱《こんらん》と不幸は、*国家神道《しんとう》という宗教を、一国《いっこく》の政治理念《せいじりねん》として利用《りよう》した結果《けっか》にほかなりません。それによって、社会を担《にな》う人間《にんげん》の生命《せいめい》が濁《にご》り、狂《くる》いが生《しょう》じ、国家は進《すす》むべき軌《き》道《どう》から逸脱《いつだつ》したのであります。

したがって、わが国の再建《さいけん》も、まず、生命の問題《もんだい》を根本的《こんぽんてき》に解決《かいけつ》することから、始《はじ》めなければなりません。さもないと、あらゆる善意《ぜんい》の努力《どりょく》も、水泡《すいほう》に帰《き》してしまいます。

私たちは、どうしたら清《きよ》くたくましい生命《せいめい》を、わが身《み》に獲得《かくとく》することができるか。それには、正《ただ》しい宗教《しゆうきよう》を信《しん》じて実践《じつせん》することです。では、正しい宗教とは何か、その実践とは何か——。

その問題《もんだい》は、『生命の浄化《じようか》』と題《だい》して、次《つぎ》の清原《きよはら》かつさんが、お話《はなし》することになっております」

鮮《あざ》やかなバトンタッチであった。

関久男《せきひさお》が、価値論《かちろん》から宗教の話に入《はい》った時、場内《じようない》はしんと静《しず》まり返《かえ》った。しかし、彼《かれ》が一礼《いちれい》すると、一斉《いつせい》に拍手《はくしゆ》が湧《わ》いた。

聴衆《ちようしゆう》は、好奇《こうき》心《しん》をもって、次の講師《こうし》の話に期《き》待《たい》を寄《よ》せたのである。

増田久一郎《ますだきゆういちろう》は、清原かつを紹介《しようかい》した。その紹介の終《お》わらぬうちに、彼女《かのじよ》は、小柄《こがら》な体《からだ》を演壇《えんだん》に運《はこ》んでいった。

若《わか》い女性《じよせい》の登壇《とうだん》は、農村《のうそん》の人びとの目に、一種奇異《いつしゆきい》な感《かん》じに映《うつ》った。年配《ねんぱい》の婦《ふ》人《じん》たちは、一瞬《いつしゆん》、互《たが》いに顔《かお》を見合《みあ》わせていた。そして、彼女の動作《どうさ》に視《し》線《せん》を向けた。

「私は、せっかちで、お話は下手《へた》でございますから、途中《とちゆう》で混乱《こんらん》しないために、まず初《はじ》めに結論《けつろん》を申《もう》し上《あ》げます」

こう言って、彼女《かのじょ》はにっこり笑顔《えがお》を見せた。

軽《かる》い笑《わら》い声《ごえ》が、場内《じょうない》のあちこちで起《お》きた。

清原《きよはら》は、歯切《はぎ》れのいい口調《くちょう》で続《つづ》けた。

「私どもが、幸福《こうふく》になれる源泉《げんせん》は、私たちの生命《せいめい》が、まず浄化《じょうか》されることにあります。その生命の浄化は、正《ただ》しい力《ちから》ある宗教《しゅうきょう》によらなければ、絶対《ぜったい》にできない。そして、信心《しんじん》は観念《かんねん》ではなく、実践《じっせん》であります。つまり、正しい宗教を、力強《ちからづよ》く実践することによって、初めて人間革命《にんげんかくめい》ができるのです。

では、正しい宗教とは、いったい、どんな宗教を指《さ》していうのか」

彼女は、ここで一転《いってん》して、仏教《ぶっきょう》の歴史《れきし》に入《はい》った。

釈尊《しゃくそん》の教えを五時八教《＊ごじはっきょう》に分けて簡単《かんたん》に述《の》べ、法華経《ほけきょう》こそ釈尊一代の最高《さいこう》の経である
ことを論証《ろんしょう》した。さらに、話《はなし》が末法《＊まっぽう》の仏教である日蓮大聖人《にちれんだいしょうにん》の南無妙法蓮華経《なんみょうほうれんげきょう》に及《およ》んだ時、聴衆《ちょうしゅう》のなかに、首《くび》をかしげ始《はじ》める人が、二人《ふたり》、三人といた。彼女は、それを見《み》逃《のが》さなかった。

清原《きよはら》は、体《からだ》を乗《の》り出《だ》し、自然《しぜん》と声《こえ》を張《は》り上《あ》げた。

「ここが大事《だいじ》なところです。現代人《げんだいじん》は、決《けっ》して、わかろうとしないのです。葬式《そうしき》の時にしか、仏教《ぶっきょう》を思《おも》い出《だ》さない。また、仏教といえば、釈尊《しゃくそん》だと思い込《こ》んでいる。しかし、そのお釈迦様《しゃかさま》の仏教は、自分《じぶん》の生活《せいかつ》とは無縁《むえん》であると、多くの人が、何《なん》となく感《かん》じている。そのくせ、現代の人びとを救《すく》い得《う》る日蓮大聖人様《にちれんだいしょうにんさま》の、すごい仏法《ぶっぽう》の話《はなし》をすると、すぐに反発《はんぱつ》する。

末法《まっぽう》において、現代人の不幸《ふこう》の根本原因《こんぽんげんいん》は、この仏法の本質《ほんしつ》の解明《かいめい》が、なされていないところにあるのです。天《てん》に二つの太陽《たいよう》がないように、最高無二《さいこうむに》の正《ただ》しい宗教《しゅうきょう》が、二つも三つもあるはずがない。その、たった一つの仏法の真髄《しんずい》こそ、日蓮大聖人様の南無妙法蓮華経《なんみょうほうれんげきょう》の御本尊《ごほんぞん》なのです。

私も、不幸な女《おんな》でありました。皆《みな》さんの誰《だれ》よりも、不幸であったかもしれません。その私が、今日《こんにち》、幸福街道《こうふくかいどう》を、まっしぐらに進《すす》んでおります。私は、身《み》をもって知ったのでございます。仏法の究極《きゅうきょく》である南無妙法蓮華経の御本尊に、題目《だいもく》をあげる以外《いがい》に、生命《せいめい》の根本的浄化《じょうか》は、絶対《ぜったい》にあり得《え》ないのであります」

情熱《じょうねつ》のこもった、真剣《しんけん》そのものの話《はなし》は、盛《さか》んな拍手《はくしゅ》を呼《よ》んで終《お》わった。納得《なっとく》した顔《かお》、あるいは、内心《ないしん》で反発《はんぱつ》している顔などもあって、反応《はんのう》は、さまざまである。だが、一つの感動《かんどう》が、会場《かいじょう》を貫《つらぬ》いていたことは確《たし》かだった。

司会者《しかいしゃ》は、元気《げんき》な声《こえ》で言った。

「それでは、ここで、体験《たいけん》に移《うつ》ります。『工場《こうじょう》における実証《じっしょう》』と題《だい》して、酒田《さかた》さんにお願《ねが》いします」

中年《ちゅうねん》の酒田たけは、おずおずと演台《えんだい》に向かい、腰《こし》を低《ひく》くして、丁寧《ていねい》に一礼《いちれい》した。小《こ》太《ぶと》りの主婦《しゅふ》である。

戸《と》田城聖《だじょうせい》は、この時、真《ま》っ先《さき》に拍手を送《おく》った。会場からも、拍手が響《ひび》いた。

彼女《かのじょ》は、何か言いかけたが、黙《だま》ってしまった。戸田が背後《はいご》で、「落《お》ち着《つ》いて、落ち着いて」と小声《こごえ》で応援《おうえん》している。

「うちの工場は、小さい鉄工場《てつこうじょう》で、戦時中《せんじちゅう》は軍需《ぐんじゅ》工場でした。私が信心《しんじん》を始《はじ》めた時は、家中《いえじゅう》が、そろって猛烈《もうれつ》な反対《はんたい》をしました。主人《しゅじん》は、離縁《りえん》すると言って、脅《おど》かしました。

小さい時から、孤児《こじ》として育《そだ》った私は、本当《ほんとう》に不幸《ふこう》の連続《れんぞく》でした。この世《よ》で、ただ自分《じぶん》の子《こ》どもだけが、かわいくて仕方《しかた》ありませんでした。その子どもたちのためにも、なんと言われても、辛抱《しんぼう》して、信心《しんじん》に励《はげ》むより方法《ほうほう》がありませんでした」

会場《かいじょう》は、静《しず》まり返《かえ》っていた。薄幸《はっこう》な生《お》い立《た》ちを聞いて、人びとは、酒田《さかた》の半生《はんせい》に同《どう》情《じょう》を禁《きん》じ得《え》なかった。

「ところが、反対《はんたい》し続《つづ》けた人たちの不幸な現証《げんしょう》を、目《ま》の当《あ》たりにして、まず、お手《て》伝《つだ》いさんが信心しました。しかし、主人《しゅじん》は反対の連続で、生活《せいかつ》は乱《みだ》れ、顔《かお》の形相《ぎょうそう》もすさまじいものでした。これを、なんとか明《あか》るい、和楽《わらく》の家庭《かてい》にさせたくて、私は次第《しだい》に真剣《しんけん》になりました。

私が信心を始《はじ》めて三年目、忘《わす》れもしない昭和《しょうわ》十七年(一九四二年)の六月三日――主人が、とうとう入会《にゅうかい》しました。私は、嬉《うれ》しくて、嬉しくて、御本尊様《ごほんぞんさま》の前で、声《こえ》をあげて泣《な》き伏《ふ》してしまいました。今も、よく覚《おぼ》えております」

彼女《かのじょ》は、平凡《へいぼん》な主婦《しゅふ》であった。学問《がくもん》もなければ、話《はなし》も上手《じょうず》ではない。だが、その涙《なみだ》声《ごえ》には、真実《しんじつ》の情《じょう》があふれていた。

会場《かいじょう》には、聴衆《ちょうしゅう》の感動《かんどう》の波《なみ》が、静《しず》かに漂《ただよ》っていた。酒田《さかた》の真実《しんじつ》の叫《さけ》びが、人びとの深《ふか》い感動を呼《よ》んだのである。

酒田は、ハンカチで強《つよ》く目をこすった。

「私は、話《はなし》が下手《へた》で……」

聴衆は、笑顔《えがお》になった。

「主人《しゅじん》が信心《しんじん》するようになってからは、工場《こうじょう》は、日《ひ》の出《で》の勢《いきお》いに変わりました。すると、間《ま》もなく空襲《くうしゅう》が始《はじ》まりました。何度《なんど》も空襲に遭《あ》い、それこそ恐《おそ》ろしい目に遭いました。でも、私の家は、そのたびに助《たす》かったのです。空襲のサイレンが鳴《な》ると、家《いえ》中《じゅう》で御本尊様《ごほんぞんさま》に題目《だいもく》をあげました。危険《きけん》になると、御本尊様を抱《だ》き締《し》めて、駆《か》け回《まわ》りました。

今、考《かんが》えても不思議《ふしぎ》ですが、こんな私にも、すごい知恵《ちえ》と勇気《ゆうき》が湧《わ》いてきて、隣組《となりぐみ》の人たちを指図《さしず》し、隣組の人びとも私を頼《たよ》りにするほどで、時には団結《だんけつ》して、空襲による火事《かじ》を、片《かた》っ端《ぱし》から消《け》し止《と》めました」

彼女《かのじょ》の話は、自己《じこ》の体験《たいけん》と、現実《げんじつ》の生活《せいかつ》で得《え》た知恵によるものであった。いわば生《せい》命《めい》から、にじみ出た話《はなし》である。聴衆《ちようしゆう》の心《こころ》を打《う》たずにはおかないものがあった。

「終戦《しゆうせん》までには、幾度《いくど》もの空襲《くうしゆう》で、蒲田《かまた》一面《いちめん》、焼《や》け野原《のはら》となりました。しかし、私の隣組《となりぐみ》六軒《けん》は、全部《ぜんぶ》、助《たす》かったのです。蒲田の駅《えき》を降《お》りて、家が目に入《はい》ったら、それが私の家でした。本当《ほんとう》に力《ちから》ある御本尊様《ごほんぞんさま》です。

私の家は、戦時中《せんじちゆう》、こうして守《まも》られました。戦後《せんご》も、世《よ》の中《なか》はガラリと変わりましたが、工場《こうじよう》は、そのまま残《のこ》って、おかげさまで至極順調《しごくじゆんちよう》です。残った家は、いつも座談会《ざだんかい》のお役《やく》に立《た》っています。

何が、いつ起《お》きようとも、御本尊様さえあれば、絶対安心《ぜったいあんしん》だということが、心からわかりました。御本尊様のない方《かた》は、何かあった場合《ばあい》、本当に不幸《ふこう》だと思《おも》います」

話は、ここで切れた。まだ、何か言いよどんでいたが、ぺこんと頭《あたま》を下《さ》げると、そそくさと演台《えんだい》を離《はな》れた。

拍手《はくしゆ》する人もいた。ため息《いき》に似《に》た吐息《といき》も、あちこちに起こった。

戸田城聖《とだじようせい》は、考《かん》えた。

――それは、今日《きよう》の講演会《こうえんかい》を通《とお》して、価値論《かちろん》から入らなければ折伏《しやくぶく》できないといった、戦前《せんぜん》からの習性《しゅうせい》に対《たい》する再検討《さいけんとう》である。

幸《さいわ》い、聴衆《ちょうしゅう》のなかには、青年男女《せいねんだんじょ》もいた。また、校長《こうちょう》をはじめ、学校職員《がっこうしょくいん》や村役場《むらやくば》の人たちなど、理屈好《りくつず》きも多かった。これらの人たちには、価値論《かちろん》も好評《こうひょう》であったろう。しかし、聞き入る人びとに、真実《しんじつ》の感動《かんどう》を与《あた》えたのは、酒田《さかた》たけの体験《たいけん》が随一《ずいいち》であった。

なるほど、理屈で納得《なっとく》できなければ信仰《しんこう》しない、と言う人もいる。それとは逆《ぎゃく》に、信仰の実証《じっしょう》としての体験に、重《おも》きを置《お》く人もあろう。だが、煎《せん》じ詰《つ》めていえば、あらゆる生活《せいかつ》は実践《じっせん》であり、体験で訴《うった》えることほど強《つよ》いものはない。リンゴの味《あじ》を、長々《ながなが》と説明《せつめい》しても、食《た》べてみなければわかるまい。食べたあとで説明を聞いてこそ、誰《だれ》もが納得できるのである。

大宇宙《だいうちゅう》の根本法《こんぽんほう》を図顕《ずけん》された御本尊《ごほんぞん》の、偉大《いだい》な力《ちから》は、理論《りろん》や学問《がくもん》では、とうてい理《り》解《かい》できるものではない。御本尊の力を知るには、体験が根本であり、実践を通《とお》しての話以外《はなしいがい》にはないであろう。

しかも、広宣流布《こうせんるふ》は最大《さいだい》の大衆運動《たいしゅううんどう》であり、生きた庶民《しょみん》の実証を必要《ひつよう》とする。庶民は、観念的《かんねんてき》な理論《りろん》を敬遠《けいえん》し、生活《せいかつ》に即《そく》した事実《じじつ》を好《この》むからだ。それが庶民《しょみん》の知恵《ちえ》であり、強《つよ》さでもあろう。

戸田《とだ》は、戦前《せんぜん》の狭《せま》い殻《から》を脱《だつ》する必要《ひつよう》を、痛切《つうせつ》に感《かん》じていたのである。

次《つぎ》に、「信《しん》の確立《かくりつ》」と題《だい》して原山幸一《はらやまこういち》が、続《つづ》いて、「私の求《もと》めて来た道《みち》」と題して三島由造《みしまよしぞう》が、登壇《とうだん》した。二人《ふたり》は、自己《じこ》の人生行路《じんせいこうろ》を振《ふ》り返《かえ》り、もし妙法《みょうほう》に巡《めぐ》り合《あ》わなければ、この乱世《らんせい》にあって、苦悩《くのう》の波浪《はろう》に押《お》し流《なが》されてしまったであろうことを、実感《じっかん》を込《こ》めて訴《うった》えた。

二人とも、「絶対《ぜったい》」という言葉《ことば》を、何度《なんど》も口《くち》にした。聴衆《ちょうしゅう》は、その絶対の内容《ないよう》を、具体的《ぐたいてき》に聞きたいと心《こころ》に思《おも》い始《はじ》めた。

最後《さいご》に、司会《しかい》の増田久一郎《ますだきゅういちろう》は、「日本に仏法無《ぶっぽうな》し」と演題《えんだい》を読《よ》み上《あ》げ、「戸田城聖《じょうせい》先生《せんせい》にお願《ねが》いします」と大声《おおごえ》で言った。

その時、八十人の熱《ねっ》っぽい視線《しせん》が、一斉《いっせい》に、戸田の長身《ちょうしん》に集《あつ》まった。開《あ》け放《はな》たれた窓《まど》からは、既《すで》に西日《にしび》が深《ふか》く差《さ》し込んでいた。子《こ》どもらの声《こえ》も消《き》え、周《しゅう》囲《い》は、静寂《せいじゃく》につつまれていた。

戸田《とだ》は、机《つくえ》の両端《りょうはし》に軽《かる》く手を置《お》いた。そして、*十界論《じっかいろん》から、静《しず》かに説《と》き始《はじ》めたのである。

彼《かれ》は、真面目《まじめ》な表情《ひょうじょう》で、時にユーモアを連発《れんぱつ》しつつ、話《はなし》を進《すす》めた。聴衆《ちょうしゅう》に、強《つよ》い魅力《みりょく》と、なんともいえぬ親《した》しさを感《かん》じさせた。そして、十界の、おのおのの生命活動《せいめいかつどう》を説明《せつめい》しながら、いつしか、難解《なんかい》な生命論を容易《ようい》に理解《りかい》せしめていったのである。

「このように、地獄界《じごくかい》から仏界《ぶっかい》まで、十種類《しゅるい》の生命の状態《じょうたい》というものは、それぞれ、必《かなら》ず何かの縁《えん》によって現《あらわ》れ、私どもの心身《しんしん》を、一喜一憂《いっきいちゆう》させているわけです。これが、われわれの生命の実態《じったい》であります。また、宇宙《うちゅう》の実相《じっそう》も、一切《いっさい》の現象《げんしょう》も、瞬間瞬間《しゅんかん》、十種のうちの、必ず、どれか一つの状態にあるのです。

悪《わる》い現象や状態でいるのは、誰《だれ》でも、いやなものであります。望《のぞ》むらくは、良《よ》い現象に見舞《みま》われ、満足《まんぞく》した状態でありたい。すなわち、幸福《こうふく》でありたいとは、誰もが願《ねが》うところであります。しかし、ただ願っていれば、叶《かな》うというものではない。それは、皆《みな》さん方《がた》も、経験《けいけん》から、よくご存《ぞん》じの通《とお》りであろうと思《おも》います。

ここで、真実《しんじつ》の生活《せいかつ》の根源力《こんげんりょく》ともいうべき、力《ちから》ある宗教《しゅうきょう》が必要《ひつよう》になってくるのです。日蓮大聖人様《にちれんだいしょうにんさま》は、このことを生命《せいめい》を賭《と》して、お教《おし》えくださっております。われわれは、自分《じぶん》の意思《いし》だけでは、強《つよ》い、清《きよ》らかな金剛不壊《こんごうふえ》の幸福境涯《こうふくきょうがい》に立つことはできません。それには、仏《ほとけ》の生命を顕現《けんげん》すべき対境《たいきょう》が、絶対《ぜったい》にならなければならない。どんな境涯《きょうがい》といえども、必《かなら》ず縁《えん》によって生《しょう》ずるからであります。

この対境が、結論《けつろん》していえば、御本尊《ごほんぞん》なのです。この妙法《みょうほう》の力によって、醜《しゅう》を美《び》に、害《がい》を利《り》に、悪《あく》を善《ぜん》に変え、永遠《えいえん》に滅《ほろ》びざる仏の生命を、われわれに涌現《ゆげん》させてくださるのです。ここに、末法《まっぽう》の御本仏《ごほんぶつ》たる、日蓮大聖人御出現《ごしゅつげん》の意義《いぎ》があることを、私どもは知らねばなりません」

戸田《とだ》の話《はなし》は、確信《かくしん》に満《み》ち、聴衆《ちょうしゅう》の肺腑《はいふ》を突《つ》く勢《いきお》いがあった。

彼《かれ》は一転《いってん》して、日本の現状《げんじょう》に話を移《うつ》した。敗戦後《はいせんご》の混乱《こんらん》した世相《せそう》をあげて、修羅界《しゅらかい》、畜生界《ちくしょうかい》、地獄界《じごくかい》等を説明《せつめい》した。

――この乱脈《らんみゃく》な様相《ようそう》こそ、日蓮大聖人が教えられた妙法を、無視《むし》し続《つづ》けた結果《けっか》である。正法《しょうほう》を見失《みうしな》って倒《たお》れた国は、正法によって立つしか道《みち》がない、と力説《りきせつ》していったのである。

「私は、このような日本の現状《げんじょう》を深《ふか》く悲《かな》しみ、憂《うれ》えるものであります。民族《みんぞく》が復興《ふっこう》するには、必《かなら》ず哲学《てつがく》が必要《ひつよう》であります。その哲学は、また実践《じっせん》をともなわなければならない。実践のない哲学は、観念《かんねん》の遊戯《ゆうぎ》にすぎません。戦時中《せんじちゅう》、国家《こっか》神道《しんとう》を強制《きょうせい》して、大失敗《だいしっぱい》したわが国は、戦後《せんご》、いかなる哲学と道徳《どうとく》を基調《きちょう》として、復興すればよいのでしょうか。人びとを迷《まよ》わす低級《ていきゅう》な宗教《しゅうきょう》や、暴力的《ぼうりょくてき》、退廃的《たいはいてき》な思想《しそう》がはびこっている現在《げんざい》、わが創価学会《そうかがっかい》は、偉大《いだい》な日蓮大聖人《にちれんだいしょうにん》の哲学を身《み》に体《たい》して実践し、祖国《そこく》の復興に寄与《きよ》しようとしているのであります」

彼《かれ》は、情熱的《じょうねつてき》で雄弁家《ゆうべんか》であった。奔流《ほんりゅう》のように飛《と》び出《だ》す一言一句《いちごんいっく》が、無量《むりょう》の重《おも》みをもつ、真実《しんじつ》の叫《さけ》びであった。

「戦《たたか》い敗《やぶ》れた祖国、この日本が、真《しん》に平和《へいわ》を愛好《あいこう》する民族として再起《さいき》するには、正《ただ》しい、矛盾《むじゅん》のない宗教、思想を根底《こんてい》にする以外《いがい》にない。そのうえに、政治《せいじ》や経済《けいざい》や文《ぶん》化《か》が打《う》ち立《た》てられねばならないことは、論《ろん》をまたないところです。

この要求《ようきゅう》を満《み》たし得《う》るものが、実《じつ》は、わが日蓮大聖人の大哲理《だいてつり》なのであります。その根本《こんぽん》が御本尊様《ごほんぞんさま》なのであります」

断定的《だんていてき》な言《い》い方《かた》である。だが彼《かれ》には、獄中《ごくちゅう》で得《え》た強《つよ》い信念《しんねん》と、深《ふか》い哲学的《てつがくてき》な裏付《うらづ》けがあった。

「このようなすごい御本尊様が、厳存《げんそん》しているにもかかわらず、ほとんどの人が、これを知らなかった。いや、知っても無視《むし》してまいりました。皆《みな》さんも、今日《きょう》、初《はじ》めて聞いた人が、大部分《だいぶぶん》だと思います。しかし、知った以上《いじょう》は、わが身《み》のためにも、一家《いっか》のためにも、わが民族《みんぞく》のためにも、速《すみ》やかに御本尊様の大慈悲《だいじひ》に浴《よく》されんことを、心《こころ》から願《ねが》うものであります」

戸田《とだ》は、顔《かお》を上げた。そして、一人《ひとり》ひとりに話《はな》しかけるように、会場《かいじょう》を見渡《みわた》した。

演壇《えんだん》の傍《かたわ》らに立っていた増田《ますだ》が、大声《おおごえ》で言った。

「では、質疑応答《しつぎおうとう》に移《うつ》ります。今までの話《はなし》を聞かれて、数々《かずかず》の疑問《ぎもん》もあろうかと思《おも》います。どなたでも、遠慮《えんりょ》には及《およ》びません。質問《しつもん》のある方は、手をおあげになってください」

一人の青年《せいねん》が手をあげ、指名《しめい》されて立った。そして、朴訥《ぼくとつ》な物腰《ものごし》で尋《たず》ねた。

「法華経《ほけきよう》と、民主主義《みんしゆしゆぎ》との関係《かんけい》を説明《せつめい》してください」

「ああ、いい質問《しつもん》です」

戸田《とだ》は、すぐ受けて、優《やさ》しい表情《ひようじよう》で青年《せいねん》に語《かた》りかけた。

「戦後《せんご》、急《きゆう》に民主主義、民主主義と、誰《だれ》も彼《かれ》も言うようになった。この風潮《ふうちよう》は、日本を誤《あやま》らしめた戦前《せんぜん》の軍部《ぐんぶ》独裁《どくさい》主義に、こりごりしている国民《こくみん》にとっては、当然《とうぜん》なことです。戦前とは反対《はんたい》に、主権在民《しゆけんざいみん》でなければ幸福《こうふく》になれないと、国民が明確《めいかく》に知ったからです」

青年は、頷《うなず》き始《はじ》めた。

戸田は、わが子に言い聞かせるような表情で、話《はなし》を続《つづ》けた。

「民主主義というのは、簡単《かんたん》に言えば、民衆《みんしゆう》が権力《けんりよく》をもち、民衆が権力を行使《こうし》するということです。要《よう》するに主権在民です。皮肉《ひにく》なことだが、わが国は戦争《せんそう》に負《ま》けた結《けっ》果《か》、民衆が自由《じゆう》になり、民衆が中心《ちゆうしん》の社会《しやかい》が、出来上《できあ》がろうとしている。

人間《にんげん》の自由と平等《びようどう》を原理《げんり》として生まれた民主主義には、私も大賛成《だいさんせい》だが、それで万々歳《ばんばんざい》かというと、そうもいかないところに問題《もんだい》がある。

人間《にんげん》の幸《こう》・不幸《ふこう》を考えた時、社会制度《しゃかいせいど》や政治機構《せいじきこう》が大事《だいじ》であることは言うまでもないが、民主主義《みんしゅしゅぎ》というのも、一つの制度にすぎない。心《こころ》の真《しん》の自由《じゆう》の獲得《かくとく》とか、宿命《しゅくめい》の打破《だは》といったことになると、制度や機構を、どれほど整《ととの》えたとしても、なす術《すべ》もありません。

人間関係《かんけい》の悩《なや》みや、運《うん》・不運《ふうん》、あるいは老《お》いとか、病《やまい》とか、死《し》といったことは、制度を変えても、どうにもなるものじゃない。そうじゃないかな」

戸田《とだ》は、演壇《えんだん》から、青年《せいねん》の目を、じっと見つめて話《はなし》を続《つづ》けた。

「西欧《せいおう》の民主主義は、キリスト教《きょう》を基盤《きばん》にしているが、これに対《たい》して、共産《きょうさん》主義の思想《しそう》を根幹《こんかん》とした人民《じんみん》民主主義が、現在《げんざい》、喧伝《けんでん》されている。しかし、両方《りょうほう》とも根《ね》っこは同じです。西欧民主主義は、どちらかといえば自由に重点《じゅうてん》があり、人民民主主義は平等《びょうどう》に力点《りきてん》があるといってよい。

ところが、これらの民主主義は、ともすれば衆愚《しゅうぐ》政治や独裁《どくさい》政治になってしまう場《ば》合《あい》もある。したがって、民主主義という制度を、生かすのも殺《ころ》すのも人間なんです。だから社会変革《へんかく》の根底《こんてい》には、まず人間革命《かくめい》が必要《ひつよう》なんです。

そして、人間《にんげん》を根本的《こんぽんてき》に変革《へんかく》するには、三世《さんぜ》の生命《せいめい》を説《と》ききった末法《まっぽう》の法華経《ほけきょう》である、日蓮大聖人《にちれんだいしょうにん》の南無妙法蓮華経《なんみょうほうれんげきょう》しかありません。日蓮大聖人が説かれる仏法《ぶっぽう》の、生命哲理《てつり》を基調《きちょう》とした民主主義《みんしゅしゅぎ》による以外《いがい》、すべての人の幸福《こうふく》を可能《かのう》にする、人類社会《じんるいしゃかい》の待望《たいぼう》する本当《ほんとう》の民主主義の実現《じつげん》は、不可能《ふかのう》であるというのが、私の主張《しゅちょう》です。後《あと》は、あなた自身《じしん》が、よく思索《しさく》してください」

「……よく、わかりました」

青年《せいねん》は、実《じつ》に単純《たんじゅん》、簡単《かんたん》に答《こた》えた。

すると戸田《とだ》は、ニコニコ笑《わら》いながら言った。

「いや、そう簡単には、わからんよ」

場内《じょうない》には、どっと爆笑《ばくしょう》が渦巻《うずま》いた。

質問《しつもん》の手は、次々《つぎつぎ》とあがった。真面目《まじめ》に仏法の話《はなし》を聞こうとする人が多かったが、なかには批判的《ひはんてき》に、ふざけ半分《はんぶん》で質問する人もいた。回答者《かいとうしゃ》を困《こま》らせるために、わざと意地《いじ》の悪《わる》い聞《き》き方《かた》をする人間は、どこにでもいるものである。

しかし戸田《とだ》は、一人《ひとり》ひとりに明快《めいかい》で、確信《かくしん》に満《み》ちた回答《かいとう》を与《あた》えていった。

質問《しつもん》は、きりがなくなった。時間は、既《すで》に五時を回《まわ》っている。

戸田は、増田《ますだ》を呼《よ》んだ。そして、小声《こごえ》で話《はな》した。

増田は、質問者の手を制《せい》しながら言った。

「司会者《しかいしゃ》としまして、このような活発《かっぱつ》な講演会《こうえんかい》を、この村《むら》で開催《かいさい》でき、本当《ほんとう》に嬉《うれ》しく思います。皆様《みなさま》に厚《あつ》く御礼申《おんれいもう》し上《あ》げます。時間も、かなり経過《けいか》いたしましたので、自然《しぜん》の要求《ようきゅう》もあろうかと存《ぞん》じ、ひとまず閉会《へいかい》といたします。

このあと、夜七時より、拙宅《せったく》において、戸田城聖先生《じょうせいせんせい》を囲《かこ》んで、座談会《ざだんかい》を開催いたすことになっておりますから、心《こころ》ある方《かた》は、奮《ふる》っておいでください。本日《ほんじつ》は、まことにありがとうございました」

夕焼《ゆうや》け雲《ぐも》が真《ま》っ赤《か》である。

熱気《ねっき》に満ちた会場《かいじょう》から、一行《いっこう》は外《そと》に出た。夕暮《ゆうぐ》れの秋風《あきかぜ》が、さわやかであった。

山々《やまやま》の襞《ひだ》は、五色《ごしき》の織物《おりもの》のように、さまざまな明暗《めいあん》を描《えが》いていた。それは、さながら天地《てんち》に描《えが》かれた、一幅《いっぷく》の名画《めいが》であった。稲穂《いなほ》が、秋風《あきかぜ》に波打《なみう》っていた。静《しず》かな田園《でんえん》の調《しら》べが、無言《むごん》の音律《おんりつ》を奏《かな》でているようであった。

秋である。まさしく村里《むらざと》は、実《みの》りの秋であった。

一行《いっこう》は、増田宅《ますだたく》に間《ま》もなく着《つ》いた。そして、さっそく勤行《ごんぎょう》を始《はじ》めた。簡単《かんたん》な夕食《ゆうしょく》をすませ、茶《ちゃ》を飲《の》みながら、またしても、トウモロコシをかじり始めた。楽《たの》しい話《はなし》に花《はな》が咲《さ》き、にぎやかで、底抜《そこぬ》けに明《あか》るかった。

日が暮《く》れ、夜となった。そのころ、村の人びとが、五、六人、やって来た。増田の姉妹《しまい》は、心当《こころあ》たりの人びとを連《つ》れて来《こ》ようと、闇《やみ》のなかへ出て行《い》った。

囲炉裏《いろり》の側《そば》や、座敷《ざしき》の隅《すみ》で、一対《たい》一の膝詰《ひざづ》めの折伏《しゃくぶく》が始まった。入会《にゅうかい》が決定《けってい》すると、連れられて戸田《とだ》の前にやって来た。

まず二十歳前後《はたちぜんご》の、国民学校《こくみんがっこう》の教員《きょういん》が入会を決意《けつい》した。民主主義《みんしゅしゅぎ》の問題《もんだい》を質問《しつもん》した青年《せいねん》である。

実直《じっちょく》な、年配《ねんぱい》の男性《だんせい》が二人《ふたり》、先祖《せんぞ》からの宗教《しゅうきょう》に執着《しゅうちゃく》して、信心《しんじん》することをためらっていた。だが、納得《なっとく》したらしく、遂《つい》に入会《にゅうかい》の決意《けつい》を固《かた》めた。さらに十七、八歳《さい》の元《げん》気《き》な娘《むすめ》が、進《すす》んで入会の手続《てつづ》きを聞きに来た。

四人の入会者である。一行《いっこう》は、意気軒昂《いきけんこう》となった。

誰《だれ》よりも嬉《うれ》しく、得意《とくい》だったのは、久一郎《きゅういちろう》であった。頰《ほお》を紅潮《こうちょう》させ、途端《とたん》に若返《わかがえ》って、浮《う》き浮きしていた。

彼《かれ》は、台所《だいどころ》を片付《かたづ》けている妻《つま》の側《そば》に寄《よ》って、しきりに急《せ》き立《た》て始《はじ》めた。

「家にあるものは、みんな出せ。食《た》べられるものは、全部《ぜんぶ》、出せ!」

久一郎は、納屋《なや》の奥《おく》から、大事《だいじ》そうに瓶《びん》を抱《かか》えてきた。当時《とうじ》の農村《のうそん》の、米《こめ》のあるところには必《かなら》ずあった、濁酒《どぶろく》である。元警察官《もとけいさつかん》の、手塩《てしお》にかけた濁酒であった。

「警官の造《つく》った酒《さけ》を、今夜《こんや》は初《はじ》めて飲《の》んだが、うまいですな!」

戸田《とだ》は、増田《ますだ》をからかいながら、上機嫌《じょうきげん》である。

食卓《しょくたく》の上には、カボチャ、ふかしたジャガイモ、焼《や》いた秋《あき》ナス、山《やま》ブドウ、クリ、白菜《はくさい》の漬物《つけもの》、きんぴらゴボウ、燻製《くんせい》のような川魚の煮付《につ》け……が所狭《ところせま》しと並《なら》んでいた。山里《やまざと》の珍味《ちんみ》である。

皆《みな》、遠慮《えんりょ》なくつつき、語《かた》り合《あ》った。楽《たの》しく豊《ゆた》かな、宴《うたげ》である。

戸田《とだ》の指名《しめい》で、一人《ひとり》ずつ元気《げんき》に歌《うた》い始《はじ》めた。さらに、踊《おど》りも出始《ではじ》めた。古《ふる》い民謡《みんよう》もあった。「リンゴの唄《うた》」など、流行歌《りゅうこうか》も飛《と》び出《だ》した。

山奥《やまおく》の一軒家《いっけんや》は、時ならぬ賑《にぎ》わいで、楽しい雰囲気《ふんいき》につつまれていた。講演会《こうえんかい》の成《せい》功《こう》が、皆を生き生きとさせたのである。

戸田も、自《みずか》ら歌った。そして踊った。彼《かれ》の踊りは、舞《まい》に近《ちか》い。豪快《ごうかい》でありながら、どこか気品《きひん》が漂《ただよ》っていた。一瞬《いっしゅん》、静《せい》から動《どう》に、動から静に移《うつ》る間《ま》の取《と》り方《かた》は絶妙《ぜつみょう》で、長身《ちょうしん》は、実《じつ》に美《うつく》しい線《せん》を描《えが》き、見事《みごと》であった。

拍手《はくしゅ》が繰《く》り返《かえ》され、明《あか》るい笑《わら》い声《ごえ》が波打《なみう》った。誰《だれ》もが楽しみ、愉快《ゆかい》であった。

皆が、夜の更《ふ》けるのも忘《わす》れていた。近くには、家はない。深夜《しんや》の涼気《りょうき》が、すっぽりと、この喜《よろこ》びに満《み》ちた家をつつみ、闇《やみ》が温《あたた》かく、いだいていた。周囲《しゅうい》の草《くさ》むらには、秋《あき》の虫《むし》たちが声《こえ》をそろえて、盛《さか》んな合唱《がっしょう》を繰《く》り返《かえ》していた。

「明日《あす》がある。休《やす》ませていただこう」

戸田が、こう言った時には、既《すで》に真夜中《まよなか》になっていた。

翌朝《よくあさ》は、午前《ごぜん》四時前には起《お》きなければならない。東野《とうや》鉄道《てつどう》の黒羽駅発《くろばねえきはつ》が、午前六時半《はん》だからである。

一行《いっこう》は、正午《しょうご》までに、群馬《ぐんま》県桐生《けんきりゅう》市に到着《とうちゃく》の予定《よてい》であった。桐生の学会員《がっかいいん》が、首《くび》を長《なが》くして待《ま》っているのだ。

未明《みめい》の暗《くら》い道《みち》を、一行は黒羽駅へ向かって急《いそ》いだ。夜明《よあ》け前の冷気《れいき》は、眠気《ねむけ》を覚《さ》ますには好都合《こうつごう》であった。が、いささか寒《さむ》かった。

途中《とちゅう》で、強度《きょうど》の近視《きんし》の戸田《とだ》は、道沿《みちぞ》いの小川《おがわ》に、足《あし》を滑《すべ》らせてしまった。そして、片足《かたあし》を腿《もも》まで濡《ぬ》らしてしまったのである。

清原《きよはら》と酒田《さかた》が駆《か》け寄《よ》って、濡れた足を拭《ふ》いた。

戸田は、カラカラと笑《わら》いだした。

「肥溜《こえだめ》の中でなくて、よかったよ」

一同《いちどう》は、ぷっと噴《ふ》き出《だ》した。どこで何が起きても、いつもユーモアを忘《わす》れぬ戸田であった。見送《みおく》りに来た増田《ますだ》姉妹《しまい》は、いつまでも笑い転《ころ》げていた。

やがて、空《そら》が白《しら》んできた。

妹《いもうと》の政子《まさこ》は、つと戸田《とだ》の側《そば》に寄《よ》り、小声《こごえ》で言った。

「先生《せんせい》！」

「なんだ」

彼女《かのじょ》は、口《くち》をつぐんで、なかなか言わない。

戸田は、優《やさ》しく言った。

「言ってごらん。なんでも聞いてあげるよ」

「先生……私、東京《とうきょう》に出たいんです」

「どうして？　……あっ、結婚《けっこん》のことか」

政子は、思《おも》わず顔《かお》を赤《あか》らめ、頷《うなず》いた。戸田に見抜《みぬ》かれたのである。胸《むね》のなかで、びっくりもした。

「焦《あせ》っちゃいかん。幸福《こうふく》は、遠《とお》くにあるのでは決《けっ》してない」

戸田は、ひとこと言った。

「でも、先生、私、疎開《そかい》してもう三年にもなります。話《はなし》は、幾《いく》つもありましたが、みんな駄目《だめ》なんです。だいいち、こんな山《やま》の中で、私にふさわしい人を、探《さが》せるはずはないと気づきました。どうしても、東京《とうきょう》に出たいんです」

強《つよ》く意《い》を決《けっ》した話《はな》し方《かた》であった。

政子《まさこ》にとっては、当時《とうじ》の多くの女性《じょせい》と同じく、戦争《せんそう》が結婚《けっこん》を遅《おく》らせていたのである。

戦後《せんご》になっても、彼女《かのじょ》は、那須《なす》の山奥《やまおく》にいなければならなかった。結婚の機会《きかい》は、失《うしな》われていくように思《おも》われた。彼女は、いつか焦《あせ》りだしたのである。

「東京へ出さえすれば、いい相手《あいて》が見つかると思うんだね？」

戸田《とだ》は、振《ふ》り向《む》いて、政子に言った。

「そう思うんですけど……」

「見つからん。焦っちゃいかん。不幸《ふこう》になるだけだ」

彼《かれ》は、言下《げんか》に否《ひ》定《てい》した。

彼女は、失望《しつぼう》の色《いろ》を浮《う》かべ、うなだれた。

「ちゃんと、信心《しんじん》してごらん。欺《だま》されたと思ってもいいから、立派《りっぱ》な信心を貫《つらぬ》いてごらん。山奥にいようと、都会《とかい》にいようと、貴女《あなた》にいちばん、ふさわしい立派な人に、必《かなら》ず巡《めぐ》り合《あ》える。どういう順序《じゅんじょ》でそうなるか、それはわからん。が、きっとそうなる。場所《ばしょ》ではないよ。信心《しんじん》だ。そうでなかったら、御本尊様《ごほんぞんさま》は、嘘《うそ》だよ」

「…………」

戸田《とだ》の指導《しどう》は、いつでも、場所を選《えら》ぶことなく、形式抜《けいしきぬ》きで行《おこな》われた。人によっては、自分《じぶん》の一生《いっしょう》を左右《さゆう》しかねない問題《もんだい》で、指導を受けているのである。その場限《ばかぎ》りの感情論《かんじょうろん》で、納得《なっとく》のいかない指導をしていては、人生《じんせい》を大きく狂《くる》わせてしまう。だから戸田は、絶《た》えず妙法《みょうほう》を根幹《こんかん》に、揺《ゆ》るぎない信心の立場《たちば》から、真剣勝負《しんけんしょうぶ》で臨《のぞ》んだ。

「心配《しんぱい》することなんか、少《すこ》しもない。信心で、自分の宿命《しゅくめい》を大きく開いていくんだ。私が、じっと見ていてあげる。決《けっ》して焦《あせ》ってはなりませんぞ」

彼《かれ》は、厳《きび》しい口調《くちょう》で言った。

政子《まさこ》は、深《ふか》く頷《うなず》いて納得した。

戸田は、政子の手を取って、優《やさ》しい父《ちち》のように諭《さと》した。

「元気《げんき》になるんだよ。卑屈《ひくつ》になっては、いかん。那須《なす》で、大いに頑張《がんば》りなさい。信心でね」

彼女《かのじょ》は、いつか涙《なみだ》ぐんでいた。

夜は、すっかり明《あ》けた。

列車《れっしゃ》は、定刻《ていこく》六時半《はん》に発車《はっしゃ》した。清原《きよはら》の振《ふ》るハンカチに応《こた》え、増田姉妹《ますだしまい》が、プラットホームで、いつまでも手を振っていた。

列車は、のろのろと走《はし》っていた。睡眠不足《すいみんぶそく》のためか、皆《みな》は、たちまち気持《きも》ちよく眠《ねむ》り始《はじ》めた。戸田《とだ》は、*仁丹《じんたん》を、むやみにポリポリとかんでいた。そして、窓外《そうがい》の広《ひろ》い原野《げんや》を眺《なが》めていた。

彼方《かなた》には、幾重《いくえ》にも重《かさ》なる山々《やまやま》の峰《みね》がそびえていた。

彼《かれ》は、厳《きび》しい表情《ひょうじょう》を崩《くず》すことなく、窓外の景色《けしき》に、じっと目を向け、深《ふか》い思《おも》いにふけっていた。

〝ここに見える現実《げんじつ》の山々は、どんなに遠《とお》く険《けわ》しかろうと、歩《ある》けば峰を極《きわ》めることはできる。この足《あし》を、一歩《いっぽ》一歩、弛《たゆ》まず運《はこ》びさえするなら、どんなに高い山でも、いつかは必《かなら》ず越《こ》えることができる。これは間違《まちが》いない。しかし、広宣流布《こうせんるふ》の幾山河《いくさんが》は、いったい、どこにあるのか。いつ見えるのか……〟

戸田《とだ》は、地方指導《ちほうしどう》の第一歩《だいいっぽ》を踏《ふ》み出《だ》した。その道《みち》は、遥《はる》かなる山河《さんが》に、続《つづ》いているように思《おも》えた。

一瞬《いっしゅん》、空漠《くうばく》の思いに駆《か》られ、外界《がいかい》の山々《やまやま》と己心《こしん》の山々とが、重《かさ》なり合《あ》っていった。

〝広布《こうふ》の幾山河《いくさんが》。それこそ、十重二十重《とえはたえ》の山であるにちがいない。ただ、足《あし》を運《はこ》べば、越《こ》すことができる、といった山でないことは確《たし》かだ。それは、*魔《ま》との壮絶《そうぜつ》な戦《たたか》いであるにちがいない。影《かげ》も、姿《すがた》も見せぬ魔との戦い！　所詮《しょせん》、広宣流布《こうせんるふ》の幾山河は、底知《そこし》れぬ宇宙《うちゅう》に広《ひろ》がり、はびこる魔との戦いであろうか……〟

彼《かれ》は、ここまで思いたどった。そして、日蓮大聖人《にちれんだいしょうにん》の御姿《おすがた》を、一人懐《ひとりなつ》かしく思い浮《う》かべていた。静《しず》かに唱題《しょうだい》しながら、列車《れっしゃ》の心地《ここち》よい振動《しんどう》に身《み》を任《まか》せた。

列車は、西那須野《にしなすの》駅構内《えきこうない》に入《はい》った。そこで東北本線《とうほくほんせん》に乗《の》り換《か》え、そして小山駅《おやまえき》に着《つ》いて、今度《こんど》は両毛線《りょうもうせん》に乗り換えた。

桐生駅《きりゅうえき》には、二、三人の顔見知《かおみし》りの同志《どうし》が出迎《でむか》えていた。

一行《いっこう》は、この地方都市《とし》の繁華街《はんかがい》にある、古《ふる》くからの信徒《しんと》の家に案内《あんない》された。宮田《みやた》という姓《せい》である。疎開《そかい》した学会員《がっかいいん》の山田《やまだ》や、野口《のぐち》や、鬼頭《きとう》たちは、戦時中《せんじちゅう》、灯火管制下《とうかかんせいか》にあっても、座談会《ざだんかい》を、折々《おりおり》、開いていた。なんとか信心《しんじん》の火を絶《た》やさず、守《まも》ってきたのである。

戸田《とだ》は、宮田宅《みやたたく》で、さっそく勤行《ごんぎょう》を始《はじ》めた。この地には、日蓮正宗《にちれんしょうしゅう》の寺院《じいん》もあったが、驚《おどろ》いたことに、経文《きょうもん》の読《よ》めない信徒《しんと》が大部分《だいぶぶん》であった。

小憩《しょうけい》し、座談会場《かいじょう》になっている、最近《さいきん》、信心を始めたという水田宅《みずた》へ赴《おもむ》いた。

戸田は、道々《みちみち》、しきりと三島由造《みしまよしぞう》に話《はな》していた。

「ここの信心は濁《にご》っているな。すっきりさせなければ、いずれ大変《たいへん》なことになるだろう。三島君、ひとつ、せっせと通《かよ》って、厳《きび》しく指導《しどう》してやってくれたまえ」

「はい！」

三島は答《こた》えた。

すると戸田は、駄目押《だめお》しするように、強《つよ》い口調《くちょう》で言った。

「しかし、骨《ほね》が折《お》れるぞ！」

三島は、この時、何も気づかずにいた。だが、この方面《ほうめん》の信心が軌道《きどう》に乗《の》るまでには、事実《じじつ》、数年《すうねん》の歳月《さいげつ》が必要《ひつよう》であった。

座談会《ざだんかい》には、十人の人が集《あつ》まっていた。そのうち、未入会《みにゅうかい》の参加者《さんかしゃ》は、一人《ひとり》だけであった。

戸田《とだ》は、一人ひとりに、和《なご》やかに話《はな》しかけた。おのおのの生活状態《せいかつじょうたい》を聞き、懇切《こんせつ》な指導《しどう》をしていった。そして、日蓮大聖人《にちれんだいしょうにん》の仏法《ぶっぽう》の峻厳《しゅんげん》さと、慈悲《じひ》の深《ふか》さを説《と》いた。

最後《さいご》に戸田は、広宣流布《こうせんるふ》への並々《なみなみ》ならぬ決意《けつい》を語《かた》って、話《はなし》を結《むす》んだ。

「広宣流布は、戸田がやる。誰《だれ》にも渡《わた》さん。みんな、しっかりついて来なさい。必《かなら》ず無量《むりょう》の福運《ふくうん》を積《つ》むことができるんですよ」

未入会の一人は、信心《しんじん》をすることになった。

地方《ちほう》指導を終《お》え、桐生《きりゅう》を後《あと》にした一行《いっこう》の心《こころ》は、晴《は》れ晴《ば》れとしていた。

帰《かえ》りの列車《れっしゃ》は、立錐《りっすい》の余地《よち》もないほどの混《こ》みようであり、身動《みうご》きもできなかった。

戦後《せんご》第一回の地方指導は、手探《てさぐ》りにも似《に》た状態《じょうたい》でスタートしたが、広宣流布の新《あら》たな突破口《とっぱこう》を開いたのである。

戸田《とだ》の胸《むね》は、深《ふか》い感慨《かんがい》に満《み》たされていた。それは、いかなる山河《さんが》も、勇気《ゆうき》をもって歩《あゆ》みを運《はこ》ぶならば、必《かなら》ず踏破《とうは》することができるという確信《かくしん》であった。弟子《でし》たちも、その確信を深めたのである。

序《じょ》　曲《きょく》

一九四六年（昭和《しょうわ》二十一年）十一月三日——新憲法《しんけんぽう》、つまり、「日本国憲法」が公布《こうふ》された。明治《めいじ》憲法と言われてきた「大日本帝国《ていこく》憲法」が、ここで根本的《こんぽんてき》に改革《かいかく》されたのである。

旧《きゅう》憲法は、欽定《きんてい》憲法といわれたように、天皇《てんのう》によって制定《せいてい》されたという形式《けいしき》をとっていた。要《よう》するに天皇主権主義《しゅけんしゅぎ》であり、軍国《ぐんこく》主義を可能《かのう》にした条項《じょうこう》を含《ふく》んだ憲法であった。

これに対《たい》し新憲法は、国民《こくみん》主権を掲《かか》げ、平和《へいわ》主義を標榜《ひょうぼう》し、基本的人権《きほんてきじんけん》の尊重《そんちょう》を高らかにうたっている。

その条文《じょうぶん》のなかでも、制定の際《さい》に論争《ろんそう》の的《まと》となったのは、第一章《しょう》第一条から第八条《じょう》までの天皇《てんのう》に関《かん》する条項《じょうこう》と、第二章《しょう》第九条に定《さだ》められた戦争放棄《せんそうほうき》の条項であった。

しかし、このうち特《とく》に第九条の規定《きてい》が、将来《しょうらい》どのような事態《じたい》を招《まね》くことになるか、誰人《たれびと》も予測《よそく》できなかったのではないだろうか。当時《とうじ》の指導者《しどうしゃ》、*マッカーサーや*幣原喜重郎《しではらきじゅうろう》、*吉田茂《よしだしげる》等も、例外《れいがい》ではなかったにちがいない。

第一条　天皇は、日本国の象徴《しょうちょう》であり日本国民統合《こくみんとうごう》の象徴であつて、この地位《ちい》は、主権《しゅけん》の存《そん》する日本国民の総意《そうい》に基《もと》づく。

第九条　日本国民は、正義《せいぎ》と秩序《ちつじょ》を基調《きちょう》とする国際平和《こくさいへいわ》を誠実《せいじつ》に希求《ききゅう》し、国権《こっけん》の発《はっ》動《どう》たる戦争と、武力《ぶりょく》による威嚇又《いかくまた》は武力の行使《こうし》は、国際紛争《ふんそう》を解決《かいけつ》する手段《しゅだん》としては、永久《えいきゅう》にこれを放棄する。

② 前項《ぜんこう》の目的《もくてき》を達《たっ》するため、陸海空軍《りくかいくうぐん》その他の戦力《せんりょく》は、これを保持《ほじ》しない。国の交戦権《こうせんけん》は、これを認《みと》めない。

第一条《じよう》の後段《こうだん》にも明記《めいき》されているように、主権《しゆけん》が国民《こくみん》にあること、つまり主権在民《ざいみん》は世界《せかい》の趨勢《すうせい》であり、当然《とうぜん》のことである。しかし、第九条に定《さだ》められた戦争《せんそう》の永久放《えいきゆうほう》棄《き》は、世界の政治常識《せいじじようしき》の意表《いひよう》を突《つ》いたものであったことは確《たし》かだ。平和《へいわ》主義《しゆぎ》を理念《りねん》とするこの第九条が、好戦国《こうせんこく》と思われていた日本に出現《しゆつげん》したことは、世界の人びとにも、一種異様《いつしゆいよう》な不思議《ふしぎ》さとして受《う》け止《と》められたにちがいない。

日本の軍事力《ぐんじりよく》の解体《かいたい》を完了《かんりよう》したマッカーサーは、将来《しようらい》にわたって、再《ふたた》び日本が戦争できぬよう、その能力《のうりよく》を剝奪《はくだつ》することを意図《いと》していた。彼《かれ》は、これが人類《じんるい》の歴史上《れきしじよう》、前例《ぜんれい》を見ない難問《なんもん》であることを承知《しようち》していた。しかし同時《どうじ》に、恒久《こうきゆう》平和をめざす民主《みんしゆ》国家《こつか》を、自《みずか》らの手でつくり上げたいという理想《りそう》に燃《も》えていたにちがいない。

占領下《せんりようか》の日本政府《せいふ》の首脳《しゆのう》は、幣原喜重郎《しではらきじゆうろう》にしろ、吉田茂《よしだしげる》にしろ、何よりも、天皇制《てんのうせい》の維持《いじ》に最《もつと》も心《こころ》を悩《なや》ませていた。マッカーサーと天皇との第一回会見以来《かいけんいらい》、天皇が戦《せん》犯《ぱん》として起訴《きそ》される心配《しんぱい》はない、との感触《かんしよく》は得《え》ていたものの、まだ確実《かくじつ》に保証《ほしよう》されていたわけではなかった。皇室《こうしつ》の存続《そんぞく》を最大《さいだい》の課題《かだい》とする彼らは、そのためには、他の譲歩《じようほ》はやむなしとの決意《けつい》をいだいていた。

マッカーサーは、日本の占領統治《せんりょうとうち》を円滑《えんかつ》に実施《じっし》するために、天皇《てんのう》を温存《おんぞん》させることが、得策《とくさく》であるとの方針《ほうしん》を固《かた》めていた。しかし、連合国側《れんごうこくがわ》には、天皇を軍事裁判《ぐんじさいばん》にかけるべきだとの、強硬《きょうこう》な意見《いけん》をもつ国も多かった。そこで、連合国のなかにある天皇に対《たい》する批判《ひはん》の声《こえ》を、封《ふう》じ込《こ》める必要《ひつよう》があった。そのためには、日本を徹底的《てっていてき》な平《へい》和国家《わこっか》につくり上げる道筋《みちすじ》を示《しめ》すことが、最《もっと》も効果的《こうかてき》な方法《ほうほう》であったのではなかろうか。

このような勝者《しょうしゃ》と敗者《はいしゃ》との思惑《おもわく》が交錯《こうさく》するなかで、第九条《じょう》は生まれたともいえる。少《すく》なくともその出発点《しゅっぱつてん》が、平和主義《しゅぎ》という本質的《ほんしつてき》な理念《りねん》からでなかったことは、確《たし》かであろう。それは、憲法改正作業《けんぽうかいせいさぎょう》をめぐる経過《けいか》を振《ふ》り返《かえ》ってみれば、明白《めいはく》である。

マッカーサーは、一九四五年（昭和《しょうわ》二十年）十月四日、東久邇《ひがしくに》内閣《ないかく》の国務《こくむ》大臣《だいじん》・近《この》衛《え》文麿《ふみまろ》と会談《かいだん》し、日本の民主化《みんしゅか》へ向けての憲法改正を示唆《しさ》した。その東久邇内閣は、翌《よく》五日に総辞職《そうじしょく》し、九日に幣原《しではら》内閣が発足《ほっそく》した。

近衛は、国務大臣の職を離《はな》れたが、マッカーサーから憲法改正の指示《しじ》を受けたと信《しん》じていた彼《かれ》は、準備《じゅんび》のために、八日にGHQ（連合国軍総司令部《れんごうこくぐんそうしれいぶ》）の顧問《こもん》であるジョージ・アチソンを訪《たず》ねた。この時、アチソンは、多項目《たこうもく》にわたる改正《かいせい》の基本的《きほんてき》な要綱《ようこう》を、近衛《このえ》に伝《つた》えている。しかし、そのなかには、天皇《てんのう》の象徴化《しょうちょうか》も、戦争放棄《せんそうほうき》の項目もなかった。

近衛は、十一日に内大臣府《ないだいじんふ》御用掛《ごようがかり》に就任《しゅうにん》し、具体的《ぐたいてき》な作業《さぎょう》に取りかかった。近衛が内大臣府御用掛に就《つ》いたのは、明治《めいじ》憲法《けんぽう》においては、憲法改正の発議権《はつぎけん》は天皇にしかなく、天皇に助言《じょげん》を与《あた》えるのが内大臣府の任務《にんむ》であったからである。

この十一日に、新内閣《しんないかく》の幣原首相《しではらしゅしょう》は、マッカーサーを訪ねて会見《かいけん》したが、そこでもマッカーサーは、憲法の民主的《みんしゅてき》改正を示唆《しさ》した。しかし、この際《さい》にも、天皇の地位《ちい》についても、戦争放棄についても、話題《わだい》が及《およ》ぶことはなかった。

この二日後の十三日、政府《せいふ》は国務《こくむ》大臣の松本烝治《まつもとじょうじ》を委員長《いいんちょう》とする憲法問題調査委員《もんだいちょうさいいん》会《かい》の設置《せっち》を決めた。

こうして、マッカーサーの示唆によって、憲法改正を研究《けんきゅう》する機関《きかん》が、内大臣府と内閣の双方《そうほう》にできてしまった。しばらくすると、このことが問題視され、憲法改正は内閣《ないかく》の仕事《しごと》であり、内大臣府《ないだいじんふ》が、かかわるのはおかしいとの声《こえ》が起《お》きてきた。また、近衛《このえ》の戦犯問題《せんぱんもんだい》も話題《わだい》に上《のぼ》るようになってきた。

このような事態《じたい》の推移《すいい》のもと、マッカーサーは態度《たいど》を一変《いっぺん》させた。十一月一日、GHQは、憲法改正《けんぽうかいせい》問題に関《かん》して、近衛を支持《しじ》しないと表明《ひょうめい》したのである。

近衛は、自分《じぶん》が天皇《てんのう》の命《めい》によって憲法改正に向けて準備《じゅんび》していることを述《の》べ、十一月二十二日に調査結果《ちょうさけっか》を天皇に報告《ほうこく》したが、十二月六日に戦犯容疑者《ようぎしゃ》として逮捕命令《たいほめいれい》が出されると、出頭日《しゅっとうび》の十六日、服毒《ふくどく》して自殺《じさつ》した。

十一月二十六日に、第八十九回臨時帝国議会《りんじていこくぎかい》が召集《しょうしゅう》された。議会では、憲法改正問題がたびたび議員《ぎいん》から提起《ていき》された。

十二月八日、憲法問題調査委員会《いいんかい》の委員長でもある松本烝治国務大臣《まつもとじょうじこくむだいじん》は、質問《しつもん》に答《こた》えるかたちで、後《のち》に「松本四原則《げんそく》」*と称《しょう》される内容《ないよう》を、個人的見解《こじんてきけんかい》として述べた。しかし、それは明治《めいじ》憲法の基本理念《きほんりねん》を改革《かいかく》しようとする内容ではなかったし、そもそも政府《せいふ》は、本格的《ほんかくてき》な改正が必要《ひつよう》とは、考《かんが》えていなかったようである。

このころから、各党《かくとう》も憲法改正案を相次《あいつ》いで発表《はっぴょう》した。自由党案《じゆうとうあん》も、進歩党《しんぽとう》案も、天皇《てんのう》に統治権《とうちけん》を与《あた》える内容《ないよう》であった。

改革的《かいかくてき》と見られていた社会党《しゃかいとう》でさえも、主権《しゅけん》は天皇を含む国民協同体《ふくこくみんきょうどうたい》にあるとし、統治権は天皇と議会《ぎかい》に分割《ぶんかつ》するとの考《かんが》えであった。

天皇制廃止《はいし》を主張《しゅちょう》する共産党《きょうさんとう》が発表《はっぴょう》した「新憲法《しんけんぽう》の骨子《こっし》」にも、戦争放棄《せんそうほうき》については影《かげ》すら見えなかった。

要《よう》するに、保守《ほしゅ》、革新《かくしん》ともに、世界《せかい》の動向《どうこう》についての把握《はあく》が的確《てきかく》でなく、明確《めいかく》な方《ほう》向性《こうせい》も展望《てんぼう》も、もっていなかったのである。

年《とし》が明《あ》けた一九四六年（昭和《しょうわ》二十一年）一月末《まつ》から、内閣《ないかく》では、数回《すうかい》にわたって憲法問題《もんだい》について討議《とうぎ》が行《おこな》われた。

二月四日、憲法問題調査委員会《ちょうさいいんかい》での最終意見《さいしゅういけん》を聴取《ちょうしゅ》して、内閣としての審議《しんぎ》を終《お》えた。しかし、内閣がとりまとめた憲法改正要綱《かいせいようこう》は、統治権は天皇にあるとする明治《めいじ》憲法の条項《じょうこう》には、ほとんど手をつけておらず、憲法改正をめざすというには、ほど遠《とお》いものであった。

松本国務《まつもとこくむ》大臣《だいじん》が、この改正要綱をＧＨＱに届《とど》けたのは、二月八日であった。この時、既《すで》に、ＧＨＱが憲法改正作業《けんぽうかいせいさぎょう》に全力《ぜんりょく》を集中《しゅうちゅう》していることなど、首相《しゅしょう》の幣原《しではら》も、松本《まつもと》も、全《まった》く知る由《よし》もなかった。

その一カ月前の一月十一日、マッカーサーは、スウィンク（ＳＷＮＣＣ＝合衆国国務《がっしゅうこくこくむ》省《しょう》・陸軍省《りくぐんしょう》・海軍省《かいぐんしょう》の三省調整委員会《ちょうせいいいんかい》）から、一通《つう》の極秘《ごくひ》文書《ぶんしょ》を受け取っていた。「日本の統治《とうち》体制《たいせい》の改革《かいかく》」と題《だい》するこの文書は、憲法改正に関《かん》する米国政府《べいこくせいふ》の考《かんが》えを示《しめ》したものであった。ＧＨＱは、日本政府の動《うご》きを注視《ちゅうし》しつつ、憲法改正に向けた準備《じゅんび》作業を開始《かいし》した。

二月一日、毎日新聞《まいにちしんぶん》が重要《じゅうよう》なスクープ記事《きじ》を一面《めん》に掲載《けいさい》した。それは、「憲法問題《もんだい》調査《ちょうさ》委員会試案《しあん》」の全容《ぜんよう》なるものであった。そこには、「憲法改正・調査会の試案」「立憲君主主義《りつけんくんしゅしゅぎ》を確立《かくりつ》」という見出《みだ》しが躍《おど》っていた。正確《せいかく》には一委員の試案であったが、憲法問題調査委員会が準備していた試案と、骨子《こつし》において本質的《ほんしつてき》な相違《そうい》はなかった。

このスクープ記事に、ＧＨＱは即座《そくざ》に反応《はんのう》した。試案の全条文《ぜんじょうぶん》が英語《えいご》に翻訳《ほんやく》され、マッカーサーに届《とど》けられた。

マッカーサーは、日本政府《せいふ》に民主的《みんしゅてき》な憲法《けんぽう》の立案《りつあん》を期待《きたい》することは、不可能《ふかのう》だと判《はん》断《だん》したにちがいない。二月三日の朝《あさ》、彼《かれ》は、GHQ民政局《みんせいきょく》に対《たい》し、憲法改正草案《かいせいそうあん》の早《さっ》急《きゅう》な作成《さくせい》を指示《しじ》し、草案に盛《も》り込《こ》むべき不可欠《ふかけつ》の内容《ないよう》として、三点を記《しる》したメモを渡《わた》した。いわゆる「マッカーサーノート」である。

そこには、①元首《げんしゅ》としての天皇《てんのう》の地位《ちい》、②戦争放棄《せんそうほうき》、③封建制度《ほうけんせいど》の廃止《はいし》、が記されていた。ここに初《はじ》めて、「戦争放棄、軍備《ぐんび》撤廃《てっぱい》」が浮《う》かび上《あ》がってきたのである。

マッカーサーの指示を受け、翌《よく》四日から、草案作成作業《さくせいさぎょう》が急《きゅう》ピッチで進《すす》められ、GHQによる憲法草案は十二日に完成《かんせい》した。

翌十三日、GHQ民政局長のコートニー・ホイットニーは、吉田茂外務《よしだしげるがいむ》大臣《だいじん》、松本《まつもと》烝治国務《じょうじこくむ》大臣に会い、八日に受け取った日本政府の憲法改正案は容認《ようにん》できないことを告《つ》げ、同時《どうじ》に、GHQが作成した改正草案を提示《ていじ》した。

両大臣は驚愕《きょうがく》した。彼らは、この日、八日に提出《ていしゅつ》した憲法改正要綱《ようこう》についてGHQの意見《いけん》を聞き、それに基《もと》づいて憲法改正作業を開始《かいし》するつもりだったのである。さらに、GHQ草案の内容を見て、彼らの驚《おどろ》きは深《ふか》まった。驚きというより、憂慮《ゆうりょ》を深めたといった方《ほう》がいいかもしれない。革命的《かくめいてき》ともいえる、あまりにも抜本的《ばっぽんてき》な改革内容《かいかくないよう》だったからだ。即答《そくとう》できるようなことではなかった。

松本《まつもと》は、幣原《しではら》と協議《きょうぎ》し、日本側《がわ》の要綱《ようこう》について再説明書《さいせつめいしょ》を提出《ていしゅつ》した。だが、十八日、ホイットニーは、GHQ草案《そうあん》の原則《げんそく》を盛《も》り込《こ》んだ改正案《かいせいあん》を作成《さくせい》するか否《いな》か、二十日までに回答《かいとう》するよう告《つ》げてきたのである。

二月十九日、閣議《かくぎ》が開かれ、松本国務大臣《こくむだいじん》から経過報告《けいかほうこく》が行《おこな》われた。各大臣には、初耳《はつみみ》であった。青天《せいてん》の霹靂《へきれき》ともいうべきGHQ草案に、議論百出《ぎろんひゃくしゅつ》となった。あまりにも斬新《ざんしん》な草案内容に、彼《かれ》らには、GHQの意図《いと》がどこにあるのかすら、見当《けんとう》もつかなかった。結局《けつきょく》、幣原首相《しゅしょう》が、自《みずか》らマッカーサーを訪《たず》ね、GHQの考《かんが》えを確認《かくにん》してくることを決め、閣議は終《お》わった。

二十一日に、幣原はマッカーサーを訪ね、長時間《ちょうじかん》にわたり会談《かいだん》した。この時、幣原は、マッカーサーの話《はなし》を聞いて、日本が、いかに厳《きび》しい国際世論《こくさいよろん》のもとにあるかを初《はじ》めて知ったのである。

この時期《じき》、日本占領政策《せんりょうせいさく》についての連合国《れんごうこく》の最高決定機関《さいこうけっていきかん》である極東委員会《きょくとういいんかい》＊の第一回の会合《かいごう》が、二月末《まつ》に開催《かいさい》されることが決定《けってい》していた。委員会《いいんかい》には、天皇制廃止《てんのうせいはいし》を強《きょう》硬《こう》に主張《しゅちょう》しているソ連《れん》やオーストラリアが参加《さんか》していた。極東《きょくとう》委員会が活動《かつどう》を開始《かいし》した場《ば》合《あい》、GHQは、その指示《しじ》に従《したが》わなければならない。

マッカーサーは、日本が天皇《てんのう》の地位《ちい》の安泰《あんたい》を図《はか》るには、極東委員会が異《い》を唱《とな》えにくいような、平和的《へいわてき》、民主的憲法案《みんしゅてきけんぽうあん》を、早急《さっきゅう》に示《しめ》す必要《ひつよう》があると考《かんが》えていた。

それには、象徴《しょうちょう》天皇制と主権在民《しゅけんざいみん》、戦争放棄《せんそうほうき》を明確《めいかく》にすることが絶対《ぜったい》に必要であり、これを受け入れなければ、日本の安泰も、天皇の安泰も困難《こんなん》であろう――と、彼《かれ》は説《と》いたのである。

幣原《しではら》は、もはや、GHQ草案《そうあん》を拒否《きょひ》することはできないと悟《さと》った。

ところで、当時《とうじ》の状況《じょうきょう》から、天皇に主権を与《あた》えないための条項《じょうこう》が考えられたことは当然《とうぜん》として、戦争放棄というアイデアは、どこから出てきたのであろうか。

マッカーサーは、後《のち》に、彼の回想録《かいそうろく》のなかで、一月二十四日の幣原首相《しゅしょう》との会見《かいけん》の折《おり》、幣原から、新憲法を起草《きそう》する際《さい》に、戦争放棄の条項をつくり、一切《いっさい》の軍備《ぐんび》をもたないことを明確《めいかく》にしたい、という提案《ていあん》があったことを述《の》べている。

また、幣原自身《しではらじしん》も、彼《かれ》の回顧録《かいころく》のなかで、中途半端《ちゅうとはんぱ》な軍備《ぐんび》をもつより、軍備を全廃《ぜんぱい》し、戦争《せんそう》を放棄《ほうき》した方《ほう》がいいとの考えをもっていた、と述べている。

幣原が、軍備全廃の考えをもち、マッカーサーとの会見《かいけん》の際《さい》に戦争放棄の考えを述べていたとすれば、彼の頭脳《ずのう》のなかにあったそのアイデアは、なぜ憲法改正要綱《けんぽうかいせいようこう》に反《はん》映《えい》されなかったのであろうか。

戦争放棄は、幣原が発議《はつぎ》したのか、マッカーサーの指示《しじ》によったのか、今となっては真相《しんそう》を検証《けんしょう》するのも困難《こんなん》である。

ともあれ、国際紛争《こくさいふんそう》を解決《かいけつ》する手段《しゅだん》として、武力《ぶりょく》を行使《こうし》することを排除《はいじょ》し、戦争を永久《えいきゅう》に放棄するという規定《きてい》は、極《きわ》めて画期的《かっきてき》な発想《はっそう》であったことは間違《まちが》いない。戦争放棄をうたった憲法第九条の精神《じょう》は、世界《せかい》がめざすべき平和《へいわ》の理念《りねん》であり、この精神こそ、永遠《えいえん》に堅持《けんじ》し、掲《かか》げ続《つづ》けていくべきものであろう。

戦争放棄の考え方《かた》そのものは、この時、初《はじ》めて登場《とうじょう》したものではない。既《すで》に、一九二八年（昭和三年《しょうわ》）のパリ不戦条約《ふせんじょうやく》（ケロッグ・ブリアン条約）に出ている。不戦条約の

第一条《じょう》には次《つぎ》のようにある。

第一条　締約国《ていやくこく》は、国際紛争解決《こくさいふんそうかいけつ》のために戦争《せんそう》に訴《うった》えることを不法《ふほう》と認《みと》め、またその相互《そうご》の関係《かんけい》において、国家《こっか》の政策《せいさく》の手段《しゅだん》としての戦争を放棄《ほうき》することを、その人民《じんみん》の名《な》において厳粛《げんしゅく》に宣言《せんげん》する。

第一次《だいいちじ》世《せ》界大戦《かいたいせん》は、毒《どく》ガス・戦車《せんしゃ》・潜水艦《せんすいかん》・飛行機《ひこうき》など、大量破壊《たいりょうはかい》を可能《かのう》とする新《しん》兵器《へいき》が登場《とうじょう》し、八百数十万人という未曾有《みぞう》の死者《ししゃ》を出した。大戦後、一九一九年（大《たい》正《しょう》八年）にパリ講和会議《こうわかいぎ》が開かれ、二〇年（同九年）には国際連盟《こくさいれんめい》が設立《せつりつ》された。あまりの戦争の惨禍《さんか》に、世界には、二度と戦争を起《お》こしてはならないという反省《はんせい》が満《み》ちていた。そして、パリ不戦条約《ふせんじょうやく》となって結実《けつじつ》したのである。

その後、国際連盟は十分《じゅうぶん》に機能《きのう》せず、不戦条約も一片《いっぺん》の紙《かみ》と化《か》し、条約は破《やぶ》られていくが、戦争放棄の理念《りねん》は、スペイン憲法《けんぽう》や、イタリア憲法にも引《ひ》き継《つ》がれており、多くの人に知られていた。さらに第二次世界大戦を経《へ》て、このような惨禍を繰《く》り返《かえ》してはならないとの願《ねが》いを込《こ》め、四五年（昭和《しょうわ》二十年）十月に発効《はっこう》した国際連合憲章《こくさいれんごうけんしょう》にも、その精神《せいしん》は受《う》け継《つ》がれている。

こうしたことは、幣原《しではら》やマッカーサーも、当然《とうぜん》知っていたであろうし、GHQの草《そう》案作成《あんさくせい》メンバーにも、知っていたスタッフはいたと考《かんが》えられる。

そこから、第九条《じょう》の発案者《はつあんしゃ》が、幣原であるとか、マッカーサーであるとか、あるいはマッカーサーの側近《そっきん》であったホイットニーやケーディスであったなど、さまざまな人の名前《なまえ》が登場《とうじょう》してくるのであろう。

ともあれ、マッカーサーが、戦争放棄《せんそうほうき》を草案に入れることを指示《しじ》した背景《はいけい》には、憲《けん》法改正《ほうかいせい》について、極東委員会《きょくとういいんかい》から、なんらかの方針《ほうしん》が示《しめ》されるのを避《さ》けたいとの思《おも》いがあったことが、うかがえるのである。

そこで、極東委員会が活動《かつどう》を開始《かいし》する前に、憲法改正を進《すす》め、天皇《てんのう》の象徴的地位《しょうちょうてきちい》を明確化《めいかくか》するとともに、平和国家《へいわこっか》への意志《いし》を、戦争放棄の条項《じょうこう》で明言《めいげん》しておくことが、有利《ゆうり》と考えていたことは間違《まちが》いない。

結局《けつきょく》、憲法改正《けんぽうかいせい》は、ＧＨＱ草案《そうあん》を基本《きほん》として進《すす》める以外《いがい》にないと決意《けつい》した幣原《しではら》は、二月二十二日午前《ごぜん》の閣議《かくぎ》で、マッカーサーとの会見《かいけん》の状況《じょうきょう》を報告《ほうこく》した。閣議は紛糾《ふんきゅう》したが、最終的《さいしゅうてき》に、ＧＨＱ草案を受け入れる方向《ほうこう》で決定《けってい》をみた。

同日午後《どうじつごご》、松本国務《まつもとこくむ》大臣《だいじん》、吉田外務《よしだがいむ》大臣らは、ホイットニーと会い、ＧＨＱ草案について意見《いけん》を交換《こうかん》した。

そして、二十六日の閣議において、日本政府《せいふ》案《あん》の起草《きそう》を正式《せいしき》に決定し、翌《よく》二十七日から、極秘《ごくひ》のうちに、作業《さぎょう》が開始《かいし》された。

日本政府案は、三月二日に完成《かんせい》し、四日にＧＨＱに提出《ていしゅつ》された。ＧＨＱと交渉《こうしょう》を重《かさ》ねた末《すえ》、「憲法改正草案要綱《ようこう》」として、三月六日に発表《はっぴょう》され、翌七日付《づけ》の各紙《かくし》に掲載《けいさい》された。

この報道《ほうどう》を見て、まず有識者《ゆうしきしゃ》が驚愕《きょうがく》した。そして、全国民《ぜんこくみん》も驚《おどろ》いた。二月一日に、毎日新聞《まいにちしんぶん》にスクープされた「憲法問題調査委員会試案《もんだいちょうさいいんかいしあん》」の内容《ないよう》とは、あまりにも隔《へだ》たりがあったからだ。約《やく》一カ月間に、かくも大変貌《だいへんぼう》したことは、全《まった》く不可解《ふかかい》に思《おも》われた。

保守政党《ほしゅせいとう》の政府が、社会党《しゃかいとう》よりも、さらに進歩的《しんぽてき》な内容をもった草案を発表したのである。社会党《しゃかいとう》は唖然《あぜん》とした。共産党《きょうさんとう》も、キツネにつまれた思《おも》いであったろう。多くの人が、理解《りかい》に苦《くる》しんだのは当然《とうぜん》であった。

四月十日に、戦後初《せんごはつ》の総選挙《そうせんきょ》が行《おこな》われた。結果《けっか》は、鳩山一郎《はとやまいちろう》が率《ひき》いる自由党《じゆうとう》が第一党となり、二十二日に幣原内閣《しではらないかく》は総辞職《そうじしょく》した。

鳩山が、後継内閣《こうけいないかく》の首班《しゅはん》になるかと思われたが、GHQは、彼《かれ》を公職追放《こうしょくついほう》とする指《し》令《れい》を出した。

首班指名《しめい》をめぐって政局《せいきょく》は混迷《こんめい》し、ようやく、五月二十二日に吉田茂《よしだしげる》内閣が誕生《たんじょう》した。新憲法草案《しんけんぽうそうあん》を成立《せいりつ》させることは、幣原に代《か》わって吉田内閣の仕事《しごと》となった。

六月二十日に、第九十回帝国議会《ていこくぎかい》が開かれ、憲法改正《かいせい》が最大《さいだい》の議題《ぎだい》となった。戦争《せんそう》放棄《ほうき》を定《さだ》めた第九条《じょう》も、大きな争点《そうてん》となった。

衆議院《しゅうぎいん》では、二十八日、共産党の野坂参三《のさかさんぞう》が質問《しつもん》に立った。彼は、戦争には、「不《ふ》正《せい》の戦争」と「正《ただ》しい戦争」があり、「侵略《しんりゃく》の戦争」は不正だが、「自国《じこく》を守《まも》るための戦争」は正しい戦争であるとして、吉田茂を追及《ついきゅう》した。

彼は、自衛《じえい》戦争まで否定《ひてい》するような、戦争一般《いっぱん》を放棄するかたちの第九条は行き過《す》ぎであると迫《せま》ったのである。

彼《かれ》が、このような質問《しつもん》をした背景《はいけい》には、同日《どうじつ》二十八日に決定《けってい》された、共産党《きょうさんとう》の「日本人民共和国憲法草案《じんみんきょうわこくけんぽうそうあん》」があった。その草案の第五条《じょう》には、「どんな侵略戦争《しんりゃくせんそう》をも支持《し》せず、またこれに参加《さんか》しない」とある。しかし、野坂《のさか》の質問からわかるように、自衛《じえい》戦争は正義《せいぎ》の戦争として認《みと》め、軍備《ぐんび》の放棄《ほうき》までは考《かんが》えていなかったといえる。

野坂の質問に対《たい》して、吉田《よしだ》は、「国家《こっか》正当防衛権《せいとうぼうえいけん》に依《よ》る戦争は正当なりとせらるるようであるが、私は斯《か》くの如《ごと》きことを認むることが有害《ゆうがい》であると思《おも》う」(1)と答《こた》え、近年《きんねん》の戦争の多くは、国家防衛権の名《な》において行《おこな》われたとして、野坂のような議論《ぎろん》は、有害無益《むえき》であると突《つ》っぱねたのである。

後《のち》にこの二人《ふたり》は、攻守所《こうしゆところ》を変え、全《まった》く逆《ぎゃく》の立場《たちば》に立って論争《ろんそう》を繰《く》り返《かえ》すことになる。今、当時《とうじ》の議事録《ぎじろく》を読《よ》む時、滑稽《こっけい》に感《かん》じるほど、互《たが》いの混乱《こんらん》と矛盾《むじゅん》が、数多《かずおお》く散見《さんけん》される。質疑応答《しつぎおうとう》の両者《りょうしゃ》とも、平和《へいわ》に対する確固《かっこ》とした思想《しそう》も、理念《りねん》もなかったことを物語《ものがた》っている。

ともあれ新憲法は、一九四六年(昭和《しょうわ》二十一年)八月二十四日、衆議院《しゅうぎいん》の本会議《ほんかいぎ》において、賛成《さんせい》四百二十一票《ぴょう》、反対《はんたい》八票という圧倒的《あっとうてき》賛成によって可決《かけつ》された。反対八票のうち六票は、共産党議員《きょうさんとうぎいん》の全員《ぜんいん》であった。

憲法改正案《けんぽうかいせいあん》は、八月二十六日に貴族院本会議《きぞくいんほんかいぎ》に回《まわ》された。十月六日、貴族院で修正《しゅうせい》可決された改正案は、即日《そくじつ》、衆議院《しゅうぎいん》へ回され、翌《よく》七日の本会議で採決《さいけつ》された。共産党議員を除《のぞ》く圧倒的多数《たすう》で可決されたのである。そして十一月三日、「日本国憲法」として公布《こうふ》されたのである。

しかるに、時を経《へ》ずして真《ま》っ先《さき》に後悔《こうかい》したのは、おそらくマッカーサー自身《じしん》であったにちがいない。

五〇年（昭和《しょうわ》二十五年）六月、*朝鮮戦争《ちょうせんせんそう》（韓国《かんこく》戦争）が勃発《ぼっぱつ》した。この時、日本の占《せん》領政策《りょうせいさく》にあたっていたアメリカ軍《ぐん》のうち、四個師団《こしだん》が韓・朝鮮半島《はんとう》に送《おく》られた。この結果《けっか》、日本の防衛体制《ぼうえいたいせい》には、大きな穴《あな》があくことになった。日本を、二度と戦争のできない国につくりかえるという、アメリカの対日政策《たいにちせいさく》は、日本を反共《はんきょう》の防波堤《ぼうはてい》にするという方向《ほうこう》に、大きく転換《てんかん》していくのである。

マッカーサーは、日本の再軍備《さいぐんび》の必要性《ひつようせい》を、痛切《つうせつ》に感《かん》じたはずである。彼《かれ》は、日本の防衛体制《ぼうえいたいせい》の穴埋《あなう》めを、考《かんが》えなければならなかった。しかし、第九条《じょう》が立ちはだかっていた。そこで八月十日、GHQから指令《しれい》が出され、警察力《けいさつりょく》の不足《ふそく》を補《おぎな》うという名目《めいもく》で、警察予備隊《よびたい》が発足《ほっそく》した。警察予備隊は、四個師団《こしだん》に相当《そうとう》する体制であった。マッカーサーが、後《のち》に、アメリカ上院《じょういん》での証言《しょうげん》や、回想録《かいそうろく》で、憲法《けんぽう》第九条が、日本側《がわ》からの発案《はつあん》であったと述《の》べているのは、朝鮮戦争《ちょうせんせんそう》で、日本の再軍備《さいぐんび》へ対日政策《たいにちせいさく》が大きく変更《へんこう》されたことと、無関係《むかんけい》とはいえまい。

新憲法と呼《よ》ばれた日本国憲法も、既《すで》に長《なが》い歴史《れきし》を刻《きざ》んできた。いずれ、改正《かいせい》が論義《ろんぎ》されることもあろう。しかし、その改正は、一部《いちぶ》の権力者《けんりょくしゃ》や党派《とうは》によってなされるのではなく、どこまでも、国民全体《こくみんぜんたい》の総意《そうい》に基《もと》づくものでなくてはならない。

また、何よりも平和主義《へいわしゅぎ》の理念《りねん》と精神《せいしん》は、永遠《えいえん》に堅持《けんじ》されなくてはなるまい。そうでなければ、「角《つの》を矯《た》めて牛《うし》を殺《ころ》す」*過《あやま》ちを犯《おか》すことになるからだ。時代《じだい》の変化《へんか》のなかで、憲法の平和主義の精神を守《まも》り抜《ぬ》いていくためには、政治《せいじ》の根底《こんてい》に、確固不動《かっこふどう》なる生命尊厳《せいめいそんげん》の哲学《てつがく》、思想《しそう》が不可欠《ふかけつ》である。

マハトマ・ガンジー*は、喝破《かつぱ》した。

「宗教《しゆうきよう》の欠如《けつじよ》した政治《せいじ》は、国家《こつか》の首《くび》を吊《つ》るロープであります」(2)

この言葉《ことば》を、政治家も、国民《こくみん》も、深《ふか》く心《こころ》に刻《きざ》むべきであろう。


一九四六年(昭和《しようわ》二十一年)十二月——新憲法公布《しんけんぽうこうふ》のころ、戸田城聖《とだじようせい》は、ある未明《みめい》、寝床《ねどこ》の上で考《かんが》え込《こ》んでいた。未明の思索《しさく》は、彼《かれ》の習性《しゆうせい》なのである。

天井裏《てんじようら》に、騒々《そうぞう》しい物音《ものおと》がした。ネズミの群《む》れである。

〝ネズミのやつ、なかなか元気《げんき》だな〟

ネズミの跳梁《ちようりよう》は、彼の家庭《かてい》の食糧事情《しよくりようじじよう》の好転《こうてん》を意味《いみ》していた。この数年《すうねん》、彼の家庭には、ネズミさえ、寄《よ》りつかなかったのである。

彼には、戦力《せんりよく》ならびに戦争放棄《せんそうほうき》の条文《じようぶん》が、最初《さいしよ》は極《きわ》めて不自然《ふしぜん》なことに思《おも》えた。また、その成立過程《せいりつかてい》が、曖昧模糊《あいまいもこ》と見えた。まるで、降《ふ》って湧《わ》いたような話《はなし》である。

彼の思索の糸口《いとぐち》は、〝この憲法を現実化《げんじつか》していくことのできる政治形態《けいたい》は、いかなる形態であろうか〟と思いいたった時、強《つよ》く未来《みらい》の光明《こうみよう》をつかんだのである。

――資本主義《しほんしゆぎ》であれ、共産主義《きようさんしゆぎ》であれ、また、いかなる政治形態《せいじけいたい》であれ、戦争放棄《せんそうほうき》をうたった憲法《けんぽう》を、どのように生かしていくかは、主権者《しゆけんしや》である国民一人《こくみんひとり》ひとりに、かかってこよう。その根本《こんぽん》である人間《にんげん》の変革《へんかく》が、不可欠《ふかけつ》となろう。

たとえば、人びとが核爆発《かくばくはつ》の脅威《きようい》に怯《おび》えながら、戦争を放棄する勇気《ゆうき》など、あるはずがない。本当《ほんとう》に人間とは、出来《でき》の悪《わる》いものだ。どんなに善意《ぜんい》に満《み》ちていたとしても、次《つぎ》の瞬間《しゆんかん》、悪縁《あくえん》に遭《あ》えば、何をしでかすか、わかったものではない。そのようにできているのが、人間の本性《ほんしよう》である。数多《かずおお》くの政治家の限界《げんかい》も、ここにある。彼《かれ》らに、第九条《じよう》を永久《えいきゆう》に維持《いじ》する能力《のうりよく》があろうとは、とうてい思《おも》えない。

しかし、第九条は、戦争の悲惨《ひさん》と残酷《ざんこく》を知った人びとの、心《こころ》に芽生《めば》えた悲願《ひがん》であることは疑《うたが》いない。戦争放棄を、実現可能《じつげんかのう》にするためには、今までにない、全《まつた》く新《あたら》しい理念《りねん》を必要《ひつよう》とするだろう。それは何か……。

多大《ただい》な犠牲《ぎせい》を払《はら》って、世界大戦《せかいたいせん》は終結《しゆうけつ》したが、地球上《ちきゆうじよう》には、新《あら》たな対立《たいりつ》と不信《ふしん》が、広《ひろ》がろうとしている。人類《じんるい》の平和《へいわ》への悲願にもかかわらず、再《ふたた》び、戦争が不可避《ふかひ》になってしまうことを、危惧《きぐ》せざるを得《え》ない。しかし、もはや資本主義《しほんしゆぎ》、社会主義《しゃかい》の思想《しそう》をいくら折衷《せっちゅう》しても、理論《りろん》をこね合《あ》わせたくらいでは、平和《へいわ》を実現《じつげん》し得ない段階《だんかい》である。それは、誰人《たれびと》も知悉《ちしつ》している通《とお》りであろう。

既存《きそん》の、あらゆる主義、思想を、人間《にんげん》という根本《こんぽん》の次元《じげん》から、人類《じんるい》の平和と幸福《こうふく》へリードしゆく、新《あたら》しい理念《りねん》は、日蓮大聖人《にちれんだいしょうにん》の仏法《ぶっぽう》の生命哲理《せいめいてつり》から生まれるにちがいない。この大哲理によって、民衆《みんしゅう》の新しい時代《じだい》が開かれた時、人類は、劫初以来《ごうしょいらい》の悪夢《あくむ》から覚《さ》め、平和の大道《だいどう》を力強《ちからづよ》く歩《あゆ》み始《はじ》めるにちがいない。同時《どうじ》に、憲法《けんぽう》の平和精神《せいしん》を、広《ひろ》く世界《せかい》に宣言《せんげん》しきることができるだろう。

広宣流布《こうせんるふ》とは、まさしく、永遠《えいえん》の平和を地上《ちじょう》に具現《ぐげん》することであり、それは、仏法の慈悲《じひ》と平和の哲理が、人びとの精神の大地《だいち》に、深《ふか》く打《う》ち立《た》てられていくところから達成《たっせい》されるのだ――。

今、地球上《ちきゅうじょう》の一角《いっかく》にある日本国に、戦争《せんそう》の放棄《ほうき》、平和主義を掲《かか》げた憲法が、忽然《こつぜん》と現出《げんしゅつ》したことが、戸田城聖《とだじょうせい》には、不思議《ふしぎ》に思《おも》えてならなかった。

彼《かれ》は思《おも》った。いや強《つよ》く確信《かくしん》した。

〝広宣流布《こうせんるふ》が、まず、この国に実現《じつげん》できるという証拠《しょうこ》なのだ！

御書《ごしょ》には、広宣流布は、「大地《だいち》を的《まと》とするなるべし」（一三六〇ページ）と、明白《めいはく》に仰《おお》せである。*「時」と、「機《き》」と、「国」の条件《じょうけん》は、熟《じゅく》しきっている。あとは「教《きょう》」を教《おし》え、「流布」を実践《じっせん》することが、今、残《のこ》されていることだ。

それにしても、これに気づいている人は、ほかに誰《だれ》もいない。話《はな》しても、誰も信《しん》じようとしないだろう……〟

戸田城聖《とだじょうせい》は、眠《ねむ》ることができず、寝床《ねどこ》の上で何度《なんど》も寝返《ねがえ》りを打《う》った。そして、わが胸《むね》に手を当《あ》て、深《ふか》い吐息《といき》をついた。

彼は、近《ちか》くに迫《せま》った恩師《おんし》・牧口常三郎《まきぐちつねさぶろう》の三回忌《さんかいき》法要《ほうよう》と、戦後《せんご》第一回の総会《そうかい》の開催《かいさい》に、心《こころ》を砕《くだ》き始《はじ》めた。

一年前の十一月十八日――日蓮正宗寺院《にちれんしょうしゅうじいん》の*歓喜寮《かんきりょう》での法要の席上《せきじょう》、彼が深く決意《けつい》した牧口の三回忌が、目前《もくぜん》に近づいていたのである。

ネズミは、また天井裏《てんじょううら》で、傍若無人《ぼうじゃくぶじん》に騒《さわ》いでいた。

〝こら、ネズミども、あんまり調子《ちょうし》に乗《の》るなよ〟

彼《かれ》は、この一年間の戦《たたか》いを、思《おも》い起《お》こしていた。

創価学会《そうかがっかい》も、いつしか元気《げんき》を取《と》り戻《もど》してきていた。牧口門下《まきぐちもんか》三千人といわれた弟子《でし》たちは、疎開《そかい》やら退転《たいてん》やらで、数少《かずすく》なくなってはいた。しかし、次《つぎ》から次へと、法要《ほうよう》の連絡《れんらく》だけは取れていた。上京《じょうきょう》する会員《かいいん》の便《たよ》りも、数多く集《あつ》まっていた。

十一月十七日――牧口常三郎《つねさぶろう》の祥月命日《しょうつきめいにち》の一日前である。神田《かんだ》の教育会館講堂《きょういくかいかんこうどう》で、三回忌《さんかいき》法要が、懇《ねんご》ろに営《いとな》まれた。

壇上《だんじょう》の正面中央《しょうめんちゅうおう》には、牧口の大きな写真《しゃしん》が掲《かか》げられていた。この講堂は、戦前《せんぜん》、しばしば創価教育学会の総会《そうかい》が行《おこな》われた、懐《なつ》かしい会場《かいじょう》である。その会場で、恩師《おんし》の懐かしい遺影《いえい》を目にした時、人びとは、言い知れぬ感動《かんどう》に身《み》を震《ふる》わせた。

場内《じょうない》は、二階《かい》の席《せき》も、ほぼ埋《う》まっていた。五、六百人の参加者《さんかしゃ》である。

午前《ごぜん》十時、読経《どきょう》、唱題《しょうだい》に入《はい》った。続《つづ》いて順次《じゅんじ》、焼香《しょうこう》が行われていった。

導師《どうし》は、堀日亨《ほりにちこう》であった。その傍《かたわ》らに、歓喜寮住職《かんきりょうじゅうしょく》の堀米泰栄《ほりごめたいえい》、常在寺《じょうざいじ》住職の細井《ほそい》精道《せいどう》たちが控《ひか》えていた。

参列《さんれつ》の人びとは、在《あ》りし日の牧口会長《まきぐちかいちょう》の面影《おもかげ》を胸《むね》に浮《う》かべ、獄中《ごくちゅう》での痛《いた》ましい逝去《せいきょ》に思《おも》いを馳《は》せて、感無量《かんむりょう》の面持《おもも》ちであった。すすり泣《な》いている人も数多《かずおお》くいた。

講堂《こうどう》には、焼香《しょうこう》の煙《けむり》とともに、一つの大きな感動《かんどう》が張《は》りつめていた。

法要《ほうよう》の儀《ぎ》が終《お》わると、戸田城聖《とだじょうせい》は、壇上《だんじょう》に進《すす》み出て、日亨《にちこう》に深《ふか》く頭《こうべ》を垂《た》れた。続《つづ》いて、堀米《ほりごめ》、細井にも、丁重《ていちょう》に礼《れい》を述《の》べた。

日亨は、戸田の傍《かたわ》らに歩《あゆ》み寄《よ》って、何ごとかささやいた。

戸田は、頷《うなず》いて顔《かお》を上げ、参列者に向かって言った。

「日亨上人《しょうにん》のお言葉《ことば》がございます」

日亨は、壇上中央《ちゅうおう》に進み、懐中《かいちゅう》からメモを取り出すと、参列者に向かって話《はな》し始《はじ》めた。小柄《こがら》な体《からだ》ではあったが、矍鑠《かくしゃく》として、磨《みが》き抜《ぬ》かれた古木《こぼく》を思わせるものがあった。白《しろ》い、太《ふと》い眉毛《まゆげ》、血色《けっしょく》のよい顔は輝《かがや》き、時折《ときおり》、両眼《りょうめ》がキラリと光《ひか》った。この時、既《すで》に満《まん》七十九歳《さい》であった。

「今日《きょう》は、当学会《とうがっかい》の会長・牧口先生《せんせい》の門下《もんか》の方々《かたがた》が、大勢《おおぜい》、集《あつ》まって、学会としての追悼法要《ついとうほうよう》を行《おこな》われるとのご通知《つうち》に接《せっ》し、皆《みな》さんの恩師《おんし》を偲《しの》ぶ報恩《ほうおん》の誠《まこと》のほどに、深《ふか》く敬服《けいふく》いたし、老軀《ろうく》に鞭打《むちう》って、わざわざ上京《じょうきょう》した次第《しだい》です。

私は、今、牧口氏《まきぐちし》と私との関係《かんけい》、創価学会《そうかがっかい》等については、何も申《もう》す時間もありませんが、牧口会長《かいちょう》の献身的弘教《けんしんてきぐきょう》の精神《せいしん》は、大聖人《だいしょうにん》の御遺誡《ごゆいかい》を深く体得《たいとく》せられたことによると信《しん》じます」

日亭《にちこう》は、ここで*章安大師《しょうあんだいし》の『涅槃経疏《ねはんきょうしょ》』から、「慈無《じな》くして詐《いつわ》り親《した》しむは是《こ》れ彼が怨《あだ》なり（中略《ちゅうりゃく》）彼が為《ため》に悪《あく》を除《のぞ》くは即《すなわ》ち是れ彼が親《おや》なり」を引用《いんよう》して、謗法《ほうぼう》を傍観《ぼうかん》し、捨《す》て置《お》くのは、真《しん》の弟子《でし》に非《あら》ず、偽《いつわ》りの弟子であると強調《きょうちょう》した。そして、牧口会長は絶対《ぜったい》に傍観せず、謗法を身《み》をもって呵責《かしゃく》した、まれに見る真の弟子であった、と賞《しょう》揚《よう》した。

日亭は、まことに不世出《ふせいしゅつ》の大学匠《だいがくしょう》であった。

一八六七年（慶応《けいおう》三年）、九州《きゅうしゅう》の久留米《くるめ》藩士《はんし》・堀家《ほりけ》の長男《ちょうなん》として生まれた。翌年《よくねん》には、母《はは》と死別《しべつ》している。幼《おさな》い時から祖父《そふ》より漢学《かんがく》を学《まな》び、尋常小学《じんじょうしょうがく》・中学《ちゅうがく》と学力優《がくりょくゆう》秀《しゅう》で通《とお》し、日亨《にちこう》の話《はなし》では、十三歳《さい》で小学校《しょうがっこう》の教壇《きょうだん》に立ったという。

社会《しゃかい》で、さまざまな仕事《しごと》も経験《けいけん》した日亨は、十七歳になった一八八四年（明治《めいじ》十七年）に、霑妙寺《でんみょうじ》の信徒《しんと》の折伏《しゃくぶく》で入信《にゅうしん》した。三年後の八七年（同二十年）に得度《とくど》し、やがて五十二世法主《せいほっす》・日霑《にちでん》の弟子《でし》となって、総本山大石寺《そうほんざんたいせきじ》に登《のぼ》っている。

以来《いらい》、日亨は宗内外《しゅうないがい》の史書《ししょ》の研究《けんきゅう》を始《はじ》め、一九〇二年（同三十五年）から、全国《ぜんこく》にわたって寺院旧跡《じいんきゅうせき》を訪《たず》ね、宗史古文書《しゅうしこもんじょ》の研究踏査《とうさ》に全力《ぜんりょく》を傾注《けいちゅう》している。二六年（大《たい》正《しょう》十五年）から二八年（昭和《しょうわ》三年）まで、第五十九世法主を務《つと》めたあと、それまでの研究成果《せいか》を集大成《しゅうたいせい》する宗学全集《しゅうがくぜんしゅう》の編纂《へんさん》にあたると同時《どうじ》に、『日寛上人全伝《にちかんしょうにんぜんでん》』『南条時光《なんじょうときみつ》全伝』等を次々《つぎつぎ》に著《あらわ》した。さらに、三七年（同十二年）には『身延離山史《みのぶりざんし》』を発刊《はっかん》している。

こうした、明治、大正、昭和と、三代にわたる約《やく》四十五年間の一途《いちず》な研究、調査《ちょうさ》、考証《こうしょう》から、三八年（同十三年）に至《いた》って、遂《つい》に、『富士《ふじ》宗学全集』百三十四巻《かん》の完成《かんせい》をみたのである。ここには、宗旨《しゅうし》、宗義《しゅうぎ》に関《かん》する一切《いっさい》の諸説《しょせつ》が、文献的《ぶんけんてき》、実証的《じっしょうてき》に網羅《もうら》されているといってよい。

創価学会《そうかがっかい》の躍進《やくしん》が、怒濤《どとう》の勢《いきお》いを見せるようになったある日、大石寺《たいせきじ》の庭《にわ》で、日亨《にちこう》は戸田城聖《とだじょうせい》たちと談笑《だんしょう》したことがあった。このころ、日蓮大聖人《にちれんだいしょうにん》の御遺命《ごゆいめい》である広宣《こうせん》流布《るふ》が、いよいよ現実《げんじつ》の姿《すがた》となって、浮《う》かび上《あ》がってきたのである。このことから、同席《どうせき》のある幹部《かんぶ》が、日亨に質問《しつもん》した。

「どうして、もっと早《はや》く、広宣流布しなかったのでしょうか」

日亨は、戸田の顔《かお》を顧《かえり》みた。そして、いたずらっぽく笑《わら》いを浮かべながら言った。

「それは、戸田さんに責任《せきにん》がある。戸田さんが、もっと早く生まれて来ればよかったんじゃ」

戸田は、これを聞いて、さも愉快《ゆかい》そうに笑った。

「私の責任ですか？」

「そうじゃ、戸田さん。あなたが戦国時代《せんごくじだい》に生まれていたら、既《すで》に正法《しょうほう》もぐっと広《ひろ》まっていて、今、こんなに大騒《おおさわ》ぎしなくても、よかったはずじゃ。遅《おそ》すぎた」

日亨の深《ふか》い温顔《おんがん》には、真剣味《しんけんみ》さえ漂《ただよ》っていた。

長身《ちょうしん》の戸田も、ぐっと何か、鋭《するど》く突《つ》かれた思《おも》いであった。

「猊下《げいか》、私は生まれたくても、猊下が、その時、お生まれにならなかったから、いけないのです。私は、猊下より三十年遅《おく》れて生まれる約束《やくそく》になっております。猊下が、今、ご出現《しゅつげん》だから、私も、ちゃんと三十年遅れて生まれてまいりました。猊下のご出現と、ご研鑽《けんさん》を待《ま》っていて、私は生まれてきたわけです」

「ワッ、ハッ、ハッ、そうじゃ」

日亭《にちこう》は、高い声《こえ》で笑《わら》った。

戸田《とだ》も、空《そら》を仰《あお》いで笑った。仰いだ空に、早春《そうしゅん》の富士《ふじ》が美《うつく》しくそびえていた。

同席《どうせき》の幹部《かんぶ》たちは、二人《ふたり》のさりげない会話《かいわ》のなかに、不可思議《ふかしぎ》な仏縁《ぶつえん》を探《さぐ》り当《あ》てたような気がして、皆《みな》、静《しず》かに、じっと耳《みみ》をそばだてていた。

この徹底《てってい》した学究肌《がっきゅうはだ》の日亭は、同じく価値論《かちろん》の探究《たんきゅう》に没頭《ぼっとう》していた牧口前会長《まきぐちぜんかいちょう》と意《い》気投合《きとうごう》して、よく話《はなし》が合《あ》った。だが、謹厳実直《きんげんじっちょく》な牧口を評《ひょう》して、日亭はよく口《くち》にした。

「牧口さんの言うことは正《ただ》しい。……だが、わしは嫌《きら》いじゃ」

学究同士《どうし》の、肩《かた》の凝《こ》りがあったのであろう。

日亭は、形式《けいしき》ばった、肩の凝ることが、何よりも嫌《きら》いな性格《せいかく》であった。法主《ほっす》を退《しりぞ》いて以後《いご》、僧侶《そうりょ》・信徒《しんと》が、「猊下《げいか》」などと奉《たてまつ》ることも、うるさがった。

「わしを、平僧《ひらそう》に返せ」と言ったりもした。

今、牧口会長《まきぐちかいちょう》の三回忌《さんかいき》に臨《のぞ》んで、日亨《にちこう》は、牧口の生涯《しょうがい》を、感慨深《かんがいぶか》く思《おも》い浮《う》かべながら、参列者《さんれつしゃ》に向かって語《かた》った。

「……宗祖日蓮大聖人《しゅうそにちれんだいしょうにん》の御一生《ごいっしょう》は、大慈悲心《だいじひしん》をもって、この大良薬《だいりょうやく》、大諫言《だいかんげん》を敢然《かんぜん》として言い出されたのであります。

今、牧口会長は、信者《しんじゃ》の身《み》でありながら、通俗《つうぞく》の僧分《そうぶん》にも超越《ちょうえつ》して、国家社会《こっかしゃかい》のために大慈悲心を奮《ふる》い起《お》こして、釈迦仏《しゃかぶつ》の遺訓《いくん》、章安尊者《しょうあんそんじゃ》の活釈《かっしゃく》、宗祖日蓮大聖人の御意《みこころ》を体《たい》して、上下《じょうげ》に憚《はばか》りなく、折伏大慈《しゃくぶく》の手を緩《ゆる》めず、為《ため》に有司《ゆうし》に誤解《ごかい》せられ、遂《つい》には尊《とうと》い大法《だいほう》に殉死《じゅんし》なされたのであります。いつの時代《じだい》であっても、偽《いつわ》りの心《こころ》を捨《す》て、真《しん》の愛情《あいじょう》をもって世人《せじん》に接《せっ》すると、かえって憎《にく》まれ、怨《うら》まれるものであります」

その声《こえ》は、次第《しだい》に、人びとの胸臆《きょうおく》を動《うご》かしていった。

「このことは、宗門《しゅうもん》の歴史《れきし》にも、数々《かずかず》の先例《せんれい》がありました。たとえば……」

ここで一息《ひといき》ついて、熱情《ねつじょう》も新《あら》たに、宗門《しゅうもん》の法難史《ほうなんし》の話《はなし》に移《うつ》っていった。

宗門にも、数々《かずかず》の法難の歴史《れきし》があった。それらは、すべて詳細《しょうさい》な資料《しりょう》の裏付《うらづ》けを得《え》て、『富士宗学全集《ふじしゅうがくぜんしゅう》』に収《おさ》められている。この全集の完成《かんせい》した翌年《よくねん》、日亨《にちこう》は、大石寺《たいせきじ》から静岡県《しずおかけん》の畑毛《はたけ》に居《きょ》を移した。戦中《せんちゅう》、戦後《せんご》の乱世《らんせい》のなかで、小柄《こがら》な体《からだ》を机《つくえ》に向け、さらに研鑽《けんさん》を積《つ》む日々《ひび》であった。

戦後、学会《がっかい》の機関誌《きかんし》『大白蓮華《だいびゃくれんげ》』に「富士日興上人詳伝《ふじにっこうしょうにんしょうでん》」を執筆《しっぴつ》、さらに立宗《りっしゅう》七百年慶祝事業《けいしゅくじぎょう》として、創価学会版《そうかがっかいばん》『新編日蓮大聖人御書全集《しんぺんにちれんだいしょうにんごしょ》』の出版《しゅっぱん》にも、協力《きょうりょく》を惜《お》しまなかった。実《じつ》に、この時、八十五歳《さい》であった。

日亨は、戸田城聖《とだじょうせい》に先立《さきだ》つこと四カ月、一九五七年（昭和《しょうわ》三十二年）十一月に、享《きょう》年《ねん》九十歳で死去《しきょ》している。

日亨の、法難の話は、水《みず》の流《なが》れるように続《つづ》いた。

「かつて、私が三十余年《よねん》前に、熱原《あつはら》の法難史を編纂《へんさん》いたし、その後、さらに『富士宗学要集《ようしゅう》』の大編集《だいへんしゅう》の最後《さいご》版《はん》のなかに、古今《ここん》の法難史料《しりょう》を掲載《けいさい》して、二百五十余ページに集《あつ》めました。

そのなかに、熱原《あつはら》三人兄弟《きょうだい》の鎌倉《かまくら》にての斬罪《ざんざい》と、宝永《ほうえい》三年（一七〇六年）の下総《しもうさ》の多部田の四人の斬罪と、宝暦《ほうれき》七年（一七五七年）、讃岐《さぬき》の敬慎御房《きょうしんごぼう》の丸亀《まるがめ》にての牢死《ろうし》、天《てん》明《めい》六年（一七八六年）、竹内八右衛門《たけうちはちえもん》の金沢《かなざわ》にての牢死、寛政《かんせい》九年（一七九七年）の貫道《かんどう》日誠《にちじょう》の京都西牢《きょうとさいろう》にての牢死、常在寺檀徒《じょうざいじだんと》なる上総《かずさ》屋善六《ぜんろく》の伝馬町《てんまちょう》の牢死等が載《の》せてありますが、それ以下《いか》の入牢《にゅうろう》、追放《ついほう》等の僧俗《そうぞく》の法難《ほうなん》は、数千百人にのぼるのであります。

その大別《たいべつ》は十二項目《こうもく》より成《な》っておりますが、これらの人びとの法難と、牧口会長《まきぐちかいちょう》のそれとは、縦《たて》にも横《よこ》にも、内外《ないがい》の影響《えいきょう》にも、格段《かくだん》の相違《そうい》があるのであります。私は、この法難史を追加集録《ついかしゅうろく》する機会《きかい》がありましたなら、ぜひとも牧口会長のことと、戸田《とだ》理事長《りじちょう》等のことを明記《めいき》しておいて、後世《こうせい》の鑑《かがみ》としたいと思《おも》っています。

何とぞ諸氏《しょし》は、牧口会長の心中《しんちゅう》を、よくよく推察《すいさつ》して、国家《こっか》のため、社会《しゃかい》のため、広宣流《こうせんる》布《ふ》を目標《もくひょう》に大いに敢闘《かんとう》せられ、相共《あいとも》に、名声《めいせい》を仏陀《ぶつだ》の願海《がんかい》に、流《なが》されんことを切望《せつぼう》いたします」

日亨《にちこう》は、語《かた》り終《お》わると、無造作《むぞうさ》に席《せき》に戻《もど》った。飄々《ひょうひょう》たる態度《たいど》である。

参列者《さんれつしゃ》たちは、数々《かずかず》の法難と戦《たたか》った、＊地涌《じゆ》の菩薩《ぼさつ》の先達《せんだつ》に、心《こころ》からの冥福《めいふく》を祈《いの》らずにはいられなかった。

日亭《にちこう》は、三回忌《さんかいき》の、この時の約束通《やくそくどお》り、十一年後、再刊《さいかん》された『富士宗学要集《ふじしゆうがくようしゆう》』第九巻《かん》(史料類聚《しりようるいじゆ》二)の〝法難編《ほうなんへん》〟に、牧口会長《まきぐちかいちよう》はじめ創価教育学会《そうかきよういくがつかい》の法難を加《くわ》えている。

続《つづ》いて、堀米《ほりごめ》が立った。牧口会長とは、特《とく》に親交《しんこう》の深《ふか》かった僧侶《そうりよ》である。

堀米は、いつもと変わらず、静《しず》かな口調《くちよう》で語《かた》り始《はじ》めた。

「私は、今日《きよう》、牧口先生《せんせい》の法要《ほうよう》に加わり、感慨新《かんがいあら》たなものがあります。私は、かつて牧口先生と五年間、毎週《まいしゆう》、一緒《いつしよ》に仏書《ぶつしよ》の研究《けんきゆう》をいたし、信仰《しんこう》に励《はげ》んできました」

そして、堀米は、牧口の価値論《かちろん》に言及《げんきゆう》していった。

「先生は、価値論の完成《かんせい》を期《き》し、信仰のうえに立脚《りつきやく》され、自身《じしん》の生活上《せいかつじよう》に如実《によじつ》に現《あらわ》して、それを他に説《と》いていった。その先生の労苦《ろうく》を、深く考えなければなりません。これが解決《かいけつ》されるならば、道《みち》は開けてくるのであります。牧口先生は、これを解決されたのです。

牧口先生は、価値を研究なされて、妙法蓮華経《みようほうれんげきよう》を体得《たいとく》されたのであります」

哲学者《てつがくしや》の道が、遂《つい》に仏法《ぶつぽう》の真髄《しんずい》に到達《とうたつ》していった、その牧口会長の思索《しさく》と実践《じつせん》の、希有《けう》にして崇高《すうこう》な生涯《しょうがい》を、堀米《ほりごめ》は力説《りきせつ》した。

次《つぎ》に細井《ほそい》が、張《は》りのある朗々《ろうろう》とした声《こえ》で、話《はな》し始《はじ》めた。

細井は、江戸《えど》時代《じだい》の国学者《こくがくしゃ》、*本居宣長《もとおりのりなが》、*平田篤胤《ひらたあつたね》等によって、仏教《ぶっきょう》が外来思想《がいらいしそう》として排斥《はいせき》され、*天台《てんだい》や日蓮大聖人《にちれんだいしょうにん》に対《たい》する誹謗《ひぼう》がなされたことを述《の》べ、以来《いらい》、多くの学者《がくしゃ》の邪見《じゃけん》は悪見《あつけん》を生み、今日《こんにち》の日本の運命《うんめい》を招《まね》いたと断《だん》じ、次のように結《むす》んだ。

「日本は、まさに邪見によって敗《やぶ》れ、今なお、邪見の学者によって堕落《だらく》している今日、牧口先生《まきぐちせんせい》の志《こころざし》を継《つ》いで、われわれ同志《どうし》は、正宗《しょうしゅう》の教義《きょうぎ》を深《ふか》め、ますます広《ひろ》く流布《るふ》し、正《ただ》しいものは正しく認識《にんしき》するような研究《けんきゅう》が行《おこな》われんことを、希望《きぼう》する次第《しだい》であります」

場内《じょうない》は、静《しず》まり返っていた。咳払《せきばら》い一つない。

やがて、「追悼《ついとう》の辞《じ》」となり、司会者《しかいしゃ》は、まず岩森喜三《いわもりきぞう》の名《な》を指名《しめい》した。経済人《けいざいじん》グループの幹部《かんぶ》である。

岩森は、屍《しかばね》となって出獄《しゅつごく》した、牧口会長《かいちょう》の寂《さび》しい葬儀《そうぎ》に参列《さんれつ》した一人《ひとり》であった。彼《かれ》は、その折《おり》の牧口の見事《みごと》な成仏《じょうぶつ》の相《そう》を語《かた》った。そして、最後《さいご》まで実験証明《じっけんしょうめい》をもって教《おし》えてくださった、と言って、涙《なみだ》ながらに追悼《ついとう》の言葉《ことば》を結《むす》んだ。

さらに、三島由造《みしまよしぞう》、小西武雄《こにしたけお》も、遺影《いえい》に向かって数々《かずかず》の思《おも》い出《で》を語《かた》った。そして、謝恩《しゃおん》の言葉を繰《く》り返《かえ》し、決意《けつい》と誓《ちか》いを披瀝《ひれき》した。

このあと、五人の代表《だいひょう》の弟子《でし》が、次々《つぎつぎ》と立ち、それぞれ悲《かな》しみと感動《かんどう》とをもって、弔辞《ちょうじ》を述《の》べた。皆《みな》、立派《りっぱ》な言葉である。

そのなかには、かつて理事《りじ》で、教育者《きょういくしゃ》グループの中心《ちゅうしん》であった寺川洋三《てらかわようぞう》もいた。多くの人が、戦時中退転《せんじちゅうたいてん》し、今、牧口《まきぐち》に詫《わ》びているようであった。

また、はるばる那須《なす》の山中《さんちゅう》から来た、増田久一郎《ますだきゅういちろう》もいた。

彼《かれ》らは、それぞれの立場《たちば》で、牧口会長《かいちょう》に接《せっ》していた。そして、一代《いちだい》の師《し》と仰《あお》いだ人への、追慕《ついぼ》と追善《ついぜん》によって、あらためて自身《じしん》の悲しみや無力《むりょく》さを知り、次《つぎ》の時代《じだい》への新《あら》たな前進《ぜんしん》を固《かた》く誓ったのである。

最後《さいご》に戸《と》田城聖《だじょうせい》が立ち、マイクの前に進《すす》んだ。彼は、話《はな》し始《はじ》めた。まるで、生きている人に語りかけるような、話し方《かた》であった。

「思い出しますれば、昭和《しょうわ》十八年（一九四三年）九月、あなたが警視庁《けいしちょう》から拘置所《こうちしょ》へ

行かれる時が、最後《さいご》のお別《わか》れでございました。

『先生《せんせい》、お丈夫《じょうぶ》で……』と申《もう》し上《あ》げるのが、私の精《せい》いっぱいでございました。あなたは、ご返事《へんじ》もなく、頷《うなず》かれた、あのお姿《すがた》、あのお目には、無限《むげん》の慈悲《じひ》と勇気《ゆうき》とを感《かん》じました。

私も、後《あと》を追《お》って*巣鴨《すがも》にまいりましたが、あなたはご老体《ろうたい》ゆえ、どうか一日も早《はや》く世間《せけん》へ帰《かえ》られますようにと、朝夕《あさゆう》、御本尊様《ごほんぞんさま》に、お祈《いの》りいたしました。が、私の信心《しんじん》いまだ足《た》らず、また仏慧《ぶって》の広大無辺《こうだいむへん》にもやあらん、昭和《しょうわ》二十年(四五年)一月八日、*判《はん》事《じ》より、あなたが*霊鷲山《りょうじゅせん》へおたちになったことを聞いた時の悲《かな》しさ。杖《つえ》を失《うしな》い、灯《ともしび》を失った心《こころ》の寂《さび》しさ。夜ごと夜ごとに、あなたを偲《しの》んでは、私は泣《な》きぬれたのでございます」

ここまで来た時、戸田《とだ》は嗚咽《おえつ》をこらえた。体《からだ》をこわばらせ、しばらく、口《くち》をつぐんでいた。

場内《じょうない》には、すすり泣きが、かすかな波《なみ》のように起《お》きた。涙《なみだ》を流《なが》すまいと、耐《た》え忍《しの》んでいるかと思えば、ハンカチを目に当《あ》てる人もいた。喪服《もふく》に、キリリと身《み》を包《つつ》んだ清《きよ》原《はら》かつも、こらえかねる涙《なみだ》を抑《おさ》えていた。

戸田《とだ》は、一段《いちだん》と力《ちから》を入れて、話《はなし》を続《つづ》けて言った。

「あなたの慈悲《じひ》の広大無辺《こうだいむへん》は、私を牢獄《ろうごく》まで連《つ》れて行《い》ってくださいました。そのおかげで＊『在在諸仏土《ざいざいしょぶつど》　常与師倶生《じょうよしくしょう》』（法華経《ほけきょう》三一七㌻）と、妙法蓮華経《みょうほうれんげきょう》の一句《いっく》を、身《み》をもって読《よ》み、その功徳《くどく》で、地涌《じゆ》の菩薩《ぼさつ》の本事《ほんじ》を知り、法華経の意味《いみ》を、かすかながらも身読《しんどく》することができました。なんたる幸《しあわ》せでございましょうか」

彼《かれ》の語調《ごちょう》は、場内《じょうない》に、びんびんと響《ひび》いた。人びとは、水《みず》を打《う》ったように、静《しず》まり返っていた。そして、彼の一言《いちごん》一句に、真剣《しんけん》に耳《みみ》を傾《かたむ》けていた。

「創価教育学会《そうかきょういくがっかい》の盛《さか》んなりしころ、私は、あなたの後継者《こうけいしゃ》たることをいとい、先《さき》に寺川洋三《てらかわようぞう》君を推《お》し、後に神田丈治《かんだじょうじ》君を推して、あなたの学説《がくせつ》の後継者たらしめんとし、宮島辰司《みやじまたつじ》君を副理事長《ふくりじちょう》として学会を総括《そうかつ》せしめ、私はその列外《れつがい》に出ようとした、不肖《ふしょう》の弟子《でし》でございます。

お許《ゆる》しくださいませ。

しかし、この不肖の子、不肖の弟子も、二カ年間《ねんかん》の牢獄生活《せいかつ》に、御仏《みほとけ》を拝《はい》し奉《たてまつ》りては、この愚鈍《ぐどん》の身《み》を、広宣流布《こうせんるふ》のために、一生涯《いっしょうがい》を捨《す》てる決心《けっしん》をいたしました。

ご覧《らん》くださいませ。

不才《ふさい》愚鈍の身ではありますが、あなたの志《こころざし》を継《つ》いで、学会《がっかい》の使命《しめい》を全《まっと》うし、*霊鷲《りょうじゅ》山会《せんえ》にて、お目にかかる日には、必《かなら》ずや、お褒《ほ》めにあずかる決心《けっしん》でございます。

弟子《でし》 戸田城聖《とだじょうせい》申《もう》す」

彼《かれ》は、追悼文《ついとうぶん》を畳《たた》んだ。そして、涙《なみだ》を拭《ふ》きながら、霊前《れいぜん》に捧《ささ》げた。

三回忌《さんかいき》法要《ほうよう》は、これで終了《しゅうりょう》した。

だが、興奮《こうふん》は冷《さ》めなかった。やがて、一種《いっしゅ》のさわやかな空気《くうき》が通過《つうか》したように、皆《みな》、明《あか》るい元気《げんき》な顔色《かおいろ》に変わっていった。

心《こころ》ある同志《どうし》たちは、過《す》ぎ去《さ》った悲哀《ひあい》よりも、やがて開かれる新《あたら》しい時代《じだい》の決意《けつい》に、満《み》ちあふれていたからである。

日亭《にちこう》の一行《いっこう》は、休憩《きゅうけい》の後、退出《たいしゅつ》した。他の僧侶《そうりょ》たちも、続《つづ》いて帰《かえ》って行《い》った。

一時間の休憩後、同じ会場《かいじょう》で、「創価《そうか》学会第一回総会《そうかい》」が開催《かいさい》されたのである。まさしく広布《こうふ》の序曲《じょきょく》にふさわしく、本格的《ほんかくてき》、具体的《ぐたいてき》な第一歩《だいいっぽ》であった。民衆救済《みんしゅうきゅうさい》の広宣《こうせん》流布《るふ》に向けて、麗《うるわ》しい師弟《してい》の道《みち》を踏《ふ》んでの出発《しゅっぱつ》であった。

一九四三年（昭和《しょうわ》十八年）五月の第六回総会《そうかい》を最後《さいご》として、三年半《はん》たって復活《ふっかつ》した総会であった。

開会《かいかい》の辞《じ》に次《つ》いで、北川理事《きたがわりじ》の長《なが》い経過報告《けいかほうこく》があった。

彼《かれ》は、創価教育学会《そうかきょういくがっかい》の創立以来《そうりついらい》の歩《あゆ》みや、受難《じゅなん》の歴史《れきし》等を述《の》べ、今や、新《あたら》しい時代《じだい》が来たと、参加者《さんかしゃ》の奮起《ふんき》を促《うなが》した。

また、戸田《とだ》理事長の率先《そっせん》して開く折伏座談会《しゃくぶくざだんかい》の実践《じっせん》により、一月から総会当日《とうじつ》までに、約《やく》二百人の入会者《にゅうかいしゃ》をみたことなどを報告した。

数百人の参加者は、総会の進行《しんこう》につれて、次第《しだい》に熱《ねつ》を帯《お》びてきた。心《こころ》から耳《みみ》を傾《かたむ》け、時には割《わ》れるような拍手《はくしゅ》をもって、応《こた》えていた。

戸田は、嬉《うれ》しかった。だが、未来《みらい》への、前進《ぜんしん》に前進を重《かさ》ねなければならない責務《せきむ》を自覚《じかく》した時、彼に心休《こころやす》まる思《おも》いはなかった。

御書《ごしょ》には、「聴聞《ちょうもん》する時は・もへたつ《燃立》ばかりをもへ《思》ども・とを《遠》ざかりぬれば・すつる心《こころ》あり、水《みず》のごとくと申《もう》すは・いつも・たい《退》せず信《しん》ずるなり」（一五四四㌻）とある。

戸田《とだ》は、心のなかで祈《いの》った。祈らずにはいられなかった。

〝どうか、一人《ひとり》も退転《たいてん》せず、尊《とうと》い生涯《しょうがい》を送《おく》ってもらいたい〟

体験発表《たいけんはっぴょう》が、次《つぎ》から次へと続《つづ》き、いつ果《は》てるとも知れないほどであった。実《じつ》に十五人、二時間余《あま》りになんなんとしたのである。男女《だんじょ》、年齢《ねんれい》、職業《しょくぎょう》、性格《せいかく》、学歴《がくれき》、方言《ほうげん》のすべてを網羅《もうら》したような、盛大《せいだい》な総会《そうかい》であった。

出征中《しゅっせいちゅう》、また戦後《せんご》の引《ひ》き揚《あ》げの際《さい》に、命拾《いのちびろ》いしたという功徳《くどく》の体験《たいけん》。学童疎開中《がくどうそかいちゅう》、眼病《がんびょう》で医師《いし》から見放《みはな》された学童を、一人の教師《きょうし》が夜を徹《てっ》しての唱題《しょうだい》で全快《ぜんかい》させた体験。戦災《せんさい》の炎《ほのお》の中で死《し》の迫《せま》った時、唱題し通《とお》して、危機《きき》を脱《だっ》した体験。戦後、失業《しつぎょう》と貧乏《びんぼう》のため、一家心中《いっかしんじゅう》を図《はか》ろうと最後《さいご》のお別《わか》れに唱題した時、牧口会長《まきぐちかいちょう》の「出直《でなお》しが肝心《かんじん》だ」との言葉《ことば》が蘇《よみがえ》り、心機一転《しんきいってん》、真剣《しんけん》に信心《しんじん》に励《はげ》み、努力《どりょく》した結果《けっか》、今は小さな家を建《た》てたという生活《せいかつ》体験……。

御本尊《ごほんぞん》の功徳を知らない人は、「そんな奇跡《きせき》は信《しん》じられない」と言うかもしれない。

しかし、また仮《かり》に、それが奇跡であるとしても、このような奇跡的現象《げんしょう》が、何人《なんにん》にも重《かさ》なって起《お》こった場合《ばあい》、なんと答《こた》えるのだろうか。仏法《ぶっぽう》の生命哲理《せいめいてつり》は、そのような不可思議《かしぎ》と思《おも》えるような現象《げんしょう》でさえも、*因果《いんが》の理法《りほう》に照《て》らして説明《せつめい》しているのである。

生命哲理の、実験証明《じっけんしょうめい》としての切実《せつじつ》な体験《たいけん》は、聴く人びとの心《こころ》の奥底《おうてい》を動《うご》かしていった。数年《すうねん》ぶりに、日蓮大聖人《にちれんだいしょうにん》の仏法が、荒廃《こうはい》と焦土《しょうど》のなかから蘇《よみがえ》った感《かん》じの総会《そうかい》である。長時間《ちょうじかん》の会合《かいごう》にもかかわらず、一人《ひとり》も退屈《たいくつ》そうな顔《かお》をしていなかった。彼《かれ》らもまた、生活《せいかつ》の切実な難題《なんだい》をかかえていたからである。十五人の体験を聴き、自《みず》らも確信《かくしん》と勇気《ゆうき》とを、心にいだかざるを得《え》なくなっていた。

〝あの人にできたことが、自分《じぶん》にできないはずはない。御本尊《ごほんぞん》が正《ただ》しく、絶対《ぜったい》の力《ちから》をもつならば、あの人たちだけでなく、自分にも同じ現証《げんしょう》が出るはずだ〟

戦後《せんご》第一回の総会は、滞《とどこお》りなく進行《しんこう》していった。時間は、午後《ごご》四時を少々回《しょうしょうまわ》っていた。かなりの長時間にもかかわらず、だれるどころか、場内《じょうない》は熱気《ねつき》を帯《お》びていた。

二、三人の幹部《かんぶ》の指導《しどう》が終《お》わり、最後《さいご》に、戸田城聖《とだじょうせい》が演台《えんだい》の前に立った。

激《はげ》しい拍手《はくしゅ》である。涙《なみだ》ぐんでいる人もいる。拍手は、いつまでも続《つづ》いた。彼は、拍手の音《おと》から、全会員《ぜんかいいん》の信頼《しんらい》と希望《きぼう》が、一身《いっしん》にかかっていることを感じた。

彼《かれ》は、極《きわ》めて、やさしく話《はな》そうと思《おも》った。

遠《とお》く日蓮大聖人《にちれんだいしょうにん》は、難解《なんかい》な仏法哲理《ぶっぽうてつり》をわかりやすく、仮名《かな》を多く用《もち》いた御手紙《おてがみ》で、門下《もんか》を指導《しどう》された。

漢字《かんじ》ばかりの天台学《てんだいがく》にとらわれた僧侶《そうりょ》たちは、それを浅《あさ》はかにも笑《わら》ったと伝《つた》えられている。

難解な理論《りろん》を弄《もてあそ》び、さも知識人《ちしきじん》ぶって、うぬぼれている偽学者《にせがくしゃ》たちは、現代《げんだい》にも多い。まず、民衆《みんしゅう》が納得《なっとく》するような理論でなければ、それは生活《せいかつ》の足《た》しにもなるまい。最《もっと》も平易《へいい》に、具体的《ぐたいてき》に指導できる人物《じんぶつ》こそ、学者としても優《すぐ》れた力《ちから》をもつにちがいない。理論のための理論の遊戯《ゆうぎ》は、積《つ》み木《き》細工《ざいく》の子《こ》どもの遊《あそ》びと、なんら変わりないはずだ。

戸田《とだ》は、穏《おだ》やかな顔《かお》で、人なつこく笑いかけた。

「罰《ばち》とか、利益《りやく》とか言うと、神様《かみさま》や仏様《ほとけさま》の独占《どくせん》のように思う。ことに、現今《げんこん》、世間《せけん》の仏様や神様は、ご利益の競争《きょうそう》をやっている。『成田山《なりたさん》にご利益がある。稲荷《いなり》にご利益がある。仏立講《ぶつりゅうこう》にご利益がある』と。人びとは皆《みな》、このご利益に迷《まよ》っているんです。

そうじゃないか。

では、この罰《ばち》と利益《りやく》は、果《は》たして神様《かみさま》や仏様《ほとけさま》の独占物《どくせんぶつ》か。決《けつ》して、そうじゃない。そもそも人間《にんげん》は、罰と利益のなかに生活《せいかつ》しているんです。それは、信仰《しんこう》のあるなしにかかわらない。

漁師《りようし》が魚《さかな》を釣《つ》りに出かける。魚が釣れれば利益で、釣れなかったり、船《ふね》を傷《いた》めたりすれば、これは商売上《しようばいじよう》の罰だ。おでん屋《や》をやる。お客《きやく》が来て儲《もう》かれば利益だ。お客が暴《あば》れたり、客が来《こ》なくて経費《けいひ》がかさめば、これは商売上の罰だ。漁師には漁師の、おでん屋にはおでん屋としての、生活上の罰と利益がある」

皆《みな》、当《あ》たり前《まえ》ではないか、という顔《かお》で聞いていた。

戸田《とだ》は、信仰とは、決して、人生《じんせい》、生活から離《はな》れてあるのではないことを、まず語《かた》っていった。

「しかして、妙法蓮華経《みようほうれんげきよう》とは、宇宙一切《うちゆういつさい》の森羅万象《しんらばんしよう》を包含《ほうがん》する、一大生命活動《いちだいせいめいかつどう》の本《ほん》源力《げんりよく》であり、人生の最高法則《さいこうほうそく》である。この大法則を根本《こんぽん》とする信仰生活には、言うに言われぬ偉大《いだい》な利益があるのです。

逆《ぎゃく》に、不《ふ》信《しん》、謗法《ほうぼう》の徒《と》には、生命《せいめい》の一大法則《ほうそく》に背《そむ》くがゆえに、因果《いんが》の理法《りほう》により、厳《きび》しい罰《ばち》の現証《げんしょう》があるのであります。

このことは、法華経《ほけきょう》に述《の》べられ、大聖人《だいしょうにん》の御書《ごしょ》には枚挙《まいきょ》にいとまのないほど、数多《かずおお》くの御聖訓《ごせいくん》があります」

人びとが、さまざまの宗教《しゅうきょう》を信仰《しんこう》するのも、多くは、なんらかのご利益《りやく》を期待《きたい》してであろう。

大聖人は仰《おお》せである。

「道理証文《どうりしょうもん》よりも現証にはすぎず」(御書一四六八ジペ)

現実《げんじつ》の苦悩《くのう》を解決《かいけつ》できなければ、力《ちから》ある宗教とはいえない。利益といっても、現実の生活《せいかつ》のなかに現《あらわ》れ、自覚《じかく》されるものでなくてはならない。日蓮大聖人《にちれんだいしょうにん》の仏法《ぶっぽう》は、一時的《いちじてき》な、また、目先《めさき》の利益にとどまらず、いかなる苦難《くなん》にも負けない堅固《けんご》な自己自身《じこじしん》を確立《かくりつ》し、絶対的幸福境涯《ぜったいてきこうふくきょうがい》を築《きず》き上《あ》げる大利益を、万人《ばんにん》に約束《やくそく》しているのである。

戸田《とだ》は、利益・罰論を、平易《へいい》に語《かた》りながら、妙法《みょうほう》を純真《じゅんしん》に実践《じっせん》する人には、計《はか》り知《し》れない大利益がともなうことを強《つよ》く宣言《せんげん》して、話《はなし》を結《むす》んだ。

正面《しょうめん》の時計《とけい》は、はや午後《ごご》五時三十分を過《す》ぎていた。

この第一回総会《そうかい》は、創価教育学会《そうかきょういくがっかい》から脱皮《だっぴ》した、新生《しんせい》・創価学会の旅立《たびだ》ちであった。学会は、価値論《かちろん》を足《あし》がかりにした旧来《きゅうらい》の方式《ほうしき》と決別《けつべつ》し、真実《しんじつ》の仏法《ぶっぽう》の偉大《いだい》なる利益《りやく》を語《かた》りながら、民衆《みんしゅう》のなかへ、人間《にんげん》のなかへと、歓喜《かんき》の行進《こうしん》を開始《かいし》したのである。

出獄以来《しゅつごくいらい》、一年有余《ゆうよ》である。戸田《とだ》は、新《あたら》しい創価学会を、厳然《げんぜん》とスタートラインにつけた思《おも》いがした。彼《かれ》は、この日、満足《まんぞく》であった。あとは、速度《そくど》の調整《ちょうせい》に注意《ちゅうい》し、激励《げきれい》し、時には厳《きび》しく指導《しどう》しなければならない。

しかし、この時、スタートラインについたのは、創価学会だけではなかった。敗戦《はいせん》国《こく》日本もまた、新憲法《しんけんぽう》によって、それまでの歴史《れきし》を衣替《ころもが》えして、この同じ十一月に、スタートラインについたといえよう。

既《すで》に、外《そと》は薄暗《うすぐら》く、寒《さむ》かった。水道橋駅《すいどうばしえき》に向かう途中《とちゅう》、数人《すうにん》の青年《せいねん》たちが、戸田の後《あと》についてきた。皆《みな》、貧《まず》しい身《み》なりである。が、彼ら青年こそ、宝《たから》を胸《むね》にいだいた、未来《みらい》への原動力《げんどうりょく》である。皆、清《きよ》く、たくましい若人《わこうど》であった。

戸田は、嬉《うれ》しかった。

青年《せいねん》たちが、誰歌《だれうた》うともなく、〝男子青年部歌《だんしせいねんぶか》〟を歌い始《はじ》めた。煩《わずら》わしい街《まち》の騒音《そうおん》をよそに、戸田《とだ》は、じっと彼《かれ》らの歌に耳《みみ》を傾《かたむ》けていた。

〽栄華《えいが》の波《なみ》の　うつろいて
野望乱舞《やぼうらんぶ》の　沈《しず》む時
邪法《じゃほう》は　すたれど　正法《しょうほう》は
威光《いこう》　さんと　久遠《くおん》なれ
ああ吾《わ》が友《とも》が　大願《だいがん》の
広宣流布《こうせんるふ》の　時来《きた》る
熱血《ねっけつ》たぎる　若武者《わかむしゃ》よ
法旗《ほうき》を持《じ》して　奮《ふる》い起《た》て

光《ひかり》と影《かげ》

創価学会《そうかがっかい》の、戦後《せんご》第一回の総会《そうかい》が開かれた一九四六年（昭和《しょうわ》二十一年）十一月十七日の二日前、突然《とつぜん》、日蓮正宗総本山大石寺《にちれんしょうしゅうそうほんざんたいせきじ》六十三世《せい》・日満《にちまん》の退位《たいい》が発表《はっぴょう》された。日満は、前年《ぜんねん》十一月二十八日に法主《ほっす》の座《ざ》に就《つ》いたが、春以来《はるいらい》の病気《びょうき》も癒《い》えず、任《にん》に堪《た》えられないと判断《はんだん》したようだ。

十一月十四日、宗門《しゅうもん》では臨時《りんじ》参議《さんぎ》会《かい》が招集《しょうしゅう》された。そして、翌《よく》十五日、正式《せいしき》に日満の退位が決まり、即日《そくじつ》、水谷日昇《みずたににっしょう》が学頭《がくとう》に任じられ、次《つぎ》の六十四世に就任《しゅうにん》することに決定《けってい》したのである。日昇が、正式に六十四世に就任する相承《そうじょう》の儀《ぎ》式《しき》は、翌年の七月十八日に行《おこな》われた。

日昇は、五六年（同三十一年）三月に引退《いんたい》するが、日昇が法主になって以来の宗門は、特筆《とくひつ》すべき時期《じき》となった。なぜなら、在位《ざいい》の約《やく》十年間《ねんかん》、宗門《しゅうもん》は、創価学会《そうかがっかい》の発展《はってん》によって、旭日《きよくじつ》の昇《のぼ》るがごとき勢《いきお》いを示《しめ》し、七百年来《ねんらい》、かつてなかった興隆《こうりゅう》をみることになるのである。

しかし、当時《とうじ》の総本山《そうほんざん》は、内外《ないがい》に数々《かずかず》の難問《なんもん》をかかえていた。その後の総本山の威容《いよう》などは、とうてい想像《そうぞう》することもできない状態《じょうたい》にあった。*客殿《きゃくでん》の焼亡《しょうぼう》ばかりではない。戦災《せんさい》による焼失寺院《しょうしつじいん》・教会《きょうかい》は、東京《とうきょう》、大阪《おおさか》をはじめ、全国《ぜんこく》で二十カ寺に上《のぼ》っていた。

四六年（昭和《しょうわ》二十一年）三月二十八日には、総本山では「戦災寺院復興助成事務局《ふっこうじょせいじむきょく》」を発足《ほっそく》させた。焼失した寺院を建設《けんせつ》する資材《しざい》は、総本山所有《しょゆう》の森林《しんりん》を伐採《ばっさい》し、製材《せいざい》、運搬《うんぱん》して、充当《じゅうとう》する計画《けいかく》になっていた。

客殿の復興《ふっこう》よりも、まず地方《ちほう》戦災寺院の復興が急務《きゅうむ》であったのである。戦災寺院復興のためには、助成寄付金《きふきん》を、全国の寺院や檀徒《だんと》に呼《よ》びかけ、募集《ぼしゅう》しなければならなかった。

日蓮正宗《にちれんしょうしゅう》の再建《さいけん》は、このような状況《じょうきょう》から始《はじ》まったのである。だが、それをも挫折《ざせつ》させる事態《じたい》が生《しよう》じていた。同年《どうねん》二月から実施《じつし》されることになっていた第一次農地改革《のうちかいかく》*である。

それは、不在地主《ふざいじぬし》の貸付地《かしつけち》と、五町歩《ちようぶ》（一町歩は約《やく》一ヘクタール）以上《いじよう》の在村《ざいそん》地主の貸付地を、小作人《こさくにん》の希望《きぼう》により、売《う》り渡《わた》すことを強制《きようせい》していた。しかし、GHQ（連合国軍総司令部《れんごうこくぐんそうしれいぶ》）は、この程度《ていど》では、いまだ農民解放《のうみんかいほう》、民主化指令《みんしゆかしれい》に適合《てきごう》しない旨《むね》を指《し》摘《てき》し、第一次農地改革の実施延期《えんき》を指示《しじ》した。

政府《せいふ》は、GHQの勧告《かんこく》を受け入れ、第二次農地改革法案《ほうあん》が国会《こつかい》に提出《ていしゆつ》され、同年十月十一日に通過成立《つうかせいりつ》した。

この改革法によれば、在村不耕作《ふこうさく》地主の保有《ほゆう》地は一町歩に限《かぎ》られ（北海道《ほつかいどう》は四町歩）、それを超《こ》える部分《ぶぶん》は、政府が強制的に買収《ばいしゆう》し、これを小作人に優先的《ゆうせんてき》に売り渡すことになった。

総本山《そうほんざん》も、不耕作の大地主であった。しかも、法律《ほうりつ》には「法人《ほうじん》その他の団体《だんたい》の所有《しよゆう》する小作地」は、買収の対象《たいしよう》になると規《き》定《てい》されていた。総本山は、この規定に該当《がいとう》したのである。

当時《とうじ》、総本山《そうほんざん》が周辺《しゅうへん》に所有《しょゆう》していた田畑《でんぱた》は、約《やく》六十町歩《ちょうぶ》であった。それが、全面的《ぜんめんてき》に強制買収《きょうせいばいしゅう》の対象《たいしょう》になったのである。総本山は強《つよ》い衝撃《しょうげき》を受けた。

また、この法律《ほうりつ》には、農地《のうち》以外《いがい》でも「農地の開発《かいはつ》に供《きょう》しようとするもの」も買収の対象にできるという一項《いっこう》があった。そこで、上野《うえの》村《むら》の農地委員会《いいんかい》は、総本山が所有する六十町歩の田畑のほかに、山林《さんりん》にも目をつけた。傾斜《けいしゃ》一五度以内《いない》の山林は、開墾《かいこん》すれば農地になり得《う》るとして、該当《がいとう》する総本山周辺の山林約三十町歩を、強制買収の対象としたのである。

結局《けつきょく》、総本山は、実《じつ》に、約九十町歩の所有地を、低廉《ていれん》な価格《かかく》で買《か》い上《あ》げられてしまった。

世事《せじ》に疎《うと》い僧侶《そうりょ》たちではあったが、強制買収の手が、さらに伸《の》びる危険性《きけんせい》を予想《よそう》し、額《ひたい》を集《あつ》めて研究《けんきゅう》し始《はじ》めた。

――本山の残《のこ》された土地《とち》を、守《まも》らなければならない。それには、買収対象になりそうな山林を、僧侶自《みずか》らの手で開墾することだ。

僧侶たちは、自作《じさく》農地にする道《みち》を知ったのである。それには、僧籍《そうせき》を離脱《りだつ》して、耕《こう》作農家《さくのうか》になる必要《ひつよう》があった。開墾適格証《かいこんてきかくしょう》を受け、耕作権《こうさくけん》を認知《にんち》させる以外《いがい》に、これ以上《いじょう》の買収《ばいしゅう》を防止《ぼうし》する手はなかったのである。

〝この本山《ほんざん》を守《まも》るには、野良仕事《のらしごと》でも、なんでもする。土地《とち》さえ取り上げられなければ……〟という切実《せつじつ》な考《かんが》えから、自《みずか》ら進《すす》んで、自作農《じさくのう》の手続《てつづ》きをとる僧侶《そうりよ》も出たのであった。

ただでさえ、食糧難《しよくりようなん》の時代《じだい》である。総本山の僧侶たちは、確保《かくほ》した二町歩余《ちようぶよ》の土地で開墾に励《はげ》んだ。彼《かれ》らは、自分《じぶん》たちの食糧《しよくりよう》を確保《かくほ》し、総本山を維持《いじ》するためにも、新《あたら》しい時代の到来《とうらい》を信《しん》じて、慣《な》れない鋤鍬《すきくわ》を振《ふ》るったのである。

来る日も、来る日も、野良仕事である。いつしか、農耕《のうこう》が日課《にっか》となっていた。たま、参詣《さんけい》の信徒《しんと》が登山《*とざん》してきた日などは、番僧《ばんそう》が各坊《かくぼう》を触《ふ》れ回《まわ》った。それは、月《つき》に多くて数回《すうかい》のことである。その日の午後《ごご》は、農耕は休《やす》みとなり、皆《みな》、ほっとして、僧侶であったことを、しみじみと思《おも》い出《だ》すのであった。

彼らは「農僧《のうそう》」という言葉《ことば》を発明《はつめい》した。だが、馬《うま》などに引かせる農耕道具《どうぐ》は、誰《だれ》一人《ひとり》、持《も》たなかった。すべて、人力《じんりき》に頼《たよ》るしかなかったのである。その昔《むかし》、中世《ちゆうせい》には戦闘《せんとう》に従事《じゅうじ》した僧兵《そうへい》というものが存在《そんざい》したが、終戦後《しゅうせんご》の農地改革《のうちかいかく》は、農僧《のうそう》を生んだのである。

そのころ、復員《ふくいん》した青年僧侶《せいねんそうりょ》も、ぽつぽつ総本山《そうほんざん》に戻《もど》ってきた。彼《かれ》らは、明《あ》けても暮《く》れても農作業《のうさぎょう》に、うんざりした。日常《にちじょう》の食事《しょくじ》は、イモを加《くわ》えたイモ水《すい》とんや、カボチャである。大坊《だいぼう》よりも、各坊《かくぼう》の方《ほう》が、檀家《だんか》が多少《たしょう》あるだけに、食糧事情《しょくりょうじじょう》は、ましであった。復員の青年僧のなかには、短気《たんき》を起《お》こして、僧籍《そうせき》に見切《みき》りをつけて離脱《りだつ》し、下山《げざん》する者《もの》もあった。

このような農僧の生活状態《せいかつじょうたい》は、以後《いご》、一九五一年（昭和《しょうわ》二十六年）秋《あき》ごろまで続《つづ》いたのであった。

当時《とうじ》の総本山は、こうした困難《こんなん》な状況《じょうきょう》のなかにあったのである。

戦後第一回の創価学会《そうかがっかい》の総会直後《そうかいちょくご》から、戸田城聖《とだじょうせい》の月《げつ》・水《すい》・金曜日《きんようび》の法華経《ほけきょう》と御書《ごしょ》の講義《こうぎ》は、にわかに活発《かっぱつ》さを加えてきた。受講者《じゅこうしゃ》は、回を重《かさ》ねるごとに激増《げきぞう》していった。それは、彼の意気込《いきご》みの結果《けっか》にほかならなかった。

戸田《とだ》の熱烈《ねつれつ》たる確信《かくしん》は、これらの受講者《じゆこうしや》を、急速《きゆうそく》に実践家《じつせんか》に育《そだ》て上《あ》げていった。受講者にしてみれば、講義《こうぎ》には、建設《けんせつ》への希望《きぼう》と情熱《じようねつ》があった。彼《かれ》らは、戸田の講義を受けながら、未来《みらい》の建設への理念《りねん》と思想《しそう》を吸収《きゆうしゆう》して確信を深《ふか》め、活動《かつどう》の舞台《ぶたい》を広《ひろ》げていった。

日曜日《にちようび》を中心《ちゆうしん》とした、各所《かくしよ》の座談会《ざだんかい》も活発化《かつぱつか》してきた。そして、火《か》・木《もく》・土《ど》曜日にも、しばしば臨時《りんじ》の座談会が、華々《はなばな》しく開催《かいさい》されていったのである。時には、未入会《みにゆうかい》の人を交《まじ》え、真剣《しんけん》のあまり、激論《げきろん》になるような折伏《しやくぶく》の光景《こうけい》も見られた。

戸田は、これら一切《いつさい》の会合《かいごう》の、先頭《せんとう》に立たなければならなかった。弟子《でし》たちは、勇《いさ》んで行動《こうどう》しているものの、相手《あいて》を十分《じゆうぶん》に納得《なつとく》させるには、まだ力《ちから》が弱《よわ》かったからである。

「この信心《しんじん》は絶対《ぜつたい》だ」「この宗教《しゆうきよう》は間違《まちが》いない」と叫《さけ》びはしたが、どうして絶対であり、間違いないのかを、相手に納得させる力がなかった。そのためには、まず弟子たちに、実践を通《とお》して指導《しどう》していかねばならなかった。

彼らは、皆《みな》、熱心《ねつしん》であった。体験《たいけん》は明確《めいかく》につかんでいる。それを、どのように理論《りろん》的《てき》に、また文献《ぶんけん》を裏付《うらづ》けにして説明《せつめい》していくかを、戸田《とだ》から学《まな》び取っていった。

戸田は、夜ごと、寸暇《すんか》を惜《お》しんで飛《と》び回《まわ》った。鶴見《つるみ》に、小岩《こいわ》に、蒲田《かまた》に、また目白《めじろ》や中野《なかの》など、彼《かれ》の行動半径《こうどうはんけい》は、京浜一帯《けいひんいったい》にまで及《およ》んでいた。都内《とない》は街灯《がいとう》もなく、街《まち》は暗《くら》く寒《さむ》かった。極度《きょくど》の近視《きんし》の彼は、でこぼこの夜道《よみち》は苦手《にがて》だった。転《ころ》びそうになったことが幾度《いくど》もある。だが、定刻《ていこく》には、決まって、意気《いき》はつらつとした姿《すがた》を、座談会場《ざだんかいじょう》に現《あらわ》した。

会場は、畳《たたみ》がぼろぼろの、四畳半《よじょうはん》の借間《しゃくま》のこともあった。床《ゆか》の傾斜《けいしゃ》した、屋根裏部《やねうらべ》屋《や》のこともあった。引力《いんりょく》に逆《さか》らうために、力《りき》んで座《すわ》っていなければならなかった。また、床板《ゆかいた》が抜《ぬ》けているのであろう。歩《ある》くたびに、タンスの引手《ひきて》が、カタカタと鳴《な》る家のこともあった。

電灯《でんとう》の暗い家が多い。その下に、戸田が姿を現し、「よう！」と元気《げんき》な声《こえ》をかけると、人びとは、決まって笑顔《えがお》になった。

待《ま》ち構《かま》えていたように、さまざまな質問《しつもん》が飛び出してくる。その瞬間《しゅんかん》から、人数《にんずう》は少《すく》なくても、座談会は始《はじ》まった。形式《けいしき》を避《さ》け、実質本位《じっしつほんい》であった。

戸田《とだ》は、何ごとにも形式主義《けいしきしゅぎ》を嫌《きら》った。生命《せいめい》と生命との、実質《じっしつ》のある触《ふ》れ合《あ》いは、形式的な官僚主義《かんりょう》からは生まれない。あくまで庶民《しょみん》の味方《みかた》として立つ彼《かれ》は、一切《いっさい》の形式的な虚飾《きょしょく》を取《と》り去《さ》って、庶民の、ありのままの生地《きじ》を大事《だいじ》にしたのである。

彼は、いかにも庶民的な指導者《しどうしゃ》であった。仁丹《じんたん》をポリポリかじりながら、質問者《しつもんしゃ》たちのくどい話《はなし》を、じっと聞いては、それを要約《ようやく》し、極《きわ》めて単純化《たんじゅんか》して応答《おうとう》した。そして、信心《しんじん》の深《ふか》さと強《つよ》さを教《おし》え、途方《とほう》に暮《く》れた人たちに、御本尊《ごほんぞん》の功力《くりき》の偉大《いだい》さを教え、激励《げきれい》した。

仕事《しごと》の都合上《つごうじょう》、遅《おく》れて来る人も多かった。その人たちが来る時刻《じこく》には、部屋《へや》はいっぱいで、座《ざ》を何度《なんど》も詰《つ》めなければならなかった。会合《かいごう》は決まって、明《あか》るく、温《あたた》かな、高揚《こうよう》した空気《くうき》が流《なが》れていた。

戸田は、戦後《せんご》日本における布教形態《ふきょうけいたい》として、あえて小単位《しょうたんい》の座談会《ざだんかい》を各所《かくしょ》で開いていった。たいていは、わずか数人《すうにん》から二十人程度《ていど》の会合である。

このような地味《じみ》な会合を、座談会として活発《かっぱつ》に行《おこな》ったのには、理由《りゆう》があった。

そこには、老人《ろうじん》も、青年《せいねん》も、婦人《ふじん》も、壮年《そうねん》も、誰《だれ》もが集《つど》うことができる。貧富《ひんぷ》の差《さ》や、学歴《がくれき》の違《ちが》いは、全《まつた》く問題《もんだい》ではない。むろん、この会合《かいごう》には、中心者《ちゆうしんしゃ》はいるが、あくまで皆《みな》が主役《しゆやく》である。

したがって、今日《きょう》、初《はじ》めて来た人も、あるいは信仰《しんこう》に疑問《ぎもん》をもっている人でも、自《じ》由自《ゆうじ》在《ざい》に意見《いけん》や、質問《しつもん》や、体験《たいけん》を語《かた》ることができる。一切《いっさい》の形式抜《けいしきぬ》きで、全員《ぜんいん》が納得《なっとく》するまで、語り合《あ》うこともできる。

戸田《とだ》は、これこそ民主主義《みんしゆしゆぎ》の縮図《しゆくず》であると考《かんが》えた。

――赤裸々《せきらら》な人間同士《にんげんどうし》の、生命《せいめい》と生命が触《ふ》れ合って、心《こころ》と心とが通《かよ》い合う会合である。いわば仏道修行《ぶつどうしゆぎよう》の、求道《きゆうどう》の道場《どうじよう》でもあろう。また、学会《がつかい》を大船《たいせん》とすれば、座談会《ざだんかい》は大海原《おおうなばら》である。大海原の波《なみ》に乗《の》ってこそ、民衆救済《みんしゆうきゆうさい》の大船は進《すす》むことができる。

講演会《こうえんかい》や、大集会《だいしゆうかい》を開くのもいいだろう。しかし、それだけでは、指導《しどう》する側《がわ》と民《みん》衆《しゆう》との間《あいだ》に、埋《う》めることのできない溝《みぞ》ができてしまう。あくまでも、一人《ひとり》ひとりとの対話《たいわ》こそ根本《こんぽん》である。どこまでも、牧口会長以来《まきぐちかいちよういらい》の、伝統《でんとう》の座談会を、生き生きと推《すい》進《しん》し続《つづ》ける限《かぎ》り、広宣流布《こうせんるふ》の水《みず》かさは着々《ちやくちやく》と増《ま》していくであろう。

戸田《とだ》は、同行《どうこう》していた弟子《でし》たちを指名《しめい》する。そして、仏法《ぶっぽう》の歴史《れきし》や人生《じんせい》の目的《もくてき》を、さらには幸福論《こうふくろん》や十界論《じっかいろん》を、語《かた》らせるのであった。その後、参加《さんか》した友人《ゆうじん》に対《たい》して、おもむろに折伏《しゃくぶく》を始《はじ》めるのである。

まず、考《かん》える材料《ざいりょう》を十分《じゅうぶん》に示《しめ》して、参加者の質問《しつもん》を受けた。

友人たちのタイプは、さまざまであった。疑《うたが》い深《ぶか》そうな人もいれば、何かを求《もと》めているような人もいた。とぼけた質問をする人もいれば、憤然《ふんぜん》としている人もいた。なかには、失笑《しっしょう》を買《か》うような、的外《まとはず》れな質問をする人もいた。

戸田は、どの質問にも、穏《おだ》やかではあるが、厳然《げんぜん》と応答《おうとう》した。そして、誰人《たれびと》をも納《なっ》得《とく》させていくことに、努力《どりょく》していた。

だが、多くの人が、内心《ないしん》、入会《にゅうかい》を決意《けつい》しかかるころ、会場《かいじょう》の一隅《いちぐう》から、しばしば、それを阻《はば》むような、激《はげ》しい発言《はつげん》が飛《と》び出《だ》すことがあった。その多くは、復員服姿《ふくいんふくすがた》の青《せい》年《ねん》たちである。

彼《かれ》らは、頬《ほお》はこけ、目つきの鋭《するど》い形相《ぎょうそう》で、暴言《ぼうげん》を吐《は》き、食《く》ってかかってくる。

「俺《おれ》は、騙《だま》されないぞ！　そんなうまい話《はなし》に、騙されるかっていうんだ。そんなインチキは、ごめんだよ！」

青年《せいねん》を連《つ》れてきた人は驚《おどろ》いて、その青年のズボンや上衣《うわぎ》を引《ひ》っ張《ぱ》ったりして、黙《だま》らせようとする。

戸田《とだ》は、それを制《せい》し、変わらぬ口調《くちょう》で言った。

「しゃべらせなさい。言いたいだけのことを、しゃべらせなさい」

そして戸田は、青年に向かって、沈着《ちんちゃく》に呼《よ》びかけた。

「騙《だま》すとか、騙されないとか、言っているが、いったい、何《なん》のことかね。それを聞こうじゃないか」

青年は、一瞬《いっしゅん》たじろいで、われに返った。だが、堰《せき》を切《き》った憤怒《ふんぬ》を、今さら抑《おさ》えることもできなくなっていた。敗戦《はいせん》によって、希望《きぼう》を喪失《そうしつ》したこの青年たちは、理性《りせい》も消滅《しょうめつ》し、残《のこ》った感情《かんじょう》だけの叫《さけ》びしかなかった。

「そうじゃないか。俺《おれ》は、騙されないぞ！

仏国土《ぶっこくど》の建設《けんせつ》――そんなお説教《せっきょう》には、もう騙されないぞ。俺たちは、考《かんが》えてみれば、もの心《こころ》ついてから、ずっと、騙され続《つづ》けてきたようなもんだ。

『天皇《てんのう》の軍隊《ぐんたい》』『無《む》敵海軍《てきかいぐん》』『*八紘一宇《はっこういちう》』『聖戦《せいせん》』『欲《ほ》しがりません勝つまでは』……。いじらしいじゃないか。俺《おれ》は感激《かんげき》して予科練《よかれん》に入《はい》り、最後《さいご》に特攻隊《とっこうたい》となった。『神州《しんしゅう》不滅《ふめつ》』『悠久《ゆうきゅう》の大義《たいぎ》に生きる』——ここまできた時、ちょっと寂《さび》しかったねえ。だが、俺たちの死《し》が、日本民族《みんぞく》の永遠《えいえん》の繁栄《はんえい》のためになるなら、喜《よろこ》んで死んでいけると、心《こころ》から思《おも》っていた。

ところが、どうだ。めちゃくちゃじゃないか。目が覚《さ》めて、自分《じぶん》が何をやってきたかを、冷静《れいせい》に振《ふ》り返《かえ》ってみたら、とんでもない。みんな、嘘《うそ》っぱちだったよ。若《わか》い俺たちは、いい調子《ちょうし》に踊《おど》らされていただけだ。

俺は、そこで、トコトンまで考《かんが》えたね。踊らしたやつは、大悪党《だいあくとう》だが、騙《だま》され続《つづ》けてきた俺たちも、大間抜《おおまぬ》けの、お人好《ひとよ》しだと悟《さと》ったね。人を恨《うら》んだって、始《はじ》まらない。ただ、この先《さき》、いったい何年《なんねん》、生きるものかは知らないが、もう絶対《ぜったい》に、二度と騙されまいと、俺は固《かた》く決心《けっしん》したんだ」

だぶだぶのズボンが印象的《いんしょうてき》である。特攻隊時代《じだい》のものであろう。青白《あおじろ》い顔《かお》である。青年《せいねん》は、顔を少《すこ》し痙攣《けいれん》させ、空《くう》をにらむようにして、口《くち》を結《むす》んだ。捨《す》てばちのようにも見えるが、単純《たんじゅん》ともいえる。強《つよ》がりを見せているのであろう。

戸田《とだ》は、聞き終《お》わると同時《どうじ》に、青年《せいねん》に呼《よ》びかけた。

「君《きみ》の言うことは、おそらく間違《まちが》っていまい。君自身《じしん》が経験《けいけん》したことなんだから、事実《じじつ》といえば、事実だろう。騙《だま》されたと知ったことは、今の君にとって、かけがえのない真実《しんじつ》だとも思《おも》う。しかし、今の君の不幸《ふこう》は……」

ここまで戸田が語《かた》ると、青年は、素早《すばや》く機先《きせん》を制《せい》し、手を振《ふ》ってさえぎった。

「冗談《じょうだん》じゃない。そう簡単《かんたん》に、俺《おれ》が、今、不幸だなどと、決められてはかなわない。正直《しょうじき》いって、俺は、不幸でもなければ、さりとて幸福《こうふく》でもない」

「では、なんだ」

「なんでもないのさ。それだけの話《はなし》よ」

青年は、嘲《あざ》けるように笑《わら》った。だが、その笑いの虚無《きょむ》的《てき》な寂《さび》しさを、戸田は見逃《みのが》さなかった。この青年を、哀《あわ》れに思わずには、いられなかったのである。

戸田は、この青年をかわいいと思った。

「君は、今、真剣《しんけん》に考《かんが》えているようだ。ぼくも、真剣に話《はな》そう。まぁ、こっちへ来て、座《すわ》りなさい」

〝特攻隊《とっこうたい》〟は、やっと前に進《すす》み出てきた。小机《こづくえ》を挟《はさ》んで、戸田《とだ》の前に正座《せいざ》した。青《せい》年《ねん》の殺気《さっき》は、やや消《き》えていた。

戸田は、笑《わら》いながら言った。

「君《きみ》は、騙《だま》された、騙されたと、一年半《はん》も腹《はら》を立《た》ててきたわけだね。深《ふか》く考《かんが》えてごらん、つまらないことだ。もう今夜《こんや》限《かぎ》り、腹を立てるのは、やめたまえよ」

周囲《しゅうい》の人びとは、くすくす笑いだした。だが青年は、笑わなかった。また、腹を立てたようである。

「君は、騙されたといったが、そう悟《さと》る前は、騙されたものを本当《ほんとう》に信《しん》じていたんだね」

「信じていましたよ。心《こころ》から信じ切っていましたとも。だから、腹が立つんだ」

戸田は、頷《うなず》きながら、だだっ子をあやすように言った。

「信じた君が、悪《わる》いわけではない。信じたものが、あまりにも悪かっただけだ。それを君は、気がつかなかった。気がついたら、腹ばかり立ってしようがない。そうだろう」

「そうです」

「君《きみ》の経験《けいけん》でわかるように、無批判《むひはん》に信《しん》じるということは、恐《おそ》ろしいことなんだ。世《よ》の中《なか》に、こんな恐ろしいことはない。間違《まちが》ったものを信じると、人は不幸《ふこう》のどん底《ぞこ》に落《お》ちる。どんなに正直《しょうじき》で、どんなに立派《りっぱ》な人であっても、この法則《ほうそく》に逆《さか》らうことはできない。君は、こういうことを、ちょっとでも考《かん》えたことがあるかね」

「………」

青年《せいねん》は、返事《へんじ》をしなかった。いや、うつむいてしまったのである。

「これは、ぼくが勝手《かって》に言っているのではない。七百年も前に、日蓮大聖人《にちれんだいしょうにん》という方《かた》が、鏡《かがみ》に映《うつ》したように、はっきりと、おっしゃっていることだ。何を信じるかによって、人生《じんせい》の幸《こう》・不幸《ふこう》は決まってしまう。これは、宗教《しゅうきょう》という面《めん》に、最《もっと》も強《つよ》く、鋭《するど》く現《あらわ》れるものだ。人生百般《ひゃっぱん》、ことごとく同じだと思《おも》う。

君は、誤《あやま》った思想《しそう》、一口《ひとくち》に軍国主義《ぐんこくしゅぎ》といってもよい——要《よう》するに間違った思想を、少年時代《しょうねんじだい》から正《ただ》しいと信じて、行動《こうどう》してきた。その帰結《きけつ》が、今日《こんにち》の君の人生という結《けつ》果《か》を生んだにすぎない。

少年《しょうねん》の君《きみ》に、信《しん》じ込《こ》ませた者《もの》が悪《わる》い。〝憎《にく》むべきやつらだ〟と君は思《おも》うだろう。しかし、彼《かれ》らも正《ただ》しいと信じて、君に教《おし》えたにすぎない。彼らもまた、大部分《だいぶぶん》の人は、君と同じように、本質的《ほんしってき》には不幸《ふこう》でもない、幸福《こうふく》でもない、なんだかわからないといったような道《みち》に、落《お》ち込んでいる。それは当然《とうぜん》のことだ。

このことは、どうしようもない必然《ひつぜん》であるし、厳然《げんぜん》たる事実《じじつ》だ。だが人は、信じなければ、なんの行動《こうどう》も取れないから、いろいろなものを簡単《かんたん》に信じてしまう。君は、今、信じるということの恐《おそ》ろしさを知ったはずだ。だから、もう騙《だま》されまいと、張《は》りつめている。その君の心《こころ》の動《うご》きは、ぼくには、よくわかる」

青年《せいねん》は、〝おやっ〟という顔《かお》をして、戸田《とだ》を見つめた。自身《じしん》の頭《あたま》のなかが、幾分《いくぶん》、整頓《せいとん》されてきたのであろうか。虚無的《きよむてき》に見えた表情《ひょうじょう》が、はにかんだ表情に変わってきた。

戸田は、しばらく青年の顔を見つめていた。

全員《ぜんいん》の耳《みみ》は、戸田の次《つぎ》の言葉《ことば》を待《ま》っていた。

「しかし、君《きみ》が、ここで考《かんが》えねばならないことは、心《こころ》から信《しん》じるに足《た》るものが、果《は》たしてこの世《よ》にあるか、ないかということだ。

*キケロという哲学者《てつがくしゃ》も、病気《びょうき》にかかった思想《しそう》は、病気にかかった肉体《にくたい》よりも始末《しまつ》に負《お》えないし、その数《かず》も多い――と言っているくらいだ。

結論的《けつろんてき》に言って、日蓮大聖人《にちれんだいしょうにん》は、一切《いっさい》の不幸《ふこう》の根本《こんぽん》は、誤《あやま》った宗教《しゅうきょう》・思想にあると断言《だんげん》していらっしゃる。そして、究極《きゅうきょく》のところ、正《ただ》しい宗教・思想は、何《なん》であるかをご存《ぞん》じだったから、あらゆる迫害《はくがい》に屈《くっ》せず、命《いのち》をかけ、大確信《だいかくしん》をもって、お説《と》きになったのだ。その大聖人様が、君を騙《だま》して、いったい何になる……。

間違《まちが》った宗教・思想が、不幸の原因《げんいん》だとしたら、正しい宗教・思想が、人びとを幸《こう》福《ふく》にするのは当然《とうぜん》じゃないか。少《すこ》しも不思議《ふしぎ》なことなんかあるものか。

その正しい宗教の根本法を、南無妙法蓮華経《なんみょうほうれんげきょう》という。大聖人様は、末法《まっぽう》の不幸な民《みん》衆《しゅう》を憐《あわ》れんで、その根本法を、御本尊《ごほんぞん》という形《かたち》にして残《のこ》された。それが、ここの家にもある、あの御本尊様です。観念論《かんねんろん》でも、空論《くうろん》でもない。偶像崇拝《ぐうぞうすうはい》でも絶対《ぜったい》ない。この御本尊を対境《たいきょう》として、自身《じしん》の仏《ほとけ》の生命《せいめい》を涌現《ゆげん》していく宗教だ。自分《じぶん》自身の仏界《ぶっかい》を涌

現して、自己《じこ》の最大最高《さいだいさいこう》の主体性《しゅたいせい》を確立《かくりつ》し、人間革命《にんげんかくめい》していく宗教《しゅうきょう》です。ずいぶん飛躍《ひやく》した言《い》い方《かた》をすると、君《きみ》は思《おも》うかもしれない。それは君が、まだ仏法《ぶっぽう》の真髄《しんずい》を、全然《ぜんぜん》、知らないからだ、ともいえると思う。

天文学《てんもんがく》の基礎知識《きそちしき》がなければ、天文学の真髄は、ちょっとわからない。数学《すうがく》も、経済学《けいざいがく》も、同じことだ。この仏法のことも、教学的《きょうがくてき》に理解《りかい》できれば、理論的《りろんてき》にも当然《とうぜん》の帰結《きけつ》として、正《ただ》しい宗教であることがわかる。

だが、それは、少々《しょうしょう》、面倒《めんどう》なことだし、今、君に話《はな》しても、外国《がいこく》の話《はなし》みたいになってしまうかもしれない。しかし、これからいくらでも、自分《じぶん》で究明《きゅうめい》できることだ。

全宇宙現象《ぜんうちゅうげんしょう》の鏡《かがみ》に照《て》らして、正しい生命《せいめい》の法《ほう》がある。人が知ろうが知るまいが、厳然《げんぜん》と存在《そんざい》しているのだ。これを真実《しんじつ》の仏法というのです。この根本《こんぽん》を知らないでは、何をしようが、本源的《ほんげんてき》に誤《あやま》ってしまう。

ところが君は、その仏法について、これまで知らずにきた。無知《むち》ほど怖《こわ》いものはない。ぼくは、今、君に会って、君を、このような無知のままに捨《す》てておくことはできない。

ぼくが、何か欲得《よくとく》で言っているとは、君《きみ》も、まさか思《おも》うまい。どうだね」

「……思いません」

青年《せいねん》は、思わず素直《すなお》になって、頷《うなず》いた。

戸田《とだ》は、微笑《びしょう》をたたえて言った。

「君は、まだ気づかないが、君の前途《ぜんと》は、実《じつ》に明《あか》るいのだよ。それは間違《まちが》いない。ただ、それには新《あたら》しい思想《しそう》、新しい正《ただ》しい信仰《しんこう》で、人生《じんせい》を生き切っていくことだ。その当体《とうたい》たる御本尊《ごほんぞん》を、抱《だ》きしめていくか否《いな》かによって、決まってしまう。自由《じゆう》と思いながら、狭《せま》い、暗《くら》い鉄管《てつかん》の中を歩《あゆ》むか、それとも大宇宙《だいうちゅう》の法則《ほうそく》に合致《がっち》した、明るい自由な新天地《しんてんち》、人生行路《こうろ》を、自信《じしん》と希望《きぼう》をいだいて乱舞《らんぶ》していくか――それによって、君の長《なが》い未来図《みらいず》は、決定《けってい》されてしまう。それは、どうしようもない」

「あなたのおっしゃることは、おそらく正しいと思います。しかし、今の私は頭《あたま》が混乱《こんらん》してしまった。あとで整理《せいり》して、よく考《かんが》え直《なお》したいと思います」

青年は、こう言って戸田の顔《かお》を、ひたと見た。言葉《ことば》には、どこか訛《なま》りがある。

「そうか。君は考えるのが好《す》きなようだから、よく思索《しさく》したまえ。ただし、一世一《いっせいち》代《だい》のつもりで考《かんが》えなさいよ」

座《ざ》にいる人びとは、どっと明《あか》るく笑《わら》った。真面目《まじめ》に聞くようになった青年《せいねん》を、温《あたた》かく祝福《しゆくふく》するような笑顔《えがお》であった。

青年は、顔《かお》を赤《あか》らめて言った。

「考えます。そして、必《かなら》ず結論《けつろん》を出して、伺《うかが》います。これだけは、あなたの誠意《せいい》に応《こた》えるために、お約束《やくそく》します。ありがとうございました」

彼《かれ》は、戸田《とだ》の温かい心《こころ》には、逆《さか》らえなかった。

一週間後《しゆうかんご》、その青年が入会《にゆうかい》したという知らせが、戸田のもとに届《とど》いた。

それから間《ま》もなく、戸田のところに現《あらわ》れたが、すさんだ面影《おもかげ》は、きれいに消《き》えていた。彼は、落《お》ち着《つ》いた口調《くちよう》で、家庭《かてい》の事情《じじよう》を述《の》べ、郷里《きようり》である九州《きゆうしゆう》に帰《かえ》る決心《けつしん》ができたことを、喜《よろこ》んで戸田に告《つ》げた。

戦後《せんご》日本の荒廃《こうはい》と虚脱《きよだつ》が生んだ、このような青年は、巷《ちまた》にあふれていた。

空虚感《くうきよかん》に、さいなまれていた青年たちは、民主主義《みんしゆしゆぎ》の世《よ》の中《なか》になって、社会主義《しやかいしゆぎ》思《し》想《そう》が台頭《たいとう》すると、たちまち、それに、飛《と》びついていった。

座談会《ざだんかい》にも、そのような青年《せいねん》が、しばしば現《あらわ》れた。熱《ねつ》に浮《う》かされ、やっと覚《おぼ》えたばかりの社会主義《しゃかいしゅぎ》的言辞《てきげんじ》を、おぼつかなく弄《ろう》して、わめき散《ち》らした。

戸田《とだ》は、苦笑《くしょう》しながら、大聖人《だいしょうにん》の生命哲理《せいめいてつり》の深遠《しんえん》なることを説《と》いたが、彼《かれ》らの鼓膜《こまく》は、いたずらにそれを拒《こば》んだ。

当時《とうじ》、勤労大衆《きんろうたいしゅう》の最大《さいだい》の問題《もんだい》は、その日、その日の、生活《せいかつ》のやりくりにあった。いや、その他のことに、耳《みみ》を貸《か》す暇《ひま》がなかったのである。彼らにとって、ただ、その解《かい》決《けつ》の道《みち》は、賃金《ちんぎん》の値上《ねあ》げにあった。すさまじいインフレーションの嵐《あらし》――その、暗《くら》い、深《ふか》い洞穴《どうけつ》に、彼らは怯《おび》え、苦《くる》しむだけであった。

労働組合《ろうどうくみあい》の結成《けっせい》は、燎原《りょうげん》の火のように全国《ぜんこく》に広《ひろ》がっていき、さらに各所《かくしょ》には、ストライキが頻発《ひんぱつ》していた。林立《りんりつ》する赤旗《あかはた》は、まるで各所に火の燃《も》えている感《かん》じであった。この賃上《ちんあ》げ闘争《とうそう》が、労働者の唯一《ゆいいつ》の生命線となっていたのである。

彼ら勤労大衆は、一九四六年（昭和《しょうわ》二十一年）秋《あき》ごろから、この労働戦線《せんせん》に、怒濤《どとう》のごとく押《お》し寄《よ》せた。それは、いかなる障害物《しょうがいぶつ》をも押し倒《たお》しながら、激流《げきりゅう》となって流《なが》れ出《だ》した。そして経済闘争《けいざいとうそう》は、いつか政治闘争《せいじ》となり、翌年《よくねん》二月一日の、全国的《ぜんこくてき》なゼ*ネストへと発展《はってん》していくのである。

戦時中《せんじちゅう》、投獄《とうごく》されていた共産主義者《きょうさんしゅぎしゃ》たちは、四五年（昭和《しょうわ》二十年）十月、*治安維持法《ちあんいじほう》がGHQ指令《しれい》によって廃止《はいし》され、釈放《しゃくほう》された直後《ちょくご》、GHQの前で、「マッカーサー万歳《ばんざい》」を叫《さけ》んだ。彼《かれ》らは、占領軍《せんりょうぐん》を「解放軍《かいほうぐん》」と思《おも》い込《こ》んでいた。

そして、戦後《せんご》、労働戦線《ろうどうせんせん》が飛躍的《ひやくてき》に拡大《かくだい》していくと、彼らは、それが自《みずか》らの力《ちから》によるものと過信《かしん》し、政治革命《かくめい》を夢《ゆめ》見た。

社会《しゃかい》は、急激《きゅうげき》に変化《へんか》し、政治革命の潮流《ちょうりゅう》が、新《あたら》しく押《お》し寄《よ》せて来るかのように思えた。世《よ》の中《なか》は騒然《そうぜん》としていた。

そのなかで戸《と》田城聖《だじょうせい》は、そうした社会の動《うご》きとは、はなはだ隔絶《かくぜつ》しているように見えた。

彼は、情熱《じょうねつ》の一切《いっさい》を、法華経《ほけきょう》と御書《ごしょ》の講義《こうぎ》に傾《かたむ》けていた。そして、各所《かくしょ》の座談会《ざだんかい》に臨《のぞ》んでは、のんきそうに冗談《じょうだん》を飛《と》ばして、指導《しどう》していた。これは、一見《いっけん》、時代離《じだいばな》れした挙動《きょどう》にさえ見えた。

だが、彼《かれ》は、決《けっ》して時代《じだい》の潮流《ちょうりゅう》を避《さ》けていたのではない。このような社会情勢《しゃかいじょうせい》のなかで、誰人《たれびと》も夢想《むそう》だにしない広宣流布《こうせんるふ》をめざし、日蓮大聖人《にちれんだいしょうにん》の仏法《ぶっぽう》の真髄《しんずい》を、いかにして人びとに納得《なっとく》させるかに、心《こころ》を砕《くだ》いていたのである。しかも、飽《あ》くことなく、連《れん》日《じつ》、説《と》き続《つづ》けることが、彼にとっての、時代変革《へんかく》の戦《たたか》いであった。

一切《いっさい》の活動《かつどう》の根底《こんてい》に、この大宗教《だいしゅうきょう》を置《お》く以外《いがい》に、本源的《ほんげんてき》な解決《かいけつ》はできないことを知《ち》悉《しつ》していたからである。

ちなみに、四六年（昭和《しょうわ》二十一年）十二月十四日付《づけ》の朝日《あさひ》新聞《しんぶん》には、マッカーサーが、アトランタ在住《ざいじゅう》の南部《なんぶ》バプティスト教会会議議長《きょうかいかいぎぎちょう》、ルイス・D・ニュートン博士に送《おく》った書簡《しょかん》が載《の》っている。

「日本人の精神生活《せいしんせいかつ》は、戦争《せんそう》で空白《くうはく》となっているから、キリスト教を日本人に布教《ふきょう》するのは、今が絶好《ぜっこう》の機《き》会《かい》である。もし、この機会が、アメリカのキリスト教指導者《しどうしゃ》たちによって、十分《じゅうぶん》に利《り》用《よう》されたならば、これまで歴史上《れきしじょう》どんな経済的《けいざいてき》、または政治《せいじ》的革命《てきかくめい》が達成《たっせい》したよりも、はるかに文明《ぶんめい》の進路《しんろ》に多《た》幸《こう》な変化《へんか》をもたらすような精神革命が成就《じょうじゅ》されよう。

日本の占領行政《せんりょうぎょうせい》は、その当初《とうしょ》から、なるべく連合軍《れんごうぐん》の兵力《へいりょく》を行使《こうし》しないようにして行《おこな》われた。占領行政の方向《ほうこう》は、もちろん連合軍の政治目標《せいじもくひょう》の達成《たっせい》に、しっかり向けられていたが、その一歩《いっぽ》一歩は、力《ちから》によるとか、連合軍の銃剣《じゅうけん》の脅威《きょうい》によるとかよりも、正義《せいぎ》、連合軍の寛容自戒《かんようじかい》というキリスト教《きょう》の指導的教義《しどうてききょうぎ》によって達成された。

実《じつ》に、これらの教義こそは、確固《かっこ》たる態度《たいど》を失《うしな》うことなく、われわれが実施《じっし》して来た、全占領政策《せいさく》の基礎《きそ》をなすものである」(1)

なお、後《のち》にマッカーサーは、「日本民衆《みんしゅう》の、いかに宗教心《しゅうきょうしん》のないかを嘆《なげ》いた」と、もらしている。占領政策に利用《りよう》するのが目的《もくてき》であったとはいえ、民衆の思考《しこう》の基盤《きばん》に、宗教が必要《ひつよう》であると、彼《かれ》が考《かんが》えていたことは、間違《まちが》いない。

戦後《せんご》、さまざまな宗教団体《だんたい》が、雨後《うご》の筍《たけのこ》のように現《あらわ》れた。しかし、それらの教団《きょうだん》に人びとが求《もと》めていたものは、本来《ほんらい》の宗教心とは、ほど遠《とお》いものであった。その教団の多くは、なんの哲学的理念《てつがくてきりねん》もなく、まやかしの装《よそお》いをはぎ取られると、やがて消《き》えていくことになる。

また、伝統的《でんとうてき》な宗教も、未曾有《みぞう》の激動《げきどう》の時代《じだい》を迎《むか》えて、夕日《ゆうひ》の沈《しず》むように精彩《せいさい》を失《うしな》っていったのである。

時代《じだい》の動《うご》きに左右《さゆう》されず、国境《こっきょう》、民族《みんぞく》を超《こ》えて広《ひろ》まる、普遍妥当性《ふへんだとうせい》がなければ、真実《しんじつ》に正《ただ》しい宗教《しゅうきょう》とはいえないであろう。

戸田《とだ》は、今、生きた宗教が、日本に実在《じつざい》することを知っていた。そして、人びとを覚醒《かくせい》させるためには、仏教《ぶっきょう》の真髄《しんずい》である、日蓮大聖人《にちれんだいしょうにん》の生命哲理《せいめいてつり》による以外《いがい》にないと確信《かくしん》していた。それが、一切《いっさい》の生活《せいかつ》の原動力《げんどうりょく》になるべきであると考《かんが》えていたのである。

それは、道理《どうり》のうえからも、また、さまざまな文献《ぶんけん》によっても、さらには自身《じしん》の体験《たいけん》からしても、絶対《ぜったい》に誤《あやま》りのないことを、彼《かれ》は固《かた》く信《しん》じていた。

釈尊《しゃくそん》の仏法《ぶっぽう》が力《ちから》を失《うしな》い、既成《きせい》仏教が無力《むりょく》と化《か》した姿《すがた》を目の当《ま》たりにした戸田は、大聖人の仰《おお》せ通《どお》り、南無妙法蓮華経《なんみょうほうれんげきょう》こそが、民衆《みんしゅう》を根底《こんてい》から救《すく》い得《う》る宗教であると、いよいよ確信を深《ふか》めていった。彼の胸《むね》には、正法広布《しょうほうこうふ》の決意《けつい》が、強《つよ》く脈《みゃく》打《う》っていたのである。

彼は、何ものにも動《どう》じず、泰然自若《たいぜんじじゃく》としていた。だが、激《はげ》しい潮流《ちょうりゅう》のなかで、足《あし》を踏《ふ》み締《し》めていくには、強い勇気《ゆうき》と信念《しんねん》を必要《ひつよう》としていたのである。

潮流《ちようりゆう》は、彼《かれ》の身《み》に当《あ》たっては砕《くだ》け、飛沫《ひまつ》を飛《と》ばして、また流《なが》れていった。しかし、彼の大信力《だいしんりき》は、一人《ひとり》で時代《じだい》の潮流に逆《さか》らい、それに完全《かんぜん》に耐《た》えていたのである。

一九四七年(昭和《しようわ》二十二年)の正月《しようがつ》――戸田《とだ》と、彼の弟子《でし》たちは、総本山大石寺《そうほんざんたいせきじ》に登山《とざん》した。総勢《そうぜい》は、三十九人である。一年前の正月、彼は、わずか六人の弟子を相手《あいて》に法華経《ほけきよう》の初講義《はつこうぎ》をした。その時に比《くら》べると、にぎやかな初登山だった。

新年《しんねん》とはいえ、日本の勤労大衆《きんろうたいしゆう》の生活《せいかつ》は、満足《まんぞく》に食《た》べることも、ままならぬ状況《じようきよう》であり、その有望《ゆうぼう》な突破口《とつぱこう》が、労働組合運動《ろうどうくみあいうんどう》であった。

敗戦《はいせん》一年余《よ》を経《へ》て、日本経済《けいざい》は、いまだ低迷《ていめい》を続《つづ》け、混乱《こんらん》の極《きよく》にあった。そのうえ、とどまるところを知らぬ、急激《きゆうげき》なインフレである。物価《ぶつか》は、戦前《せんぜん》の二十倍《ばい》、三十倍とはね上がり、庶民《しよみん》の生活を直撃《ちよくげき》していた。困《こま》ったのは、労働者であり、サラリーマンたちであった。日を追《お》って進《すす》むインフレで、どんなに汗水《あせみず》たらして働《はたら》いても、たちまち貨幣価値《かへいかち》は下落《げらく》し、すべてが無意味《むいみ》なものとなっていた。

労働運動は、生きるため、食《く》うための、生活闘争《とうそう》そのものであった。

当初《とうしょ》、大資本《だいしほん》は、膨大《ぼうだい》な資材《しざい》等を抱《かか》えながら、生産活動《せいさんかつどう》には消極的《しょうきょくてき》であった。〃カネよりモノ〃の時代《じだい》である。一夜明《あ》ければ、手持《ても》ちの資材は、居《い》ながらにして高騰《こうとう》していく。資材を生産に向けるより、値上《ねあ》がりを待《ま》って、そのまま売《う》る方《ほう》が、はるかに儲《もう》かる計算《けいさん》である。いわゆる生産サボタージュである。

それが、生産の縮小《しゅくしょう》、人員整理《じんいんせいり》というかたちで、労働者《ろうどうしゃ》にのしかかっていた。さらに、多くの経営者《けいえいしゃ》は、急激《きゅうげき》な時代の激流《げきりゅう》の前に、生産計画《けいかく》どころか、経営方針《ほうしん》すら立たず、茫然自失《ぼうぜんじしつ》の状態《じょうたい》であった。

四五年（昭和《しょうわ》二十年）秋《あき》、読売新聞《よみうりしんぶん》の社員《しゃいん》による、新聞の自主発行《じしゅはっこう》が引《ひ》き金《がね》となって、生産管理《かんり》、経営管理といわれる労働運動《うんどう》が、全国《ぜんこく》に波及《はきゅう》していったのは、自然《しぜん》の成《な》り行《ゆ》きでもあったといえる。資本家、経営者を棚上《たなあ》げし、勤労者《きんろうしゃ》、従業員《じゅうぎょういん》が、自分《じぶん》たちで、工場《こうじょう》、職場《しょくば》を動《うご》かし、物《もの》を作《つく》り、売るということが、たちまちにして広《ひろ》がっていったのである。それは、生産サボタージュへの対抗手段《たいこうしゅだん》でもあった。

たとえば、東京《とうきょう》の京成電鉄労組《けいせいでんてつろうそ》は、同年《どうねん》十二月、賃上《ちんあ》げ五倍《ばい》の要求《ようきゅう》で会社首脳部《かいしゃしゅのうぶ》と交渉《こうしょう》し、決裂《けつれつ》した。当然《とうぜん》、ストライキ決行《けっこう》である。

だが、彼《かれ》らは、乗客《じょうきゃく》の不便《ふべん》を考えて、十二月十一日から三日間、無賃輸送《むちんゆそう》という、新戦術《しんせんじゅつ》に出たのである。さらに、十四日からは有料輸送《ゆうりょう》に切《き》り替《か》え、増発《ぞうはつ》に次《つ》ぐ増発で、乗客輸送にあたった。

二千五百人の従業員《じゅうぎょういん》たちは、結束《けっそく》し、車両修理《しゃりょうしゅうり》に、乗客輸送に、奮然《ふんぜん》として働《はたら》いた。車両工場《こうじょう》の二百八十九人の修理工全員《ぜんいん》は、徹夜作業《てつやさぎょう》で、無賃輸送の三日間に、たちまち二十両の修理を完了《かんりょう》するという、快記録《かいきろく》をあげた。平常《へいじょう》は、食糧難《しょくりょうなん》その他で欠勤《けっきん》も多く、一日に一、二両の修理が、やっとであったというから、二十両とは驚《おどろ》くべき数字《すうじ》であったわけである。

「自分《じぶん》たちの手で、経営《けいえい》している」という励《はげ》みは、休日《きゅうじつ》さえも返上《へんじょう》させたのである。

売上金《うりあげきん》は、争議本部《そうぎほんぶ》の集計《しゅうけい》によると、五日間で、二十二万九千余円《よえん》になった。当時《とうじ》、会社《かいしゃ》の毎月《まいつき》の本給総額《ほんきゅうそうがく》は、十二万円であった。したがって、半月《はんつき》の生産管理《せいさんかんり》で、その三倍《ばい》の六十万円以上《いじょう》が見込《みこ》まれ、闘争《とうそう》本部は、「五倍」の賃上《ちんあ》げに自信《じしん》をもったのである。

結局《けっきょく》、会社側《がわ》は、十二月二十九日に、労働者側《ろうどうしゃがわ》の要求《ようきゅう》をのみ、争議は幕《まく》を閉《と》じている。
こうして、生産管理《せいさんかんり》という名《な》の労働運動《ろうどううんどう》は、四五年（昭和《しょうわ》二十年）十二月に四件《けん》であったものが、四六年（同二十一年）一月には、日本鋼管鶴見《こうかんつるみ》製鉄所《せいてつじょ》など十三件、二月には三菱美唄炭鉱《みつびしびばいたんこう》など二十件、三月に三十九件、四月に五十三件、五月に五十六件と数《かず》を増《ま》した。実《じつ》に、労働争議《そうぎ》の半数近《はんすうちか》くを占《し》める勢《いきお》いであった。

政府首脳《せいふしゅのう》や、大資本家《だいしほんか》たちは、資本主義経済《しゅぎけいざい》の基盤《きばん》を揺《ゆ》るがしかねない生産管理は、社会主義的変革《しゃかいへんかく》への道《みち》を開くものだと気づき、そのすさまじい波及《はきゅう》に慌《あわ》てだしたのである。

この年《とし》の二月一日、政府は、日本鋼管鶴見製鉄所の生産管理を機《き》として、内務《ないむ》、司《し》法《ほう》、商工《しょうこう》、厚生《こうせい》の四相声明《よんしょうせいめい》を出し、「近時《きんじ》労働争議などに際《さい》しては、時に暴行《ぼうこう》、脅迫《きょうはく》または所有権侵害《しょゆうけんしんがい》等の事実《じじつ》の発生《はっせい》を見つつあることは、真《まこと》に遺憾《いかん》に堪《た》えない」(2)と、警《けい》告《こく》を発《はっ》した。

これに対《たい》し、労働者側《がわ》は猛反発《もうはんぱつ》し、生産管理は、生産サボタージュに対抗《たいこう》し、飢饉《ききん》とインフレの危機《きき》を打開《だかい》する唯一《ゆいいつ》の方法《ほうほう》であるとして、政府を非難《ひなん》し、四相声明は撤《てつ》回《かい》を余儀《よぎ》なくされた。

このころから、労働争議《ろうどうそうぎ》は、一段《いちだん》と深刻化《しんこくか》していった。労働組合《くみあい》が続々《ぞくぞく》と組織《そしき》され、一大勢力《いちだいせいりょく》となっていった。全国《ぜんこく》組織化への動《うご》きも、活発化《かっぱつか》していった。

初《はじ》め、GHQは、生産管理《せいさんかんり》の方式《ほうしき》も、占領政策《せんりょうせいさく》を脅《おびや》かさない限《かぎ》り、労働組合運動《うんどう》を育成《いくせい》するという民主化《みんしゅか》方針《ほうしん》から、干渉《かんしょう》しないでいた。

しかし、五月二十日、マッカーサーは、前日《ぜんじつ》の食糧《しょくりょう》メーデー・デモに不快感《ふかいかん》を表《あらわ》し、「暴民《ぼうみん》デモ許《ゆる》さず」との声明《せいめい》を発表《はっぴょう》する。労働運動に対《たい》しても、GHQは、占領政策に好《この》ましくない動きとして、強硬的《きょうこうてき》な姿勢《しせい》を見せ始《はじ》めた。

日本政府《せいふ》も、五月二十一日、内務省《ないむしょう》が違法《いほう》な生産管理争議の取《と》り締《し》まりを全国の警《けい》察《さつ》に指令《しれい》したのに続《つづ》き、六月十三日には、吉田内閣《よしだないかく》は、「社会秩序保持《しゃかいちつじょほじ》に関《かん》する声明」を発表し、政治的《せいじてき》なデモ、生産管理への圧力《あつりょく》を強《つよ》めていた。

だが、労働運動は、いよいよ燃《も》え盛《さか》っていった。

この年《とし》七月、運輸省《うんゆしょう》は、吉田内閣の方針《ほうしん》に従《したが》って、国鉄《こくてつ》に全従業員《ぜんじゅうぎょういん》五十五万人のうち、七万五千人を人員整理《じんいんせいり》することを通告《つうこく》する。船舶運営会《せんぱくうんえいかい》も、戦時中《せんじちゅう》の徴用船員《ちょうようせんいん》四万三千人の解雇《かいこ》を、海員組合《かいいんくみあい》に申《もう》し入《い》れた。

この大量馘首《たいりようかくしゆ》に、国鉄《こくてつ》の労働《ろうどう》組合（国鉄総連《そうれん》）と、海員組合は、「共同《きようどう》ゼネスト」で、猛然《もうぜん》と立ち向かうこととなったのである。

時あたかも、全国組織化《ぜんこくそしきか》へ準備《じゆんび》を進《すす》めていた、日本労働組合総同盟《そうどうめい》（総同盟）が八月一日に、全日本産業別労働《さんぎようべつ》組合会議《かいぎ》（産別《さんべつ》会議）が八月十九日に、相次《あいつ》いで結成《けつせい》された。産別会議は、国鉄労組《ろうそ》、海員組合への支援《しえん》を決定《けってい》し、全国的に、国鉄、海員「ゼネスト」の共闘態勢《きようとうたいせい》が打《う》ち出《だ》された。

政府《せいふ》が大量《たいりよう》解雇案を撤回《てつかい》しなければ、全国的なストライキは必至《ひつし》となった。輸送《ゆそう》の基幹《きかん》となる国鉄の機能停止《きのうていし》は、社会的《しやかいてき》な混乱《こんらん》を招《まね》くことになる。

政府は、スト決行《けつこう》と決定していた九月十五日寸前《すんぜん》の十四日に、人員整理《じんいんせいり》案《あん》を撤回して、ひとまず組合の勝利《しようり》に終《お》わった。海員組合は、九月十日から十一日間のストを決行して、こちらも解雇を撤回させたのである。

これを受けて産別会議は、この一斉《いつせい》にストを打つというゼネスト戦術《せんじゆつ》を、他の民間《みんかん》企業《きぎよう》にも拡大《かくだい》し、大規模《だいきぼ》に展開《てんかい》することを決定した。いわゆる「十月闘争《とうそう》」である。

まず、十月一日、東芝労組《とうしばろうそ》の六十三工場《こうじょう》四万六千人が首切《くびき》り反対《はんたい》、最低賃金制《さいていちんぎんせい》などを要求《ようきゅう》し、ストに入《はい》った。石炭産業《せきたんさんぎょう》、新聞《しんぶん》・放送《ほうそう》、映画《えいが》・演劇《えんげき》、印刷《いんさつ》・出版《しゅっぱん》、電産《でんさん》（日本電機産業労働組合《でんきさんぎょうろうどうくみあい》）と、次々《つぎつぎ》にストは呼応《こおう》して、全国《ぜんこく》に広《ひろ》がった。日本社会《しゃかい》は、いよいよ騒然《そうぜん》とした、労使対決《ろうしたいけつ》の様相《ようそう》につつまれていた。

戸田城聖《とだじょうせい》は、このような社会情勢《じょうせい》を、無言《むごん》で、じっと見ていた。

彼《かれ》の弟子《でし》のなかにも、労組の闘争委員《とうそういいん》になり、学会《がっかい》の会合《かいごう》に足《あし》が遠《とお》くなった人もいた。彼は、それらの弟子たちの身《み》の上《うえ》を案《あん》じた。彼と、常日《つねひ》ごろ接《せっ》する弟子たちのなかにも、現在《げんざい》は生活《せいかつ》闘争に基《もと》づく社会改革《かいかく》を、第一義的《だいいちぎてき》に置《お》くべきであると考《かんが》え始《はじ》めた人がいた。

——民主主義《みんしゅしゅぎ》社会の直接的《ちょくせつてき》な建設《けんせつ》が、当面《とうめん》の重大問題《じゅうだいもんだい》である。学会の信心活動《しんじんかつどう》は捨《す》てないまでも、今は第二義的に考えるべきではないか。

このような質問《しつもん》を受けた時、戸田城聖は、おそろしく深刻《しんこく》な、真面目《まじめ》な表情《ひょうじょう》になった。

「君《きみ》たちの心《こころ》が、わからない、ぼくと思《おも》うのか」

彼《かれ》は、激《はげ》しい口調《くちょう》で言うのであった。

そして、深《ふか》く息《いき》を吸《す》ったあと、諄々《じゅんじゅん》と諭《さと》した。

「かわいい弟子《でし》たちが、生活《せいかつ》のために、一生懸命《いっしょうけんめい》に戦《たたか》っている。愛《あい》する君たちのために、ぼくが必要《ひつよう》だというなら、ぼくは、デモの先頭《せんとう》に立って、赤旗《あかはた》でもなんでも振《ふ》るよ。しっかり、自由《じゆう》にやりたまえ。

しかし、それで一切《いっさい》が解決《かいけつ》するように思い込《こ》んでいるが、それは錯覚《さっかく》だ。妙法《みょうほう》による本源的《ほんげんてき》な解決からみれば、何分《なんぶん》の一、何百分の一の解決でしかない。だが、ともかく戦う以上《いじょう》、勝たなければならない。どうなろうと、題目《だいもく》をしっかりあげ、御本尊様《ごほんぞんさま》に願《ねが》い切ることが、一切に花《はな》を咲《さ》かせていく究極《きゅうきょく》の力《ちから》であることだけは、瞬時《しゅんじ》も忘《わす》れてはならない。そうでなければ、信心《しんじん》している価値《かち》がない」

激励《げきれい》とも聞こえる。訓戒《くんかい》とも思える。戸田《とだ》のこの言葉《ことば》に、弟子たちは、理解《りかい》しかねるという顔《かお》をした。だが、「君たちが必要とするならば、先頭に立って、赤旗でもなんでも振るよ」という彼の愛情《あいじょう》だけは、胸《むね》にこたえた。

彼《かれ》らは、今さらのように、戸田《とだ》の顔《かお》を、まじまじと見つめた。

戸田は、思《おも》いめぐらすように、唇《くちびる》を固《かた》く結《むす》び、続《つづ》いて独白《どくはく》するように言った。

「経済《けいざい》の闘争《とうそう》にしろ、政治《せいじ》の戦《たたか》いにしろ、結局《けつきょく》は妥協《だきょう》で片《かた》がつく。もちろん、これらが当面《とうめん》の生活問題《せいかつもんだい》として、大事《だいじ》なことは当然《とうぜん》だ。だが、それだけでは、大波《おおなみ》の上の小船《こぶね》のようなものとなってしまう。

われわれの広宣流布《こうせんるふ》への戦いは、大波を静穏《せいおん》にし、船舶《せんぱく》を安心《あんしん》して航行《こうこう》させる戦いなのだ。したがって、宗教革命《しゅうきょうかくめい》という、妥協のない、厳《きび》しい、次元《じげん》の異《こと》なった、根本《こんぽん》的《てき》な戦いをしていくのだ。

いずれ、みんなも、それがはっきり、わかる時がくる」

一九四六年（昭和《しょうわ》二十一年）秋《あき》、およそ五十万人の労働者《ろうどうしゃ》を動員《どういん》した「十月闘争」は、十月から十一月にかけて、全国各地《ぜんこくかくち》で、ストライキなどの圧力《あつりょく》をかけながら、労《ろう》使交渉《しこうしょう》を繰《く》り返《かえ》した。そして、労働者側《がわ》は要求《ようきゅう》を通《とお》し、勝利《しょうり》を収《おさ》めていった。

このストライキの波《なみ》が、今度《こんど》は、官公庁《かんこうちょう》労働者に移《うつ》っていったのも、自然《しぜん》の流《なが》れであった。賃金《ちんぎん》が二割《わり》上がった民間《みんかん》に対《たい》して、官公庁《かんこうちょう》の給与水準《きゅうよすいじゅん》は、民間の五割以下《いか》と、格差《かくさ》が大きく開いていたからである。

ここにきて、官公庁関係《かんけい》の労働組合《ろうどうくみあい》が、共同闘争《きょうどうとうそう》に立ち上がったのも、無理《むり》からぬことであった。彼《かれ》らも、破滅《はめつ》に瀕《ひん》した生活《せいかつ》を、必死《ひっし》に守《まも》らなければならない、ギリギリのところまで追《お》い詰《つ》められていた。

彼らの交渉相手《こうしょうあいて》は、政府《せいふ》である。いな、政府の経済政策《けいざいせいさく》、労働政策そのものとの闘《たたか》い、ということになった。そして、経済闘争として出発《しゅっぱつ》したはずの闘争は、いつしか政治《せいじ》闘争へと転化《てんか》せざるを得《え》なくなっていったのである。

十一月二十六日、官公庁労働者の各組合は、「全官公庁労組《ろうそ》共同闘争委員会《いいんかい》」（共闘《きょうとう》）を結成《けっせい》した。これに加《くわ》わったのは、国鉄《こくてつ》労働組合（五十三万人）、全逓信従業員《ぜんていしんじゅうぎょういん》組合（三十八万人）、全日本教職員《きょうしょくいん》組合協議会《きょうぎかい》（三十三万人）、全国官庁職員労働組合協議会（八万人）、全国公共団体《こうきょうだんたい》職員労働組合連合会《れんごうかい》（二十三万人）である。その他の官公庁関係の組合も、相次《あいつ》ぎ、これに参画《さんかく》していった。

十二月初旬《しょじゅん》、同委員会は、越年資《えつねんし》金《きん》、最低基本給《さいていきほんきゅう》の獲得《かくとく》など、十項目《こうもく》の共同要求《ようきゅう》を掲《かか》げ、政府《せいふ》に提出《ていしゅつ》した。

十二月十日、政府は回答《かいとう》を発表《はっぴょう》した。——要求通《ようきゅうどお》りの賃上《ちんあ》げは、全産業《ぜんさんぎょう》の賃金体系《ちんぎんたいけい》にも大きな影響《えいきょう》を与《あた》え、経済政策《けいざいせいさく》の舵《かじ》取《と》りを阻害《そがい》しかねない。また、左翼運動《さよくうんどう》を勢《いきお》いづかせることになりかねない。

その回答は、組合側《くみあいがわ》の要求を全《まった》く拒否《きょひ》するものであった。その同じ日、「共闘《きょうとう》」は、生活権確保全国官公庁労働者大会《せいかつけんかくほぜんこくかんこうちょうろうどうしゃたいかい》を開催《かいさい》し、あくまで、闘争《とうそう》によって要求を勝ち取ることを確認《かくにん》し、内閣糾弾《ないかくきゅうだん》、全面対決《ぜんめんたいけつ》の姿勢《しせい》を強《つよ》めていった。

一方《いっぽう》、十一月二十九日には、労働組合の全国組織《そしき》である、日本労働組合総同盟《そうどうめい》（総同盟＝社会党系《しゃかいとうけい》）、全日本産業別労働組合会議《かいぎ》（産別《さんべつ》会議＝共産党系《きょうさんとうけい》）、日本労働組合会議（日労《にちろう》会議＝中立系《ちゅうりつけい》）が合同《ごうどう》で、初《はつ》の全国労働組合懇談会《こんだんかい》を開いた。そして、十二月二日の第二回懇談会で、十二月十七日に、官公庁の闘争に全労働者が共闘する、吉田《よしだ》内《ない》閣打倒国民大会《かくだとうこくみんたいかい》の開催を決定《けってい》した。それは、労働運動の政治《せいじ》闘争化を、意味《いみ》するものであった。

「生活権確保・吉田内閣打倒国民大会」は、予定通《よていどお》り、十二月十七日、皇居前広場《こうきょまえひろば》

で開かれた。大会本部《たいかいほんぶ》では、参加者総数約《さんかしゃそうすうやく》五十万人と発表《はっぴょう》した。

この集会《しゅうかい》を呼《よ》びかけたのは、全国労働組合懇談会《ぜんこくろうどうくみあいこんだんかい》、日本農民組合《のうみんくみあい》（日農《にちのう》）、社会党《しゃかいとう》で、参加団体《だんたい》には、産別会議《さんべつかいぎ》、総同盟《そうどうめい》、日労会議《にちろう》、国鉄《こくてつ》、全逓《ぜんてい》、全国官庁職員労働組合協議会《きょうぎかい》（全官労《ぜんかんろう》）、都労連《とろうれん》、さらに、市民団体《しみんだんたい》、引揚者《ひきあげしゃ》団体、その他、全日本造船《ぞうせん》など、各独立単位《かくどくりつたんい》組合が、名《な》を連《つら》ねた。同じ日、大阪《おおさか》、横浜《よこはま》でも、大会が開催《かいさい》された。

皇居前広場《こうきょまえひろば》の会場《かいじょう》には、赤《あか》い組合旗《き》、プラカードが林立《りんりつ》し、五月に行《おこな》われた食糧《しょくりょう》メーデーの再現《さいげん》を思《おも》わせた。かつて天皇《てんのう》の軍隊《ぐんたい》が行進《こうしん》した、その同じ広場でのことである。

マイクの準備《じゅんび》が間《ま》に合《あ》わず、大会は、定刻《ていこく》になっても始《はじ》まらなかった。しかし、参加者からせかされて、ようやく、午前《ごぜん》十一時に、日農の野溝勝《のみぞまさる》の開会《かいかい》あいさつでスタートした。

続《つづ》いて、大会の議長《ぎちょう》、副議長二人《ふたり》が壇上《だんじょう》に立った。このあとも、なんとか準備できたマイクの調子《ちょうし》は悪《わる》く、登壇《とうだん》した総同盟、産別会議、日労、野党《やとう》の代表《だいひょう》らは、声《こえ》を張《は》り上《あ》げ、声をからして、次《つぎ》から次へと、政府《せいふ》の経済政策《けいざいせいさく》を批判《ひはん》し、内閣退陣《ないかくたいじん》、内閣打《だ》倒《とう》を叫《さけ》んだ。

最後《さいご》に、都労連《とろうれん》の代表《だいひょう》が内閣《ないかく》に対《たい》する大会決議《たいかいけつぎ》を、協同組合《きょうどうくみあい》の代表が各野党《かくやとう》に対する決議を読《よ》み上《あ》げ、それぞれ可決《かけつ》された。そして、参加者《さんかしゃ》たちは、この両決議をもって、国会議事堂《こっかいぎじどう》に向かっていったのである。

午後零時半《ごごれいじはん》、産別《さんべつ》会議系組合を先頭《せんとう》に、総同盟系《そうどうめいけい》組合が最後列《さいこうれつ》となって、デモ行進《こうしん》に移《うつ》った。行列《ぎょうれつ》は延々《えんえん》と続《つづ》き、皇居前広場《こうきょまえひろば》を出て、馬場先門《ばばさきもん》から京橋《きょうばし》、昭和通《しょうわどお》り、新橋《しんばし》、虎《とら》ノ門《もん》を経《へ》て国会議事堂に着《つ》いた。そのあと、デモは桜田門《さくらだもん》の警視庁前《けいしちょうまえ》を通《とお》って、再《ふた》び会場《かいじょう》に戻《もど》り、午後四時過《す》ぎに解散《かいさん》した。

国会では、大会の実行委員《じっこういいん》三十余人《よにん》が、吉田首相《よしだしゅしょう》に会見《かいけん》を求《もと》めたが、首相は多忙《たぼう》を理由《りゆう》に面会《めんかい》を断《ことわ》り、代《か》わって国務相《こくむしょう》の植原悦二郎《うえはらえつじろう》が形《かたち》ばかりの応対《おうたい》をした。

こうした院外《いんがい》の動《うご》きと呼応《こおう》し、国会の院内《いんない》では、社会党《しゃかいとう》、協民党《きょうみんとう》、国民党《こくみんとう》の野党三派《ぱ》の共同提案《きょうどうていあん》による議会解散要求《ぎかいかいさんようきゅう》決議案が、この日、午後一時二十二分から開かれた衆議院《しゅうぎいん》本会議に上程《じょうてい》された。国会の外《そと》に内閣打倒《だとう》のデモ隊《たい》が行進している、まさにその時刻《じこく》、議場《ぎじょう》では、賛成《さんせい》、反対《はんたい》の演説《えんぜつ》が行《おこな》われていたのである。議場には怒号《どごう》が飛《と》び交《か》い、休憩《きゅうけい》をはさんで夜まで、与野党《よやとう》の応酬《おうしゅう》が繰《く》り広《ひろ》げられた。採決《さいけつ》の結果《けっか》は、二百三十六対《たい》百六十で、決議案《けつぎあん》は否決《ひけつ》された。

その後も、政府《せいふ》と官公庁労組《かんこうちょうろうそ》との対立《たいりつ》は続《つづ》き、中労委《ちゅうろうい》（中央労働委員会《ちゅうおうろうどういいんかい》）の斡旋《あっせん》にも、労使交渉《ろうしこうしょう》は平行線《へいこうせん》をたどるばかりであった。国労《こくろう》は、十二月三十一日、政府に対して、一月十日までの回答《かいとう》を要求《ようきゅう》し、ストの構《かま》えを見せた。

全逓《ぜんてい》も、ゼネストの準備《じゅんび》をしていた。左翼政党間《さよくせいとうかん》の路線《ろせん》の違《ちが》いから、主導権《しゅどうけん》をめぐる組合員同士《くみあいいんどうし》の内紛《ないふん》も起《お》こっていた。まさに、仏典《ぶってん》に説《と》く自界叛逆《じかいほんぎゃく》の様相《ようそう》が強《つよ》まるなか、政局《せいきょく》は混迷《こんめい》し、労使《ろうし》対立のまま年《とし》は暮《く》れていった。

年が明《あ》けて一九四七年（昭和《しょうわ》二十二年）の元日《がんじつ》、この混乱《こんらん》した事態《じたい》を、さらに紛糾《ふんきゅう》させるような出来事《できごと》が起きた。吉田首相《よしだしゅしょう》が、ラジオで放送《ほうそう》した年頭《ねんとう》のあいさつのなかで、労働組合の指導者《しどうしゃ》を、「不逞《ふてい》の輩《やから》」と非難《ひなん》したのである。

吉田首相は、経済危機《けいざいきき》を叫んで社会不安《しゃかいふあん》をあおるような「不逞の輩」が、国民《こくみん》のなかに多数《たすう》いるとは信《しん》じないが、日本の経済再建《さいけん》のためには、彼《かれ》らの行動《こうどう》は排撃《はいげき》せざるを得《え》ない――と強《つよ》い表現《ひょうげん》で語《かた》っていた。

「不逞《ふてい》の輩《やから》」という一言は、大きな波紋《はもん》を広《ひろ》げた。国労《こくろう》は、即座《そくざ》に、首相《しゅしょう》は、「われわれ労働者《ろうどうしゃ》を〝不逞の輩〟と宣言《せんげん》した」と抗議《こうぎ》し、他の労働組合《くみあい》も、相次《あいつ》いで非難《ひなん》の声《こえ》をあげた。

一方《いっぽう》、この元日《がんじつ》、産別会議《さんべつかいぎ》では、極東委員会《きょくとういいんかい》でソ連代表《れんだいひょう》の提議《ていぎ》に基《もと》づき決定《けってい》し、前《ぜん》年《ねん》十二月二十四日に、GHQが公表《こうひょう》した、「日本労働組合に関《かん》する組織原則《そしきげんそく》」十六原則を持《も》ち出《だ》し、吉田《よしだ》首相を糾弾《きゅうだん》する檄文《げきぶん》を発表《はっぴょう》した。

その十六原則には、「警察《けいさつ》その他いかなる政府機関《せいふきかん》も、労働者にたいする尾行《びこう》、スト破壊《はかい》または労働組合の合法活動《ごうほうかつどう》の弾圧《だんあつ》を行《おこな》うことは許《ゆる》されない」などと、労働者の権利《けんり》を擁護《ようご》する原則がうたわれていた。それを、自分《じぶん》たちの運動方針《うんどうほうしん》を支持《しじ》するものとして、闘争拡大《とうそうかくだい》を呼《よ》びかけたのである。彼《かれ》らは、圧倒的《あっとうてき》な攻勢《こうせい》によって内閣《ないかく》を追《お》い詰《つ》め、左翼勢力《さよくせいりょく》による政権誕生《せいけんたんじょう》を、期待《きたい》していた。

政府の回答期限《かいとうきげん》が過《す》ぎた一月十一日、官公庁関係《かんこうちょうかんけい》の「共闘《きょうとう》」は、皇居前広場《こうきょまえひろば》で「ゼネスト態勢確立大会《たいせいかくりつたいかい》」を開き、四万人が、雨《あめ》のなか、デモ行進《こうしん》した。彼らは政府に、重《かさ》ねて最低基本給確立《さいていきほんきゅうかくりつ》、労働協約《ろうどうきょうやく》の即時締結《そくじていけつ》などとともに、吉田発言《よしだはつげん》の取《と》り消しと謝《しゃ》罪《ざい》を求《もと》める、第二回要求書《ようきゅうしょ》を提出《ていしゅつ》した。

しかし、これに対《たい》しても政府《せいふ》は、十五日、吉田発言には「誤解《ごかい》を招《まね》いたのは遺憾《いかん》である」との回答《かいとう》を寄《よ》せたものの、第二回要求内容《ないよう》には、前年《ぜんねん》の十二月と同じく、拒否《きょひ》の態度《たいど》を変えることはなかった。

この日、「全国労働組合共同闘争委員会《ぜんこくろうどうくみあいきょうどうとうそういいんかい》」（全闘《ぜんとう》）が発足《ほっそく》した。これには、全官公庁《ぜんかんこうちょう》労組《ろうそ》共同闘争委員会（共闘《きょうとう》）、産別会議《さんべつかいぎ》、総同盟《そうどうめい》、日労《にちろう》会議等、五十四組合、約《やく》四百五十万の労働者が参加《さんか》した。実《じつ》に、この当時《とうじ》の労働組合の九〇パーセントという大勢《だいせい》力《りょく》である。

遂《つい》に十八日、「共闘」は、拡大執行《かくだいしっこう》委員会で、二週間後《しゅうかんご》の二月一日までに、政府がすべての要求をのむ回答をしない場合《ばあい》は、無期限《むきげん》ゼネストに入《はい》ること、また、それ以《い》前《ぜん》に弾圧《だんあつ》してくる場合、自動的《じどうてき》にゼネストに入ると、宣言《せんげん》したのである。吉田首相《しゅしょう》が、事態《じたい》の打開《だかい》へ、水面下《すいめんか》で社会党《しゃかいとう》との連立工作《れんりつこうさく》を策《さく》していた話《はな》し合《あ》いも、暗礁《あんしょう》に乗《の》り上《あ》げ、決裂《けつれつ》してしまった。

もはや、対決《たいけつ》は決定的《けっていてき》な情勢《じょうせい》となった。「共闘《きょうとう》」への支援態勢《しえんたいせい》を組《く》む「全闘《ぜんとう》」は、二十五日に、〝倒閣《とうかく》メーデー〟と銘打《めいう》った闘争《とうそう》の実施《じっし》を決め、産別会議《さんべつかいぎ》傘下《さんか》の全組合《ぜんくみあい》も、「共闘」と歩調《ほちょう》を合《あ》わせて、二月一日にストに突入《とつにゅう》することを決定《けってい》した。未曾有《みぞう》のゼネラルストライキが、現実《げんじつ》のものとして迫《せま》ってきたのである。

二十日には、産別会議議長《ぎちょう》の聴濤克巳《きくなみかつみ》が刺《さ》されるという事件《じけん》があったが、既《すで》に、ゼネストへの勢《いきお》いを押《お》しとどめるものは、存在《そんざい》しないかに思《おも》えた。政府《せいふ》は、労働勢力《ろうどうせいりょく》の分断《ぶんだん》を策《さく》し、あるいは強権発動《きょうけんはつどう》をにおわすなど、躍起《やっき》になってスト防止《ぼうし》に取《と》り組《く》んでいたが、ほとんど効果《こうか》は見られなかった。

こうして、「共闘」を中心《ちゅうしん》として、労働界が、「二・一ゼネスト」に向けて大きく動《うご》きだした。その渦中《かちゅう》の二十二日、「共闘」の伊井弥四郎《いいやしろう》議長らが、ＧＨＱに呼《よ》び出《だ》されたのである。待《ま》っていたのは、マーカット経済科学局長《けいざいかがくきょくちょう》であった。

マーカットは、この日の会見《かいけん》の内容《ないよう》を公表《こうひょう》することを禁《きん》じたうえで、ゼネスト中止《ちゅうし》を要求《ようきゅう》した。彼《かれ》は、ゼネストは、通信《つうしん》、輸送《ゆそう》などを混乱《こんらん》させるものであり、占領目的《せんりょうもくてき》に反《はん》する行為《こうい》であると指摘《してき》した。そして、ゼネストを強行《きょうこう》するなら、ＧＨＱとしても相応《そうおう》の対応《たいおう》を取ることになると通告《つうこく》し、二十五日までの回答《かいとう》を求《もと》めた。

しかし「共闘《きょうとう》」は、協議《きょうぎ》の結果《けっか》、スト中止《ちゅうし》はできないと回答したのである。

一月二十八日には、再《ふたた》び皇居前広場《こうきょまえひろば》で、「吉田《よしだ》内閣打倒《ないかくだとう》危機《きき》突破《とっぱ》国民大会《こくみんたいかい》」が、さらに大阪《おおさか》、名古屋《なごや》、横浜《よこはま》でも、それぞれ集会《しゅうかい》が開かれ、デモの波《なみ》がうねった。日に日に、革命前夜《かくめいぜんや》を思《おも》わせるような緊張《きんちょう》と高揚《こうよう》が、労働者《ろうどうしゃ》を駆《か》り立《た》てていた。

無期限《むきげん》ゼネストの決行《けっこう》は、多くの産業《さんぎょう》のマヒと、社会活動《しゃかいかつどう》の停止《ていし》を意味《いみ》した。国民のなかには、大混乱《だいこんらん》が予想《よそう》される非常事態《ひじょうじたい》に備《そな》えて、食糧《しょくりょう》やロウソクの買《か》い置《お》きに奔走《ほんそう》し、交通《こうつう》の途絶《とぜつ》に備えるという自衛手段《じえいしゅだん》を講《こう》じ始《はじ》める人も少《すく》なくなかった。

二十九日になっても、中労委《ちゅうろうい》の仲介《ちゅうかい》による政府《せいふ》と組合《くみあい》の交渉《こうしょう》の折《お》り合《あ》いはつかず、政府の譲歩案《じょうほあん》を拒否《きょひ》した「共闘」は、いよいよ二月一日のゼネスト突入《とつにゅう》の態勢《たいせい》を固《かた》めていた。民間《みんかん》の労組《ろうそ》も、次々《つぎつぎ》、支援《しえん》のゼネスト参加《さんか》を決議《けつぎ》した。

だが、GHQの介入《かいにゅう》はないことを前提《ぜんてい》に、共産党《きょうさんとう》が主導《しゅどう》して進《すす》めてきたゼネストは、ここにきて、あえなく打《う》ち砕《くだ》かれるものとなったのである。

スト突入まで十時間と迫《せま》った三十一日午後《ごご》二時半《はん》、マッカーサーは、スト中止指令《しれい》を発《はっ》した。

彼《かれ》は、こう宣告《せんこく》した。

「現下《げんか》の困窮《こんきゅう》かつ衰弱《すいじゃく》せる日本の状態《じょうたい》において、かくのごとき致命的《ちめいてき》な社会的武器《しゃかいてきぶき》を行使《こうし》することは許容《きょよう》しない」(3)

この日、マーカットは、GHQに伊井議長《いいぎちょう》らを呼《よ》び出《だ》し、マッカーサーのスト中止《ちゅうし》指令《しれい》の書面《しょめん》に、同意《どうい》の署名《しょめい》をするよう迫《せま》った。

議長は、「みんなに相談《そうだん》したうえでなければ、署名はできない」と抵抗《ていこう》した。彼の肩《かた》には、四百五十万労働者《ろうどうしゃ》の重《おも》みがかかっていたのである。だが、司令部《しれいぶ》は、それを許《ゆる》さなかった。マーカットは、スト中止のラジオ放送《ほうそう》をするよう命令《めいれい》してきた。長《なが》い時間、激《はげ》しいやりとりの末《すえ》、マーカットは、国鉄労働組合委員長《こくてつろうどうくみあいいいんちょう》を呼んで伊井に会わせた。委員長が、スト中止放送に同意し、ようやく議長は、放送原稿《げんこう》を書《か》き始《はじ》めたのである。そして、愛宕山《あたごやま》のNHKに連《つ》れて行かれた。

この時、伊井議長は、共産党書記長《きょうさんとうしょきちょう》の徳田球一《とくだきゅういち》からも、「ストライキはやめるんだよ。わかったな」と告《つ》げられたことを、後《のち》に語《かた》っている。GHQの出方《でかた》を、読《よ》み誤《あやま》った彼《かれ》らの矛盾《むじゅん》が、ここに露呈《ろてい》されたといえよう。

ともあれ、スト決行《けっこう》まで三時間を切った午後《ごご》九時十五分、NHKのスタジオから、伊井《いい》議長《ぎちょう》の悲痛《ひつう》な声《こえ》は電波《でんぱ》に乗《の》り、全国各地《ぜんこくかくち》の職場《しょくば》で、明日《あす》のスト準備中《じゅんびちゅう》の左翼労働《さよくろうどう》者《しゃ》の耳《みみ》に届《とど》いた。

「……私はマッカーサー連合軍最高司令官《れんごうぐんさいこうしれいかん》の命《めい》により、ラジオをもって親愛《しんあい》なる全国の官公吏《かんこうり》・教員《きょういん》の皆様《みなさま》に明日のゼネスト中止《ちゅうし》をお伝《つた》え致《いた》します。実《じつ》に断腸《だんちょう》の思《おも》いで組合員諸君《くみあいいんしょくん》に語《かた》ることを御諒解願《ごりょうかいねが》います。

私は今、一歩退却《いっぽたいきゃく》二歩《にほ》前進《ぜんしん》という言葉《ことば》を思い出します。私は声を大《だい》にして、日本の働《はたら》く労働者、農民《のうみん》のためバンザイを唱《とな》えて放送《ほうそう》を終《お》わることにします。

……われわれは団結《だんけつ》せねばならない」(3)

「共闘《きょうとう》」は、放送直後《ちょくご》、解散《かいさん》した。「全闘《ぜんとう》」も解散していった。

占領軍《せんりょうぐん》の態度《たいど》は、前年《ぜんねん》、一九四六年（昭和《しょうわ》二十一年）の食糧《しょくりょう》メーデーのころから、微妙《びみょう》な変化《へんか》を見せ始《はじ》めていた。既《すで》に、この年《とし》の五月十五日、対日理事会《たいにちりじかい》の米代表《べいだいひょう》ジョージ・アチソンは、マッカーサーの意《い》を受けて、「共産主義《きょうさんしゅぎ》を歓迎《かんげい》しない」とのGH

Qの声明《せいめい》を発表《はっぴょう》していた。

アメリカ本国《ほんごく》においては、ルーズベルトのニューディール*政策《せいさく》が後退《こうたい》し、トルーマン大統領《だいとうりょう》による冷戦*《れいせん》の対策《たいさく》が進《すす》められていた。この変化《へんか》は、当然《とうぜん》、GHQ内《ない》の人事《じんじ》や、占領方針《せんりょうほうしん》にも表《あらわ》れてきていた。

既《すで》に、この四六年(昭和《しょうわ》二十一年)三月、英国《えいこく》のチャーチル前首相《ぜんしゅしょう》は、共産圏《きょうさんけん》の閉《へい》鎖性《させい》を「鉄《てつ》のカーテン」と呼《よ》んで、東西《とうざい》冷戦の対立構造《たいりつこうぞう》の表面化《ひょうめんか》を警告《けいこく》しているが、政治闘争化《せいじとうそうか》した労働運動《ろうどううんどう》にも、その対立図式《ずしき》が、微妙《びみょう》に影《かげ》を落《お》とし始《はじ》めたのである。

戸田城聖《とだじょうせい》は、二月二日、夜の法《ほ》華経講義《けきょうこうぎ》のあと、質問《しつもん》に答《こた》えて言った。

「要《よう》するに、医者《いしゃ》で治《なお》るような病気《びょうき》は、医者で治せばいいのだ。しかし、医者で治らない病気、これが人生《じんせい》の難問《なんもん》です。だが、いくら難問でも、これを解決《かいけつ》できる法《ほう》がある。絶対《ぜったい》に治すことができる、と言ったらどうだろう。

それと同じように、ストライキで解決すればよい。経済《けいざい》闘争といい、政治闘争といい、みんな一生懸命《いっしょうけんめい》だが、それで解決するような問題《もんだい》は、ストライキで解決のつく問題は、どしどし解決《かいけつ》するがいい。だが、それはまだ簡単《かんたん》な問題《もんだい》といえる」

受講者《じゅこうしゃ》たちは、固唾《かたず》をのみ、真剣《しんけん》な表情《ひょうじょう》である。

戸田《とだ》の話《はなし》は続《つづ》いた。

「ところが、どうしても解決できない、重大問題《じゅうだいもんだい》がある。そういう問題を人は諦《あきら》めてしまう。だが、よく考《かんが》えてみると、人間《にんげん》の性格《せいかく》や*宿業《しゅくごう》をはじめとして、一家《いっか》の家庭《かてい》の問題や生老病死《しょうろうびょうし》など、解決できない問題の方《ほう》が、意外《いがい》に多いものだ。

社会《しゃかい》といっても、また大衆《たいしゅう》といっても、あるいは労使《ろうし》と分けても、所詮《しょせん》は一個《いっこ》の人間から始《はじ》まって、その集団《しゅうだん》にすぎない。ゆえに、この一個の人間の問題を根本的《こんぽんてき》に解決し、さらに全体《ぜんたい》を解決できる法《ほう》が大事《だいじ》になってくる。それは、真実《しんじつ》の大宗教《だいしゅうきょう》による以外《いがい》にないんです。

今度《こんど》のゼネストのようなことも、今後《こんご》、いろいろ形《かたち》を変えて起《お》こってくるだろう。そして、そのたびに一喜一憂《いっきいちゆう》してみるがいい。どうやっても、こうやっても、だめだとわかった時、やっと、大聖人様《だいしょうにんさま》の仏法《ぶっぽう》のすごさというものが、しみじみと、わかってくるにちがいない。深刻《しんこく》なる理解《りかい》をしないでは、いられなくなる。その時が、広宣《こうせん》流布《るふ》です。

われわれの戦《たたか》いは、今、こうしてコツコツやっているが、すごい時代《じだい》が必《かなら》ず来るんだよ。ゼネストなんか、今、諸君《しょくん》は大闘争《だいとうそう》だと思《おも》っているかもしれないが、われわれの広宣流布《こうせんるふ》の戦いから見れば、小さな小さな戦いであったと、わかる時が、きっと来る。私は断言《だんげん》しておく。皆《みな》、しっかりやろうじゃないか」

西神田《にしかんだ》の日本正学館《しょうがっかん》の二階《かい》は、薄暗《うすぐら》かった。厳冬《げんとう》の電力不足《でんりょくぶそく》が原因《げんいん》である。

そのなかで戸田城聖《とだじょうせい》の声《こえ》は、生き生きとしていた。みんなは、手に汗《あせ》を握《にぎ》って聞いている。そこには、暗《くら》い必死《ひっし》の面影《おもかげ》はなく、明《あか》るい希望《きぼう》の表情《ひょうじょう》があった。

日本国中の人びとが、労働者《ろうどうしゃ》のゼネストの危機《きき》に頭《あたま》を悩《なや》まし、憂《うれ》いに沈《しず》んでいた時、戸田の心《こころ》は微動《びどう》だにしなかった。それは、戦時中《せんじちゅう》、国中《くにじゅう》が軍国思想《ぐんこくしそう》に狂奔《きょうほん》していた時、彼《かれ》の心の重心《じゅうしん》は、いささかも揺《ゆ》るがなかったことと同じであった。

かくて、敗戦《はいせん》の暗影《あんえい》が、いまだ色濃《いろこ》い時代のなかで、一条《いちじょう》の光明《こうみょう》にも似《に》た広宣流布への指標《しひょう》が、一つ一つ示《しめ》されていった。彼には、民族《みんぞく》の柱《はしら》としての不抜《ふばつ》の確信《かくしん》が、心《しん》中深《ちゅうふか》く秘《ひ》められていたのである。

前《ぜん》哨《しょう》戦《せん》

一九四七年（昭和二十二年《しょうわ》）三月――。

東京都心《とうきょうとしん》の、とある都電《とでん》の停留所《ていりゅうじょ》に、三人の青年《せいねん》たちが集《あつ》まって、何か小さな声《こえ》で話《はな》し合《あ》っていた。時折《ときおり》、路面電車《ろめんでんしゃ》の通《とお》りを、目を凝《こ》らして見たりしている。左右《さゆう》のいずれかの方向《ほうこう》に、電車が現《あらわ》れないかと、気を配《くば》っている様子《ようす》であった。

電車は、なかなか来《こ》ない。戦災《せんさい》によって交通機関《こうつうきかん》が被《こう》った痛手《いたで》は、一年半《はん》たった今も、まだ回復《かいふく》していなかった。十五分もたったころ、やっと一台《だい》、電車が見えた。古《ふる》い、ガタガタの電車である。

日曜日《にちようび》の正午《しょうご》ごろで、車内《しゃない》は、それほど混《こ》んではいなかった。十人ほどの乗客《じょうきゃく》を降《お》ろすと、車内はガラガラになった。車掌《しゃしょう》が紐《ひも》を引《ひ》っ張《ぱ》って、チンチンと発車《はっしゃ》のカネを鳴《な》らすと、電車《でんしゃ》は、また動《うご》きだしていった。

降《お》りた人びとのなかに、三人の若《わか》い男女《だんじょ》がいた。笑顔《えがお》を浮《う》かべ、生き生きとしている。彼《かれ》らは、素早《すばや》く、停留所《ていりゅうじょ》に立っている三人の青年《せいねん》たちの方《ほう》に走《はし》り寄《よ》った。

「こんにちは！」

「やぁ、こんにちは！」

待《ま》っていた青年たちは、軽《かる》く手をあげた。

集《あつ》まった六人の青年男女は、あまり口《くち》もきかず、そのまま人待《ひとま》ち顔《がお》に立っていた。

やがて、一人《ひとり》の女性《じょせい》が、不安《ふあん》そうに話《はな》しかけた。

「岩田《いわた》さん、どうしたんでしょ。ずいぶん遅《おそ》いわね」

「いや、来るよ。あれだけ念《ねん》を押《お》してあるんだから、今日《きょう》は、必《かなら》ず来るさ。どっかで、電車が故障《こしょう》でもしているんだろう」

別《べつ》の青年が答《こた》えた。

「でも、滝本《たきもと》さん。もう十二時四十分よ」

「三川《みかわ》さんは、相変《あいか》わらずせっかちだな」

滝本欣也《たきもときんや》は、メガネをかけた、痩《や》せた背《せ》の高い青年《せいねん》である。彼《かれ》は、小柄《こがら》な三川英子《みかわえいこ》という女性《じょせい》を、見下《みお》ろすようにして言うのであった。

彼らは、次《つぎ》の電車《でんしゃ》を待《ま》った。だが、なかなか来そうにもなかった。

冬《ふゆ》は過《す》ぎ、急《きゅう》に春《はる》めいてきた三月下旬《げじゅん》の真《ま》っ昼間《ぴるま》である。春の光《ひかり》が、全身《ぜんしん》を温《あたた》めてくれる。寒《さむ》かったこの冬、オーバーもないままに過ごした厳寒《げんかん》の記憶《きおく》など、若《わか》い彼らの頭《あたま》からは、とっくに消《き》え去《さ》っていた。

彼らの心《こころ》は、なんとなく弾《はず》んでいた。しかし、どの目も、いささか鋭《するど》い光を放《はな》っていた。彼らには、秘《ひ》められた、ある計画《けいかく》があったからである。

電車が遠《とお》くに見えた。彼らの目は期待《きたい》を込《こ》めて、一斉《いっせい》にそれを見つめた。停留所《ていりゅうじょ》に電車が止《と》まり、どやどやと大勢《おおぜい》の乗客《じょうきゃく》が降《お》りてきた。ほとんど空《から》になった電車は、のろのろと過ぎていった。

降りた乗客のなかに、岩田重一《いわたじゅういち》の姿《すがた》はなかった。待っていた青年たちに、失望《しつぼう》の色《いろ》が浮《う》かんだ。彼らは、顔《かお》を見合《みあ》わせた。

「岩田さん、どうしたのかな」

まだ少年《しょうねん》の面影《おもかげ》が残《のこ》る、いちばん年少者《ねんしょうしゃ》の吉川雄助《よしかわゆうすけ》が言った。滝本《たきもと》が時計《とけい》を見た。もう一時を過《す》ぎている。彼《かれ》らは、また互《たが》いに顔《かお》を見合《みあ》わせた。滝本が首《くび》をかしげながら言った。

「こりゃいかん。おかしいな……しかし、絶対《ぜったい》、来るよ。同志《どうし》を裏切《うらぎ》るなんて考《かんが》えられん」

「滝本さんの確信《かくしん》、私、当《あ》てにしないわ」

三川《みかわ》は、ちょっと口《くち》をとがらせて、ジリジリしながら、不平顔《ふへいがお》である。

六人は、輪《わ》になって、相談《そうだん》を始《はじ》めた。

もう一台《だい》だけ電車《でんしゃ》を待《ま》つという意見《いけん》、いや先《さき》に行《い》ってしまおうと言う者《もの》、岩田《いわた》が来《こ》ないと、今日《きょう》の作戦《さくせん》は変更《へんこう》しなければならない――と、案《あん》じ顔に言う者もあった。しかし、誰一人《だれひとり》、解散《かいさん》しようと言う者はなかった。

「では、ぼくだけ、ここで岩田を待って、後《あと》から行くから、みんな先に行っていたらいいじゃないか」

おとなしそうな酒田義一《さかたぎいち》の、穏当《おんとう》な提案《ていあん》である。

「そうしようか……」

滝本《たきもと》が言って、衆議落着《しゅうぎらくちゃく》しようとした時、吉川《よしかわ》が高い声《こえ》をあげた。

「あっ、岩田《いわた》さんだ！」

岩田は、忽然《こつぜん》として、思《おも》いがけない方向《ほうこう》から現《あらわ》れた。電車《でんしゃ》ではなかった。彼《かれ》はのっし、のっしと歩《ある》いて、六人に近寄《ちかよ》ってきた。太《ふと》りぎみの岩田は、坂道《さかみち》を上《のぼ》ってきたので、息《いき》を弾《はず》ませていた。

「よう、みんな来ていたのか！」

「来ていたのかじゃないわよ。ずいぶん待《ま》たせるのね。岩田さん、何時《なんじ》だと思っているの？」

三川《みかわ》は、一度に憤懣《ふんまん》を爆発《ばくはつ》させて、岩田を責《せ》めた。

「もう何時だい？　ええっ、一時過《す》ぎている？　俺《おれ》は時計《とけい》を持《も》っていないんだ。こういう時には困《こま》るよ」

彼は、太い首《くび》を縮《ちぢ》めて言った。若者《わかもの》たちは、どっと笑《わら》い声《ごえ》をあげた。

「心配《しんぱい》するな。今、ちゃんと先《さき》に、偵察《ていさつ》をしてきたところだ。今日《きょう》は、大勢《おおぜい》、来ているぞ。下足箱《げそくばこ》の履物《はきもの》の数《かず》を見ると、まず百五十人から、二百人というところだ」

岩田《いわた》の太《ふと》い声《こえ》は、いかにも力強《ちからづよ》く響《ひび》いた。彼《かれ》が中心者《ちゆうしんしや》なのである。六人は緊張《きんちよう》し、さっと硬《かた》い表情《ひようじよう》になった。

彼らは、めざす方向《ほうこう》へ動《うご》きだした。岩田は、ふと立《た》ち止《ど》まって、もう一度、念《ねん》を押《お》した。

「今日《きよう》は、いよいよ彼らの息《いき》の根《ね》を止《と》めてやる日だ。しっかりやろうぜ。昨夜《さくや》打《う》ち合《あ》わせた通《とお》りだ。わかっているな。

……そろって行《い》ってはまずい。ここから、一人《ひとり》ひとり別々《べつべつ》に行くんだ。知《し》らん顔《かお》して入《はい》るんだよ。

じゃ、俺《おれ》が先《さき》に行くから。みんなバラバラになって来るんだよ」

「わかっている。わかっている」

皆《みな》は、口々《くちぐち》に言いながら頷《うなず》いた。

七人は、春《はる》の日光《につこう》をいっぱいに浴《あ》びながら、適当《てきとう》な間隔《かんかく》をおいて、通行人《つうこうにん》に紛《まぎ》れて足《あし》を運《はこ》んだ。極端《きよくたん》な衣料不足《いりようぶそく》のため、彼らの服装《ふくそう》はまちまちで、くたびれていたが、男性《だんせい》は、皆《みな》、髭《ひげ》をさっぱり剃《そ》っていた。血色《けつしょく》のいい顔《かお》を輝《かがや》かせている。女性《じょせい》たちは、髪《かみ》をきれいにセットして、すがすがしかった。

人びとが、三々五々《さんさんごご》に吸《す》い込《こ》まれていく、その建物《たてもの》の前に来ると、岩田《いわた》は、すばしこい動作《どうさ》で、中に入《はい》った。

そこは、多くの信者《しんじゃ》を集《あつ》めていた、新宗教《しんしゅうきょう》の教団本部《きょうだんほんぶ》であった。

この教団の教祖《きょうそ》は、仏教《ぶっきょう》であろうと、キリスト教であろうと、神道《しんとう》であろうと、その教《おし》えのなかから、人びとに好《この》まれそうな言葉《ことば》を引用《いんよう》し、継《つ》ぎ合《あ》わせ、もっともらしい教義《きょうぎ》を説《と》いていた。

――世間《せけん》には、さまざまな宗派《しゅうは》があるが、その説く真理《しんり》は同じである。釈迦《しゃか》も、キリストも、その教えは、究極《きゅうきょく》では一つの真理に帰《き》する。わが教団は、その究極の真理を説いている。わが教団の信仰《しんこう》をすれば、各派《かくは》の真髄《しんずい》もよくわかってくるし、また、生命《せいめい》の真理を知ることもでき、すべての人は必《かなら》ず幸福《こうふく》になる。すべては心《こころ》の問題《もんだい》である。だから、生命の真理を知るためには、教祖の著書《ちょしょ》を読《よ》めばいい。たとえ読まなくても、ポケットに入れておくだけで、不幸《ふこう》から脱出《だっしゅつ》した人もいる……。

およそ子《こ》どもだましの言《い》い分《ぶん》である。だが、宗教《しゅうきょう》の高低浅深《こうていせんじん》を判断《はんだん》する基準《きじゅん》をもたない多くの人びとは、ただ釈尊《しゃくそん》や、キリストの言葉《ことば》が出てくるだけで、感心《かんしん》してしまうのである。

教祖《きょうそ》の著書《ちょしょ》や、雑誌《ざっし》を読《よ》めば、幸福生活《こうふくせいかつ》は実現《じつげん》し、肉体《にくたい》も健康《けんこう》になるというスローガンは、人びとにとって、実《じつ》に簡便《かんべん》で入《はい》りやすい印象《いんしょう》を与《あた》えた。軽《かる》い関心《かんしん》から、迷《まよ》える人びとは、耳《みみ》を傾《かたむ》けていった。そして、信者《しんじゃ》になり、出版物《しゅっぱんぶつ》の確実《かくじつ》な購買者《こうばいしゃ》となった。教団《きょうだん》の活動目的《かつどうもくてき》は、出版物購読者《こうどくしゃ》の拡大《かくだい》にあったといえよう。それが、この教団の実態《じったい》であった。

したがって、その目的遂行《すいこう》のためには、時流《じりゅう》に乗《の》る必要《ひつよう》があった。戦時中《せんじちゅう》、軍部《ぐんぶ》の天下《てんか》となると、軍閥《ぐんばつ》から人を呼《よ》んで、教団の理事長《りじちょう》にすえたりした。そして中国大陸《ちゅうごくたいりく》にも、彼《かれ》らを利用《りよう》して、教勢《きょうせい》拡大とともに、販売網《はんばいもう》を広《ひろ》げるチャンスをつかんだ。つまり、極端《きょくたん》な国家主義思想《こっかしゅぎしそう》を掲《かか》げて、戦争《せんそう》に協力《きょうりょく》したのである。

この教団の教義《きょうぎ》は、まことに都合《つごう》よくできていた。仏教《ぶっきょう》も、キリスト教も、神道《しんとう》も、ゴチャ混《ま》ぜであるから、時に応《おう》じて、必要《ひつよう》な神道《しんとう》の文句《もんく》を引き出し、軍人《ぐんじん》たちのご機嫌《きげん》を取った。多くの教団《きょうだん》のなかで、これほど徹底《てってい》して戦争《せんそう》に協力《きょうりょく》したところもなかった。

終戦後《しゅうせんご》は、その反動《はんどう》として、非難《ひなん》が集中《しゅうちゅう》したのも当然《とうぜん》である。しばらく教勢《きょうせい》は衰《おとろ》えていたが、同時《どうじ》に、険悪《けんあく》な世相《せそう》は、一億《おく》の不幸《ふこう》な民衆《みんしゅう》を生んでいた。それらの苦悩《くのう》に迷《まよ》い抜《ぬ》いている人びとに、今度《こんど》は、釈尊《しゃくそん》やキリストの、もっともらしい言葉《ことば》を聞かせ始《はじ》めたのである。

人びとにとって、読書《どくしょ》という単純《たんじゅん》で手《て》っ取《と》り早《ばや》い修行《しゅぎょう》は、確《たし》かに好都合《こうつごう》であった。いや、むしろ、それが魅力《みりょく》でもあった。

こうして一九四六年（昭和《しょうわ》二十一年）ごろから、教団は、またも活発《かっぱつ》に活動《かつどう》し始めていたのである。戦争協力への反省《はんせい》は全《まった》くなかった。

確かに、この教団の布教《ふきょう》活動は、民衆の心《こころ》の機微《きび》を一応《いちおう》は突《つ》いたかに見える。だが、その教義《きょうぎ》は、あまりにも無《む》責任《せきにん》な放言《ほうげん》の累積《るいせき》といっても、過言《かごん》ではなかった。あえて言えば、キリスト教に帰依《きえ》させる指導《しどう》なら、まだ純粋《じゅんすい》さがある。釈尊を本尊《ほんぞん》として、すべての宗教《しゅうきょう》を帰一《きいつ》させようというのなら、まだ幾分《いくぶん》の道理《どうり》がある。しかし、それらの金言《きんげん》を部分的《ぶぶんてき》に取り入れ、我流仕立《がりゅうじた》ての教義《きょうぎ》をつくり、それを本にして販売《はんばい》するというのは、聖賢《せいけん》の心《こころ》を踏《ふ》みにじる行為《こうい》ではないか。

また、真実《しんじつ》の生命《せいめい》の法則《ほうそく》を歪《ゆが》めた、継《つ》ぎはぎだらけの教義は、信《しん》じた人びとを不幸《ふこう》に陥《おとし》いれる働《はたら》きをするものである。

創価《そうか》学会《がっかい》の座《ざ》談会《だんかい》にも、この教団《きょうだん》の信者《しんじゃ》が、ちらほら参加《さんか》し始《はじ》めていた。彼《かれ》らを折伏《しゃくぶく》しているうちに、教団の本部《ほんぶ》では、かなり活発《かっぱつ》な会合《かいごう》が開かれていることがわかった。

学会の青年《せいねん》たちは、二人《ふたり》三人と連《つ》れ立《だ》って、教団の本部の会合に参加し、その教義が、あまりにもでたらめであることを知った。青年たちの正義《せいぎ》感《かん》は、それを許《ゆる》せなかった。

彼らは、教団の本部に行き、鋭《するど》い質問《しつもん》を浴《あ》びせたりした。だが、質問をはぐらかされ、さっぱり手応《てごた》えらしいものはなかった。学会の青年たちは、いつか、いきり立っていた。

岩田《いわた》たち七人は、今日《きょう》こそ、決着《けっちゃく》をつけてやろうと作戦《さくせん》を立て、意気軒昂《いきけんこう》として、教団本部《きょうだんほんぶ》の会合《かいごう》に臨《のぞ》んだのである。

青年《せいねん》たちは、かなりの確信《かくしん》をもち始《はじ》めていた。日蓮大聖人《にちれんだいしょうにん》の厳正《げんせい》な教義《きょうぎ》を、全身《ぜんしん》の熱情《ねつじょう》を込《こ》めて説《と》き教《おし》える戸田城聖《とだじょうせい》の講義《こうぎ》が、若《わか》い彼《かれ》らにとって、宗教《しゅうきょう》の真実《しんじつ》を見極《みきわ》めるための、貴《とうと》い光明《こうみょう》となっていたのである。

当時《とうじ》は、交通《こうつう》も不便《ふべん》であった。電車《でんしゃ》は殺人的《さつじんてき》な混雑《こんざつ》であった。そのなかを、青年たちは、遠隔地《えんかくち》からも、せっせと夜ごとに講義の会場《かいじょう》に通《かよ》って来た。皆《みな》、苦《くる》しい生活《せいかつ》である。だが、食事《しょくじ》を抜《ぬ》いても、交通費だけは、なんとか握《にぎ》ってきた人が多かった。戸田は、定期《ていき》券《けん》を買《か》ってあげたいと言ったくらいである。

青年たちにとっては、それほどまでに真剣《しんけん》に、思《おも》い詰《つ》めて参加《さんか》した講義であった。したがって、戸田の一言一言《ひとことひとこと》は、栄養《えいよう》のように、青年たちの頭脳《ずのう》に吸収《きゅうしゅう》されていった。

しかし、彼らは、初《はじ》めのうちは、それを自覚《じかく》していなかった。たまたま知人《ちじん》や友人《ゆうじん》を折伏《しゃくぶく》した時、彼らの言説《げんせつ》に、その友人や知人たちが驚《おどろ》き、感嘆《かんたん》する顔《かお》を見て、初めて自分《じぶん》たちの急速《きゅうそく》な成長《せいちょう》を感《かん》ずるのであった。

そして、その深《ふか》く強《つよ》い確信《かくしん》に満《み》ちた理論《りろん》は、実《じつ》は、前夜《ぜんや》、戸田《とだ》から聞いた話《はなし》で、それをそっくりそのまま話《はな》していたことに、ふと気づくのであった。

ある友人《ゆうじん》は言った。

「君《きみ》の勉強《べんきょう》している先生《せんせい》に、一度、会わせてくれたまえ。その先生から、もっと聞きたい。私は知りたいことがある。……どうだろう」

ある知人《ちじん》も言った。

「言わんとすることはわかる。話に筋《すじ》が通《とお》ってはいる。だが、もう少《すこ》し、穏《おだ》やかに話してもいいじゃないか。あんたの先生に会ってみたいと思《おも》う……」

学会《がっかい》の青年《せいねん》たちは、宗教《しゅうきょう》の高低浅深《こうていせんじん》、学会の使命《しめい》、日本の将来《しょうらい》を救済《きゅうさい》しようとする戸田の理念《りねん》を、情熱込《じょうねつこ》めて語《かた》り合《あ》い、夜半《やはん》に及《およ》ぶことも、しばしばであった。

青年たちが、もっと驚《おどろ》いたことがある。それは、既成《きせい》宗教の僧侶《そうりょ》や幹部《かんぶ》に、個人的《こじんてき》に会って折伏《しゃくぶく》すると、宗教に関《かん》して専門家《せんもんか》であるべき彼《かれ》らが、宗教や、その教義《きょうぎ》、哲《てつ》学《がく》についてはまったく理解《りかい》していないということであった。

まだ、信心《しんじん》してから日の浅《あさ》い青年《せいねん》たちの一言に、ぐうの音《ね》も出なくなって、沈黙《ちんもく》してしまう姿《すがた》、あるいは、急《きゅう》に血相《けっそう》を変えて食《く》ってかかり、居丈高《いたけだか》な態度《たいど》に一変《いっぺん》することであった。

既成仏教《きせいぶつきょう》は、まさしく形骸《けいがい》を残《のこ》すのみとなっていた。それに対《たい》し、新宗教《しんしゅうきょう》のなかには、金儲《かねもう》けに狂奔《きょうほん》する教団《きょうだん》も少《すく》なくなかった。このような姿を、大聖人《だいしょうにん》の御聖訓《ごせいくん》に照《て》らしていくなかで、青年たちは、ますます自信《じしん》を深《ふか》めていった。

釈尊《しゃくそん》も予言《よげん》している。

〝末法《まっぽう》に入《はい》れば、世《よ》も乱《みだ》れ、僧侶《そうりょ》は、猟師《りょうし》が獲物《えもの》を狙《ねら》う如《ごと》く、また猫《ねこ》がそっと餌《えさ》を狙う如くに、信者《しんじゃ》のご機嫌《きげん》を取ることのみを考え、人びとを利用《りよう》し、ただ自分《じぶん》の生活《せいかつ》に貪欲《どんよく》になっていくであろう〟（御書《ごしょ》二二五ジペー、取意《しゅい》）と。

〝その通《とお》りだ〟

青年たちは、折伏《しゃくぶく》をしてみて、教団指導者《しどうしゃ》の実態《じったい》が、仏説通《ぶっせつどお》りであると、つくづくわかってきたのである。

青年《せいねん》たちの語《かた》ったことは、戸田《とだ》の講義《こうぎ》のなかの、ほんの一端《いったん》にすぎない。しかし、そこには、末法《まっぽう》の仏法《ぶっぽう》の真髄《しんずい》が凝縮《ぎょうしゅく》されていた。彼《かれ》らは、いつか、いかなる宗教《しゅうきょう》と論《ろん》じ合《あ》っても、絶対《ぜったい》に敗《やぶ》れるものではないという、強《つよ》い自信《じしん》をもった。

既成《きせい》宗教であれ、新宗教であれ、宗教といえば、すぐに迷信同様《めいしんどうよう》のものとみなす人がいる。確《たし》かに、迷信じみた教《おし》えを説《と》く教団《きょうだん》が、数多《かずおお》く存在《そんざい》することは事実《じじつ》である。

しかし、宗教のすべてが、不《ふ》合理《ごうり》で迷信的な教義《きょうぎ》を説いていると考《かんが》えるのは、あまりにも無《む》認識《にんしき》な評価《ひょうか》といわなければならない。世界《せかい》宗教といわれるものは、普遍《ふへん》的《てき》な理《り》念《ねん》をもち、人類《じんるい》の未来《みらい》を照《て》らそうとする崇高《すうこう》な理想《りそう》を説き、そして、それを実現《じつげん》するための使命感《しめいかん》を訴《うった》えている。

十把《じっぱ》一絡《ひとから》げに、〝宗教は迷信である〟と人びとに思《おも》わせた責任《せきにん》は、もっぱら迷信的な〝ご利益信心《りやくしんじん》〟〝祟《たた》り信仰《しんこう》〟などを宣伝《せんでん》した、新宗教の教祖《きょうそ》などの宗教屋にある。

さらに、戦後《せんご》、社会《しゃかい》に大きな影響《えいきょう》を与《あた》えていった社会主義《しゅぎ》的思想《てきしそう》のリーダーたちが、宗教を非科学的《ひかがくてき》なものとして否定《ひてい》したことも、人びとに誤《あやま》った宗教観を植《う》え付《つ》けていく結果《けっか》になった。

また、あえて言えば、数多《かずおお》くの教団《きょうだん》が説《と》く教義《きょうぎ》の高低浅深《こうていせんじん》を、厳正《げんせい》に判別《はんべつ》する基準《きじゅん》をもたず、まやかしの教《おし》えに、安易《あんい》に飛《と》びついていった民衆《みんしゅう》の側《がわ》にも、問題《もんだい》があったといえよう。

日本には、約《やく》十八万の宗教法人《しゅうきょうほうじん》があるという。宗教法人として、届《とど》けられていない宗教団体《だんたい》の数を加《くわ》えれば、幾《いく》十万になるであろうか。宗教の戦国時代《せんごくじだい》ともいえる。ある外国人《がいこくじん》の記者《きしゃ》は、あきれたように言った。

「全《まった》く驚《おどろ》いた国だ。日本は、宗教のデパートだ」

この日の教団本部《ほんぶ》の会合《かいごう》は、二百人を超《こ》える集《あつ》まりであった。

会場《かいじょう》では、体験談《たいけんだん》であろうか、一人《ひとり》の婦人《ふじん》が、早口《はやくち》で喋《しゃべ》っていた。

「……教祖先生《きょうそせんせい》のお話《はなし》を拝聴《はいちょう》したのは、つい二十日《はつか》ほど前のことです。二十日前の私と、今日《きょう》の私と、どんなに変わってしまったか、ご覧《らん》の通《とお》りでございます。二十日前の私は、カリエスの重病人《じゅうびょうにん》で、やっと、ここへ連《つ》れられて来たのですが、先生のお話のなかで、病気《びょうき》は、心《こころ》のもちようが悪《わる》いからなるのだ。その心が変われば、病気も治《なお》ると伺《うかが》いました」

婦人《ふじん》の顔色《かおいろ》は悪《わる》かった。彼女《かのじょ》は、ここで、ちょっと声《こえ》を細《ほそ》めた。

「初《はじ》め、私は信《しん》じられませんでしたが、家に帰《かえ》って、苦《くる》しい状態《じょうたい》のなかで考《かんが》えました。心《こころ》のもちようが悪いから、病気《びょうき》になったのだとすると、私の心の、どこが悪かったのだろうか。私は、自分《じぶん》の心を責《せ》めました。すると、はっと思《おも》い当《あ》たったのでございます。

半年前《はんとしまえ》のことです。あんまり生活《せいかつ》が苦しく、家中《いえじゅう》で私だけが苦労《くろう》していたものですから、家族《かぞく》の者《もの》がうらめしく、いっそ病気になった方《ほう》が、私は、ずっと楽《らく》だ、などと考え始《はじ》めました。病気になれば動《うご》けなくなる。そうすれば、楽だろう……。しばらくすると、本当《ほんとう》に病気になって、医者《いしゃ》は脊椎《せきつい》カリエスという診断《しんだん》をしました。

そこで、教祖先生《きょうそせんせい》のお話《はなし》を伺い、自分の不心得《ふこころえ》だった心を思い出したのです。これが病気になった原因《げんいん》だったのか。なんと私は罰当《ばちあ》たりだったのであろう。

そして、その夜は枕《まくら》を濡《ぬ》らしました。私は心で、家族の者に謝《あやま》り、自分の愚《おろ》かさを責めて夜を明《あ》かしました。すると、どうでしょう。翌日《よくじつ》から、気分《きぶん》はカラリと晴《は》れて、春《はる》の野原《のはら》で、草《くさ》でも摘《つ》んでいるような気持《きも》ちになりました。日一日と、めっきり回復《かいふく》して、今では病気《びょうき》だったことが、嘘《うそ》のように思《おも》えてなりません……」

婦人《ふじん》の話《はなし》は、二十分ほどであった。

七人の青年男女《せいねんだんじょ》は、分散《ぶんさん》して、素知《そし》らぬ顔《かお》で、会員《かいいん》のなかに座《すわ》っていた。さも熱心《ねっしん》そうに、演壇《えんだん》に顔を向けている者《もの》もいる。うつむいて、耳《みみ》を研《と》ぎ澄《す》ましている者もいる。眈々《たんたん》として、一隅《いちぐう》で目を光《ひか》らせている者もいた。

前方近《ぜんぽうちか》くに座《ざ》を占《し》めた三川英子《みかわえいこ》は、体験《たいけん》を語《かた》る婦人の顔を、しげしげと眺《なが》めていた。

次《つぎ》に、人生《じんせい》に疲《つか》れたような中年《ちゅうねん》の男性《だんせい》が立った。その男性は、青白《あおじろ》い、血《ち》の気《け》のない、蠟《ろう》のような、明《あき》らかに病人《びょうにん》の顔色《かおいろ》である。その複雑《ふくざつ》な生《お》い立ちから、過去《かこ》の経歴《けいれき》を、長々《ながなが》と話《はな》し始《はじ》めた。体験というより、告白《こくはく》に近かった。

人びとは、他人《たにん》の秘密《ひみつ》の告白を好む性癖《せいへき》がある。それが不幸《ふこう》であればあるほど、興《きょう》味《み》を感《かん》じるものだ。長ったらしい話に、場内《じょうない》の人びとは、おとなしく聞き入っていた。多分《たぶん》、それは彼《かれ》らの好奇心《こうきしん》の仕業《しわざ》であったろう。

その中年の男性は、最後《さいご》に付《つ》け足《た》しのように、信仰《しんこう》体験を短《みじか》く語った。

「……こうして、二度までも刑務所《けいむしょ》の門《もん》をくぐった私が、＊ジャン・バルジャンのように、今日《こんにち》、蘇生《そせい》の道《みち》を、どうして闊歩《かっぽ》していけるかと申《もう》しますと、それは教団《きょうだん》の一冊《さつ》の雑誌《ざっし》に、出合《であ》ったからであります。

教祖先生《きょうそせんせい》の言葉《ことば》は、私に、いまわしい過去《かこ》を忘《わす》れさせました。私もまた、神《かみ》の子であるとの自覚《じかく》によみがえったのであります……」

七人の青年男女《せいねんだんじょ》は、うんざりしてきた。

短気《たんき》な岩田《いわた》は、酒田《さかた》の方《ほう》に、しきりと目をやっている。だが酒田は、それに気づかない様子《ようす》であった。

滝本欣也《たきもときんや》は、後《うし》ろの方で、もじもじしながら、メガネを外《はず》したり、かけたりして、ハンカチで磨《みが》いていた。それは、周囲《しゅうい》の人たちには、感動《かんどう》の涙《なみだ》を拭《ふ》いているように見えた。年少《ねんしょう》の吉川《よしかわ》は、ニヤッと笑《わら》っている。

さらに体験談《たいけんだん》は、復員姿《ふくいんすがた》の青年《せいねん》の番《ばん》になった。既《すで》に時間は、一時間余《あま》りも経過《けいか》している。

彼《かれ》ら七人は、最後《さいご》に教祖が登壇《とうだん》するまで、我慢強《がまんづよ》く待《ま》つことを腹《はら》に決めていた。それは、今日《きょう》の作戦《さくせん》である。途中《とちゅう》の信者《しんじゃ》を相手《あいて》にしても、埒《らち》が明《あ》かない。

やがて、激《はげ》しい拍手《はくしゅ》が湧《わ》いた。すると、教祖《きょうそ》が、演壇《えんだん》に立った。

彼《かれ》は、場内《じょうない》をぐるっと見渡《みわた》しながら、おもむろに口《くち》を開いた。青年《せいねん》たちには、一種《いっしゅ》の妖気《ようき》のようなものが、その身辺《しんぺん》には漂《ただよ》っているように感《かん》じられた。彼は、長々《ながなが》と体験談《けんだん》を褒《ほ》めあげ、それから巧《たく》みな話術《わじゅつ》で続《つづ》けた。

「……毎日《まいにち》、一時間ずつ真理《しんり》の光《ひかり》で、自分《じぶん》の心《こころ》を照《て》らす――それには、どうしたらよいかというと、生命《せいめい》の真理について書《か》いた、私の著書《ちょしょ》を読《よ》むのが、いちばんよいのであります」

彼は、自分の著書を、まず褒めた。販売拡張策《はんばいかくちょうさく》である。そして、学会《がっかい》の青年が参加《さんか》しているのも知らず、のんきそうに話《はなし》を続けた。

「本当《ほんとう》のことを申《もう》しますと、この本が病気《びょうき》を治《なお》すのではありません。神《かみ》の子たる人間《にんげん》に、病気は本来《ほんらい》ないのですから、治すも治さぬもない。実《じつ》は、本来、治っているのであります。

ところが、病気という現象《げんしょう》が現《あらわ》れるのは、その人の〝心〟つまり信念《しんねん》に間違《まちが》ったところがある——その間違《まちが》った信念《しんねん》が、肉体《にくたい》に影《かげ》として現《あらわ》れ、病的状態《びょうてきじょうたい》となるのです。今、仮《かり》に喀血《かっけつ》したとする。肉体という物質《ぶっしつ》に穴《あな》が開《あ》いたわけです。咳《せき》や、痰《たん》が出たり、発熱《はつねつ》して苦《くる》しいと言いますが、肉体が物質であれば、肉体が苦痛《くつう》を感《かん》ずるはずはないじゃありませんか。

物質には、苦痛を感ずる性能《せいのう》がない。それなのに、肉体が苦しいと感ずる。それこそ、肉体が単《たん》なる物質ではなくて、〝心《こころ》の影〟つまり観念的存在《かんねんてきそんざい》である証拠《しょうこ》であります。心が苦しいと感じていればこそ、その心の現れる肉体が、苦しいと感ずるのである。したがって、苦しみは心にあって、物質にあるわけはないのであります」

〝ふざけるな。冗談《じょうだん》も休《やす》み休み言え!〟と、岩田重一《いわたじゅういち》は憤然《ふんぜん》としてつぶやいた。

教祖《きょうそ》は、最後《さいご》に大般若経《だいはんにやきょう》の一節《いっせつ》を引き、大乗仏教《だいじょうぶっきょう》の説《と》くところと、教団《きょうだん》の説くところも、古今《ここん》の真理《しんり》は同じであると言って、聴衆《ちょうしゅう》を煙《けむ》にまいた。

岩田は、この時、辺《あた》りを見回《みまわ》した。すがりつくような、幾《いく》つもの顔《かお》があった。岩田には、それが実《じつ》に哀《あわ》れに思《おも》えた。

彼《かれ》は、〝よし〟と心に叫《さけ》ぶと、手をあげて、大きな声《こえ》で言った。

「質問《しつもん》があるのですが」

壇上《だんじょう》に並《なら》んだ幹部《かんぶ》は、一斉《いっせい》に岩田《いわた》の方《ほう》を向いた。そして、一人《ひとり》の幹部が、慌《あわ》てて前へ進《すす》んで来て言った。

「まぁ、待《ま》ってください。教祖先生《きょうそせんせい》のご都合《つごう》もありますから……」

その小柄《こがら》な幹部は、教祖の傍《かたわ》らに寄《よ》り、腰《こし》をかがめながら、何かささやいていたが、大きく頷《うなず》くと、また演壇《えんだん》の前に出て、揉《も》み手をしながら言った。

「今日《きょう》は、先生は、特別《とくべつ》に、皆《みな》さんの質問に、答《こた》えてくださることになりました。ありがたいことでございます。皆さんの真剣《しんけん》な心《こころ》が、先生に通《つう》じたのでありましょう。ただし、先生もお忙《いそが》しい体《からだ》ですので、三十分だけ、お許《ゆる》しをいただきました。さぁ、どなたでも……」
四、五人の手があがった。司会者《しかいしゃ》は、岩田を無視《むし》している。いちばん後《うし》ろの方で、
「はいっ」と甲高《かんだか》い声《こえ》をたてた者《もの》を指名《しめい》した。

「私は、神《かみ》について、伺《うかが》いたいと思《おも》います」

歯切《はぎ》れのいい口調《くちょう》は、まさしく滝本《たきもと》の声である。手をあげていた岩田は、それを耳《みみ》

にして、ニヤリと笑《わら》った。

〝やれやれ、滝本《たきもと》に先《さき》を越《こ》されたか。滝本のやつ、なかなか、すばしっこいな〟

岩田《いわた》は、耳《みみ》を澄《す》ました。

「先ほど、神《かみ》のことを言われましたが、それがさっぱりわからんのです。どんな神《かみ》ですか。具体的《ぐたいてき》に説明《せつめい》してください」

質問《しつもん》は、いきなり問題《もんだい》の中心点《ちゆうしんてん》を突《つ》いた。

教祖《きようそ》は、軽《かる》く頷《うなず》いて、さも余裕《よゆう》のあるような態度《たいど》を示《しめ》しながら、口《くち》を開いた。

「これは信仰《しんこう》の根本《こんぽん》問題です。われわれが神の子であるというのは、われわれの中に、一つの絶対《ぜつたい》の神を宿《やど》しているからですが、日本には『八百万《やおよろず》の神』などと、たくさんの神があります。そこで、神は一神《いつしん》か、多神《たしん》かという問題になりますが、元《もと》は一つで、ただその現《あらわ》れ方《かた》が違《ち》うだけであります。

われわれが『神』と言っている言葉《ことば》の意味《いみ》を分けると、三種類《しゆるい》になります。

第一は『創造神《そうぞうしん》』のことで、事物《じぶつ》を生み出す愛《あい》の働《はたら》きで、実《じつ》に霊妙《れいみよう》なる『創造の原《げん》理《り》神《しん》』が第一義《だいいちぎ》の神であります。

第二の神《かみ》は、一つの発光身《はっこうしん》をいうのであって、キリスト教《きょう》では『創世記《そうせいき》』に『神、光《ひかり》あれとい給《たま》いければ、すなわち光あり』とあるのがこれであります。仏教《ぶっきょう》の観世音菩薩《かんぜおんぼさつ》なども、機《き》に応《おう》じて、いろいろの姿《すがた》に顕現《けんげん》する如来《にょらい》であります。唯一根元神《ゆいいつこんげんしん》から投《な》げかけられた『救《すく》いの霊波《れいは》』が、形体化《けいたいか》して顕現したものです。私どもが言うところの神も、この霊波が形体化して顕現したものであります。

第三の神は、肉眼《にくがん》では見えないが、本体《ほんたい》がないのではなく、幽《かす》かに身《み》を備《そな》えている種類《しゅるい》の千差万別《せんさばんべつ》の神々《かみがみ》で、低《ひく》いものは、まだ悟《さと》りも開かない人間《にんげん》の亡霊《ぼうれい》とか、動物霊《どうぶつれい》なども含《ふく》まれるのであって……」

彼《かれ》は、得意然《とくいぜん》として、しゃべりまくっていた。まったく、わかるようでわからない我流《がりゅう》の話《はなし》である。

その時、突然《とつぜん》、滝本《たきもと》はそれをさえぎった。

「わかりました。私は、神だけわかればいいのです。先《さき》ほどからの、先生《せんせい》のお話の通《とお》りだとすると、先生が書《か》かれた本のなかに、教団《きょうだん》の神があるということになりますが、そう理解《りかい》してよいのですか？」

「そうとっても結構《けっこう》です。要《よう》するに、私の本は、霊波《れいは》を運《はこ》ぶ役目《やくめ》をしているわけです。われわれの『生命《せいめい》』が、神《かみ》の子であるという真理《しんり》を知れば、それで苦《くる》しみを救《すく》う力《ちから》が、必《かなら》ず出るのです」

彼《かれ》は、もっともらしい口調《くちよう》で言った。

滝本《たきもと》は、それにかぶせるように早口《はやくち》になった。

「それでは、仮《かり》にですよ、その本のなかに、間違《まちが》ったことが書《か》いてあったら、その神は間違った神ということになりますね」

「そりゃそうだよ……」

彼は反射的《はんしゃてき》に、こう答《こた》えてしまったのである。だが、一瞬《いっしゅん》、ドキリとした表情《ひょうじょう》を隠《かく》すことができなかった。そして、怪訝《けげん》な顔《かお》つきで、滝本の方《ほう》をじっと見た。

「天照大神《てんしょうだいじん》というのは、どういう神ですか！

さっきのお話《はなし》ですと、『宇宙《うちゅう》』の神のようですが、日本の神ではありませんか！

つまり、アメリカの神でも、中国《ちゅうごく》の神でもない。日本民族《みんぞく》の神と思《おも》っているのですが、この点《てん》を説明《せつめい》してください」

滝本《たきもと》は、論点《ろんてん》を変えて冷静《れいせい》に迫《せま》った。それにひきかえ、教祖《きようそ》の話《はなし》は、全《まつた》く支離滅裂《しりめつれつ》になった。

「そりゃ、日本の神《かみ》ではありますが、日本から宇宙《うちゆう》へと遍照《へんじよう》し、一切《いつさい》のものを育《そだ》てる神ですよ」

「では、まず第一に、日本民族《みんぞく》を守《まも》る神ですね」

「そうですよ」

「ところが、今度《こんど》の戦争《せんそう》では、天照大神《てんしようだいじん》は、日本の民族を守ることができなかった。この事実《じじつ》は、どういうことですか」

滝本の追及《ついきゆう》は、ようやく激《はげ》しくなってきた。さらに彼《かれ》は、一問《いちもん》ごとに演壇《えんだん》の方《ほう》へ、前へ前へと進《すす》み出ていった。これを見て、岩田《いわた》も、酒田《さかた》も、それぞれの位置《いち》から、何げない様子《ようす》で、前へ出て行《い》ったのである。

聴衆《ちようしゆう》のある人は、教祖の口《くち》が開くのを真剣《しんけん》に待《ま》っている。ある人は、滝本の方を振《ふ》り返《かえ》りながら見ていた。

無言《むごん》の時間が続《つづ》いていった。教祖は、思《おも》いをめぐらしているらしい。

滝本《たきもと》は、ここぞとばかり、舌鋒鋭《ぜっぽうするど》く迫《せま》った。

「どうなんです。日本民族《みんぞく》を守《まも》る義務《ぎむ》のある天照大神《てんしょうだいじん》が、どうして、守ることができなかったんでしょう? 真《しん》の天照大神が、いなかった証拠《しょうこ》ではありませんか」

「義務? 私は、神《かみ》に義務があるなどと思《おも》いませんよ」

「では、役目《やくめ》でもいい。あなたの話《はなし》では、宇宙《うちゅう》をくまなく育《そだ》てる神が、どうして、その役目を果《は》たさなかったんです」

質問《しつもん》というより、詰問《きつもん》になってきていた。滝本が義務と言ったのは、戸田城聖《とだじょうせい》の法《ほ》華経《けきょう》の講義《こうぎ》で、聞いたばかりであったからだ。

——諸天善神《しょてんぜんじん》は、法華経の会座《えざ》で、正法《しょうほう》を護持《ごじ》する者《もの》を必《かなら》ず守りますという誓《ちか》いを立てている。だから、諸天善神は、正法を護持する者を絶対《ぜったい》に守る義務がある。

彼《かれ》は、知らず知らずに、それを思い出していたのである。

「それは、つまり……」

教祖《きょうそ》は、こう言ったきり、言葉《ことば》を続《つづ》けることができなかった。会場《かいじょう》には、一種《いっしゅ》の動《どう》揺《よう》が感《かん》じられた。

滝本《たきもと》は、畳《たた》み込《こ》んで言った。

「役目《やくめ》の果《は》たせない神《かみ》なんて、失業《しつぎょう》した神ですね。だいたい、勝ったアメリカ人のキリスト教《きょう》の神と、負《ま》けた日本の天照大神《てんしょうだいじん》と、この教団《きょうだん》の神とは、兵隊《へいたい》の位《くらい》でいうと、どういうことになるのでしょうか?」

どっと、笑《わら》い声《ごえ》があがった。兵隊の位という文句《もんく》が、気に入ったらしい。軍配《ぐんばい》は明《あき》らかに、滝本に上がったと思《おも》われた。

教祖一人《きょうそひとり》だけは、笑えなかった。彼《かれ》は、青《あお》ざめた顔色《かおいろ》をしていた。そして、演壇《えんだん》の机《つくえ》の角《かど》に手をつき、視線《しせん》を滝本に向けながら言った。

「あなたの質問《しつもん》の要旨《ようし》は、教団の神がどういうものか、それを知りたいということだったのですね」

「その通《とお》りです」

「それなら、いちばん直接的《ちょくせつてき》な、確実《かくじつ》な方法《ほうほう》がある。説明《せつめい》でわかるものではない。私どもが行《おこな》っている修行《しゅぎょう》をすることです。ご存《ぞん》じですか」

「知りません」

教祖《きょうそ》は老獪《ろうかい》であった。巧《たく》みに滝本《たきもと》の追及《ついきゅう》をかわした。

「そうでしょう。これをやってごらんなさい。あとで幹部《かんぶ》の者《もの》に、よく教《おそ》わってください。今日《きょう》は、お帰《かえ》りください。あなたは面白《おもしろ》い人だ。また、お目にかかりましょう。……次《つぎ》に、質問《しつもん》のある方《かた》は？」

質問を打《う》ち切《き》られた滝本は、〝しまった〟と思《おも》った。そして、抗議《こうぎ》しようとしたが、司会者《しかいしゃ》は、既《すで》に次の人を指名《しめい》していた。それは、手をあげている数人《すうにん》のなかの岩田《いわた》であった。前の方《ほう》に座《すわ》っている太《ふと》った彼《かれ》を、自然《しぜん》に指名してしまったようだった。滝本は、バトンタッチができたと、ほっと息《いき》をついた。

「さっきのお話《はなし》のなかで、病気《びょうき》は、心《こころ》が間違《まちが》っているから起《お》こるということですが、私のように、健康《けんこう》でピンピンしている者は、心が真《ま》っすぐで、非常《ひじょう》に神《かみ》に近《ちか》い状態《じょうたい》にあると思っていいわけですか？」

「その通《とお》りです。肉体《にくたい》は、あくまでも心の影《かげ》にすぎませんからね」

彼は、やや、そり身《み》になって答《こた》えた。

岩田は、鋭《するど》く彼を見すえていた。その目には、怒気《どき》が含《ふく》まれていた。

「では、お尋《たず》ねしますが、肉体《にくたい》は至極健康《しごくけんこう》でも、貧乏《びんぼう》のことや、家庭《かてい》のことで、非常《ひじょう》に悩《なや》み苦《くる》しんで、自殺《じさつ》さえ考《かんが》えている人が大勢《おおぜい》います。これは、どういうわけですか。心《こころ》の影《かげ》だという肉体は、ピンピンしているのに、心という本体《ほんたい》の方《ほう》は、めちゃくちゃに苦しんでいる。影は、なんでもないのに、本体の心は苦しんでいる。あなたは、おかしいと思《おも》いませんか」

相手《あいて》は、「あなたは」と言われて、むっとした顔《かお》つきになった。

「別《べつ》に、おかしいと思いませんね。貧乏というのは、自分《じぶん》が神《かみ》の子であり、われわれも絶対《ぜったい》の神を宿《やど》しているのだということに、気づかないから苦しんでいるのです。これを悟《さと》れば、無限《むげん》の神の泉《いずみ》に触《ふ》れて、無尽蔵《むじんぞう》の供給《きょうきゅう》を受けることができる。元来《がんらい》、人間《にんげん》は貧乏であるはずがない。ただ、心の器《うつわ》が小さくて、ケチケチ考えているから、なかなか、この真理《しんり》が悟れないのです」

「ちょっと待《ま》ってください」

岩田《いわた》は、話《はなし》の焦点《しょうてん》がそれるのを警戒《けいかい》して言った。

「私が聞きたいのは——あなたが主張《しゅちょう》する、心と影との問題《もんだい》です。物質《ぶっしつ》は、すべて影《かげ》であり、非存在《ひそんざい》の世界《せかい》であって、心《こころ》が本体《ほんたい》で、これが真実《しんじつ》に存在する世界であるということが、どう考《かんが》えても、おかしいと思《おも》うのです。それで、一例《いちれい》としてと、肉体《にくたい》と心の問題《もんだい》を出したわけですが、話《はなし》は貧乏《びんぼう》にいってしまった。いったい、あなたは科学《かがく》というものを、どう考えているのですか」

岩田《いわた》は、自分《じぶん》の心に、基準《きじゅん》となる一つの強《つよ》い信念《しんねん》をもっていた。それに基《もと》づいて、明確《めいかく》な論理《ろんり》の展開《てんかい》を、悠々《ゆうゆう》としていくことができる。論点《ろんてん》のすり替《か》えには乗《の》らなかった。

教祖《きょうそ》の話は、岩田が指摘《してき》したことに引《ひ》き戻《もど》された。

「科学、サイエンスといったところで、物質《ぶっしつ》の世界の学問《がくもん》でしょう。物質が心の影である以上《いじょう》、どんなに実在《じつざい》の世界に見えようとも、本質的《ほんしつてき》には、心の世界ですよ。心の世界から見るならば、本当《ほんとう》は非存在の世界です。

現代《げんだい》の人たちは、これがわからない。科学万能《ばんのう》でいこうとするから、ますます迷《まよ》いが深《ふか》くなってしまう。心の世界、神《かみ》の世界から、ますます遠《とお》く離《はな》れていくから、救《すく》いようがない。現代の不幸《ふこう》の根本《こんぽん》は、ここにあるといってもよい。あなたなども用心《ようじん》した方《ほう》がよいですな」

教祖《きようそ》は、にわかに挑戦的《ちようせんてき》になってきた。冷笑《れいしよう》さえ浮《う》かべている。

岩田《いわた》は、時の来たことを感《かん》じ取《と》った。彼《かれ》は、さらに前に進《すす》み、演台《えんだい》の真正面《ましようめん》、一メートルのところまで、にじり寄《よ》った。

「まさかあなたは、科学的真理《かがくてきしんり》、つまり物質《ぶつしつ》の世界《せかい》の法則《ほうそく》を否定《ひてい》するわけではないでしょうね」

「否定する、しないではない。私は、科学をあんまり買《か》いかぶるなと忠告《ちゆうこく》しているだけです」

「たとえば、万有引力《ばんゆういんりよく》という、誰《だれ》でも知っている科学的真理がある。これは影《かげ》の世界の真理なんですか？　それとも、実在《じつざい》する真理なんですか？　どっちです？」

「君《きみ》もしつこいな。物質世界は、心《こころ》の影の世界だから、本来《ほんらい》、無《な》いのです。無いものはない。物質の世界を、存在《そんざい》している世界だと思《おも》っている君などには、物質の世界を去《さ》った時、初《はじ》めて心の世界というものに入《はい》ることができると、説明《せつめい》するより道《みち》はない。釈迦《しやか》の弟子《でし》の優秀《ゆうしゆう》な人たちも、この物質の世界にとらわれていた……」

岩田《いわた》は、彼《かれ》の話《はなし》をさえぎった。そして、太《ふと》い声《こえ》を張《は》り上《あ》げて言った。

「人間《にんげん》が、物質《ぶっしつ》の世界《せかい》を去《さ》れますか！　私が、この肉体《にくたい》から去れますか。あなただって、そんな芸当《げいとう》ができるわけがない。あなたの言っていることは、デタラメの観念《かんねん》にすぎない。こんな非科学的《ひかがくてき》な低級《ていきゅう》な話を、誰《だれ》が信用《しんよう》できますか！」

岩田は、そう言いながら、くるっと後《うし》ろ向《む》きになった。そして、静《しず》かにポケットからマッチを取り出すと、それを聴衆《ちょうしゅう》に見せて言った。

「この私の体《からだ》が、心《こころ》の影《かげ》でしょうか。皆《みな》さん、このマッチという物体《ぶったい》が、いったい影で、非存在《ひそんざい》のものでしょうか？」

彼は、道理《どうり》は近《ちか》くにあるものだということを、はっきりと示《しめ》したのであった。*八万《はちまん》法蔵《ほうぞう》といわれる釈尊《しゃくそん》の教《おし》えも、その究極《きゅうきょく》は、現実《げんじつ》の生命《せいめい》の因果《いんが》、道理を説《と》き明《あ》かしたものだ。岩田は、もっともらしい教祖《きょうそ》の話も、身近《みぢか》な道理に照《て》らしてみれば、現実から遊離《ゆうり》した、たわいない観念論にすぎないことを、見事《みごと》に証明《しょうめい》してみせたのである。

聴衆は、ただ、呆気《あっけ》にとられていた。二、三人の幹部《かんぶ》らしい男《おとこ》たちが、岩田の背後《はいご》に迫《せま》ってきた。彼らは、額《ひたい》に青筋《あおすじ》を立て、息《いき》が荒《あら》くなっている。場内《じょうない》は、険悪《けんあく》な空気《くうき》をはらんできた。

その時、聴衆《ちょうしゅう》のなかから発言《はつげん》した者《もの》がいた。

「教祖先生《きょうそせんせい》、こういうわからずやを、どうか納得《なっとく》させ、導《みちび》いてやってください。こんこんと教《おし》えてやってください。お願《ねが》いします。私たちも聞いていて、大変《たいへん》、勉強《べんきょう》になります」

酒田義一《さかたぎいち》であった。岩田《いわた》は、〝しめた〟と思《おも》った。作戦通《さくせんどお》りであったからである。

この一言《ひとこと》が、聴衆を味方《みかた》にした。それは、教祖に止《とど》めを刺《さ》す一撃《いちげき》でもあった。

岩田は、無言《むごん》で立っていた。その目は、いよいよ鋭《するど》く、教祖を見ている。

教祖は、その岩田をじっと見返《みかえ》していたが、意外《いがい》に穏《おだ》やかな口調《くちょう》で話《はな》しだした。

「君《きみ》は唯物論者《ゆいぶつろんしゃ》ですね」

「違《ちが》います。心《こころ》の存在《そんざい》も否定《ひてい》しないし、物質《ぶっしつ》の存在も否定しません」

「わが教団《きょうだん》は、唯心史観《ゆいしんしかん》に立っているのです」

岩田は、とぼけてみせた。

「ユイシンって、なんですか?」

「唯物《ゆいぶつ》の反対《はんたい》、唯心史観《ゆいしんしかん》です。物質《ぶっしつ》はない。ただ、『ある』という観念《かんねん》の波《なみ》が、そこにあるだけで、その観念の波を知覚《ちかく》する五官《ごかん》が、それを物質という姿《すがた》に翻訳《ほんやく》してくれているだけです。

本体《ほんたい》は心《こころ》なのです。物質はその影《かげ》です。これが生命《せいめい》の真理《しんり》です。実相《じっそう》なのです。こうわかれば、すべての存在《そんざい》が、はっきりとしてくる。すべてを知りたもう神《かみ》の知恵《ちえ》が、自分《じぶん》に宿《やど》って、人間《にんげん》は何をしても、自由自在《じゆうじざい》の境涯《きょうがい》に出られるのです」

幼稚極《ようちきわ》まりない話《はなし》だと岩田《いわた》は思《おも》った。彼《かれ》は、戸田城聖《とだじょうせい》の指導《しどう》を思い出していた。

「科学《かがく》は、二十世紀《せいき》に入《はい》って、驚異的《きょういてき》な進歩《しんぽ》を遂《と》げている。誰人《たれびと》も予想《よそう》しなかったほどの、急展開《きゅうてんかい》をみせた。これに反《はん》し、命《いのち》の問題《もんだい》、心の問題、すなわち思想《しそう》や宗教《しゅうきょう》の解明《かいめい》と深化《しんか》は、なんとはかなく、幼稚なことか……」

教祖《きょうそ》は、腕時計《うでどけい》をチラチラ見ながら話《はな》している。岩田は、時間切れが口実《こうじつ》になることを恐《おそ》れ、再《ふたた》び彼の話をさえぎった。

「あなたの話は、ますますおかしい。私の質問《しつもん》に、答《こた》えてください。今、『実相』と言われたが、実相が、はっきりわかるというのは、あるがままに、現実《げんじつ》を如実《にょじつ》に知見《ちけん》することではないですか。

私も、あなたも、この建物《たてもの》も、現実に存在《そんざい》しているじゃないですか。心《こころ》がどうであろうと、事実《じじつ》、存在しているじゃないですか。それが、心の影《かげ》の世界《せかい》だなんて、どう考《かんが》えてもおかしい。

あなたは、夢《ゆめ》でも見ているんではありませんか。夢の戯言《たわごと》に、人を救《すく》う力《ちから》などあるはずがない。かえって、人を迷《まよ》わすだけだ。あなたは宗教上《しゅうきょうじょう》からいって、極悪人《ごくあくにん》だ。私の最後《さいご》の質問《しつもん》です。あなたは、こんな道理《どうり》に合《あ》わないことを、人に説《と》くのをやめますか。それともやめませんか？」

気迫《きはく》に満《み》ちた岩田《いわた》の追及《ついきゅう》である。場内《じょうない》は、しんと静《しず》まり返《かえ》っていた。すべての視線《しせん》が、岩田と教祖に集《あつ》まっていた。

教祖は、時計《とけい》をチラッと見た。幹部《かんぶ》の一人《ひとり》が、進《すす》み出て言った。

「先生《せんせい》、時間が過《す》ぎました」

教祖は、軽《かる》く頷《うなず》くと、語気《ごき》荒《あら》く、岩田に言った。

「君《きみ》になど、指図《さしず》される私ではない。説く、説かぬは、私の自在《じざい》の心だ。

皆《みな》さん、今日《きょう》はこれで閉会《へいかい》します。ほかに、ぜひとも行かねばならないところがあって、そこに大勢《おおぜい》の信者《しんじゃ》さんが待《ま》っているのです。ご免《めん》ください」

彼《かれ》は一礼《いちれい》すると、演壇《えんだん》の背後《はいご》の出口《でぐち》へ向かっていった。岩田《いわた》は、それを追《お》うように、大声《おおごえ》で怒鳴《どな》った。

「待て、待ちなさい。心《こころ》が自在《じざい》なら、心だけ行って、影《かげ》の体《からだ》はここに残《のこ》していったらどうだ。……なんだ、影も一緒《いっしょ》に行っちゃうのか！　インチキだぞ！」

だが、その声《こえ》を背《せ》に、教祖《きょうそ》は逃《に》げるように消《き》えた。そして、腕《うで》を押《お》さえようとした三人の幹部《かんぶ》が、岩田のところに飛《と》んできた。

「暴言《ぼうげん》は許《ゆる》さんぞ」

三人の男《おとこ》は、興奮《こうふん》に駆《か》られている。彼らは、岩田につかみかかろうとした。

しかし、その外側《そとがわ》を、滝本《たきもと》や、酒田《さかた》や、吉川《よしかわ》などが、さっと取《と》り囲《かこ》んだ。素早《すばや》い動作《どうさ》である。三人の男は、手出《てだ》しもできずに、岩田と対峙《たいじ》していた。

「暴力《ぼうりょく》はいかん。言論《げんろん》の自由《じゆう》じゃないか」

吉川雄助《ゆうすけ》の叫《さけ》びである。すると、聴衆《ちょうしゅう》のなかからも声があがった。

「そうだ。言論《げんろん》の自由《じゆう》だ」

「話《はな》し合《あ》え。ゆっくり話し合うことだ」

「喧嘩《けんか》などしたら、教団《きょうだん》の名誉《めいよ》にかかわるぞ」

数人《すうにん》の人たちが、立ち上がって寄《よ》ってきた。

「しゃべらせろ。話《はなし》を聞くべきだよ」

人びとは、野次馬的興味《やじうまてききょうみ》をもったらしい。岩田《いわた》の話に、何か魅力《みりょく》を感《かん》じ取《と》ったのだろうか。聴衆《ちょうしゅう》のなかから、再《ふたた》び強《つよ》く叫《さけ》ぶ人があった。

「言《い》い分《ぶん》があるのだろう。しゃべらせたらいいじゃないか」

「言論の世界《せかい》だ。お互《たが》いに、言い分は聞くべきだ」

「そうだ、そうだ。しゃべらせろ！」

混乱《こんらん》に近《ちか》くなっていた。

会場《かいじょう》の世論《よろん》というものがある。敗戦後《はいせんご》、「言論の自由」という言葉《ことば》は、久《ひさ》しい言論弾圧《だんあつ》への反動《はんどう》から、当時《とうじ》、最《もっと》も神聖視《しんせいし》され、かなりの威力《いりょく》をもつ言葉の一つであった。

三人の幹部《かんぶ》が立ちすくんだのも、このためである。

岩田《いわた》たちは、しばらくの間《あいだ》、場内《じょうない》の世論《よろん》が形成《けいせい》されるのを待《ま》っていればよかった。

司会《しかい》をした小柄《こがら》な幹部《かんぶ》は、遂《つい》に昂然《こうぜん》と言った。

「君《きみ》の発言《はつげん》を許《ゆる》そう。言《い》い分《ぶん》があるのだったら、言いたまえ。ただし発言時間は、十分間としよう」

岩田は、怒《おこ》ったような顔《かお》つきで、無言《むごん》のまま、演壇《えんだん》にのしのしと上がった。彼《かれ》は、軽《かる》く一礼《いちれい》すると、太《ふと》い声《こえ》で言った。

「私たちは、日蓮大聖人《にちれんだいしょうにん》の教《おし》えを信奉《しんぽう》する創価学会《そうかがっかい》の青年部《せいねんぶ》の者《もの》です！」

場内には、なんの動揺《どうよう》らしいものもなかった。

創価学会という名《な》を、会場《かいじょう》の誰《だれ》も、耳《みみ》にしたことがなかったためである。今日《こんにち》では、想像《そうぞう》もできないことであるが、一九四七年（昭和《しょうわ》二十二年）のこのころは、創価学会の名が、世人《せじん》の関心《かんしん》を引くには、まだほど遠《とお》かった。

「なんだ、日蓮宗《にちれんしゅう》の一派《いっぱ》らしいぞ」

こんなささやきが、人びとの間に起《お》きた程度《ていど》であった。

教団《きょうだん》の幹部は、創価学会という名前《なまえ》は、知っていたようである。だが、詳《くわ》しいことは、何も知らなかった。自分《じぶん》たちの教団《きょうだん》より、弱小《じゃくしょう》な宗教団体《しゅうきょうだんたい》くらいに思《おも》い、高《たか》をくくっていたのである。創価学会《そうかがっかい》の名《な》が、彼《かれ》らの心胆《しんたん》を寒《さむ》からしめたのは、実《じつ》に、この時が最初《さいしょ》であった。

教団の幹部《かんぶ》は、狼狽《ろうばい》した。〝論戦《ろんせん》〟の推移《すいい》を見た学会《がっかい》の青年《せいねん》たちは、岩田《いわた》を中心《ちゅうしん》にして、その両脇《りょうわき》に一列《れつ》に並《なら》んだ。

計《けい》七人の青年男女《だんじょ》の姿《すがた》を見て、人びとは固唾《かたず》をのんで、耳《みみ》をそばだてた。場内《じょうない》は一《いっ》瞬《しゅん》、しんと静《しず》まり返《かえ》った。

岩田は、自分でも不思議《ふしぎ》なほど落《お》ち着《つ》いていた。彼は、真面目《まじめ》な表情《ひょうじょう》で話《はな》し始《はじ》めた。

「私どもが信《しん》ずる教《おし》えは、日蓮大聖人以来《にちれんだいしょうにんいらい》、七百年間《ねんかん》、微塵《みじん》も変わらない、最《もっと》も清《せい》浄《じょう》にして正《ただ》しい仏法《ぶっぽう》であります。

釈尊《しゃくそん》が法華経《ほけきょう》において予言《よげん》した通《とお》り、日蓮大聖人は、七百年前に、わが日本に御出《ごしゅつ》現《げん》になりました。そして、末法《まっぽう》という全《まった》く大変《たいへん》な時代《じだい》に入《はい》り、その不幸《ふこう》な民衆《みんしゅう》のために、仏教《ぶっきょう》の真髄《しんずい》を、お説《と》きになったのです。

われわれ創価学会は、この大聖人のお教えを寸分《すんぶん》たがわず実践《じっせん》して、今日《こんにち》の、どん底《ぞこ》にある不幸《ふこう》な日本の民衆《みんしゅう》を救《すく》い、広《ひろ》くは、全人類《ぜんじんるい》を幸福《こうふく》にしていこうという決意《けつい》に燃《も》えて、宗教活動《しゅうきょうかつどう》、哲学思想《てつがくしそう》の普及《ふきゅう》活動を始《はじ》めた団体《だんたい》であります」

聴衆《ちょうしゅう》は、静《しず》かに聞いている。反撃《はんげき》もなかった。彼《かれ》は、安心《あんしん》して続《つづ》けていった。

「歴史上《れきしじょう》の詳《くわ》しい説明《せつめい》は略《りゃく》しますが、既成《きせい》の日蓮宗《にちれんしゅう》、あるいは新興《しんこう》の日蓮宗系教団《けいきょうだん》と、一緒《いっしょ》にされては困《こま》ります。皆《みな》さんは、宗教に高低浅深《こうていせんじん》があるという厳《きび》しい現実《げんじつ》を、おそらくご存《ぞん》じないでしょう」

彼は、ここまで一気《いっき》にしゃべった。彼は話《はな》しながら、思《おも》ったより上手《じょうず》に話せたことに驚《おどろ》いた。驚きは自信《じしん》に変わった。場内《じょうない》は、水《みず》を打《う》ったように静かである。

〝ここにいる人たちは、皆、何かを求《もと》め、幸福になろうとしているのだ。利害得失《りがいとくしつ》で動《うご》く教団の幹部《かんぶ》は別《べつ》にして、聴衆は、皆、あまりにも純真《じゅんしん》である。だます連中《れんちゅう》の罪《つみ》は重《おも》いが、それにしても、なぜ人びとは、こんな宗教に走《はし》っていくのだろうか……〟

岩田《いわた》は、一瞬《いっしゅん》、そんな思いに沈《しず》んだが、さらに一段《いちだん》と力《ちから》を込《こ》めて語《かた》った。

「先《さき》ほど教祖《きょうそ》の方《かた》と、教団の教義《きょうぎ》について議論《ぎろん》しましたが、われわれは開《あ》いた口《くち》がふさがりません。釈尊《しゃくそん》やキリストの教《おし》えの一端《いったん》を借《か》りてきて、教義らしきものを仕立《した》て、しかもそれを、究極《きゅうきょく》の真理《しんり》だなどと説《と》く。教祖自《きょうそみずか》ら、仏《ほとけ》であり、神《かみ》であるとでも、うぬぼれているのでありましょうか。

仏説《ぶっせつ》に従《したが》わず根拠《こんきょ》のないことを説く者《もの》は、『是《こ》れ魔《ま》の眷属《けんぞく》なり』と、涅槃経《ねはんきょう》という経典《きょうてん》で断《だん》じられております。

してみれば、皆《みな》さんは、恐《おそ》ろしいことに、知らないうちに、魔の弟子《でし》となっているのであります。仏の反対《はんたい》を魔といいます。魔とは、うまいことを言って、人びとをたぶらかす者のことです」

岩田《いわた》は、さらに明確《めいかく》に語《かた》り続《つづ》けていった。

「厳《きび》しい因果《いんが》の理法《りほう》に立脚《りつきゃく》した、無始無終《むしむしゅう》の三世《さんぜ》にわたる永遠《えいえん》の生命《せいめい》の法理《ほうり》を、ことごとく無視《むし》して、貧乏《びんぼう》も病気《びょうき》も、心《こころ》にそう思《おも》うからなるとか、心に健康《けんこう》を描《えが》けば治《なお》るとか、神の無限無《むげんむ》尽《じん》を心に思えば、貧乏は解決《かいけつ》するとか——こんなことを説くなんて、いいかげん極《きわ》まりない教団《きょうだん》ではありませんか！」

教団の幹部《かんぶ》たちは、慌《あわ》てだしてきた。それまで無言《むごん》でいたが、今、気がついたように、互《たが》いにささやき始《はじ》めたのである。

幹部《かんぶ》の一人《ひとり》が、司会者《しかいしゃ》の方《ほう》に走《はし》っていった。

司会者はすかさず、かすれた声《こえ》で叫《さけ》んだ。

「時間です。もう十分たちました」

その時、滝本《たきもと》は刺《さ》すように言った。

「まだ八分だ。嘘《うそ》言うな！」

時計《とけい》を丹念《たんねん》に見ていたのである。一喝《いっかつ》にあって、司会者は引《ひ》っ込《こ》んだ。

滝本は、すかさず聴衆《ちょうしゅう》に向かって言った。

「ただ今、せっかくの話《はなし》の途中《とちゅう》、邪魔《じゃま》が入《はい》りました。水《みず》を差《さ》されてはかないません。時間延長《えんちょう》も、やむを得《え》ないと思《おも》いますので、皆《みな》さんのご了承《りょうしょう》を、あらかじめお願《ねが》いしておきたいと思うのであります」

彼《かれ》の言葉《ことば》に、あちこちで拍手《はくしゅ》さえ起《お》きてきた。会場《かいじょう》の主導権《しゅどうけん》は、いつか彼ら青年《せいねん》たちに移《うつ》っていた。岩田《いわた》は、再《ふたた》び語《かた》り始《はじ》めた。

「教祖《きょうそ》は、物質《ぶっしつ》は心《こころ》の影《かげ》だ。心だけが本体《ほんたい》で、存在《そんざい》するものであり、物質は、実《じつ》は存在しない――これが生命《せいめい》の真理《しんり》だという。さも深遠《しんえん》な宗教《しゅうきょう》であるかのごとく装《よそお》い、多くの人びとを惑《まど》わしている。言語道断《ごんごどうだん》の限《かぎ》りであります。

誤《あやま》った教《おし》えを信《しん》じて生きていけば、人びとは不幸《ふこう》になります。何千《なんぜん》、何万、何十万という人たちを、不幸な地獄《じごく》の境涯《きょうがい》に落《お》としていくことを、断《だん》じて見過《みす》ごすわけにはいきません。

日蓮大聖人《にちれんだいしょうにん》は、一切《いっさい》の不幸の根源《こんげん》が、誤った宗教《しゅうきょう》にあるということを、繰《く》り返《かえ》しお教えくださっております。そして、あらゆる文献上《ぶんけんじょう》の証拠《しょうこ》によって、また理論的《りろんてき》に考《こう》究《きゅう》された証拠によって、さらに現実《げんじつ》の実際《じっさい》の証拠によって、動《うご》かすことのできない大《だい》哲理《てつり》を、私たちにお残《のこ》しになりました。

心《こころ》と物質《ぶっしつ》のことも、大聖人《だいしょうにん》は、『色心不二《しきしんふに》なるを一極《いちごく》と云《い》う』（御書《ごしょ》七〇八ジペー）と、はっきりとお教えになっております。心と物《もの》とは、決《けつ》して二つの別々《べつべつ》のものではない。極《きわ》まるところ一つである、との大生命哲学《だいせいめいてつがく》を、既《すで》に七百年前に立派《りっぱ》に樹立《じゅりつ》されております。

唯物思想《ゆいぶつしそう》にせよ、唯心《ゆいしん》思想にせよ、真《しん》に人類《じんるい》を救済《きゅうさい》できる思想でないことは、もはや、今日《こんにち》、心ある者《もの》の常識《じょうしき》となっております。しかし、それに代《か》わる哲学を知らない。

今、いかなる思想《しそう》が、この乱世《らんせい》を救済《きゅうさい》する力《ちから》がありましょうか。確信《かくしん》に燃《も》えて、あると言い切れるものは、どこにもありません。

ただ一つ、日蓮大聖人《にちれんだいしょうにん》の大生命哲学《だいせいめいてつがく》こそ、あらゆる思想をリードし、世界幾十億《せかいいくじゅうおく》の民衆《みんしゅう》を、根底《こんてい》から幸福《こうふく》にしきっていく力のある思想であり、生きた宗教《しゅうきょう》なのであります」

なかなかの熱弁《ねつべん》である。彼自身《かれじしん》、とどまるところを知らなかった。会場《かいじょう》の人びとは、魅《み》せられたように耳《みみ》を澄《す》ましていたが、〝ちょっと話《はなし》が大きいな〟という顔《かお》をしていた。

岩田《いわた》は、町工場《まちこうば》に働《はたら》く一工員《いちこういん》である。*尋常小学校《じんじょうしょうがっこう》を出ただけである。それが、堂々《どうどう》と、長時間《ちょうじかん》にわたって雄弁《ゆうべん》を振《ふ》るっている。壇上《だんじょう》の仲間《なかま》の青年《せいねん》も、ほとほと感心《かんしん》していた。彼らは、〝岩田さんも大《たい》したものだ〟と思《おも》いながら、汗《あせ》びっしょりになって輝《かがや》いている岩田の顔を、チラチラと見ていた。会場の主導権《しゅどうけん》は、完全《かんぜん》に岩田の掌《しょう》中《ちゅう》にあった。

岩田は、太《ふと》い声《こえ》を一段《いちだん》と響《ひび》かせた。

「私たちは、皆《みな》さんが正《ただ》しい宗教《しゅうきょう》を知らず、誤《あやま》った教《おし》えに迷《まよ》い、生命力《せいめいりょく》を失《うしな》い、不《ふ》幸《こう》になっていくのを、黙《だま》って見ているわけにはいきません。

皆さんのなかで、本当《ほんとう》に救《すく》われたと、心《こころ》の底《そこ》から思《おも》っている方《かた》、また将来《しょうらい》、この教《きょう》団《だん》の教えによって、必《かなら》ず救われると確信《かくしん》をもっている方がおりましたら、恐縮《きょうしゅく》ですが、ちょっと手をあげていただきたいと思います」

大胆《だいたん》な言動《げんどう》である。緊迫《きんぱく》した空気《くうき》が流《なが》れた。

場内《じょうない》のあちこちで、数人《すうにん》が手をあげかけたが、周囲《しゅうい》のほとんどの人があげていないことを見てとると、すぐ手を引《ひ》っ込《こ》めてしまった。だいいち教団幹部《かんぶ》は誰一人《だれひとり》として、手をあげなかったのである。

「はい、わかりました。ありがとう。この姿《すがた》が、何よりの証明《しょうめい》と言い切れます。日蓮大聖人《にちれんだいしょうにん》は、一切《いっさい》の不幸の根本原因《こんぽんげんいん》は、誤った宗教にあると言い切り、同時《どうじ》に、今度《こんど》は逆《ぎゃく》に、どんな不幸な人たちにも、絶対《ぜったい》に幸《しあわ》せになる唯一《ゆいいつ》の正しい宗教を残《のこ》されたのであります。

そして、その信仰《しんこう》の根本《こんぽん》として、『日蓮がたましひ《魂》をすみ《墨》にそめながして・かきて候《そうろう》ぞ信《しん》じさせ給《たま》へ』(御書《ごしょ》一一二四ジペー)と仰《おお》せになって、私たち、末法《まっぽう》の民衆《みんしゅう》のために、御本尊《ごほんぞん》をお残《のこ》しくださいました。

*『この本尊を信じて南無妙法蓮華経《なんみょうほうれんげきょう》と唱《とな》うれば、則《すなわ》ち祈《いの》りとして叶《かな》わざるなく、罪《つみ》として滅《めっ》せざるなく、福《ふく》として来《きた》らざるなく、理《り》として顕《あらわ》れざるなきなり』と言われているように、正《ただ》しい信心《しんじん》によって、間違《まちが》いなく、真実《しんじつ》の幸福《こうふく》の人生《じんせい》を驀進《ばくしん》することが、できるのであります。

私たちは、人びとの幸福の源泉《げんせん》たる、そして世界平和《せかいへいわ》の光明《こうみょう》ともいうべき、この御本尊が実在《じつざい》することを、皆《みな》さんに心《こころ》からお知らせしたかったのです。

なお日蓮大聖人《にちれんだいしょうにん》は、既《すで》に七百年前、末法万年《まんねん》の警世《けいせい》の書《しょ》である*『立正安国論《りっしょうあんこくろん》』に、結論《けつろん》として、こうおっしゃっております。

『汝早《なんじはや》く信仰《しんこう》の寸心《すんしん》を改《あらた》めて速《すみやか》に実乗《じつじょう》の一善《いちぜん》に帰《き》せよ』(御書三二ジペー)と。

この御金言《ごきんげん》によるならば、皆さんは、一日も早く、誤《あやま》れる宗教《しゅうきょう》、信仰をやめ、『実乗の一善』すなわち大聖人の仏法《ぶっぽう》に帰依《きえ》すべきであります。大事《だいじ》な一生《いっしょう》を後悔《こうかい》して送《おく》ることのないように、私は訴《うった》えているのであります」

岩田《いわた》は、ここで西神田《にしかんだ》の本部《ほんぶ》の住所《じゅうしょ》を教《おし》えて、話《はなし》を結《むす》んだのであった。

「以上《いじょう》をもって、私の話を終《お》わります。ご清聴《せいちょう》を深《ふか》く感謝《かんしゃ》します」

彼《かれ》は、丁寧《ていねい》に一礼《いちれい》した。あとの六人の青年《せいねん》たちも、そろって礼をした。

聴衆《ちょうしゅう》は、このあと、教団《きょうだん》の幹部《かんぶ》の反撃《はんげき》があるものと期待《きたい》して、演壇《えんだん》の一隅《いちぐう》にいる幹部連に、一斉《いっせい》に視線《しせん》を注《そそ》いでいた。息詰《いきづ》まるような静《しず》けさが場内《じょうない》を圧《あつ》した。

青年たちは、そのなかを平然《へいぜん》と歩《あゆ》んで、戸口《とぐち》へ向かった。

場内は、にわかに騒然《そうぜん》となっていた。甲高《かんだか》い遠吠《とおぼ》えのような声《こえ》を聞きながら、彼らは本部を出たのである。

太陽《たいよう》は、かなり西《にし》に回《まわ》っていた。金色《こんじき》の輝《かがや》きが目を射《い》た。まぶしいほどである。

みんな無言《むごん》であったが、意気軒昂《いきけんこう》としていた。申《もう》し合《あ》わせたように、彼らは坂《さか》の斜《しゃ》面《めん》の大木《たいぼく》の枝《えだ》を振《ふ》り仰《あお》いだ。どの顔《かお》も、歓《よろこ》びに輝いている。崇高《すうこう》な使命《しめい》を帯《お》びて、勇《いさ》ましく戦《たたか》ったという思《おも》いにあふれた、自負《じふ》の歓びであった。

吉川雄助《よしかわゆうすけ》が、口《くち》を切った。

「痛快《つうかい》だった。痛快だった!」

みんな、どっと笑《わら》った。勝鬨《かちどき》にも似《に》た爽快《そうかい》な笑い声《ごえ》が、春《はる》の空《そら》に響《ひび》くかのようだった。

今、彼《かれ》らは、勝《か》ち誇《ほこ》った親《した》しい戦友《せんゆう》のようでもあった。彼らは、陶酔《とうすい》したように、口々《くちぐち》に、この予想以上《よそういじょう》の戦果《せんか》を振《ふ》り返《かえ》り、興奮《こうふん》して語《かた》り合《あ》った。だが、それも、実《じつ》は戸田城聖《とだじょうせい》から厳《きび》しく訓育《くんいく》された、教学《きょうがく》の力《ちから》によるものであることには、気づいていなかった。

戸田の、これら青年《せいねん》に対《たい》する短期間《たんきかん》の訓育が、こうまで威力《いりょく》を発揮《はっき》するものとは、誰《だれ》にも考《かんが》えられないことであった。

戸田城聖の秘《ひ》められた指導力《しどうりょく》が、どれほど優《すぐ》れて偉大《いだい》であったか、その一端《いったん》を知ることができる。

この日の青年たちの行動《こうどう》は、誰人《たれびと》の強制《きょうせい》によるものでもなかった。誰に示唆《しさ》されて行《おこな》ったのでもない。

ただ、戸田のもとで、宗教《しゅうきょう》について学《まな》ぶなかで、その力は、見る見る急速《きゅうそく》に進歩《しんぽ》していったのである。そして、自《みずか》らの力を発揮する場《ば》を、彼らは求《もと》めていたのだ。

彼《かれ》らは、破邪顕正《はじゃけんせい》の思《おも》いから、道場破《どうじょうやぶ》りの他流試合《たりゅうじあい》にも似《に》た行動《こうどう》に、自《みずか》らを駆《か》り立《た》てていったのである。

青年《せいねん》たちは協議《きょうぎ》し、自主的《じしゅてき》に計画《けいかく》を立て、作戦《さくせん》を練《ね》り、急速《きゅうそく》に勢力《せいりょく》を拡大《かくだい》していた教団《きょうだん》に矛先《ほこさき》を向けたのである。彼らは、極《きわ》めて平凡《へいぼん》な青年であったが、戸田城聖《とだじょうせい》の訓《くん》育《いく》によって、いつしか宗教批判《しゅうきょうひはん》の鋭《するど》い眼《まなこ》と情熱《じょうねつ》をもつ青年に育《そだ》っていたのである。

岩田重一《いわたじゅういち》は、今は腕《うで》のいい旋盤工《せんばんこう》だが、もとは手のつけられない不良《ふりょう》青年であった。酒田義一《さかたぎいち》は、町工場《まちこうば》の息子《むすこ》であり、戸田と共《とも》に那須《なす》方面《ほうめん》へ地方指導《ちほうしどう》に行《い》った、酒田たけの長男《ちょうなん》である。滝本欣也《たきもときんや》も、最近入会《さいきんにゅうかい》したばかりの工員《こういん》であり、吉川雄助《よしかわゆうすけ》は、郵便《ゆうびん》局員《きょくいん》であった。松村鉄之《まつむらてつゆき》は、下町《したまち》の製麺店《せいめんてん》の息子であった。三川英子《みかわえいこ》も、今松京子《いままつきょうこ》も、出版社《しゅっぱんしゃ》の事務員《じむいん》であり、明《あか》るい平凡な女性《じょせい》にすぎなかった。

戸田は、人間《にんげん》の力《ちから》に大差《たいさ》がないことを知っていた。非凡《ひぼん》であれ、平凡であれ、能力《のうりょく》の多少《たしょう》の違《ちが》いはあっても、その差は本質的《ほんしつてき》なものではない。指導と訓練《くんれん》によっては、誰《だれ》もがもつ才能《さいのう》と力を、十分《じゅうぶん》に発揮《はっき》できると考《かんが》えていたのである。事実《じじつ》、戸田のもとに集《あつ》まる青年は、短期間《たんきかん》に見違《みちが》えるばかりの成長《せいちょう》を遂《と》げていった。

彼《かれ》ら青年《せいねん》は、翌日《よくじつ》夜、法華経講義《ほけきょうこうぎ》にそろって出席《しゅっせき》した。昨日《きのう》の法論《ほうろん》の模様《もよう》は、既《すで》に人びとに伝《つた》わっていた。講義の前から、彼らを見る人びとの視線《しせん》は温《あたた》かく、羨望《せんぼう》さえ交《ま》じっていた。彼らを、あたかも英雄《えいゆう》のように見ていたのである。

講義終了後《しゅうりょうご》、一同《いちどう》は皆《みな》の前で、昨日の報告《ほうこく》をした。まず、岩田《いわた》が前に出た。共《とも》に戦《たたか》った青年たちも、前の方《ほう》に行き、皆に顔《かお》を見せていた。そして、彼は作戦《さくせん》の立案《りつあん》から、それがどのように実践《じっせん》され、多数《たすう》の集会《しゅうかい》のなかで、戦いをどのように展開《てんかい》したかを、詳細《しょうさい》に語《かた》った。身《み》ぶり手ぶりも、鮮《あざ》やかである。時には爆笑《ばくしょう》が湧《わ》き、そして、皆は賞《しょう》讃《さん》の拍手《はくしゅ》を送《おく》った。

〝やったな。よくやった!〟

彼らにとって、幾《いく》つもの先輩《せんぱい》の顔が、そう笑《わら》いかけているように思《おも》われた。岩田は、いい調子《ちょうし》になって、昂然《こうぜん》として言った。

「私たち青年部は、折伏戦《しゃくぶくせん》の最前線《さいぜんせん》で、今後《こんご》も戦うことを誓《ちか》います。正法《しょうほう》の前には、＊三類《さんるい》の強敵《ごうてき》といえども、なんの障《さわ》りとなりましょうか。ただ今の報告を聞いてくだされば、よくわかると思《おも》います。まさに〝向かうところ敵《てき》なし〟であります。なにとぞ、さらにご鞭達《べんたつ》を、お願《ねが》いするものであります」

沸《わ》き返《かえ》るような拍手《はくしゅ》となった。彼《かれ》は、それを浴《あ》びながら、英雄《えいゆう》、豪傑《ごうけつ》のような姿《すがた》で座《すわ》った。事実《じじつ》、一座《いちざ》の人びとは、青年《せいねん》たちを褒《ほ》めあげる気持《きも》ちをもち、その表情《ひょうじょう》であった。

ただ一人《ひとり》、戸田城聖《とだじょうせい》だけは、険《けわ》しい表情になっていた。最初《さいしょ》は、にこやかに聞いていた彼も、しばらくすると、にわかに顔《かお》を曇《くも》らせた。最後《さいご》には眉《まゆ》をひそめて、悲《かな》しげな表情になっていった。それを誰《だれ》一人、気づかなかった。

戸田は、急《きゅう》に厳《きび》しい顔を上げた。そして、すかさず激怒《げきど》した口調《くちょう》で叫《さけ》んだ。

「昨日《きのう》、一緒《いっしょ》に参加《さんか》した者《もの》は、立ちたまえ!」

何ごとか、と彼らは、怪訝《けげん》な顔つきで立ち上がった。

「一方的《いっぽうてき》に押《お》しかけて行《い》って議論《ぎろん》をふっかけ、教祖《きょうそ》が太刀《たち》打《う》ちできなくなったぐらいで、いい気になるような者を、私は育《そだ》てた覚《おぼ》えはない。慢心《まんしん》もはなはだしい。それが私は悲しいのだ。

君《きみ》たちの根性《こんじょう》は、本当《ほんとう》の私の指導《しどう》とは違《ちが》う。いったい、誰《だれ》の弟子《でし》なのか。岩田《いわた》、言ってみたまえ」

岩田は面食《めんく》らった。無言《むごん》である。居並《いなら》ぶ多数《たすう》の幹部《かんぶ》たちも、何が戸田《とだ》の怒《いか》りを招《まね》いたのか、不可解《ふかかい》な表情《ひょうじょう》であった。

「誰の弟子だか、言えないのか。……君たちは、戸田の弟子ではない」

一喝《いっかつ》にあった彼《かれ》らは、理解《りかい》できずに戸惑《とまど》っていた。身震《みぶる》いするような思《おも》いであった。

「日蓮大聖人《にちれんだいしょうにん》の仏教《ぶっきょう》の真髄《しんずい》を、ひとかけらでも身《み》につければ、いかなる教団《きょうだん》の教義《きょうぎ》も、問題《もんだい》ではないのだ。勝負《しょうぶ》は、初《はじ》めから決まっている。それを、いかにも自分《じぶん》たちの力《ちから》でやったように、手柄顔《てがらがお》をする者《もの》がどこにいる。道場破《どうじょうやぶ》りの根性はいかん。英雄気取《えいゆうきど》りはよせ。暴言《ぼうげん》を慎《つつし》み、相手《あいて》からも、心《こころ》から立派《りっぱ》だと言われる人になれ」

戸田は、理事《りじ》たちの方《ほう》を見渡《みわた》して言った。

「……原山《はらやま》君、小西《こにし》君、清原《きよはら》君、どうだろう？　私の気持《きも》ちが、わかるだろう」

理事たちは、少々頷《しょうしょうなず》き、あとは黙《だま》っているしかなかった。彼らも、一応《いちおう》、青年《せいねん》たちのいい調子《ちょうし》に合《あ》わせていたからである。

戸田《とだ》は、激昂《げっこう》を静《しず》めて、また話《はなし》を続《つづ》けた。

「いいか、もう一度、言っておく。一教団《いちきょうだん》の首脳《しゅのう》を、少《すこ》しばかりやり込《こ》めたからといって、こうものぼせ上がり、たちまち驕慢《きょうまん》になる君《きみ》たちの性根《しょうね》を思《おも》うと、私は悲《かな》しいのだ。

……いいか、広宣流布《こうせんるふ》とは、崇高《すうこう》なる仏《ほとけ》の使《つか》いの戦《たたか》いなんだ。

君たちが、どうしても行きたいというなら、それもよかろう。教《おし》えの誤《あやま》りがあれば、正《ただ》すことは必要《ひつよう》だからだ。しかし、他教団の本部《ほんぶ》だから、特別《とくべつ》の折伏行《しゃくぶくぎょう》だなどと勘違《かんちが》いしては困《こま》る。一婦人《いちふじん》が、相手《あいて》の幸《しあわ》せを思い、真心《まごころ》込めて対話《たいわ》し、隣家《りんか》の人を救《すく》う方《ほう》が、よっぽど立派《りっぱ》な実践《じっせん》です。

こんなことを、幾度《いくど》も繰《く》り返《かえ》して、それで広宣流布ができると思ったら、とんでもない間違《まちが》いだ。

今は、将来《しょうらい》、真実《しんじつ》に人びとを救い、指導《しどう》していけるだけの力《ちから》を養《やしな》っている訓練段階《くんれんだんかい》だと思わねばならない。将来の本格的《ほんかくてき》な広宣流布のための実践を、そんな、遊《あそ》び半分《はんぶん》のようなものと思《おも》っていては大変《たいへん》だ。三類《さんるい》の強敵《ごうてき》との壮絶《そうぜつ》な戦《たたか》いなのだ。その時に、退転《たいてん》するなよ。今、いい気になっている連中《れんちゅう》は、大事《だいじ》な時になって退転してしまうものだ。

私は、君《きみ》たちを、本格的《ほんかくてき》な広宣流布《こうせんるふ》の舞台《ぶたい》で活躍《かつやく》すべき時に、退転させたくないから、今、叱《しか》っておく。よく覚《おぼ》えておきなさい」

戸田《とだ》は、諄々《じゅんじゅん》とした言葉《ことば》で語《かた》った。青年《せいねん》たちの目は、次第《しだい》に赤《あか》らんできていた。

同じ折伏《しゃくぶく》の行動《こうどう》であっても、その一念《いちねん》は、人によってさまざまである。広宣流布を願《ねが》っての真心《まごころ》の折伏もあれば、英雄気取《えいゆうきど》りの言説《げんせつ》もある。

戸田は、それを見抜《みぬ》いていた。事実《じじつ》、戸田の注意《ちゅうい》が的中《てきちゅう》し、後年《こうねん》、この青年たちのうちから、退転者が出ることになるのである。

戸田は、最後《さいご》に、青年たちを見渡《みわた》して言った。

「自己《じこ》の名誉《めいよ》のみを考《かんが》え、人に良《よ》く思われようとして、活動《かつどう》する人物《じんぶつ》であれば、所詮《しょせん》は行き詰《づ》まってしまう。詐欺師《さぎし》に共通《きょうつう》してしまうよ」

そして、うなだれて涙《なみだ》ぐむ青年たちに言った。

「戦《いくさ》に勝ったと帰《かえ》ってきて、泣《な》く男《おとこ》があるか。……おや女性《じょせい》もいたなー」

彼《かれ》は、三川《みかわ》や、今松《いままつ》の方《ほう》を見て、カラカラと笑《わら》った。座《ざ》には、師弟《してい》の厳《きび》しい指導《しどう》のなかにも、情愛《じょうあい》こもる温《あたた》かい空気《くうき》が流《なが》れていた。

地《じ》　涌《ゆ》

アメリカ占領軍《せんりょうぐん》の日本民主化《みんしゅか》政策《せいさく》は、次々《つぎつぎ》と断行《だんこう》されていた。一九四七年（昭和《しょうわ》二十二年）春《はる》には、教育制度《きょういくせいど》の改革《かいかく》が、具体的《ぐたいてき》なかたちとなって現《あらわ》れた。いわゆる六・三制の実施《じっし》である。それまでの義務《ぎむ》教育は、国民学校初等科《こくみんがっこうしょとうか》の六年であったが、新《あら》たに小学校《しょうがっこう》六年に加《くわ》えて、新制中学校《しんせいちゅうがっこう》三年までを義務教育としたのである。この新制度は、四月一日から実施された。これは教育の機会均等《きかいきんとう》をめざす、民主化の一環《いっかん》でもあった。

敗戦直後《はいせんちょくご》の教育制度の改革の第一歩《だいいっぽ》は、四五年（同二十年）十月二十二日に、GHQ（連合国軍総司令部《れんごうこくぐんそうしれいぶ》）が出した、「日本の教育制度の管理《かんり》についての指令《しれい》」から始《はじ》まった。それはまず、教科内容《きょうかないよう》から、軍国主義《ぐんこくしゅぎ》や天皇制《てんのうせい》を賛美《さんび》する部分《ぶぶん》を排除《はいじょ》することであった。

各学校《かくがっこう》では、教科書《きようかしよ》の改訂《かいてい》が追《お》いつかず、児童《じどう》・生徒《せいと》自《みずか》らが、教師《きようし》の指導《しどう》で、教科書の不都合《ふつごう》な部分《ぶぶん》を墨《すみ》を塗《ぬ》って消《け》すという、作業《さぎよう》が行《おこな》われたのである。

新生《しんせい》日本の教育制度《きよういくせいど》の改革《かいかく》は、翌《よく》四六年（昭和《しようわ》二十一年）三月に来日《らいにち》した、アメリカの教育使節団《しせつだん》の報告書《ほうこくしよ》を受けて、この年《とし》八月、日本側《がわ》が内閣《ないかく》に設置《せつち》した教育刷新《さつしん》委員《いいん》会《かい》を中心《ちゆうしん》に、逐次《ちくじ》、具体的《ぐたいてき》な検討《けんとう》が進《すす》められていた。

教育使節団の報告書には、教育の地方分権化《ちほうぶんけんか》、文部省《もんぶしよう》の権限縮小《けんげんしゆくしよう》など、国家《こつか》主義的《しゆぎてき》な教育を排除《はいじよ》する方向《ほうこう》とともに、男女共学《だんじよきようがく》による小学校《しようがつこう》六年、中学校《ちゆうがつこう》三年、高等学校《こうとうがつこう》三年、大学《だいがく》四年という、「六・三・三・四制」の教育制度が提案《ていあん》されていた。

もとより、六・三制の改革案は、米使節団の提言《ていげん》というより、日本でも長年《ながねん》に及《およ》ぶ教育研究《けんきゆう》の蓄積《ちくせき》があり、同使節団に協力《きようりよく》した日本側の委員会からの要望《ようぼう》に、応《おう》じたものでもあった。

六・三制の実施《じつし》は、四七年（同二十二年）二月の閣議《かくぎ》を経《へ》て、四月からの実施が決まった。しかし、予算《よさん》も十分《じゆうぶん》でなく、中学が義務《ぎむ》教育化されたため、全国《ぜんこく》で教室《きようしつ》が不《ふ》足《そく》し、当初《とうしょ》は、小学校《しょうがっこう》の教室《きょうしつ》を借《か》りての二部《にぶ》制《せい》、三部制授業《じゅぎょう》や、青空《あおぞら》教室まで現《あらわ》れた。教員《きょういん》の不足《ふそく》も深刻《しんこく》であった。

多くの難問《なんもん》をかかえてのスタートであったが、時を同じく制定《せいてい》された教育基本法《きょういくきほんほう》とともに、戦後《せんご》民主主義《みんしゅしゅぎ》の教育制度《せいど》が、一応《いちおう》、ここに、かたちを見たのである。それは戦前《せんぜん》の、国家《こっか》のための教育から、個《こ》人《じん》の人権《じんけん》を尊重《そんちょう》する教育への、大きな転換《てんかん》であったといえよう。

ともあれ、人をつくることを忘《わす》れて、社会《しゃかい》の確《たし》かな未来《みらい》はない。教育は、その根幹《こんかん》となるものであるはずだ。

教育者であった初代会長《しょだいかいちょう》・牧口常三郎《まきぐちつねさぶろう》は、未来の宝《たから》である「子《こ》どもの幸福《こうふく》」こそ、教育の第一義《だいいちぎ》の目的《もくてき》とすべきであると、力説《りきせつ》してやまなかった。

「人間《にんげん》」が「人間」として、自《みずか》らをつくり上げていく――そのためにこそ、教育はあるはずである。その教育に、社会を挙《あ》げて取《と》り組《く》むことこそ肝要《かんよう》であろう。

時代《じだい》は、目まぐるしく移《うつ》り変《か》わっていた。四月五日には、第一回の知事《ちじ》選挙《せんきょ》、および市《し》・区《く》・町《ちょう》・村長《そんちょう》の選挙《せんきょ》が行《おこな》われた。七日には労働基準法《ろうどうきじゅんほう》が、そして、十四日には独占禁止法《どくせんきんしほう》、十七日には地方自治法《ちほうじちほう》が公布《こうふ》されるという、矢継《やつ》ぎ早《ばや》な民主化《みんしゅか》改革《かいかく》が具《ぐ》体化《たいか》されていった。

人びとの生活《せいかつ》は苦《くる》しく、物価《ぶっか》の上昇《じょうしょう》は、とどまる気配《けはい》もなかった。新憲法《しんけんぽう》の施行《しこう》を前に、四月二十日には、第一回の参議院議員《さんぎいんぎいん》選挙、続《つづ》いて二十五日には、第二十三回衆議院《しゅうぎいん》議員選挙が行われた。

その結果《けっか》、衆議院では、社会党《しゃかいとう》百四十三、自由党《じゆうとう》百三十一、民主党《みんしゅとう》百二十一、国民《こくみん》協同党《きょうどうとう》二十九、共産党《きょうさんとう》四、諸派《しょは》二十五、無所属《むしょぞく》十三議席《ぎせき》の勢力分野《せいりょくぶんや》となった。参議院では、社会四十七、自由三十七、民主二十八、国協《こっきょう》九、共産四、諸派十二、無所属百十三となり、期《き》せずして社会党が衆参両院《しゅうさんりょういん》で第一党《だいいっとう》となったのである。生活苦《せいかつく》にあえぐ国民は、旧来《きゅうらい》の保守政治《ほしゅせいじ》に代《か》わる、新《あたら》しい政権《せいけん》の誕生《たんじょう》に、一縷《いちる》の望《のぞ》みを託《たく》したともいえよう。

しかし、社会党は、第一党とはいうものの、議席数は衆議院の三分《ぶん》の一にも届《とど》かず、連立《れんりつ》する以外《いがい》に政権を取ることはできなかった。社会党は、自由、民主、国民協同の各党《かくとう》と連立《れんりつ》を組《く》む、政権工作《せいけんこうさく》に動《うご》いた。だが、自由党《じゆうとう》は、社会党《しゃかいとう》との連立には加《くわ》わらず、下野《げや》する道《みち》を選《えら》び、五月二十日、吉田内閣《よしだないかく》は総辞職《そうじしょく》した。かくして、社・民《みん》・国協《こつきょう》の三党が連立した社会党首班《しゅはん》内閣は、片山哲《かたやまてつ》を総理大臣《そうりだいじん》として、六月一日に成立《せいりつ》した。わが国の憲政史上《けんせいしじょう》、初《はじ》めて社会党が政権を担当《たんとう》したのである。

片山内閣は、深刻化《しんこくか》していく経済危機《けいざいきき》を目前《もくぜん》にして、その打開《だかい》をめざした。まずインフレ対策《たいさく》として、物価《ぶっか》は戦前《せんぜん》の六十五倍《ばい》まで、平均賃金《へいきんちんぎん》は戦前の三十倍以下《いか》の月《つき》千八百円《えん》に抑《おさ》えるという、庶民《しょみん》にとっては乱暴《らんぼう》ともいえる「物価体系《たいけい》」を立てた。そして、吉田内閣の「傾斜生産方式《けいしゃせいさんほうしき》」を踏襲《とうしゅう》した。石炭《せきたん》、鉄鋼《てっこう》などの重要産業《じゅうようさんぎょう》に、政府資金《せいふしきん》と資源《しげん》を傾斜的に投入《とうにゅう》し、そこから、生産力の向上《こうじょう》を優先的《ゆうせんてき》に図《はか》ろうというものである。

だが、石炭の生産量の増加《ぞうか》は見られたものの、工業生産全体《ぜんたい》は伸《の》びず、消費財《しょうひざい》の生産は、むしろ減少《げんしょう》するという、不均衡《ふきんこう》を生《しょう》じていったのである。多くの国民《こくみん》の生活《せいかつ》は、ますます悪化《あっか》しかねない状況《じょうきょう》であった。内閣発足《ほっそく》から半年《はんとし》もたたない秋《あき》ごろから、再《ふたた》び、労働攻勢《ろうどうこうせい》は激化《げきか》していった。

多党《たとう》の寄《よ》り合《あ》い所帯《じょたい》のような片山政権《かたやませいけん》は、激流《げきりゅう》のなかで必死《ひっし》に舵取《かじと》りを試《こころ》みていたものの、各党各派《かくとうかくは》の対立《たいりつ》が、その足《あし》もとを揺《ゆ》さぶった。

社会党内閣《しゃかいとうないかく》の目玉《めだま》ともいえる、炭鉱《たんこう》の国営化問題《こくえいかもんだい》では、妥協案《だきょうあん》に対《たい》する左派《さは》の反目《はんもく》と、民主党《みんしゅとう》の分裂《ぶんれつ》を招《まね》いた。さらに、農相《のうしょう》の罷免《ひめん》問題をめぐって、それを不服《ふふく》とする社会党の右派《うは》が袂《たもと》を分《わ》かった。

そして、決定的《けっていてき》となったのは、公務《こうむ》員臨時《いんりんじ》給与《きゅうよ》の財源《ざいげん》をめぐる問題であった。党内《とうない》左派が、鉄道《てつどう》、郵便《ゆうびん》の公共料金《こうきょうりょうきん》値上《ねあ》げで充当《じゅうとう》するという政府《せいふ》の方針《ほうしん》に反対《はんたい》し、予算案《よさんあん》が否決《ひけつ》されたのである。

党内不《ふ》一致《いっち》という異常事態《いじょうじたい》に直面《ちょくめん》して、片山内閣は暗礁《あんしょう》に乗《の》り上《あ》げ、一九四八年（昭和《しょうわ》二十三年）二月、発足《ほっそく》八カ月で、早《はや》くも総辞職《そうじしょく》するにいたったのである。

片山内閣のあと、三月十日には、民主党の芦田均総裁《あしだひとしそうさい》を首班《しゅはん》とする、三党連立《れんりつ》内閣が成立《せいりつ》した。芦田内閣は、片山内閣の経済政策《けいざいせいさく》を踏襲《とうしゅう》しつつ、一方《いっぽう》で、アメリカの対《たい》日援助《にちえんじょ》による、日本経済の再建《さいけん》を図《はか》ろうとしていくのである。

政権《せいけん》は交代《こうたい》し、さまざまな政治的変革《せいじてきへんかく》が重《かさ》なったが、国民《こくみん》の生活《せいかつ》は楽《らく》になるどころか、依然《いぜん》、厳《きび》しい状況《じょうきょう》が続《つづ》いた。「生きる」ということが、言語《げんご》に絶《ぜつ》する苦悩《くのう》なしにはすまされないことを、誰《だれ》もが、これほど深刻《しんこく》に考《かん》えた時代《じだい》はなかった。最《もつと》も切実《せつじつ》な食糧事情《しょくりょうじじょう》にも、なかなか改善《かいぜん》の兆《きざ》しは見えなかった。

食糧の配給《はいきゅう》も、四七年(昭和《しょうわ》二十二年)には、前年《ぜんねん》にも増《ま》して遅配《ちはい》が慢性化《まんせいか》し、全国的に極《きわ》めてひどくなってきた。たとえば、三月末《まつ》の遅配日数《にっすう》は、東京《とうきょう》十六・六日、神奈川《かながわ》九・三日、大阪《おおさか》六・三日、福岡《ふくおか》十一・八日であった。

それが七月に入《はい》ると、東京二十五・八日、北海道《ほっかいどう》九十日と、ますます悪化《あっか》し、全国平均《へいきん》で二十日の遅《おく》れとなった。なかでも、東日本の遅配は深刻であった。

GHQは、この年《とし》の食糧不足分《ぶそくぶん》を、米《こめ》に換算《かんさん》して百五十五万六千トンと予測《よそく》していた。一億民衆《おくみんしゅう》が飢餓線上《きがせんじょう》をさまようなかで、危機《きき》を打開《だかい》しようと、占領軍《せんりょうぐん》は食糧を次々《つぎつぎ》と放出《ほうしゅつ》した。その放出した総量《そうりょう》は、一年で百六十万トンを超《こ》えたが、それでも、遅配を取《と》り返《かえ》すことはできなかった。

このような生活《せいかつ》を、戸田城聖《とだじようせい》も、その弟子《でし》たちも、免《まぬか》れるわけにはいかなかった。しかし、彼《かれ》らは、少《すこ》しもくじけなかったのである。

彼らは、夜ごと西神田《にしかんだ》の本部《ほんぶ》に集《あつ》まってきた。戸田の講義《こうぎ》と、指導《しどう》を求《もと》めて来る人びとのなかには、空腹《くうふく》の人も多かった。服装《ふくそう》は、さまざまにチグハグであったし、余《よ》裕《ゆう》のある生活をしている人は少なかった。だが、ともかく彼らは、生き生きとしていた。

彼らは、まず宗教革命《しゆうきようかくめい》によって、この大悪《だいあく》を大善《だいぜん》に変えていくのだという、希望《きぼう》に燃《も》えていた。互《たが》いに、革命児《かくめいじ》としての使命《しめい》を教《おそ》わり、社会建設《しやかいけんせつ》の指導者として訓育《くんいく》されたことを、何よりの誇《ほこ》りとして、生き抜《ぬ》いてきたのである。

人びとが、愚痴《ぐち》と利己主義《りこしゆぎ》に落《お》ちている最中《さいちゆう》に、自分《じぶん》たちは、崇高《すうこう》な使命に生きて活躍《かつやく》しているという、強《つよ》い自覚《じかく》によって輝《かがや》いていた。

各所《かくしよ》の座談会《ざだんかい》も、徐々《じよじよ》に活発《かつぱつ》になっていった。入会者《にゆうかいしや》の新《あたら》しい顔《かお》も、座談会や講義会場《かいじよう》に、多く見受《みう》けられるようになった。西神田の本部の会合《かいごう》も、時には階段《かいだん》にまであふれることもあった。

しかし、毎月《まいつき》の入会者数《にゅうかいしゃすう》は、十世帯《せたい》から二十数世帯程度《ていど》である。一九四六年（昭和《しょうわ》二十一年）秋《あき》に始《はじ》まった地方指導《ちほうしどう》は、その後も引《ひ》き続《つづ》き、一歩《いっぽ》も引かず進《すす》められていった。折伏《しゃくぶく》の手は、着実《ちゃくじつ》に伸《の》びていったのである。群馬《ぐんま》、栃木《とちぎ》はもちろん、長野県《ながのけん》の諏訪《すわ》、静岡県《しずおかけん》の伊豆《いず》方面《ほうめん》、遠《とお》く九州《きゅうしゅう》の八女《やめ》辺《あた》りまで、幹部《かんぶ》が派遣《はけん》されるようになった。

派遣幹部には、広布《こうふ》推進《すいしん》への強《つよ》い使命感《しめいかん》があった。彼《かれ》らが、もし使命に目覚《めざ》めていなかったならば、苦《くる》しい生活《せいかつ》の圧力《あつりょく》に耐《た》えられなかったかもしれない。だが彼らには、民衆救済《みんしゅうきゅうさい》のための主義主張《しゅぎしゅちょう》があり、崇高《すうこう》な目的観《もくてきかん》があった。

戸《と》田城聖《だじょうせい》に鍛《きた》えられた門下生《もんかせい》も、その若《わか》い力《ちから》と情熱《じょうねつ》で、食糧難《しょくりょうなん》や物価《ぶっか》騰貴《とうき》に雄々《おお》しく打《う》ち勝《か》っていった。彼らは、何よりも折伏の楽《たの》しみを知ったのである。これ以上《いじょう》の幸福感《こうふくかん》はなかった。折伏こそ、人のため、世《よ》のため、法《ほう》のための戦《たたか》いであり、自己《じこ》の人間革命《にんげんかくめい》への根本的実践《こんぽんてきじっせん》であることを、胸中深《きょうちゅうふか》く体得《たいとく》していったのである。

彼らは、顔《かお》を合《あ》わせれば、折伏の話《はなし》に花《はな》を咲《さ》かせ、底抜《そこぬ》けに明《あか》るかった。

酒田《さかた》義一《ぎいち》や三川《みかわ》英子《えいこ》は、東京《とうきょう》・蒲田《かまた》に住《す》んでいて、小学校時代《しょうがっこうじだい》の同級生《どうきゅうせい》であった。年《とし》は、いずれも二十歳《はたち》前である。戦前《せんぜん》に、原山《はらやま》や関《せき》から折伏《しゃくぶく》されて、両家《りょうけ》とも入会《にゅうかい》していた。

他教団《たきょうだん》の本部《ほんぶ》へ乗《の》り込《こ》んで、英雄気取《えいゆうきど》りで論争《ろんそう》したことを、戸田《とだ》に厳《きび》しくたしなめられて以来《いらい》、二人《ふたり》は、かつての同級生を探《さが》し出《だ》し、着実《ちゃくじつ》に折伏を始《はじ》めた。大部分《だいぶぶん》の同級生は、家を焼《や》かれて移転《いてん》したり、あるいは各地《かくち》に疎開《そかい》して、まだ東京に戻《もど》っていなかった。そこで、たまたま地元《じもと》に残《のこ》っていた同級生の家に、足《あし》しげく通《かよ》っていた。

そのような同級生の一人《ひとり》に、山本伸一《やまもとしんいち》という青年《せいねん》がいた。

彼《かれ》らは、同級生の誼《よしみ》から、伸一をしばしば訪《たず》ねたが、宗教《しゅうきょう》の話《はなし》、信仰《しんこう》のことを真正《ましょう》面《めん》から切り出すことができなかった。当時《とうじ》の青年にとって、文化《ぶんか》や政治《せいじ》の話ならともかく、宗教の話ほど縁遠《えんどお》いものはなかったからである。

それに、部屋《へや》に通《とお》されてみると、書棚《しょだな》には、ぎっしりと、さまざまな書物《しょもつ》が並《なら》んでいた。文学書《ぶんがくしょ》が大部分であったが、古今東西《ここんとうざい》にわたるもので、彼らは、書名《しょめい》や著者名《ちょしゃめい》だけは知っていても、その内容《ないよう》は、さっぱり知らない書籍《しょせき》が多かった。

山本伸一《やまもとしんいち》は、彼《かれ》ら同年配《どうねんぱい》の仲間《なかま》から見れば、たいそうな読書家《どくしょか》であった。国木田独歩《くにきだどっぽ》があるかと思《おも》うと、ニーチェがあったり、*西田幾多郎《にしだきたろう》、*三木清《みききよし》らの本の隣《となり》に、*モンテーニュがあったりした。さらにバイロンの隣に、*『唐宋八家文読本《とうそうはっかぶんとくほん》』があったかと思うと、*『言志四録《げんししろく》』があり、*カーライルや、ギリシャの古代詩《こだいし》なども並《なら》んでいた。彼は貧《まず》しい生活《せいかつ》のなかで、本だけは何よりの財産《ざいさん》として、大切《たいせつ》にしてきたのである。

そして机《つくえ》の上には、読《よ》みかけの本と、大学《だいがく》ノートが開かれていた。そこには読書余《どくしょよ》録《ろく》のような感想《かんそう》が、細《こま》かい字で書《か》き込《こ》まれていた。

酒田《さかた》も三川《みかわ》も、伸一の思想傾向《しそうけいこう》をつかむことは、思案《しあん》にあまることだった。彼らは、書棚《しょだな》の広範囲《こうはんい》な背文字《せもじ》に気後《きおく》れして、思想的な話《はなし》を切り出すチャンスに困《こま》っていた。そこで、まず、当《あ》たり障《さわ》りのない同級生《どうきゅうせい》たちの消息《しょうそく》や、空襲《くうしゅう》の生々《なまなま》しい思い出やら、幼《おさな》い日の同級生のころを懐《なつ》かしんで、話《はな》し興《きょう》じていたのである。

しかし、伸一の話を総合《そうごう》してみると、彼は、どうやら哲学《てつがく》に最《もっと》も関心《かんしん》を払《はら》っていることが、わかってきた。

蒸《む》し暑《あつ》い真夏《まなつ》のある夜、三川《みかわ》は帰《かえ》り際《ぎわ》に、立ちながら言った。

「十四日の夜、私の家で、哲学《てつがく》の話《はなし》があるのよ。いらっしゃらない？」

「哲学？」

彼《かれ》は、怪訝《けげん》な顔《かお》をして、聞《き》き返《かえ》した。

酒田《さかた》は、それを受けて、伸一《しんいち》に言った。

「そう、生命《せいめい》哲学の話ですよ」

「ベルクソン*ですか」

伸一は、二十世紀《せいき》のフランスの哲学者であるベルクソンの〝生《せい》の哲学〟を、反射的《はんしゃてき》に思《おも》い出《だ》したのである。一九二七年（昭和《しょうわ》二年）のノーベル文学賞受賞者《ぶんがくしょうじゅしょうしゃ》でもある彼に、魅力《みりょく》を感《かん》じていたのであろう。機械的唯物論《きかいてきゆいぶつろん》に反対《はんたい》し、生命の内的自発性《ないてきじはっせい》を強《きょう》調《ちょう》した哲学に、伸一は、難解《なんかい》ながら共鳴《きょうめい》していたのである。

しかし、彼もまた、一つの確立《かくりつ》した哲学はもてず、観念《かんねん》の遊戯《ゆうぎ》をしていた平凡《へいぼん》な青年《せいねん》であったことには、間違《まちが》いなかった。

酒田は、何がベルクソンか見当《けんとう》もつかず、困惑《こんわく》して黙《だま》ってしまった。

仲一《しんいち》は、ベルクソンの哲学《てつがく》の話《はなし》なら、ぜひ聞いてみたいと思《おも》って言葉《ことば》をついだ。

「どういう先生《せんせい》が来るの？」

「戸田城聖《とだじょうせい》という先生。すごいから、ぜひ来ませんか」

「戸田城聖？　哲学者？」

仲一は、ちょっと首《くび》をかしげた。

三川《みかわ》が、酒田《さかた》に代《か》わって言った。

「生命《せいめい》というものを、根本的《こんぽんてき》に解明《かいめい》した哲学よ。私、迎《むか》えに来るから、ぜひ行きましょうよ」

「行こうか……友《とも》だちも連《つ》れて行ってもいい？」

酒田は喜《よろこ》んだ。

「ああ、何人《なんにん》連れて来たっていいよ。ぼくも迎えに来るよ」

二人《ふたり》は、仲一の家を辞《じ》した。

仲一が、「友だちも」と言ったのは、彼《かれ》の仲間《なかま》でつくっている、協友会《きょうゆうかい》というグループのメンバーを思い出したからであった。

そのころ、「○○会」とか、「××の集《つど》い」とか、任意《にんい》の名称《めいしょう》をもつ青年《せいねん》たちのグループが、全国的《ぜんこくてき》に生まれていた。戦後《せんご》の「文化国家建設《ぶんかこっかけんせつ》」というスローガンが、ただ一つ青年たちにアピールしていたのである。

誰人《たれびと》にとっても、敗戦《はいせん》は大激変《だいげきへん》にちがいなかった。しかし、大人《おとな》たちが途方《とほう》に暮《く》れ、長《なが》く虚脱状態《きょだつじょうたい》を続《つづ》けていたのに反《はん》して、青年たちの息吹《いぶき》は、冬《ふゆ》の凍《こお》った大地《だいち》にも、早《はや》くから草《くさ》が萌《も》え出《い》づるのに似《に》ていた。自発的《じはってき》に活動《かつどう》を始《はじ》めていった若者《わかもの》が多かったのである。それは、いつの時代《じだい》でも見られる若人《わこうど》の特権《とっけん》であった。

こうした青年たちを、思《おも》いのままに伸《の》び伸びと勉学《べんがく》させ、向上《こうじょう》させようとはせずに、利用《りよう》し、犠牲《ぎせい》にして憚《はばか》らない指導者《しどうしゃ》は悪人《あくにん》である。それは、次代《じだい》の社会《しゃかい》の建設の芽《め》を、摘《つ》み取《と》ってしまうことに、ほかならないからである。

青年たちは、必《かなら》ずしも高い理念《りねん》や、深《ふか》い文化観に基《もと》づいているわけではなかった。文化国家といっても、それがどのような文化であるかということについては、多分《たぶん》、ほとんどの人が、極《きわ》めて漠然《ばくぜん》としたイメージしか、もっていなかったであろう。

戦時中《せんじちゅう》、勤労動員《きんろうどういん》に明《あ》け暮《く》れ、学窓《がくそう》から遠《とお》ざけられてきた彼《かれ》らは、その頭脳《ずのう》のブランクを、急速《きゅうそく》に埋《う》めなければならなかった。

彼らはまず、新《あたら》しい知識《ちしき》を求《もと》めた。空腹時《くうふくじ》の欲求《よっきゅう》のように、求めずにはいられなかった。乏《とぼ》しい書物《しょもつ》を、貸《か》したり、借《か》りたりした。集《あつ》まっては討論《とうろん》し、難解《なんかい》な本を読《よ》み合《あ》ったり、レコードをかけて聴《き》いたりした。

彼らの近《ちか》くに、学者《がくしゃ》やジャーナリストがいるとわかると、門《もん》を叩《たた》き、時事問題《じじもんだい》の意見《いけん》を聞いた。ある時は、彼らの集会《しゅうかい》に、その学者やジャーナリストを招《まね》いて、解説的《かいせつてき》な講義《こうぎ》を聴《き》いた。

有志《ゆうし》によって、英会話《えいかいわ》の勉強《べんきょう》をすることもあった。

これらの幾《いく》つかのグループも、やがて、その主導的《しゅどうてき》な役割《やくわり》をする青年《せいねん》の関心《かんしん》によって、それぞれ特色《とくしょく》をもつにいたった。あるグループは、音楽《おんがく》レコードの鑑賞会《かんしょうかい》になったり、マンドリンの演奏団《えんそうだん》になったり、果《は》ては占領軍《せんりょうぐん》のキャバレーに出演《しゅつえん》するバンドになったりしていった。あるいは、ダンスパーティー専門《せんもん》のグループになったり、単《たん》なる男女交際《だんじょこうさい》の場《ば》となってしまうものもあった。なにしろ、若《わか》い青年たちの集団《しゅうだん》である。気ままに、くるくると変貌《へんぼう》してしまうのである。

彼《かれ》らは、ただ集《あつ》まることが楽《たの》しかった。そして、自分《じぶん》の意見《いけん》を、気兼《きが》ねなく述《の》べられることが嬉《うれ》しかったのである。

これらのグループは、当時《とうじ》の青年《せいねん》たちの唯一《ゆいいつ》の憩《いこ》いの場《ば》であり、また知力《ちりょく》の研鑽《けんさん》や、人間形成《にんげんけいせい》の場でもあった。どこの家庭《かてい》でも、生活《せいかつ》の困窮《こんきゅう》は似《に》たり寄《よ》ったりであったし、青年たちは、社会《しゃかい》の暗《くら》い憂鬱《ゆううつ》な空気《くうき》に、息《いき》が詰《つ》まりそうであった。耐《た》えられなかったともいえる。それが、ひとたび同年配《どうねんぱい》の青年たちが顔《かお》を合《あ》わせると、時代《じだい》のよどんだ空気を忘《わす》れることができた。そして、いつか建設的《けんせつてき》な面《めん》を互《たが》いに引き出していたのである。

山本伸一《やまもとしんいち》の協友会《きょうゆうかい》というグループも、このような青年の集団《しゅうだん》であった。付近《ふきん》に住《す》む、東大出《とうだいで》の優《すぐ》れた人格者《じんかくしゃ》である経済学者《けいざいがくしゃ》の肝《きも》いりでもあったせいか、わりあい多くの人びととも接《せっ》する機会《きかい》があり、文化《ぶんか》、芸術《げいじゅつ》、政治《せいじ》、経済《けいざい》、哲学《てつがく》など、人文科学《じんぶんかがく》に関《かん》する広範《こうはん》な知識《ちしき》の吸収《きゅうしゅう》に忙《いそが》しかったグループである。

メンバーの職業《しよくぎよう》は、さまざまであった。学生《がくせい》、技術者《ぎじゆつしや》、工員《こういん》、官庁《かんちよう》の職員《しよくいん》等々で、皆《みな》、二十歳《はたち》から三十歳《さい》ぐらいまでの、二十人ほどの集団《しゆうだん》であった。女性《じよせい》は一人《ひとり》もいなかった。

——ある夜、一人がダンテの『神曲《しんきよく》』を通《とお》して、イタリア・ルネサンスの精神《せいしん》を研《けん》究《きゆう》し、解説《かいせつ》したかと思《おも》うと、次《つぎ》の会合《かいごう》には、別《べつ》の一人が第一次《だいいちじ》大戦後《たいせんご》のドイツのインフレの様相《ようそう》を、二、三の書籍《しよせき》から抜粋《ばつすい》して、解説したりした。そして、現今《げんこん》の日本のインフレーションの恐《おそ》ろしさについて、警鐘《けいしよう》を鳴《な》らした。ある時は、民主政治《みんしゆせいじ》や共産《きようさん》主義《しゆぎ》を論《ろん》じたり、またある時は、天皇《てんのう》の在《あ》り方《かた》を——といった具合《ぐあい》であった。振幅《しんぷく》の大きいこれらの知識《ちしき》も、青年《せいねん》たちの渇《かわ》いた頭脳《ずのう》には、ほとんど抵抗《ていこう》らしいものもなく、極《きわ》めて自然《しぜん》に吸収《きゆうしゆう》されていった。

山本伸一《やまもとしんいち》が、酒田《さかた》らから、〝生命《せいめい》の哲学《てつがく》〟の話《はなし》と聞いて、即座《そくざ》に、ベルクソンやショーペンハウアーの難解《なんかい》な哲学の話だと思ったのも、このような知的風土《ちてきふうど》のなかに住《す》んでいたからである。

伸一は、グループのなかで、哲学的傾向《けいこう》の強《つよ》い二、三の仲間《なかま》に、さっそく、十四日夜の会合《かいごう》について話《はな》した。

彼《かれ》らは、毎夜《まいよ》、集《あつ》まっては、高い知識《ちしき》を求《もと》めているようであったが、その積《つ》み重《かさ》ねが、単《たん》なる遊戯《ゆうぎ》であっては、自《じ》身《しん》の人生問題《じんせいもんだい》を、何一《なにひと》つ具体的《ぐたいてき》に解決《かいけつ》できないことにも気づき始《はじ》めていた。山本《やまもと》自身も、人生に対《たい》する強《つよ》い確信《かくしん》をもち、人生観を深《ふか》く確立《かくりつ》したいという心《こころ》が動《うご》いてきていたのである。

彼らが、心から知りたかったのは、〝いったい真実《しんじつ》の正《ただ》しい人生とは何か〟ということであった。彼らの周辺《しゅうへん》には、めちゃくちゃな人生が、あまりにも多かった。彼らは、そのような生《い》き方《かた》を、平凡《へいぼん》ではあったが、精《せい》いっぱいの抵抗《ていこう》で拒否《きょひ》していたのである。だが、ではどんな人生が、いちばん良《よ》いのかと自《みずか》らに問《と》うた時、明確《めいかく》な答《こた》えをもっていないことに焦慮《しょうりょ》していた。

さらに処世《しょせい》の態度《たいど》として、大きな疑問《ぎもん》をかかえていた。それは、〝愛国者《あいこくしゃ》とはいったい何か〟、そして、〝善悪《ぜんあく》の基準《きじゅん》とは何か〟ということであった。戦中派《せんちゅうは》ともいうべき彼らは、自身の体《からだ》や心情《しんじょう》を愛するように、敗戦国《はいせんこく》といえども、母国《ぼこく》を愛せずにはいられなかった。

彼《かれ》らの住居《じゆうきよ》の周辺《しゆうへん》の工場地帯《こうじようちたい》には、赤旗《あかはた》が翻《ひるがえ》り、革命歌《かくめいか》がストライキの景気《けいき》をつけ、敗戦国《はいせんこく》日本を罵倒《ばとう》していた。そして、ソビエト連邦《れんぽう》こそ労働者《ろうどうしや》の故国《ここく》である、と叫《さけ》んでいるのを耳《みみ》にしたりした。何もできない自分《じぶん》らより、確《たし》かに強《つよ》そうでもあり、勇《いさ》ましかった。いや、それを信念《しんねん》として進《すす》んでいる正義感《せいぎかん》は偉《えら》いとも思《おも》った。しかし、その言葉《ことば》に作為的《さくいてき》な臭味《しゆうみ》があるのを、鋭《するど》く嗅《か》ぎつけてもいた。

協友会《きようゆうかい》の青年《せいねん》たちには、少年時代《しようねんじだい》の白紙《はくし》のような脳髄《のうずい》に、軍国主義思想《ぐんこくしゆぎしそう》による愛国《あいこく》心《しん》が、黒《くろ》く刻印《こくいん》されていた。だが、今となっては、大人《おとな》たちが語《かた》っていた〝愛国心〟なるものも、仮面《かめん》にすぎなかったことを、知らねばならなかった。

ある自由《じゆう》主義者が言っていた。

――戦時中《せんじちゆう》、天皇《てんのう》を利用《りよう》して、自己《じこ》の名聞名利《みようもんみようり》のため、天皇に忠義《ちゆうぎ》を尽《つ》くした高官《こうかん》連《れん》こそ最《もつと》も不忠《ふちゆう》であった、と。

戦時下《せんじか》を生きた青年たちの愛国心は、そのようなものではなかった。彼らは、時代を超越《ちようえつ》した純粋《じゆんすい》な愛国心を欲《ほつ》していた。敗戦《はいせん》を迎《むか》えても、なんとなく、それが体内《たいない》に燃《も》えていることを自覚《じかく》していた。

要《よう》するに、彼《かれ》らの精神《せいしん》の世界《せかい》では、いかにして〝終戦処理《しゅうせんしより》〟するかを、求《もと》めていたのである。

彼らは、真面目《まじめ》な青年《せいねん》であった。それゆえにこそ、善悪《ぜんあく》の基準《きじゅん》と愛国心《あいこくしん》の二つの疑《ぎ》問《もん》を軸《じく》として、苦《くる》しんでいたともいえる。〝もしも、この疑問に完全《かんぜん》な回答《かいとう》を与《あた》えることのできる人がいたら、その人こそ自分《じぶん》たちの師父《しふ》である。その時は、一切《いっさい》をなげうって、その人にどこまでも、ついていこうではないか〟と、彼らは、時に夢見《ゆめみ》るような思《おも》いで相談《そうだん》し合《あ》っていた。

八月十四日の夜が来た。

酒田《さかた》と三川《みかわ》が、意気込《いきご》んで迎《むか》えに来たが、伸一《しんいち》は、同行《どうこう》するはずの二人《ふたり》の友《とも》を待《ま》っていた。グループの二人は、なかなか来《こ》なかった。

酒田たちは、伸一だけでも誘《さそ》い出《だ》そうとしたが、彼は頑強《がんきょう》に動《うご》かなかった。二人の友人《ゆうじん》が姿《すがた》を見せないことよりも、夕刻《ゆうこく》から始《はじ》まった胸部疾患《きょうぶしっかん》による発熱《はつねつ》で、体《からだ》が疲《つか》れてならなかったからである。伸一は、軽《かる》い咳《せき》をしながら、だるい体に耐《た》えていた。彼は、律義《りちぎ》に二人《ふたり》の友人《ゆうじん》を待《ま》っていたが、その心《こころ》のなかでは、今日《きょう》は中止《ちゅうし》にしたいとも望《のぞ》んでいた。

ところが、一時間も遅《おく》れて二人の友人が来てしまうと、彼《かれ》は、熱《ねつ》っぽい体《からだ》を立ち上がらせた。

五人の青年《せいねん》たちは、街灯《がいとう》もない暗《くら》い道《みち》を、三川《みかわ》の家へと歩《ある》いていった。

三川の家は、蒲田《かまた》の北糀谷《きたこうじや》の、運《うん》よく焼《や》け残《のこ》った一角《いっかく》にあった。彼女《かのじょ》の家の前の狭《せま》い道路《どうろ》一つを挟《はさ》んで、向こう側《がわ》は、すべて空襲《くうしゅう》で焼け出されていた。京浜《けいひん》蒲田駅を越《こ》え、さらに国鉄《こくてつ》の東海道本線《とうかいどうほんせん》を越し、周囲《しゅうい》数キロにわたって、焼夷弾《しょういだん》による焼け野原《のはら》となっていたのである。

蒲田方面《ほうめん》は、普通《ふつう》、城南《じょうなん》とも言われ、工場地帯《こうじょうちたい》の中心《ちゅうしん》であったことから、激《はげ》しい空襲に見舞《みま》われた。その熾烈《しれつ》さは、言語《げんご》に絶《ぜっ》したともいえる。このようななかで、酒田《さかた》の家と三川の家は、不思議《ふしぎ》にも類焼《るいしょう》を免《まぬか》れていた。

三川の父親《ちちおや》は、海軍技術士官《かいぐんぎじゅつしかん》で、ほとんど外地《がいち》の戦線《せんせん》に出ていたが、母親《ははおや》が熱心《ねっしん》に信心《しんじん》していた。両家《りょうけ》とも、どちらかといえば当時《とうじ》の中流家庭《ちゅうりゅうかてい》であり、焼け残った家も、わりあい大きかった。そして、その焼《や》け残《のこ》った家が、創価《そうか》学会《がっかい》の座談会場《ざだんかいじょう》として、今《いま》や使命《しめい》を果《は》たしていたのである。

三川《みかわ》と酒田《さかた》の案内《あんない》で、山本伸一《やまもとしんいち》らが三川の家に着《つ》いたのは、夜の八時近《ちか》くであった。

玄関《げんかん》を入《はい》ると、しわがれてはいるが、元気《げんき》な中年《ちゅうねん》の男《おとこ》の声《こえ》が耳《みみ》に入った。

五人の青年《せいねん》は、物音《ものおと》をたてずに、静《しず》かに部屋《へや》に入った。二十人ばかりの人が、襖《ふすま》を取《と》り払《はら》った二部屋に座《すわ》っている。奥《おく》の部屋の正面《しょうめん》には、額《ひたい》の秀《ひい》でた、度の強《つよ》いメガネをかけた年配《ねんぱい》の男が、落《お》ち着いた口調《くちょう》で話《はなし》をしていた。

青年ばかりではない。主婦《しゅふ》も、老人《ろうじん》も、そして壮年《そうねん》も、身《み》じろぎもせず耳を傾《かたむ》けていた。意外《いがい》な雰囲気《ふんいき》である。静かななかに、何か力強《ちからづよ》い真剣味《しんけんみ》が漂《ただよ》っていた。

山本たちは、青年の会合《かいごう》とばかり思《おも》っていたのである。いったい、なんの会合なのだろうと、不審《ふしん》に思って、耳を澄《す》ました。話していることは、さっぱりわからない。しかし、一種《いっしゅ》の気迫《きはく》だけは、すぐに感《かん》じ取れた。

戸田城聖《とだじょうせい》は、今、日蓮大聖人《にちれんだいしょうにん》の「立正安国論《りっしょうあんこくろん》」の講義《こうぎ》をしている真《ま》っ最中《さいちゅう》であった。それは、一人《ひとり》の若《わか》い女性《じょせい》が原文《げんぶん》を読《よ》み、その部分《ぶぶん》について、戸田が講義を進《すす》めていく方法《ほうほう》を取っていた。

「……悲《かな》しいかな数十年の間《あいだ》百千万の人魔縁《まえん》に蕩《とろ》かされて多く仏教《ぶっきょう》に迷《まよ》えり」（御書《ごしょ》二四ページ）

「これは、＊法然《ほうねん》の念仏宗《ねんぶつしゅう》、当時《とうじ》、新《あたら》しく興《おこ》った宗教《しゅうきょう》であります。

この魔縁にだまされて、仏法《ぶっぽう》に無知《むち》な当時の人びとは、不幸《ふこう》な境涯《きょうがい》へ落《お》ちていった。これほど、悲惨《ひさん》なことはありません。いくら純真《じゅんしん》に、熱心《ねっしん》に信仰《しんこう》しても、その教《おし》えが間違《まちが》っていれば、結果《けっか》は不幸であります。昔《むかし》のことではない。この原理《げんり》は、今だって同じです。

大聖人様《だいしょうにんさま》は、これを『多く仏教に迷えり』とおっしゃっている。今日《こんにち》の社会《しゃかい》の、一《いっ》切《さい》の不幸の根本原因《こんぽんげんいん》も、正法《しょうほう》を知らず『多く仏教に迷えり』という本質《ほんしつ》からきているのです。次《つぎ》……」

「傍《ぼう》を好《この》んで正《しょう》を忘《わす》る善神怒《ぜんじんいかり》を為《な》さざらんや円《えん》を捨《す》てて偏《へん》を好む悪鬼《あっき》便《たよ》りを得《え》ざらんや」（同）

「この御聖訓《ごせいくん》は、日蓮《にちれん》大聖人の鉄壁《てっぺき》のごとき大確信《だいかくしん》であります。

今の人は、この言葉《ことば》を聞くと、何か妙《みょう》な迷信《めいしん》めいたものとしか受け取らない。それは、仏法哲学《ぶっぽうてつがく》を知らないからです。だが、知らないから、この世《よ》にないと断《だん》ずることができましょうか。そんなことは決《けっ》して言えない。実《じつ》は、人間《にんげん》というものは、知らないでいることの方《ほう》が多いのです。

仏法哲学における生命論《せいめいろん》を知れば、今の御金言《ごきんげん》は、はっきり理解《りかい》されるのです。しかし、悲《かな》しいかな、現代人《げんだいじん》は正統《せいとう》の仏法哲学を知らないために、このことに迷《まよ》うのであります。釈尊《しゃくそん》の永遠《えいえん》の生命論、天台《てんだい》の理《り》の一念三千《いちねんさんぜん》、日蓮大聖人《にちれんだいしょうにん》の永遠即瞬間《そくしゅんかん》、宇《う》宙即我《ちゅうそくわれ》、事《じ》の一念三千の大哲理《だいてつり》に立脚《りっきゃく》すれば、明々白々《めいめいはくはく》に理解できるのです。

本当《ほんとう》にわかってしまえば、こんな簡単《かんたん》なことはない。この理法《りほう》をもって論ずれば、日本の国に、国家《こっか》守護《しゅご》、一家《いっか》守護の善神《ぜんじん》がいないということです。

仏法の真髄《しんずい》の裏付《うらづ》けのない、お守《まも》りや、本尊《ほんぞん》や、神札等は、悪鬼《あっき》の働《はたら》きをするだけで、なんら幸福《こうふく》への手段《しゅだん》ではない。むしろ、不幸《ふこう》への直道《じきどう》となっている」

山本伸一《やまもとしんいち》たちは、聞いているうちに、仏教《ぶっきょう》の話《はなし》だとわかった。しかし、いわゆる〝ありがたい話〟ではない。伸一は、妙な気持《きも》ちになった。

〝話《はなし》は、身近《みぢか》なことのようであり、また、遠《とお》く深《ふか》いことのようでもある……〟

伸一《しんいち》は、戸田《とだ》の顔《かお》を、じっと見ていた。戸田の視線《しせん》が、彼《かれ》の顔に注《そそ》がれる時があった。いや、しばらくすると、自分《じぶん》の方《ほう》に、折々《おりおり》、注がれるのを意識《いしき》した。そして、戸田の視線と、彼の視線がぶつかると、彼は、わけもなく、少年《しょうねん》のようにはにかんで、視線をそらさずにはいられなかった。

戸田は、時々《ときどき》、ガブガブと、無造作《むぞうさ》に水《みず》を飲《の》んだりして、講義《こうぎ》を続《つづ》けていた。その表情《ひょうじょう》には、緊迫感《きんぱくかん》を与《あた》えずにはおかない気迫《きはく》があった。

「如《し》かず彼《か》の万祈《ばんき》を修せんよりは此《こ》の一凶《いっきょう》を禁《きん》ぜんには」（御書《ごしょ》二四ジペー）

「この一言こそ、偉大《いだい》な勇猛心《ゆうみょうしん》がなくては言えない一言です。当時《とうじ》のあらゆる階級《かいきゅう》、幕府《ばくふ》の執権《しっけん》から庶民《しょみん》にいたるまで、すべての人が尊重《そんちょう》し、信《しん》仰《こう》していた浄土宗《じょうどしゅう》を、『一凶』と論断《ろんだん》したのです。世人《せじん》の怒《いか》りはもちろん、国家権力《こっかけんりょく》からの追及《ついきゅう》があることは、火を見るよりも明《あき》らかであります。

そうであるのに、大聖人様《だいしょうにんさま》は上下貴賤《じょうげきせん》の隔《へだ》てなく、全民衆《ぜんみんしゅう》をわが子と思《おも》うがゆえに、恨《うら》みも怒りも恐《おそ》れず、迷《まよ》える人びとを、ただ救《すく》わんがために、『一凶』と断《だん》ぜられたのです。末法《まっぽう》の御本仏《ごほんぶつ》なればこその、御振《おふ》る舞《ま》いといえましょう。

私もまた、日蓮大聖人《にちれんだいしょうにん》の弟子《でし》として、地涌《じゆ》の菩薩《ぼさつ》として、折伏《しゃくぶく》の棟梁《とうりょう》として、現今《げんこん》の日本民衆《みんしゅう》の塗炭《とたん》の苦《くる》しみを救《すく》わんがために、誤《あやま》った教《おし》えを捨《す》てて正法《しょうほう》を立てよ、と叫《さけ》ぶ以外《いがい》にはありません。

正法とは、日蓮大聖人の大仏法《だいぶっぽう》であります」

確信《かくしん》に満《み》ち満ちた音声《おんじょう》である。皆《みな》、熱心《ねっしん》に聞き入っていた。会場《かいじょう》は、水《みず》を打《う》ったように静《しず》かである。

伸一《しんいち》も友《とも》だちも、その雰囲気《ふんいき》に、いささかも、ふざけた気分《きぶん》ではいられなかった。

「客殊《きゃくことに》に色《いろ》を作《な》して曰《いわ》く……」(御書《ごしょ》二四ジ)

若《わか》い女性《じょせい》が、次《つぎ》の章《しょう》を読《よ》み始《はじ》めた。その時、戸田《とだ》はさえぎって言った。

「今日《きょう》は、ここまでにしておこう。今日、講義《こうぎ》した『立正安国論《りっしょうあんこくろん》』の、わずか数行《すうぎょう》を拝《はい》しても、大聖人《だいしょうにん》の偉大《いだい》な御確信が伝《つた》わってきます。大聖人は、仏法哲理《てつり》の真髄《しんずい》を、ただ御一人《おひとり》、ご存《ぞん》じであるがゆえに、すごいのです。

七百年前に、お書《か》きになったものが、まるで敗戦後《はいせんご》のわれわれのために、お書き残《のこ》しくださったかのようだといってよい。個人《こじん》であれ、一家《いっか》であれ、一国《いっこく》であれ、この仏法哲理《ぶっぽうてつり》をもって、根本《こんぽん》から解決《かいけつ》しない限《かぎ》り、一切《いっさい》のことは始《はじ》まらないのです。御本尊様《ごほんぞんさま》を、ひとたび受持《じゅじ》した以上《いじょう》、個人としての成仏《じょうぶつ》の問題《もんだい》は必《かなら》ず解決する。しかし、一家のことを、一国のことを、さらに動乱《どうらん》の二十世紀《せいき》の世界《せかい》を考《かんが》えた時、私は、この世《よ》から一切の不幸《ふこう》と悲惨《ひさん》をなくしたいのです。

これを広宣流布《こうせんるふ》という。どうだ、一緒《いっしょ》にやるか！」

飾《かざ》り気《け》のない態度《たいど》である。戸田《とだ》の言葉《ことば》には、民衆《みんしゅう》の幸福《こうふく》を願《ねが》い、一人《ひとり》立たんとする情熱《じょうねつ》と、広宣流布の陣頭《じんとう》に法旗《ほうき》を持《も》って進《すす》む、*死身弘法《ししんぐほう》の決意《けつい》が満《み》ちあふれていた。

彼《かれ》の偉大《いだい》な決意を聞いて、青年《せいねん》たちは元気《げんき》よく応《こた》えた。

「やります！」

壮年《そうねん》や、婦人《ふじん》の人びとは、深《ふか》く頷《うなず》いていた。

山本伸一《やまもとしんいち》は、生真面目《きまじめ》で、あまり、はったりを好《この》まない性質《せいしつ》であった。その彼にも、この光景《こうけい》は、深い感動《かんどう》を与《あた》えずにおかなかった。

その後、「立正安国論《りっしょうあんこくろん》」の語句《ごく》について、二、三の人から質問《しつもん》が続《つづ》いた。

戸田《とだ》は、仁丹《じんたん》を噛《か》みかみ、質問《しつもん》を聞いている。そして、時として伸一《しんいち》たちの方《ほう》に視《し》線《せん》を注《そそ》ぎながら、質問者に明快《めいかい》な回答《かいとう》を与《あた》えていた。

一通《ひととお》り質疑《しつぎ》応答《おうとう》が終《お》わったところで、三川英子《みかわえいこ》が立ち上がり、戸田に紹介《しょうかい》した。

「先生《せんせい》、山本伸一《やまもと》さんをお連《つ》れしました。私の小学校《しょうがっこう》の同窓《どうそう》です。あとのお二人《ふたり》は、山本さんの友人《ゆうじん》の方《かた》です」

伸一は、機敏《きびん》にぺこんと頭《あたま》を下《さ》げた。

「ほう」

戸田は、にっこり笑《わら》った。まるで、友人の息子《むすこ》にでも話《はな》しかけるような口調《くちょう》である。

「山本君は、幾《いく》つになったね？」

戸田は、「幾つだ」とは聞かなかった。「幾つになったね」と聞いたのである。初対《しょたい》面《めん》であったが、旧知《きゅうち》に対《たい》しての言葉《ことば》であった。

「十九歳《さい》です」

「そうか、もうすぐ二十歳《はたち》だね。ぼくは、十九歳の時に、北海道《ほっかいどう》から初《はじ》めて東京《とうきょう》に出て来たのだ。まるっきり、お上《のぼ》りさんでね。知った人はいないし、金《かね》はないし、心《こころ》細《ぼそ》かったよ。さすがのぼくも閉口《へいこう》したな」

戸田《とだ》の笑《わら》いながらの述懐《じゅっかい》に、一座《いちざ》の人たちの顔《かお》にも笑いが浮《う》かんだ。彼《かれ》は、さらに、何か言いかけたが、急《きゅう》に口《くち》をつぐんでしまった。

人びとは、彼の言葉《ことば》を待《ま》っていた。彼は、回想《かいそう》にふけっているように見えた。沈黙《ちんもく》が続《つづ》いた。

一座の親《した》しい空気《くうき》も、温《あたた》かさにつつまれて、そのまま続いていた。

「先生《せんせい》！」

突然《とつぜん》、山本伸一《やまもとしんいち》が、元気《げんき》な声《こえ》で沈黙を破《やぶ》った。

一同《いちどう》の視《し》線《せん》は、一斉《いっせい》に伸一に集《あつ》まった。

「教《おし》えていただきたいことが、あるのですが……」

戸田は、メガネの奥《おく》で、目を細《ほそ》めながら伸一を見た。

「何かね……なんでも聞いてあげるよ」

「先生、正《ただ》しい人生《じんせい》とは、いったい、どういう人生をいうのでしょうか。考《かんが》えれば、考《かん》えるほど、わからなくなるのです」

伸一《しんいち》は、真剣《しんけん》な表情《ひょうじょう》で、目を大きく見開《みひら》いて言った。やや長《なが》い睫毛《まつげ》が、影《かげ》を落《お》とし、涼《すず》やかな目元《めもと》には、まだ少年《しょうねん》の面影《おもかげ》が残《のこ》っていた。表情は、ほのかな憂《うれ》いを帯《お》びていた。


「さぁ、これは難問中《なんもんちゅう》の難問だな」

戸田《とだ》は、顔《かお》をほころばせて言った。

「この質問《しつもん》に正《ただ》しく答《こた》えられる人は、今の時代《じだい》には一人《ひとり》もいないと思《おも》う。しかし、ぼくには答えることができる。なぜならば、ぼくは福運《ふくうん》あって、日蓮大聖人《にちれんだいしょうにん》の仏法《ぶっぽう》の大生命哲理《だいせいめいてつり》を、いささかでも、身《み》で読《よ》むことができたからです」

戸田の静《しず》かな声《こえ》のなかには、自信《じしん》があふれていた。

「人間《にんげん》の長い一生《いっしょう》には、いろいろな難問題《なんもんだい》が起《お》きてくる。戦争《せんそう》もそうでしょう。現《げん》下《か》の食糧難《しょくりょうなん》、住宅難《じゅうたくなん》もそうでしょう。また、生活苦《せいかつく》、経済苦《けいざいく》、あるいは恋愛《れんあい》問題、病《びょう》気《き》、家庭《かてい》問題など、何が起きてくるか、わからんのが人生《じんせい》です。

そのたびに、人は命《いのち》を削《けず》るような思いをして、苦《くる》しむ。それは、なんとか解決《かいけつ》したいからだ。しかし、これらの悩《なや》みは、水面《すいめん》の波《なみ》のようなもので、まだまだ、やさしいともいえる。どう解決《かいけつ》しようもない、根本的《こんぽんてき》な悩みというものがある。

人間《にんげん》、生きるためには、生死《しょうじ》の問題《もんだい》を、どう解決したらいいか——これだ。

仏法《ぶっぽう》では、生老病死《しょうろうびょうし》と言っているが、これが正《ただ》しく解決されなければ、真《しん》の正しい人生《じんせい》なんか、わかるはずはありません。

生まれて悪《わる》うございました、と言ったって、厳然《げんぜん》と生まれてきた自分《じぶん》をどうしようもない」

戸田《とだ》のユーモラスな話《はな》しぶりに、みんな思《おも》わず笑《わら》い声《ごえ》をあげそうになった。だが、内容《ないよう》があまりにも重大問題《じゅうだい》のせいか、それをこらえて、次《つぎ》の話《はなし》を待《ま》った。

真面目《まじめ》な会話《かいわ》のなかにも、ウイットとユーモアをはさむことによって、それが潤滑《じゅんかつ》油《ゆ》となり、人びとの心《こころ》に親《した》しみをいだかせることがある。戸田は、話のなかに、常《つね》にウイットとユーモアをはさむことを忘《わす》れなかった。

「いつまでも、十九の娘《むすめ》でいたい、年《とし》は絶対《ぜったい》に取りたくないと、いくら思ったって、四、五十年たてば、お婆《ばあ》さんになってしまう。

私は、病気《びょうき》は絶対《ぜったい》にごめんだと言ったって、生身《なまみ》の体《からだ》だもの、年《とし》を取れば、ガタガタになってしまう。これも避《さ》けるわけにはいかない。それから最後《さいご》に、死《し》ぬということ――これは厳《きび》しい。

みんな、いつまでも生きられると思《おも》っているが、今、ここにいる誰《だれ》だって、せいぜい六、七十年たてば、誰もこの世《よ》にいなくなる。〝死ぬのは、いやだ〟と言ったって、だめだ。どんなに地位《ちい》があろうが、財産《ざいさん》があろうが、どうすることもできない。

こうした人生《じんせい》の根本《こんぽん》にある問題《もんだい》は、いくら信念《しんねん》が強固《きょうこ》だといったって、どうにもならない悲《かな》しい事実《じじつ》です。人生にとって重大《じゅうだい》な、こうした問題を、正《ただ》しく、見事《みごと》に、さらに具体的《ぐたいてき》に解決《かいけつ》した哲学《てつがく》は、これまでになかったといっていい。

だから、正しい人生を送《おく》りたいと願《ねが》っても、実際《じっさい》には、誰もどうしようもなかった。突《つ》き詰《つ》めて考《かんが》えてもわからないから、『人生不可解《ふかかい》なり』などと、自殺《じさつ》する者《もの》も出てくる。厭世的《えんせいてき》になるか、刹那的《せつなてき》になるか、あるいは、あきらめて人生を送るしかない。

ところが、日蓮大聖人《にちれんだいしょうにん》は、この人生の難問題《なんもんだい》、すなわち生命《せいめい》の本質《ほんしつ》を解決してくださっているんです。しかも、どんな凡夫《ぼんぷ》でも、必《かなら》ずそのような解決の境涯《きょうがい》にいけるように、具体的《ぐたいてき》に指南《しなん》してくださっている。これほどの大哲学《だいてつがく》が、いったいどこにありますか」

伸一《しんいち》は、直感《ちょっかん》した。

〝この会は、同じ日蓮宗《にちれんしゅう》の一派《いっぱ》に見えるが、教《おし》えを説《と》いている人は、僧侶《そうりょ》ではない。また、少年《しょうねん》のころよく見た、あの白装束《しろしょうぞく》を着《き》て、太鼓《たいこ》を叩《たた》いている壮年《そうねん》たちとは、あまりにも異質《いしつ》である……〟

戸田《とだ》は、さらに続《つづ》けた。

「正《ただ》しい人生《じんせい》とは何《なん》ぞや、と考《かんが》えるのもよい。しかし、考える暇《ひま》に、大聖人《だいしょうにん》の仏法《ぶっぽう》を実践《じっせん》してごらんなさい。青年《せいねん》じゃありませんか。必《かなら》ずいつか、自然《しぜん》に、自分《じぶん》が正しい人生を歩《あゆ》んでいることを、いやでも発見《はっけん》するでしょう。

私は、これだけは間違《まちが》いないと言えます」

彼《かれ》は、こう言って一口《ひとくち》、コップの水《みず》を飲《の》んだ。

伸一は、目をキラキラと輝《かがや》かせていた。

「もう一つ、お願《ねが》いします。本当《ほんとう》の愛国者《あいこくしゃ》というのは、どういう人をいいますか」

戸田《とだ》は、コップを置《お》きながら、軽《かる》く言った。

「これは簡単《かんたん》だ。*楠木正成《くすのきまさしげ》も愛国者《あいこくしゃ》でしょう。*吉田松陰《よしだしょういん》も愛国者でしょう。*乃木大将《のぎたいしょう》も愛国者でしょう。確《たし》かにそうですね。しかし、これからもわかるように、愛国者という概念《がいねん》は、時代《じだい》によって変わってしまう。

国家《こっか》や、民族《みんぞく》に忠実《ちゅうじつ》である人が愛国者ですが、その国家、民族自体《じたい》、時代の流《なが》れでずいぶん変化《へんか》するものです。したがって、愛国者という人間像《にんげんぞう》も変わる。

時代を超越《ちょうえつ》した、真《しん》の愛国者があるとするならば、それは、この妙法《みょうほう》の実践者《じっせんしゃ》という結論《けつろん》になります。その理由《りゆう》は、妙法の実践者こそが、一人《ひとり》の尊《とうと》い人間《にんげん》を永遠《えいえん》に救《すく》いきり、さらに、今の不幸《ふこう》な国家を救う源泉《げんせん》となり、崩《くず》れない真の幸福社会《こうふくしゃかい》を築《きず》く基礎《きそ》となるからです。

世界最高《せかいさいこう》の正法《しょうほう》を信《しん》じ、行《ぎょう》ずる者《もの》が、最高の愛国者たる資格《しかく》をもつのは当然《とうぜん》です。

これは観念論《かんねんろん》では決《けつ》してない。妙法を根底《こんてい》にした国家社会《しゃかい》が、必《かなら》ず現出《げんしゅつ》するのです。

歴史《れきし》、思想《しそう》、民族の流れから見ても、それ以外《いがい》に絶対《ぜったい》にない。いや、なくなってくるだろう。

それまで、多くの人は信《しん》じないかもしれない。現出《げんしゅつ》してきた姿《すがた》を見て、初《はじ》めて〝あっ〟と驚《おどろ》くのです。それだけの力《ちから》が、大聖人様《だいしょうにんさま》の仏法《ぶっぽう》、南無妙法蓮華経《なんみょうほうれんげきょう》には、確《たし》かにある。後世《こうせい》、百年、二百年たった時、歴史家《れきしか》は必《かなら》ず認《みと》めることと思《おも》う」

戸田《とだ》は、遠《とお》い将来《しょうらい》に、思いを馳《は》せるように語《かた》った。

無造作《むぞうさ》な話《はな》し方《かた》であったが、明快《めいかい》な回答《かいとう》になっていた。もっと深《ふか》く、教学《きょうがく》を通《とお》して語りたかったのかもしれない。だが、伸一《しんいち》たちに、これ以上《いじょう》、話してもわからないと思って、概略的《がいりゃくてき》な話《はなし》で終《お》わったともとれた。

「その南無妙法蓮華経というのは、どういうことなんでしょうか」

「これは、詳《くわ》しく言えば、いくらでも詳しく言える。釈尊《しゃくそん》が一代に説《と》いた八万法蔵《はちまんほうぞう》といわれる膨大《ぼうだい》な教《おし》えも、煎《せん》じ詰《つ》めれば、この南無妙法蓮華経の説明《せつめい》とも言える。一言にして言えば、一切《いっさい》の諸《もろもろ》の法の根本《こんぽん》です。宇宙《うちゅう》はもちろん、人間《にんげん》や草木《そうもく》にいたるまでの、一切の宇宙現象《げんしょう》は、皆《みな》、妙法蓮華経の活動《かつどう》なんです。だから、あらゆる人間の宿命《しゅくめい》さえも、転換《てんかん》し得《う》る力を備《そな》えている。つまり、宇宙の根源力《こんげんりょく》をいうんです。

別《べつ》の立場《たちば》からこれを拝《はい》せば、*無作三身如来《むささんじんにょらい》、すなわち根本の仏様《ほとけさま》のことであり、永《えい》遠《えん》に変わらない本仏《ほんぶつ》の生命《せいめい》の名前《なまえ》です。

釈尊滅後《しゃくそんめつご》二千年以後《いご》、すなわち末法《まっぽう》という時代《じだい》に入《はい》っては、その仏様《ほとけさま》は日蓮大聖人《にちれんだいしょうにん》であり、その大聖人様は、御自身所具《ごじしんしょぐ》の*久遠元初《くおんがんじょ》の生命を、御本尊様《ごほんぞんさま》として顕《あらわ》されたのです」

難解《なんかい》な仏法用語《ぶっぽうようご》が飛《と》び出《だ》してきた。

伸一《しんいち》は、深遠《しんえん》な世界《せかい》に、少々《しょうしょう》、戸惑《とまど》わざるを得《え》なくなってきた。

戸田《とだ》は、なおも無造作《むぞうさ》に語《かた》り続《つづ》けた。

「この御本尊こそ、南無妙法蓮華経《なんみょうほうれんげきょう》の実体《じったい》といえるのです。

釈尊は、法華経《ほけきょう》の序分《じょぶん》にあたる無量義経《むりょうぎきょう》で、『無量義とは、一法従《いっぽうよ》り生《しょう》ず』（法華経二五ジペー）と説《と》いている。その一法が南無妙法蓮華経であり、一切《いっさい》の思想《しそう》、哲学《てつがく》の根本《こんぽん》ということです。

こう言ったからといって、ああそうですか、とわかるものではないでしょう。だが、この根本法たる妙法を知らなくては、どんな人生《じんせい》であっても、どうもがいても、結局《けっきょく》、流《なが》されてしまう。

この根本《こんぽん》を、間違《まちが》って説《と》いた宗教《しゅうきょう》、思想《しそう》は、人びとを不幸《ふこう》にするだけなんです。ですから、ここに、正《ただ》しい法《ほう》と誤《あやま》った法との根本的な差《さ》が生《しょう》じてくる。恐《おそ》ろしいことに、人間《にんげん》の不幸の根本的原因《げんいん》は、間違ったものを、正しいと信《しん》ずるところにあるんです。……話《はな》せといえば、一晩《ひとばん》でも、二晩でも、話してあげたい。だが、山本《やまもと》君も、少《すこ》し勉強《べんきょう》してからにしようじゃないか」

戸田《とだ》は、一人《ひとり》の青年《せいねん》に対《たい》して、なんの隔《へだ》てもなく、一対《たい》一で話していた。ざっくばらんな話し方《かた》のなかにも、温《あたた》かい人間性を感《かん》じさせるものがあった。伸一《しんいち》は、それを肌《はだ》で感じていた。そして、仏法《ぶっぽう》の話はわからなかったが、戸田城聖《じょうせい》という誠実《せいじつ》な人物《じんぶつ》に、心《こころ》で好感《こうかん》をいだいた。

批判《ひはん》のための批判を好《この》む青年がいる。この場《ば》でも、物事《ものごと》を認識《にんしき》する以前《いぜん》に、最初《さいしょ》から批判的な態度《たいど》で臨《のぞ》んでいれば、少しばかり評価《ひょうか》の立場《たちば》を変えて、批判の矢《や》は出せたであろう。

だが、伸一は、なぜか複雑《ふくざつ》な心の動《うご》きの奥《おく》に、満《み》ち足《た》りた思《おも》いを味《あじ》わっていた。

「わかりました。全部《ぜんぶ》が理解《りかい》できたという意味《いみ》ではなく、私も勉強してみます。もう一つだけ、お聞きしたいことがあるのですが」

「なんだね……」

「先生《せんせい》は、天皇《てんのう》をどうお考《かんが》えですか」

天皇のことが、大きな問題《もんだい》になっていた時である。

戸田《とだ》は、極《きわ》めて平静《へいせい》に話《はな》し始《はじ》めた。

「仏法《ぶっぽう》から見て、天皇や、天皇制の問題は、特《とく》に規定《きてい》すべきことはない。代々《だいだい》、続《つづ》いてきた日本の天皇家としての存在《そんざい》を、破壊《はかい》する必要《ひつよう》もないし、だからといって、特《とく》別《べつ》に扱《あつか》う必要もない。どちらの立場《たちば》も気《き》の毒《どく》だと思《おも》う。

天皇も、仏様《ほとけさま》から見るならば、同じ人間《にんげん》です。凡夫《ぼんぷ》です。どこか違《ちが》うところでもあるだろうか。そんなこともないだろう。

具体的《ぐたいてき》に言うなら、今日《こんにち》、天皇の存在は、日本民族《みんぞく》の幸《こう》・不幸《ふこう》にとって、それほど重大《じゅうだい》な要因《よういん》ではない。時代《じだい》は、大きく転換《てんかん》してしまっている。今度《こんど》の新憲法《しんけんぽう》を見てもわかるように、主権在民《しゅけんざいみん》となって、天皇は象徴《しょうちょう》という立場になっているが、私はそれでよいと思っている。

今、問題《もんだい》なのは、天皇《てんのう》をも含《ふく》めて、わが日本民族《みんぞく》が、この敗戦《はいせん》の苦悩《くのう》から、一日も早《はや》く立ち上がり、いかにして安穏《あんのん》な、平和《へいわ》な文化《ぶんか》国家《こっか》を建設《けんせつ》するかということではなかろうか。姑息《こそく》な考《かんが》えでは、日本民族の興隆《こうりゅう》はできない。世界人類《せかいじんるい》のために貢献《こうけん》する国には、なれなくなってしまう。どうだろう！」

簡明直截《かんめいちょくせつ》な回答《かいとう》である。呆気《あっけ》ないともいえる。彼《かれ》の所論《しょろん》には、理論《りろん》をもてあそぶような影《かげ》は、さらさらなかった。

山本伸一《やまもとしんいち》は、戸田《とだ》の顔《かお》をじっと見つめていた。彼に、決定的瞬間《けっていてきしゅんかん》がやってきたのは、この時である。

〝なんと、話《はなし》の早い人であろう。しかも、少《すこ》しの迷《まよ》いもない。この人の指導《しどう》なら、自分《じぶん》は信《しん》じられそうだ〟

彼は、世間《せけん》に人格者《じんかくしゃ》ぶった偽君子《にせくんし》が、どれほど多いかを知っていた。また、理論や、思想《しそう》や哲学《てつがく》を振《ふ》り回《まわ》し、大学者《だいがくしゃ》ぶったり、知識人《ちしきじん》ぶったりして、慢心《まんしん》している人の姿《すがた》も数多《かずおお》く見てきた。

彼は、ふと、それらの人びとのことを考え、ある記者《きしゃ》の言葉《ことば》を思《おも》い出《だ》した。

〝理論家《りろんか》ぶったり、大政治家《だいせいじか》ぶっても、家に帰《かえ》れば、女房《にょうぼう》の理論家にはかなわなかったり、また、女房、子《こ》どもに背《そむ》かれ、一家《いっか》の統治《とうち》もできない人が、なんと多いことか――確《たし》か、記者《きしゃ》は、そんな慨嘆《がいたん》をしていた。

しかし、今夜《こんや》のこの人は、無駄《むだ》なく、懇切丁寧《こんせつていねい》に、しかも誠実《せいじつ》に答《こた》えてくれた。いったい、自分《じぶん》にとって、どういう人なのであろうか〟

伸一《しんいち》は、とっさに、自分だけの質問《しつもん》では悪《わる》いと思《おも》い、今度《こんど》は、二人《ふたり》の友《とも》だちにも質問を促《うなが》した。

「伊藤《いとう》君も、正木《まさき》君も、何か聞きたまえよ。せっかく、おじゃましたんだから……」

「いや、別《べつ》にないよ」

残念《ざんねん》ながら、彼《かれ》ら二人は、簡単《かんたん》にそう言ったきり、黙《だま》ってしまい、なんの反応《はんのう》も示《しめ》さなかった。

この夜の座《ざ》談会《だんかい》には、学会《がっかい》の首脳幹部《しゅのうかんぶ》のほとんどが、参加《さんか》していた。原山《はらやま》、小西《こにし》、関《せき》の蒲田《かまた》の三羽烏《さんばがらす》をはじめ、三島《みしま》、山平《やまだいら》、滝本《たきもと》、吉川《よしかわ》なども、そろって出席《しゅっせき》していた。

そして、戸田《とだ》が、どのようにして山本《やまもと》伸一に入会《にゅうかい》の決意《けつい》を固《かた》めさせるか、祈《いの》るような気持《きも》ちで見守《みまも》っていた。

戸田《とだ》は、何も言わない。伸一《しんいち》は、顔《かお》を紅潮《こうちょう》させ、瞳《ひとみ》を凝《こ》らしていた。再《ふた》び、何か発《はっ》言《げん》したそうな面持《おもも》ちで、落《お》ち着《つ》かなかった。

やがて彼《かれ》は、意《い》を決《けっ》したように、突然《とつぜん》立ち上がって、あいさつしたのである。

「先生《せんせい》、ありがとうございました。先人《せんじん》の言葉《ことば》に『同感《どうかん》できても、もう一度よく考《かん》えるがいい。同感できなくても、もう一度考えるがいい』(1)とありますが、先生が、青《せい》年《ねん》らしく勉強《べんきょう》し、実践《じっせん》してごらんと、おっしゃったことを信《しん》じて、先生について、勉強させていただきます。

今、感謝《かんしゃ》の微《び》意《い》を詩《し》に託《たく》して、所懐《しょかい》とさせていただきたいと思《おも》います。下手《へた》な、即興詩《そっきょうし》ですが……」

戸田は、無言《むごん》で頷《うなず》いた。

一座《いちざ》の人びとは、呆気《あっけ》にとられていた。

伸一は、軽《かる》く目を閉《と》じ、朗々《ろうろう》と誦《じゅ》し始《はじ》めた。

旅《たび》びとよ
いずこより来《きた》り
いずこへ往《ゆ》かんとするか

月《つき》は　沈《しず》みぬ
日　いまだ昇《のぼ》らず
夜《よ》明《あ》け前の混沌《カオス》に
光《ひかり》　もとめて
われ　進《すす》みゆく
心《こころ》の　暗雲《あんうん》をはらわんと
嵐《あらし》に動《うご》かぬ大樹《たいじゅ》求《もと》めて
われ　地より湧《わ》き出《い》でんとするか

同行《どうこう》した、二人《ふたり》の文学青年《ぶんがくせいねん》は、拍手《はくしゅ》を送《おく》っていた。

一座《いちざ》の人びとも、それにつられたように、ちょっと拍手を送った。だが、なんと変わった青年《せいねん》だろうと、いささか度肝《どぎも》を抜《ぬ》かれた思《おも》いであった。座談会《ざだんかい》で、詩《し》をうたった青年など、これまで一度も見たことがなかったからである。詩の内容《ないよう》は、彼《かれ》らの頭《あたま》には、とどまらなかった。

戸田《とだ》は、この詩の最後《さいご》の一行《ぎょう》を聞いた時、にこやかになっていた。

伸一《しんいち》は、仏法《ぶっぽう》の「地涌《じゆ》の菩薩《ぼさつ》」という言葉《ことば》など、知るはずもなかった。ただ、最後の一行は、戦後《せんご》の焼《や》け野原《のはら》の大地《だいち》のなかから、時が来ると、雄々《おお》しく、たくましく、名《な》も知れぬ草木《そうもく》が生《お》い茂《しげ》り、緑《みどり》の葉《は》が萌《も》えるのを見て、その生命力《せいめいりょく》と大自然《だいしぜん》の不思議《ふしぎ》さを、なんとなく心《こころ》に感《かん》じ、胸《むね》にいだいていたのをうたったのであった。

二、三日前から、それを一詩に作《つく》ろうと願《ねが》っていたが、たまたま、この席上《せきじょう》でその詩を発表《はっぴょう》する格好《かっこう》になってしまったものだ。

伸一が、照《て》れたように腰《こし》を下《お》ろすと、戸田は、彼に呼《よ》びかけた。

「山本君《やまもと》、なかなか意気軒昂《いきけんこう》なようだが、体《からだ》はどうかね」

伸一《しんいち》は、ドキンとした。

「少《すこ》し悪《わる》いんです。胸《むね》が少しやられているんです」

「肺病《はいびょう》か。心配《しんぱい》はないよ。ぼくも、ひどかったんだ。片肺《かたはい》は、全《まった》く駄目《だめ》だったんだが、いつか治《なお》ってしまっていた。焼鳥《やきとり》でも、どんどん食《た》べて、飯《めし》をうんと食《く》って、疲《つか》れている時には、のんきに寝《ね》ているんだね。大丈夫《だいじょうぶ》だ。まぁ、体《からだ》は大事《だいじ》にしなさいよ」

彼《かれ》は、こう言ったあと、一人《ひとり》つぶやくように言った。

「十九か、大丈夫《だいじょうぶ》、十九か……」

戸田城聖《とだじょうせい》にとって、この夜、現《あらわ》れた山本伸一《やまもと》が、なぜか、いとしかった。人びとは、伸一たちの入会決定《にゅうかいけってい》か否《いな》かに、こだわっていた。しかし、戸田《とだ》は、そのような問題《もんだい》には、少しも触《ふ》れようとしなかったのである。

「また来るよ。今度《こんど》は、来月《らいげつ》になるな」

戸田は、席《せき》を立った。

時計《とけい》は、既《すで》に十時を指《さ》そうとしている。

戸田は、玄関口《げんかんぐち》で、三川《みかわ》の家族《かぞく》に、丁寧《ていねい》にあいさつすると、同じ方角《ほうがく》に帰《かえ》る幹部《かんぶ》たちと、暗《くら》い道《みち》に姿《すがた》を消《け》していった。

伸一《しんいち》は、ふと寂《さび》しい顔《かお》をした。

居残《いのこ》った三島《みしま》や山平《やまだいら》が、いろいろ説明《せつめい》を加《くわ》えながら、入会手続《にゅうかいてつづ》きを取ろうと、三人の青年《せいねん》に話《はな》しかけてきた。

二人《ふたり》の友《とも》は、決心《けっしん》がつかないと、拒否《きょひ》した。

伸一は、友人《ゆうじん》に言った。

「昨日《きのう》、一緒《いっしょ》に読《よ》んだゲーテの言葉《ことば》に、『いつかは終局《しゅうきょく》に達《たっ》するというような歩《ある》き方《かた》では駄目《だめ》だ。その一歩《いっぽ》一歩が終局であり、一歩が一歩としての価値《かち》を持《も》たなくてはならない』(2)とあったが、ぼくは、今、それを強《つよ》く感《かん》じる。初《はじ》めて、仏法《ぶっぽう》という世界《せかい》を、目《ま》の当《あ》たりに見たようだ。どんなものか求《もと》めてみる。こう決意《けつい》せざるを得《え》なくなってきた」

だが、二人の青年は、なぜか黙《だま》ってしまった。

伸一にとっても、入会とは、何かに束縛《そくばく》されるような、いまだ見たこともない別世《べっせ》界《かい》に行くような感じであった。お先真《さきま》っ暗《くら》な、不安《ふあん》の入《い》り交《ま》じった複雑《ふくざつ》な気持《きも》ちでもあった。しかし、今夜《こんや》の衝撃《しょうげき》は、どうしようもなかったのである。

もう、入会《にゅうかい》の手続《てつづ》きなど、どっちでもよかった。ベルクソンのことも、遠《とお》い淡《あわ》い観《かん》念《ねん》の世界《せかい》になっていった。戸田城聖《とだじょうせい》という人――それが彼《かれ》にとって、実《じつ》に不思議《ふしぎ》に、懐《なつ》かしく思《おも》えてならなかったのである。

それから十日後の八月二十四日、日曜日《にちようび》、山本伸一《やまもとしんいち》は、三島由造《みしまよしぞう》、山平忠平《やまだいらちゅうへい》に付《つ》き添《そ》われて、「中野《なかの》の歓喜寮《かんきりょう》」と呼《よ》ばれていた日蓮正宗寺院《にちれんしょうしゅうじいん》へ向かった。住職《じゅうしょく》は堀米泰《ほりごめたい》栄《えい》であった。後《のち》の第六十五世日淳《せいにちじゅん》である。

長《なが》い読経《どきょう》・唱題《しょうだい》のあと、御本尊《ごほんぞん》を受けた。伸一は、複雑《ふくざつ》な表情《ひょうじょう》を隠《かく》すことができなかった。

物事《ものごと》を、真面目《まじめ》に、真剣《しんけん》に考《かんが》える彼にとって、自分《じぶん》の体《からだ》のことが気がかりであった。

彼の体は、決《けっ》して強靱《きょうじん》とはいえない。むしろ、病《やまい》と闘《たたか》わねばならない日常《にちじょう》であった。彼が、一生涯《いっしょうがい》、宗教革命《しゅうきょうかくめい》に、仏法《ぶっぽう》の実践《じっせん》に活躍《かつやく》しきっていけるかどうかは、自分でもわからなかったにちがいない。

座談会《ざだんかい》の行《おこな》われた、三川《みかわ》の家を出た戸田《とだ》は、京浜急行《けいひんきゅうこう》に乗《の》り、品川《しながわ》で山手線《やまのてせん》に乗り換《か》えた。

同行《どうこう》の幹部《かんぶ》は、途中《とちゅう》で、さまざまな指導《しどう》が受けられることを期待《きたい》していたが、戸田は、なぜか、この夜は黙《だま》り込《こ》んでいた。

彼《かれ》は、十九歳《さい》の時、冬休《ふゆやす》みを利用《りよう》して、初《はじ》めて東京《とうきょう》に出て来たころのことを、しきりに思《おも》い出《だ》していた。

青雲《せいうん》の志《こころざし》に燃《も》えていた彼は、友人《ゆうじん》と未来《みらい》を熱《あつ》く語《かた》りながら、いつかは東京に出て学《まな》ぼうと決意《けつい》していた。ともかく、一度、東京を見ておこうと考《かんが》えた彼は、上京《じょうきょう》の計画《けいかく》を立てた。

そこで、札幌《さっぽろ》に住《す》む友人のつてで、札幌師範学校《しはんがっこう》の卒業生《そつぎょうせい》に会い、東京で訪《たず》ねるべき人物《じんぶつ》を紹介《しょうかい》してもらおうとした。その卒業生が、師範学校の先輩《せんぱい》である牧口常三郎《まきぐちつねさぶろう》を推薦《すいせん》し、紹介状を書《か》いてくれたのである。

上京した戸田は、牧口を訪ねた。戸田が、やがて生涯《しょうがい》の師《し》と仰《あお》ぐ牧口常三郎と初めて会ったのは、この時のことである。

その出会《であ》いから、彼《かれ》の今日《こんにち》までの運命《うんめい》というものが、大きく滑《すべ》り出《だ》したことを、戸田《とだ》は、珍《めずら》しく思《おも》いめぐらしていた。

――その時、戸田城聖《とだじょうせい》は十九歳《さい》で、牧口常三郎《まきぐちつねさぶろう》は四十八歳であった。

今、戸田は、四十七歳になっている。そして、今夜《こんや》の山本伸一《やまもとしんいち》は、十九歳だと言った。彼は、若《わか》き日から牧口に師事《しじ》し、牧口を守《まも》りきって、戦《たたか》い続《つづ》けてきたことを思い起《お》こした。時代《じだい》は移《うつ》り変《か》わり、自分《じぶん》にも、黎明《れいめい》を告《つ》げるような真実《しんじつ》の青年《せいねん》の弟子《でし》が現《あらわ》れることを、心《こころ》ひそかに期待《きたい》していたのであろうか。

戸田は、自分が座《すわ》っている前の、吊《つ》り革《かわ》につかまっている一人《ひとり》の幹部《かんぶ》に、呼《よ》びかけようとしたが、また黙《だま》り込《こ》んでしまった。その幹部は、〝今夜の先生《せんせい》は、どうかしている〟と思いながら、彼も黙り込んでいた。

戸田城聖は、牧口に会ったあと、一度、北海道《ほっかいどう》に戻《もど》り、東京《とうきょう》での生活《せいかつ》の準備《じゅんび》を整《ととの》えて、再度《さいど》、上京《じょうきょう》した。

北海道での戸田は、夕張炭鉱《ゆうばりたんこう》の一区《いっく》である真谷地《まやち》というところで、尋常小学校《じんじょうしょうがっこう》に奉《ほう》職《しよく》していた。

彼《かれ》は一九一七年（大正《たいしよう》六年）、札幌《さつぽろ》の、ある問屋《とんや》で働《はたら》きながら、尋常小学校準教員《じんじようしようがつこうじゆんきよういん》の資格《しかく》を取った。翌年《よくねん》の六月、戸田《とだ》は代用《だいよう》教員として勤《つと》め始《はじ》めたのである。

真谷地《まやち》は、夕張炭鉱《ゆうばりたんこう》地帯《ちたい》でも不便《ふべん》な山奥《やまおく》にあった。そのころは、夕張駅から十三キロ程《ほど》のところにある沼《ぬま》ノ沢駅《さわえき》から真谷地駅まで、約《やく》四キロの距離《きより》は、炭鉱専用《せんよう》の鉄道《てつどう》が走《はし》っていて、乗客《じようきやく》の輸《ゆ》送《そう》も行《おこな》っていた。

真谷地炭山《たんざん》というのは、当時《とうじ》、既《すで》に相当《そうとう》な規《き》模《ぼ》であったらしい。それは、この山奥に約四百人の児《じ》童《どう》・生徒《せいと》がいたことからもうかがえる。

若《わか》い先生《せんせい》、戸田城聖《じようせい》は、海浜育《はまそだ》ちであっただけに、炭鉱地の単調《たんちよう》な風物《ふうぶつ》には、さぞかし、がっかりしたにちがいない。

十代の若い先生は、少年少女《しようねんしようじよ》たちには、いい遊《あそ》び相手《あいて》であった。学校が終《お》わると、児童たちは、彼のところに押《お》しかけて、遊んだり勉強《べんきよう》したりした。

猛烈《もうれつ》な勉強家であった山奥の代用教員は、その年《とし》の暮《く》れには、尋常小学校本科《ほんか》正教員の資《し》格《かく》試《し》験《けん》に合格《ごうかく》し、翌一九年（同八年）四月には筆頭訓導《ひつとうくんどう》となって、六年生を担《たん》任《にん》した。そして、その年《とし》の暮《く》れには、高等小学校本科正教員《こうとうしょうがっこうほんかせいきょういん》の免許《めんきょ》も取ったのである。

このような彼《かれ》を、児童《じどう》たちは、心《こころ》から慕《した》っていた。純粋《じゅんすい》な心をもつ少年少女《しょうねんしょうじょ》は、戸《と》田《だ》の人格《じんかく》を敏感《びんかん》に感《かん》じ取《と》ったのであろう。

夜は、彼のところで勉強《べんきょう》する子《こ》どもも多かった。彼の狭《せま》い住居《じゅうきょ》は、さながら私塾《しじゅく》の観《かん》を呈《てい》していた。

子どもたちが、勉強したり、ふざけたり、喧嘩《けんか》したりするのを、戸田はニコニコ笑《わら》いながら、勝手気《かってき》ままにさせていた。彼らは、調子《ちょうし》に乗《の》って、時に先生《せんせい》の戸田と争《あらそ》うこともあった。一人《ひとり》のすばしっこい女《おんな》の子は、形勢非《けいせいひ》なりと見ると、さっと彼のメガネを取った。すると、彼は急《きゅう》に戦闘力《せんとうりょく》を失《うしな》った。

「かんべん、かんべん」

彼は、メガネを壊《こわ》されるのを恐《おそ》れたのである。山奥《やまおく》のことであり、メガネを失っては、明日《あす》から字も読《よ》めなくなる。

児童たちは、凱歌《がいか》をあげ、先生に勝つ、ただ一つの戦略《せんりゃく》を自慢《じまん》した。

戸田は、めったに怒《おこ》ることはなかった。しかし、子どもたちが横着《おうちゃく》して宿題《しゅくだい》をやってこなかったり、嘘《うそ》を平気《へいき》で言った場合《ばあい》、容赦《ようしゃ》なく叱《しか》った。実《じつ》に厳《きび》しかった。時には、涙《なみだ》を流《なが》しながら叱る場面《ばめん》もあった。

彼《かれ》の在職期間《ざいしょくきかん》は、わずか一年九カ月である。したがって、教《おし》え子《ご》の数《かず》も少《すく》なかったが、児童《じどう》たちの印象《いんしょう》は、どの先生《せんせい》よりも強《つよ》かった。最初《さいしょ》に東京《とうきょう》に出た時、戸田《とだ》は、子《こ》どもたちに凧《たこ》を贈《おく》っている。皆《みな》は、その凧を高々《たかだか》と揚《あ》げて、遊《あそ》んだ。

それから半世紀《はんせいき》近《ちか》く過《す》ぎたあとも、〝老《お》いた児童たち〟は、この若《わか》い先生のことを、鮮明《せんめい》に記憶《きおく》していた。そして、異口同音《いくどうおん》に言うのである。

「いい先生でした。厳しいところもあったが、あんないい先生は、いなかった」

戸田は、担任《たんにん》していた六年生の卒業《そつぎょう》を間近《まぢか》に控《ひか》えた二月の下旬《げじゅん》、真谷地《まやち》の尋常小《じんじょうしょう》学校《がっこう》を去《さ》ったのである。

彼は、子どもたちにも、よく言っていた。

「ここは、長居《ながい》するところではない。早《はや》く大きくなって、外《そと》に出た方《ほう》がいい」

二月下旬、冬《ふゆ》の朝《あさ》、始業直前《しぎょうちょくぜん》の教室《きょうしつ》で、子どもたちは、ワイワイ騒《さわ》いでいた。すると、ドアが、さっと開いた。子《こ》どもたちは、騒《さわ》ぎをやめた。戸田《とだ》は、ドアから顔《かお》をのぞかせ、教室内《きょうしつない》を見渡《みわた》し、何を思《おも》ったか、そのまま首《くび》を引《ひ》っ込《こ》めて、静《しず》かにドアを閉《し》めて立《た》ち去《さ》った。一言の言葉《ことば》もなかったのである。

以来《いらい》、戸田は、二度と教室に姿《すがた》を現《あらわ》さなかった。教《おし》えるべき授業《じゅぎょう》の課程《かてい》は、すべて終《お》わっていたが、受《う》け持《も》ちの男女《だんじょ》の六年生たちの卒業式《そつぎょうしき》は、一カ月先《さき》に控《ひか》えていた。

しかし、三月の卒業式にも、戸田は、姿を見せなかったのである。子どもたちにとって、その時の寂《さび》しさは、後々《のちのち》まで心《こころ》から消《き》えることはなかった。

――戸田の退職事情《たいしょくじじょう》は、詳《くわ》しいことは不明《ふめい》であり、ただ、一九二〇年（大正《たいしょう》九年）三月三十日付《づけ》で、退職が記録《きろく》されているだけである。

だが、その事情を推測《すいそく》する、わずかな手がかりはある。彼《かれ》を採用《さいよう》した天野校長《あまのこうちょう》は、既《すで》に退職し、後任《こうにん》の遠藤《えんどう》校長の時代《じだい》になっていた。しかし、この遠藤校長は、辞令《じれい》が出てから一度も真谷地《まやち》に来ることなく、戸田と同じく、三月三十日に退職しているのである。その間、半年近《はんとしちか》くも、校長の席《せき》は、事実上《じじつじょう》、空席《くうせき》であった。

戸田の退職の背景《はいけい》には、教員間《きょういんかん》の何かの軋轢《あつれき》にからんだ事情があったのかもしれない。あるいは、遠藤校長《えんどうこうちょう》が退職《たいしょく》に追《お》い込《こ》まれた何《なん》らかの事情《じじょう》があって、純情《じゅんじょう》で正義派《せいぎは》だった年少《ねんしょう》の戸田城聖《とだじょうせい》は、それを黙視《もくし》できずに、退職という行動《こうどう》をとったと想像《そうぞう》することもできる。

彼《かれ》は、子《こ》どもたちに、退職の事情を一言《ひとこと》、言おうと、教室《きょうしつ》に向かったのであろう。しかし、元気《げんき》に騒《さわ》いでいる無心《むしん》な子どもたちの顔《かお》を見た瞬間《しゅんかん》、彼の考《かんが》えは変わったのではなかろうか。

人一倍《ひといちばい》、子どもたちを愛《あい》した彼のことである。万感胸《ばんかんむね》に迫《せま》り、無言《むごん》のままドアを閉《し》めざるを得《え》なかったのであろう。

彼は、その日のうちに雪道《ゆきみち》を下《お》りていった。荷物《にもつ》をまとめ、一人《ひとり》、決然《けつぜん》と銀世界《ぎんせかい》の真谷地《まやち》を後《あと》にした。

沼《ぬま》ノ沢《さわ》への馬橇《うまぞり》の中で、子どもたちへの愛情《あいじょう》から断腸《だんちょう》の思《おも》いに駆《か》られていた。沼ノ沢からは鉄道《てつどう》で夕張《ゆうばり》に出《で》、札幌《さっぽろ》に荷物を預《あず》けて、故郷《こきょう》の厚田村《あつたむら》の実家《じっか》に着《つ》いた時には、夜も遅《おそ》くなっていた。

極寒《ごっかん》の二月――着物《きもの》は雪《ゆき》に濡《ぬ》れ、吐《は》く息《いき》は白《しろ》く凍《こご》えた。だが、彼の意志《いし》は酷寒《こっかん》に負《ま》けず、強固《きようこ》であった。彼《かれ》はむしろ、希望《きぼう》に燃《も》え、元気《げんき》に奮《ふる》い立《た》っていた。青雲《せいうん》の志《こころざし》が、彼を急き立《せ》てたのであろう。

翌日《よくじつ》、彼は厚田村《あつたむら》を後《あと》にした。札幌《さつぽろ》の友人宅《ゆうじんたく》で、慌《あわ》ただしく荷物《にもつ》を受け取ると、汽車《きしや》に乗《の》った。

次兄《じけい》が、宮城県《みやぎけん》の塩釜《しおがま》で雑貨商《ざつかしよう》を営《いとな》んでいた。そこにしばらく滞在《たいざい》した彼は、善後策《ぜんごさく》を練《ね》ったらしい。

彼が上京《じようきよう》し、同郷《どうきよう》の友人《ゆうじん》を頼《たよ》って、その下宿《げしゆく》に落《お》ち着《つ》いた時は、既《すで》に三月になっていた。だが、彼を待《ま》っていたのは、苦闘《くとう》に次《つ》ぐ苦闘であった。

もし、上京早々《そうそう》、一切《いつさい》が順調《じゆんちよう》であったなら、すなわち就職《しゆうしよく》も、勉学《べんがく》の手段《しゆだん》も、難《なん》なく進《すす》んでしまったとしたら、その後、再《ふたた》び牧口《まきぐち》に会うこともなく終《お》わったかもしれない。

そうであれば、戸田城聖《とだじようせい》の生涯《しようがい》も運命《うんめい》も、全《まつた》く別《べつ》の行路《こうろ》を歩《あゆ》んだことであろう。してみると、彼のこの苦闘は、牧口常三郎《つねさぶろう》と師弟《してい》の道《みち》を歩むための苦闘であったにちがいない。

戸田《とだ》は、ある医院《いいん》に書生《しょせい》として住《す》み込《こ》んだり、今日《こんにち》でいうアルバイトを続《つづ》けながら、転々《てんてん》として落《お》ち着《つ》かなかった。しかし、彼《かれ》の大志《たいし》は、くじけなかった。

苦難《くなん》に降服《こうふく》し、堕落《だらく》の人生《じんせい》に陥《おちい》る青年《せいねん》もいるが、戸田は、苦難に向かって雄々《おお》しく邁進《まいしん》していった。彼は、「波浪《はろう》は障害《しょうがい》にあうごとに、その頑固《がんこ》の度を増《ま》す」という箴言《しん》のように、一切《いっさい》の苦難を、自身《じしん》の大成《たいせい》への試練《しれん》とし、生涯《しょうがい》の財産《ざいさん》に変えていったのである。「艱難《かんなん》に勝《まさ》る教育《きょういく》なし」との西洋《せいよう》の箴言があるが、それは、当時《とうじ》の戸田に、最《もつと》もふさわしい言葉《ことば》であった。

このころ、彼は日記《にっき》にこう書《か》いている。

「大正《たいしょう》九年四月一日

出京此処《しゆつきようここ》に一月《ひとつき》、一月の光陰《こういん》は人生五十年に比《ひ》すれば短小《たんしょう》なれども、其《そ》の精神的《せいしんてき》変化《へんか》に於《おい》ては、過去《かこ》二十年も遠《とお》く之《こ》れに及《およ》ばざるなり……深思《しんし》せよ、我《われ》は男子《だんし》なり（中略《ちゆうりやく》）大任《たいにん》を授《さず》かる可《べ》く、身心《しんしん》を練《ね》らざる可《べか》らず、大任を果《はた》す可く身心を磨《みが》かざるべからず、即《すなわ》ち国家《こつか》の材《ざい》、世界《せかい》の指導者《しどうしゃ》としての大任を授《さずか》る可く練り、果す可く磨かざるべからず……小《しょう》なる我《わ》が身《み》、其の質《しつ》たるや如何《いかん》……知らず、我れには奮闘《ふんとう》あるのみ。一切《いっさい》を捨《す》てて修養《しゅうよう》あるのみ、今日の人のそしり、笑《わら》い、眼中《がんちゅう》になし、最後《さいご》の目的《もくてき》を達《たっ》せんのみ、只信仰《ただしんこう》の力《ちから》に生きんと心掛《こころが》けんのみ。

修養。一、勉学《べんがく》せしか。一、父母の幸福《こうふく》を祈《いの》りしか。一、世界民族《せかいみんぞく》、日本民族の我《われ》なりと思《おも》い、小《しょう》なる自己《じこ》の欲望《よくぼう》を抑《おさ》えしか。一、大度量《だいどりょう》たりしか。一、時間を空費《くうひ》せざりしか。一、誠《まこと》なりしか」

二十歳《はたち》の戸田城聖《とだじょうせい》は、見知《みし》らぬ東京《とうきょう》で、下宿《げしゅく》の暗《くら》い電灯《でんとう》のもと、このような日記《にっき》を書《か》いていた。彼《かれ》はただ、未来《みらい》に力強《ちからづよ》く生きていたのである。そして、何よりも自己の鍛錬《たんれん》を、一切に優先《ゆうせん》させていた。

日記のなかに、「信仰の力に生きん」とあるが、いまだ特定《とくてい》の信仰があったわけではない。彼は、苦闘《くとう》のなかにあって、人生《じんせい》の師《し》を求《もと》め抜《ぬ》いていたのである。

この十日後の四月十一日の日記は、それを語《かた》っている。

「未《いま》だ、余《よ》は余の師人《しじん》を見ず、余の主を見ず。しかし、自己の思想《しそう》の帰依《きえ》、未だ意《こころ》を得《え》ず。余は、自己の心中《しんちゅう》に師を求め、主を求めざる可《べか》らざるを知る。大学《だいがく》そもなんぞ。高等学校《こうとうがっこう》そも何《なん》ぞ。自己の心中に、求む所《ところ》ありて、始《はじ》めて社会《しゃかい》に奮闘《ふんとう》す可《べ》きなり、奮闘《ふんとう》し得《う》べきなり。

日に日に向上《こうじょう》して、心《こころ》に笑《え》む可《べ》きのみ、俗人《ぞくじん》の言《げん》に耳《みみ》を傾《かたむ》けるの要《よう》あらんや。

頼《たよ》り難《がた》きは人心《じんしん》。独立《どくりつ》なれ。自尊《じそん》なれ。運命《うんめい》も自己《じこ》自《みずか》ら開拓《かいたく》せざれば、鍵《かぎ》開き来《きた》る可き筈《はず》は非《あらざ》るなり。大きく見よ、局部《きょくぶ》のみに非《あら》ず、大局《たいきょく》を、汝《なんじ》奮闘の土地《とち》を、場《ば》面《めん》を。

人の嘲笑《ちょうしょう》、世《よ》の罵倒《ばとう》そもなんぞ。自己に信《しん》ずる所《ところ》あれば可《か》なり。恐《おそ》るるな、人の嘲笑、世の罵倒……一度《ひとたび》立つ時は、天下《てんか》を席捲《せっけん》す可き腕《うで》を持《も》て……腕と自信《じしん》をもって立て。知己《ちき》を百世《ひゃくせい》に求《もと》めよ、現世《げんせ》に知らるるを心掛《こころがけ》るな。己《おの》れに授《さずか》れる責任《せきにん》を求めて、これを果《はた》せ」

烈々《れつれつ》たる気迫《きはく》である。この精神《せいしん》が、彼《かれ》の一生《いっしょう》を貫《つらぬ》いたといってもよい。ただ、当然《とうぜん》のことながら、彼の使命《しめい》がなんであるかは、自身《じしん》もまだ知らなかった。

さまざまな先輩知人《せんぱいちじん》にも、面会《めんかい》した。そして、「頼り難きは人心。独立なれ」云々《うんぬん》とも書《か》いている。彼の苦闘《くとう》を物語《ものがた》る一節《いっせつ》と、うかがわれてならない。しかし、彼には愚痴《ぐち》は一切《いっさい》なかった。

なお、この日の日記《にっき》の最後《さいご》に、四首《しゅ》の歌《うた》が書《か》き添《そ》えられている。その一首は、真《ま》谷地《やち》を偲《しの》んでうたっていた。

竜《りゅう》として
臥《ふ》せし真谷地を
偲ぶ時
我《わ》れを励《はげ》ます
子等《こら》の顔《かお》見ゆ

彼《かれ》は、北海道《ほっかいどう》にも、真谷地にも執着《しゅうちゃく》はなかった。だが、純情《じゅんじょう》な子どもたちとの別離《べつり》が、彼の心《こころ》をさいなんだ。

彼は、四月のある日、真谷地の教《おし》え子《ご》たちに、詫《わ》び状《じょう》を書いた。

「先生《せんせい》は東京《とうきょう》にいる。

みんなの卒業式《そつぎょうしき》に行けなくて、さぞかし残念《ざんねん》に思《おも》ったろうが、どうか勘弁《かんべん》して欲《ほ》しい。急《きゅう》にいなくなって、びっくりしただろうが、事情《じじょう》やむを得《え》なかった。先生《せんせい》は、決《けつ》してみんなのことを忘《わす》れてはいません。

なんでも今まで通《どお》り、困《こま》ったことがあったら言ってきなさい……」

その後、彼《かれ》と教《おし》え子《ご》との間《あいだ》には、十五、六年にわたって、文通《ぶんつう》が続《つづ》いたのである。

彼は、ある教え子を東京《とうきょう》に呼《よ》んで、就職《しゅうしょく》の世話《せわ》までしている。また、ある優秀《ゆうしゅう》な教え子から、貧乏《びんぼう》のため上級学校《じょうきゅうがっこう》への進学《しんがく》ができない嘆《なげ》きを聞くと、国語《こくご》の小辞典《しょうじてん》を贈《おく》って激励《げきれい》した。

この小辞典をもらった少年《しょうねん》は、老《お》いてからも、ボロボロになった小辞典をなでさすり、戸田《とだ》の恩愛《おんあい》の深《ふか》さを思《おも》い返《かえ》すのであった。

「戸田先生《せんせい》が、真谷地《まやち》にいたのは、ほんのわずかな期間《きかん》で、私たちが教わったのも一年足《た》らずでした。だが、同級《どうきゅう》の者《もの》が集《あつ》まれば、何年《なんねん》たっても、戸田先生のことで話《はなし》に花《はな》が咲《さ》きます。大変《たいへん》、有名《ゆうめい》になられましたが、あんなに情《じょう》の深い先生はおりませんでした」

無垢《むく》な少年の心《こころ》は、恐《おそ》ろしいものである。一人《ひとり》の人間《にんげん》の映像《えいぞう》を、いつか自然《しぜん》に、的《てき》確《かく》につかんでしまっていた。

東京《とうきょう》は、既《すで》に桜《さくら》の花《はな》が散《ち》り、春風《はるかぜ》が心地《ここち》よい季節《きせつ》を迎《むか》えていた。

向学心《こうがくしん》に燃《も》えて上京《じょうきょう》した戸田《とだ》であったが、経済的《けいざいてき》基盤《きばん》が整《ととの》わず、一日たりとも、苦《く》闘《とう》のない日はなかった。

戸田は、ある日、思《おも》いあまって、初《はじ》めて母方《ははかた》の知人《ちじん》である、海軍中将《かいぐんちゅうじょう》の屋敷《やしき》を訪《おとず》れたのである。

その家では、遠来《えんらい》の客《きゃく》を座敷《ざしき》に通《とお》しはしてくれたが、権門《けんもん》の悲《かな》しさは、一青年《いちせいねん》の大《たい》志《し》を理解《りかい》し得《え》なかった。よれよれの袴《はかま》をはいた、貧《まず》しい身《み》なりの青年である。戸田は、初めは都会人《とかいじん》の、人当《ひとあ》たりのいい応対《おうたい》に、心《こころ》を許《ゆる》して話《はな》し込《こ》んでいた。だが、心では軽蔑《けいべつ》しながら、表面《ひょうめん》だけ相槌《あいづち》を打《う》っていることに、すぐ気づいた。親身《しんみ》に話《はなし》を聞くよりも、かかわり合《あ》いになることを、ひたすら避《さ》けていたのである。

相手《あいて》の対応《たいおう》が虚礼《きょれい》にすぎないとわかると、彼《かれ》は、早《はや》く帰《かえ》ることが正《ただ》しいと直覚《ちょっかく》し、座《ざ》を立った。

彼《かれ》が帰《かえ》りかけた時、その家の妻女《さいじょ》は、机《つくえ》の上にあった菓子《かし》を白紙に包《つつ》んで、彼に渡《わた》そうとして愛想《あいそ》笑《わら》いをした。彼は、この時、憤然《ふんぜん》と拒絶《きょぜつ》した。

「私は、こんなものを頂《いただ》きに来たのではありません」

彼は、振《ふ》り返《かえ》りもせず、立《た》ち去《さ》った。以後《いご》、二度と、その家の敷居《しきい》をまたぐことはなかった。

この時の屈辱《くつじょく》を、彼は、生涯《しょうがい》、忘《わす》れることができなかった。そして、思《おも》い出《だ》しては、妻《つま》の幾枝《いくえ》に繰《く》り返し訓戒《くんかい》するのであった。

「人を身《み》なりで判断《はんだん》しては、決《けっ》してならない。その人が、将来《しょうらい》どうなるか、どんな使命《しめい》をもった人か、身なりなんかで、絶対《ぜったい》に判断がつくはずがない。わが家《や》では、身なりで人を判断することだけは、してはいけない」

自《みずか》ら味《あじ》わった屈辱の思い出に照《て》らして、彼は、他人には、同じ思いをさせたくなかったのであろう。

ともあれ、上京当時《じょうきょうとうじ》の失意《しつい》と挫《ざ》折《せつ》のなかで、いかに彼が苦《く》闘《とう》していたかを物語《ものがた》るエピソードの一つといえる。

困《こま》り果《は》てた戸田《とだ》は、真谷地《まやち》での経験《けいけん》を生かし、教職《きょうしょく》に就《つ》こうと考《かんが》え、牧口《まきぐち》の自宅《じたく》を訪《おとず》れたのである。

牧口の妻《つま》は、井戸《いど》で水《みず》を汲《く》み上《あ》げていたが、戸田の姿《すがた》を見ると、すぐに玄関《げんかん》に招《まね》き入《い》れた。

牧口は、当時《とうじ》、東京市《とうきょうし》の教育界《きょういくかい》では、一風変《いっぷうか》わった存在《そんざい》であった。一家言《いっかげん》をなした彼《かれ》の教育理論《きょういくりろん》の実践《じっせん》は、識者《しきしゃ》の注目《ちゅうもく》を集《あつ》めていたのである。

しかし、彼の教育観は、戦前《せんぜん》、教育の金科玉条《きんかぎょくじょう》とされた教育勅語《ちょくご》*を、「道徳《どうとく》の最低《さいてい》基準《きじゅん》」と喝破《かっぱ》するほど、進《すす》みすぎていた。そのため、頑迷《がんめい》な俗吏《ぞくり》は、彼を白眼視《はくがんし》していたのである。

牧口もまた、先駆者《せんくしゃ》の悲哀《ひあい》を感《かん》じていたにちがいない。彼の卓越《たくえつ》した理論は、時の教育官僚《かんりょう》の用《もち》いるところとはならなかった。それどころか、愚《おろ》かな為政者《いせいしゃ》たちは、この市井《しせい》の先覚者《せんかくしゃ》を冷遇《れいぐう》し、迫害《はくがい》し続《つづ》けたのである。

牧口は、久《ひさ》し振《ぶ》りに会う戸田を温《あたた》かく迎《むか》えた。そして、戸田が語《かた》る上京以来《じょうきょういらい》の苦闘《くとう》と、未来《みらい》への抱負《ほうふ》を、静《しず》かに聞いていた。そのなかから、戸田の純粋《じゅんすい》な性格《せいかく》と、その意気《いき》を、あらためて感《かん》じ取《と》ったにちがいない。

「履歴書《りれきしよ》をお持《も》ちになったかな？」

牧口《まきぐち》の目元《めもと》には、優《やさ》しい笑《わら》いが浮《う》かんでいた。

「はい、持ってきました」

詰襟服《つめえりふく》のボタンを外《はず》した彼《かれ》は、内《うち》ポケットから、封筒《ふうとう》に入れた履歴書を取り出した。

そして、この時、戸田《とだ》は思《おも》わず口走《くちばし》った。

「先生《せんせい》、私を、ぜひ採用《さいよう》してください」

彼は、不思議《ふしぎ》に牧口に甘《あま》えることができた。

戸田は、真剣《しんけん》な表情《ひようじよう》で、重《かさ》ねて言った。

「私は、どんな子《こ》どもでも、必《かなら》ず優等生《ゆうとうせい》にしてみせます。先生、私を採用してくだされば、あとできっと、いいやつを採用してよかった、とお考《かんが》えになるでしょう」

「そうか、そうか」

牧口は頷《うなず》きながら、笑顔《えがお》になっていた。

戸田は、ちょっと照《て》れたが、ここが大事《だいじ》とばかり、再《ふたた》び牧口に言った。

「先生《せんせい》、ぜひともお願《ねが》いします」

「わかった、わかったよ。尽力《じんりょく》しよう」

この日、それからの二人《ふたり》の話《はなし》は、教育《きょういく》の実践《じっせん》と研究《けんきゅう》について、長時間《ちょうじかん》にわたって熱心《ねっしん》に続《つづ》けられた。

この時、牧口《まきぐち》は四十八歳《さい》であった。

戸田《とだ》は、牧口校長《こうちょう》という信頼《しんらい》すべき人物《じんぶつ》に会えたことを、誰人《たれびと》に会った時よりも、心《こころ》で嬉《うれ》しく感《かん》じていた。

やがて彼《かれ》は、西町尋常小学校《にしまちじんじょうしょうがっこう》の臨時代用教員《りんじだいようきょういん》に採用《さいよう》された。そして、牧口と仕事《しごと》の苦楽《くらく》を共《とも》にするにしたがって、自分《じぶん》の終生《しゅうせい》の「師《し》」であることを悟《さと》ったのである。厳《きび》しい「師」であった。生涯《しょうがい》、褒《ほ》められたことは一度もなかった。

戸田は、いつか、牧口という一人《ひとり》の不世出《ふせいしゅつ》の教育者に、人生《じんせい》にあっての「師」を見いだし、終生、献身《けんしん》をもって、純真《じゅんしん》に仕《つか》えたのである。

彼は牧口に対《たい》して「弟子《でし》の道《みち》」を貫《つらぬ》いた。この宿縁《しゅくえん》の深《ふか》さを、仏法《ぶっぽう》では「師弟不二《していふに》」として説《と》いている。

その後、牧口《まきぐち》と戸田《とだ》が、日蓮仏法《にちれんぶつぽう》の門《もん》を叩《たた》いたのは、一九二八年（昭和三年《しようわ》）のことであった。入信前《にゆうしんまえ》の二人《ふたり》は、「師弟不二《していふに》」という言葉《ことば》は、もとより知らなかったが、その心《こころ》の奥底《おうてい》では鮮《あざ》やかに知っていた。

今――戸田は、この「師」を失《うしな》って、三年近《ちか》くになっていた。そして、一人残《ひとりのこ》された彼《かれ》にとっては、「師」の遺業《いぎよう》を継《つ》いで、孤軍奮闘《こぐんふんとう》してきた三年間である。

今の戸田は、牧口に彼が仕《つか》えたように、彼と心を同じくする弟子《でし》の出現《しゆつげん》を、心待《こころま》ちに待っていたのであろうか。

電車《でんしや》は人びとのさまざまな思《おも》いにはかかわりなく、轟々《ごうごう》と走《はし》っていた。

夜の十一時近くになると、あの昼間《ひるま》の超混雑《ちようこんざつ》の客《きやく》も少《すく》なくなり、夏《なつ》の夜風《よかぜ》が、涼《すず》しく感《かん》じられる。

駅々《えきえき》では、疲《つか》れた人びとが降《お》りていき、また新《あたら》しい乗客《じようきやく》が車内《しやない》に入《はい》ってきた。

電車は大崎《おおさき》を過《す》ぎ、五反田《ごたんだ》に停車《ていしや》した。次《つぎ》は目黒《めぐろ》である。

戸田は、まだ何かを思索《しさく》しているようであった。

彼《かれ》は、いつか、彼自身《じしん》が四十七歳《さい》になっていることに気づいた。この夜、山本伸一《やまもとしんいち》が十九歳と言った時、戸田《とだ》は、牧口《まきぐち》と初《はじ》めて会《あ》った十九歳の時を思《おも》い出《だ》したが、現在《げんざい》の彼自身の年齢《ねんれい》は、念頭《ねんとう》に浮《う》かばなかったのである。

電車《でんしゃ》に乗《の》って、自分《じぶん》の青春時代《せいしゅんじだい》に、さまざまな思いをめぐらした時、牧口常三郎《つねさぶろう》の面影《おもかげ》が、ありありと蘇《よみがえ》ってきた。そして、その時、牧口が四十八歳であったことに思いいたって、彼は愕然《がくぜん》とした。

〝俺《おれ》は今、四十七歳だ。山本伸一は十九歳と言った。ともに、ほぼ同じ年《とし》の開きである……〟

彼は、電車に揺《ゆ》られながら、窓外《そうがい》の闇《やみ》を見つめていた。

〝十九歳の青年《せいねん》は、いくらでもいる。しかし、牧口先生《せんせい》との出会《であ》いの時を、まざまざと思い蘇らせたのは、今日《きょう》の、一人《ひとり》の青年ではなかったか……〟

彼は、今日の日を考《かんが》えた。

明日《あす》は八月十五日である。敗戦《はいせん》の日から満《まん》二年の月日《つきひ》が、夢《ゆめ》のように流《なが》れたことを思い返した。

この日を、国民《こくみん》は、終生《しゅうせい》、忘《わす》れることはないであろう。屈辱《くつじょく》の日とする人もいよう。また、反省《はんせい》の日として、新生《しんせい》日本の、出発《しゅっぱつ》の日とする人もいよう。人びとは、それぞれの人生《じんせい》から、この日を年《とし》ごとに思《おも》い起《お》こすにちがいない。

戸田城聖《とだじょうせい》にとっては、敗戦《はいせん》のこの日こそ、日本の広宣流布《こうせんるふ》達成《たっせい》への、最大《さいだい》の瑞相《ずいそう》であることを、目の当《ま》たりに見《あ》た日であった。それは悲《かな》しく、沈痛《ちんつう》な思《おも》いをともなってはいたが、敗戦は、まぎれもなく、過去《かこ》七百年来《ねんらい》、日蓮大聖人《にちれんだいしょうにん》の教《おし》えに背《そむ》いた歴史《れきし》の厳然《げんぜん》たる帰結《きけつ》であったのだ。

大聖人の慈悲《じひ》は、実《じつ》に逆縁《ぎゃくえん》の現証《げんしょう》を通《とお》して、日本の広宣流布成就《じょうじゅ》の悲願《ひがん》を、まず戸田城聖一人《ひとり》に自覚《じかく》せしめたのである。

彼《かれ》の自覚の源《みなもと》は、牧口《まきぐち》の真《しん》の弟子《でし》であったこと、そして師弟《してい》ともに、敢然《かんぜん》と難《なん》に赴《おもむ》いたことにあったといえよう。

今、牧口の遺業《いぎょう》を彼と分《わ》かつ一人の青年《せいねん》が、四十七歳《さい》の彼の前に、出現《しゅつげん》したのである。仏法《ぶっぽう》が真実《まこと》であるならば、人類史上《じんるいしじょう》、未曾有《みぞう》の宗教革命《しゅうきょうかくめい》を断行《だんこう》する人と人との間《あいだ》に、必《かなら》ず師弟の宿縁《しゅくえん》が、存在《そんざい》するはずである。

〃あの青年《せいねん》は、まだ何も知らない。今は、それでよいのだ〃

戸田《とだ》は、心《こころ》にそれを言い聞かせながら、微笑《ほほえ》みを含《ふく》んで目黒駅《めぐろえき》のプラットホームに降《お》り立《た》った。

車《しゃ》　軸《じく》

一九四七年（昭和《しょうわ》二十二年）――。

この年《とし》は、国民《こくみん》にとって、敗戦《はいせん》の惨《みじ》めさが一段《いちだん》と身《み》に染《し》みた年である。当時《とうじ》を生《い》き抜《ぬ》いた人なら、誰《だれ》の胸《むね》にも、恥《はじ》も外聞《がいぶん》もない最悪《さいあく》の生活《せいかつ》に追《お》いまくられた記憶《きおく》が、まざまざと、よみがえってくるであろう。

東京《とうきょう》・上野《うえの》の地下道《ちかどう》にたむろしている多数《たすう》の戦災孤児《せんさいこじ》、あちこちの闇市《やみいち》の喧噪《けんそう》、道《みち》ゆく人の骨《ほね》ばった青《あお》い顔《かお》、うつろな眼《まなこ》――人びとは、皆《みな》、刹那《せつな》主義《しゆぎ》、利己《りこ》主義に陥《おちい》り、雄々《おお》しい再建《さいけん》の息吹《いぶき》などは、見いだすことはできなかった。

日本国中どこにも、楽土《らくど》といえるところはなかった。ただ、闇成金《やみなりきん》だけが、幅《はば》をきかしていた。いかに人心《じんしん》が変わりやすいものであるかを、この時代《じだい》ほど見せつけられたことはなかったのである。

食糧《しょくりょう》の絶対量《ぜったいりょう》の不足《ふそく》のために、人びとは動物《どうぶつ》と変わりない本能《ほんのう》を発揮《はっき》して、その日、その日の、食生活《しょくせいかつ》を切《き》り抜《ぬ》けるために、血眼《ちまなこ》になっていた。

食糧不足の原因《げんいん》には、農産物《のうさんぶつ》の不作《ふさく》、引《ひ》き揚《あ》げ者《しゃ》による国内人口《こくないじんこう》の急増《きゅうぞう》、海外《かいがい》からの輸入《ゆにゅう》の途絶《とぜつ》などが重《かさ》なっていた。

米《こめ》の作柄《さくがら》もよくなかったが、闇米《やみごめ》の流通《りゅうつう》によって、農家《のうか》からの供出米《きょうしゅつまい》を十分《じゅうぶん》に確保《かくほ》できず、麦《むぎ》やジャガイモなどの収穫《しゅうかく》も、良好《りょうこう》ではなかったのである。食糧の配給《はいきゅう》は、全国的《ぜんこくてき》に遅《おく》れて、国民《こくみん》は日常的《にちじょうてき》に飢《き》餓状態《がじょうたい》にあった。

政府《せいふ》は、食糧不足の打開《だかい》に苦慮《くりょ》し、二月には供米促進対策要綱《きょうまいそくしんたいさくようこう》を、七月には食糧緊《きん》急《きゅう》対策を決定《けってい》して、食糧の確保に努《つと》めた。

しかし、結局《けっきょく》は、占領軍《せんりょうぐん》に頼《たよ》る以外《いがい》になく、アメリカから、小麦粉《こむぎこ》、トウモロコシ粉などの援助《えんじょ》を受けた。これらが配給されると、誰《だれ》が考案《こうあん》したのか、手製《てせい》の電気《でんき》パン焼《や》き器《き》が流行《りゅうこう》し、多くの家庭《かてい》で活用《かつよう》された。

不足する米の配給を補《おぎな》うために、サツマイモやジャガイモ、果《は》てはサツマイモの茎《くき》を粉末《ふんまつ》にしたものまで、配給量《はいきゅうりょう》に入れられた。野菜《やさい》や魚《さかな》などの配給も、わずかなもので、そうしたものを入れても、一人当《ひとりあ》たり一日、せいぜい一二〇〇キロカロリー程度《ていど》である。民衆《みんしゅう》は、空腹《くうふく》にさいなまれながら生活《せいかつ》するしかなかった。

人びとの間《あいだ》では、今回《こんかい》の太平洋戦争《たいへいようせんそう》の時、フィリピンで飢餓地獄《きがじごく》に陥《おちい》った人《じん》が、人肉《にく》を食《しょく》した話《はなし》などが、実感《じっかん》をもって思《おも》い浮《う》かべられるありさまであった。

まさしく戦争は、極悪中《ごくあくちゅう》の極悪である。罪《つみ》のない国民《こくみん》までを道連《みちづ》れにし、犠牲《ぎせい》にしていく戦争を、断《だん》じて、この地球上《ちきゅうじょう》から除《のぞ》かなければならない。

特《とく》に言えることは、戦争を勃発《ぼっぱつ》させた指導者《しどうしゃ》は、大人《おとな》たちであったということである。子《こ》どもには罪はない。食《た》べたい盛《さか》りの子どもたちのことを思《おも》う時、大人は、この悲惨《ひさん》を阻止《そし》する責務《せきむ》があると痛感《つうかん》する。

衣料《いりょう》も同じであった。戦時中《せんじちゅう》に配給されたスフは、すぐ、よれよれになり、下着《したぎ》一枚が、実《じつ》に貴重《きちょう》であった。フロックコートの上衣《うわぎ》にカーキ色《いろ》の兵隊《へいたい》ズボンの男性《だんせい》、セーターにもんぺをはいた下駄履《げたば》きの女性《じょせい》……。そんな姿《すがた》で、東京《とうきょう》・丸《まる》の内《うち》の会社《かいしゃ》に出勤《しゅっきん》している人もいたのである。

だが、誰《だれ》もおかしく思《おも》う人はない。思い思いに工夫《くふう》した服装《ふくそう》は、極《きわ》めて独創的《どくそうてき》な組《く》み合《あ》わせになっていた。この時代《じだい》くらい、服装というものが、皮肉《ひにく》にも画一化《かくいつか》を免《まぬか》れ、気兼《きが》ねせずに自由《じゆう》であったことはないであろう。

しかし、美《うつく》しいものを着《き》たい、良《よ》いものを着たいというのは、若《わか》い女性《じょせい》の本能《ほんのう》である。また、親《おや》たちが、短《みじか》い青春《せいしゅん》時代の娘《むすめ》に、せめて美しく着飾《きかざ》らせたいと思うのも、親の情《じょう》からいって当然《とうぜん》であろう。しかし、何一《なにひと》つとして満足《まんぞく》させられなかった。

戦争《せんそう》は、より多く女性が苦《くる》しみ、より多く女性が悲《かな》しむのである。女性を守《まも》るためにも、絶対《ぜったい》に戦争は避《さ》けなければならぬ。このことは、平和《へいわ》な時にこそ、声《こえ》を大《だい》にして叫《さけ》ぶべきであった。

住宅難《じゅうたくなん》も、言語《げんご》に絶《ぜっ》した。当時《とうじ》の都会《とかい》は、戦災《せんさい》や強制疎開《きょうせいそかい》で家を失《うしな》った人や、復員《ふくいん》兵《へい》、引《ひ》き揚《あ》げ者《しゃ》など、住居《じゅうきょ》のない人で、ひしめき合《あ》っていたのである。

やむなく防空壕《ぼうくうごう》の住居や、焼《や》けトタンで作《つく》った雨漏《あまも》りのする家に住《す》み、およそ文明《ぶんめい》とは懸《か》け離《はな》れた暮《く》らしをしている人たちが数多《かずおお》くいた。

彼《かれ》らの家では、六畳《じょう》に老若男女《ろうにゃくなんにょ》が十人も雑居《ざっきょ》したり、四畳半《はん》に六人もの人が住んでいることも珍《めずら》しくなかった。

政府《せいふ》の住宅施策《じゅうたくしさく》は、これまた、ほとんど皆無《かいむ》であった。増加《ぞうか》する人口《じんこう》には、とうてい追《お》いつけず、わずかばかりの応急《おうきゅう》住宅なども焼《や》け石《いし》に水《みず》であった。

人びとは戦争《せんそう》を欲《ほっ》せず、否《いな》、戦争を憎《にく》んでいたのに、生涯《しょうがい》をかけ、尊《とうと》い汗《あせ》で築《きず》いた家も財産《ざいさん》も、灰燼《かいじん》に帰《き》してしまったのである。これほどの落胆《らくたん》も、悲劇《ひげき》もあるまい。この人たちのためにも、断《だん》じて戦争はあってはならない。

交通難《こうつうなん》にいたっては、まさに地獄《じごく》そのものであった。通勤電車《つうきんでんしゃ》や列車《れっしゃ》の満員《まんいん》は、むしろ当《あ》たり前《まえ》のことである。それでも乗《の》れれば、まだよい方《ほう》だった。真冬《まふゆ》になっても、窓《まど》にガラスが入《はい》らず、板《いた》を打《う》ちつけた暗《くら》い車両《しゃりょう》もあった。遠距離《えんきょり》の交通には、乗車制《じょうしゃせい》限《げん》も行《おこな》われ、会いたい人にも自由《じゆう》に会えず、用事《ようじ》もすべて不便《ふべん》をきたしていた。

一枚の切符《きっぷ》を手に入れるのに、長時間《ちょうじかん》、各駅《かくえき》の窓口《まどぐち》に列《れつ》をつくった。切符を手に入れるまでの時間の方が、乗車時間より、はるかに長《なが》い場合《ばあい》もあったのである。

都会《とかい》の闇市《やみいち》に行くと、金《かね》さえあれば、どんな食糧《しょくりょう》でも手に入《はい》った。地獄の沙汰《さた》も金次第《しだい》ということが、この時代《じだい》ほど、人びとの心《こころ》に焼き付《つ》いたことはない。しかし、大《だい》多数《たすう》の人びとは、その金《かね》そのものがなかったのである。インフレの高進《こうしん》は、貨幣価値《かへいかち》を見る見る下落《げらく》させていった。

少数《しょうすう》の闇成金《やみなりきん》を除《のぞ》いて、全国《ぜんこく》の家庭《かてい》は、毎月《まいつき》、おそるべき赤字《あかじ》を出していた。たとえば、全国消費者米価《しょうひしゃべいか》を見ると、終戦《しゅうせん》の一九四五年（昭和《しょうわ》二十年）を一とすると、わずか二年後の四七年（同二十二年）には、二十五倍以上《ばいいじょう》となっている。さらに一年たつと、六十倍以上にはね上がっている。賃金《ちんぎん》の値上《ねあ》げがあったといっても、この上昇比率《じょうしょうひりつ》には、とても追《お》いつくものではない。

各家庭の赤字補填《ほてん》には、やっとの思《おも》いで保存《ほぞん》してきた衣類《いるい》や、物品《ぶっぴん》があてられた。つまり、もっぱら売《う》り食《ぐ》いするしか方法《ほうほう》がなかった。闇物資《やみぶっし》を入手《にゅうしゅ》しないことには、生命《せいめい》の維持《いじ》は困難《こんなん》だったからである。社会生活《しゃかいせいかつ》の不安《ふあん》は、募《つの》るばかりであった。

食糧《しょくりょう》の確保《かくほ》が、日々《ひび》の生活の最大《さいだい》の問題《もんだい》となり、闇米《やみごめ》を、たとえ非合法手段《ひごうほうしゅだん》によってでも買《か》わなければ、死《し》ぬよりほかはない。まさに一億総闇屋《おくそうやみや》という時代《じだい》であった。

このような時代にあって、法治国《ほうちこく》として法律《ほうりつ》を遵奉《じゅんぽう》するのは、国民《こくみん》の義務《ぎむ》であるとして、ある真《ま》っ正直《しょうじき》な教授《きょうじゅ》と裁判官《さいばんかん》は、自《みずか》ら闇買《やみが》いを一切拒否《いっさいきょひ》した。その結果《けっか》、遂《つい》に餓死《がし》するという事件《じけん》も起《お》こった。

その裁判官《さいばんかん》は、日記《にっき》にこう書《か》き残《のこ》している。

「食糧統制法《しょくりょうとうせいほう》は悪法《あくほう》だ。しかし法律《ほうりつ》としてある以上《いじょう》、国民《こくみん》は絶対《ぜったい》にこれに服従《ふくじゅう》せねばならない……自分《じぶん》は平常《へいじょう》、ソクラテス*が悪法だとは知りつつも、その法律のためにいさぎよく刑《けい》に服《ふく》した精神《せいしん》に敬服《けいふく》している……敢然《かんぜん》ヤミと闘《たたか》って飢死《うえじに》するのだ。自分の日々《ひび》の生活《せいかつ》は全《まった》く死の行進《こうしん》であった」(1)

死の行進は、弾丸《だんがん》の飛《と》ぶ戦場《せんじょう》にだけあるのではない。日常《にちじょう》の平和《へいわ》であるべき平凡《へいぼん》で正直《しょうじき》な生活まで、法律を守《まも》れば、死の行進となっていたのである。当時《とうじ》の国民生活が、いかに異常《いじょう》なものであったか、その一面《いちめん》を鋭《するど》く物語《ものがた》っているといえよう。かろうじて餓死を免《まぬか》れたのは、闇買《やみが》いという流通機構《りゅうつうきこう》が、法律の目を掠《かす》めて、公然《こうぜん》と存在《そんざい》していたからである。

このような状態《じょうたい》のなかで、戸田城聖《とだじょうせい》とその門下生《もんかせい》は、講義《こうぎ》に通《かよ》い、各所《かくしょ》で座談会《ざだんかい》を開催《かいさい》し、折伏《しゃくぶく》に飛び歩《ある》き、さらには地方指導《ちほうしどう》にも参加《さんか》した。こうした実践《じっせん》は、極《きわ》めて至難《しなん》なことであったにちがいない。どんなに勇気《ゆうき》と努力《どりょく》と、はたまた強《つよ》い信念《しんねん》とを必《ひつ》要《よう》としたことであろうか。おそらく今日《こんにち》の時点《じてん》では、誰《だれ》も想像《そうぞう》できないほどの困難《こんなん》なことであったろう。

戸田城聖《とだじょうせい》は、こうした乱世《らんせい》の様相《ようそう》を「立正安国論《りっしょうあんこくろん》」を通《とお》して、深《ふか》く洞察《どうさつ》していた。そして、大聖人《だいしょうにん》の論じられた*七難《しちなん》が、今は逆次《ぎゃくじ》に起《お》きていると考《かんが》えた。

その七難の最後《さいご》の二つの大難《だいなん》は、「自界叛逆《じかいほんぎゃく》の難」と「他国侵逼《たこくしんぴつ》の難」である。そのうち、最悪《さいあく》の「他国侵逼の難」は、一九四五年（昭和《しょうわ》二十年）の八月十五日、未曾《みぞ》有《う》の敗戦《はいせん》と連合軍《れんごうぐん》の進駐《しんちゅう》とによって、その極点《きょくてん》に達《たっ》したといえよう。そして今、その難は逆次に進《すす》んで、「自界叛逆の難」の様相を帯《お》びてきた。自界叛逆とは、内部抗争《ないぶこうそう》のことであり、仲間同士《なかまどうし》の対立《たいりつ》である。大きくいえば、国民《こくみん》のなかの絶《た》え間《ま》ない争《あらそ》いである。

ある家庭《かてい》では、食《た》べ物《もの》の恨《うら》みから、殺人事件《さつじんじけん》さえ起こしていた。電車《でんしゃ》の中では、必《かなら》ず乗客同士《じょうきゃくどうし》が大声《おおごえ》でわめき合《あ》っている。

経済界《けいざいかい》を見ても、各会社《かくかいしゃ》は、労資《ろうし》の争いから生産《せいさん》を忘《わす》れてストライキで対峙《たいじ》し、互《たが》いに骨身《ほねみ》を削《けず》っていた。

各政党《かくせいとう》は、内部紛争《ないぶふんそう》を繰《く》り返《かえ》し、混迷《こんめい》の様相《ようそう》を呈《てい》していた。この国難《こくなん》に直面《ちよくめん》しても、政治家《せいじか》たちは、国民《こくみん》の窮乏《きゆうぼう》をよそに、派閥争《はばつあらそ》いに明《あ》け暮《く》れ、政権《せいけん》の座《ざ》は揺《ゆ》れに揺れ動《うご》いていた。

結局《けつきよく》のところ、人びとは互《たが》いに信頼《しんらい》を失《うしな》い、裏切《うらぎ》り合《あ》うことによってしか、己《おのれ》の生《せい》活《かつ》を確保《かくほ》することができなかったのである。

さまざまな集団《しゆうだん》も、例外《れいがい》ではなかった。程度《ていど》の差《さ》こそあれ、自界叛逆《じかいほんぎやく》の様相が現《あらわ》れ始《はじ》めていた。既成宗教《きせいしゆうきよう》も、新宗教も、それぞれ内部の紛争が続《つづ》き、特《とく》に新宗教にいたっては、それが分裂《ぶんれつ》して、別《べつ》の新しい宗教法人《ほうじん》を結成《けつせい》していくことになるのである。

戸田城聖《とだじようせい》は、思索《しさく》を重《かさ》ねていた。

〝創価学会《そうかがつかい》の前進《ぜんしん》と建設《けんせつ》は、日増《ひま》しに大事《だいじ》になり、かつ責任《せきにん》を増していく。創価学会の組織《そしき》は、いかにあるべきか……〟

いろいろな団体《だんたい》の分裂の現象《げんしよう》を目撃《もくげき》するごとに、これを周囲《しゆうい》の幹部《かんぶ》たちに語《かた》り始めたのも、このころであった。

「今の世《よ》の中《なか》で、いかなる集団《しゅうだん》でも、『自界叛逆《じかいほんぎゃく》の難《なん》』は免《まぬか》れがたい。それには、いろいろ原因《げんいん》もあろう。だが、その根本《こんぽん》原因は、正法誹謗《しょうほうひぼう》にあるのだ。この難を免れることのできるのは、おそらく創価学会《そうかがっかい》しかないだろう。理由《りゆう》は簡単《かんたん》だ。正法を奉持《ほうじ》している、唯一《ゆいいつ》の団体《だんたい》だからです。正法護持《ごじ》ということが、根幹《こんかん》の車軸《しゃじく》となっているからだ。

したがって、学会という車輪《しゃりん》が、いかに巨大《きょだい》になり、遠心力《えんしんりょく》や加速度《かそくど》が加《くわ》わって、どんなに大きく回転《かいてん》しようと、車軸が堅固《けんご》であれば、何も心配《しんぱい》はない。

今、ぼくは、この車軸を、ダイヤモンドのように硬《かた》く、絶対《ぜったい》に壊《こわ》れない車軸にしようと、一生懸命《いっしょうけんめい》なんだよ。それには、所詮《しょせん》、強盛《ごうじょう》な信心《しんじん》しかない。

さまざまな団体や教団《きょうだん》が、派手《はで》に動《うご》き始《はじ》めているが、そんなものに目をくれてはなりませんぞ。いずれ、みんな行き詰《づ》まるか、分裂《ぶんれつ》するかの宿命《しゅくめい》にある。自界叛逆の難が、避《さ》けられる道理《どうり》がないからだ。分裂は、避けることのできない必然的《ひつぜんてき》な宿命だよ。

学会も、将来《しょうらい》、大発展《だいはってん》すると、多数《たすう》の力《ちから》ある指導者《しどうしゃ》が活躍《かつやく》するようになる。それを見て、外部《がいぶ》の連中《れんちゅう》は、妬《ねた》みや策略《さくりゃく》から、『必《かなら》ず分裂するだろう』『派閥《はばつ》ができた』など

と言うだろう。だが、そんなことに紛動《ふんどう》される必要《ひつよう》は、全《まった》くない。あくまでも正法《しょうほう》根本《こんぽん》、信心《しんじん》第一でいくならば、広宣流布《こうせんるふ》のその日まで、人びとには、とうてい考《かんが》えられない強《つよ》い団結《だんけつ》と、潤《うるお》いのある同志愛《どうしあい》で進《すす》んでいけるんです。

なんといっても大事《だいじ》なのは、幹部《かんぶ》であり、信心だよ。大聖人様《だいしょうにんさま》から叱《しか》られないように、お互《たが》いに常《つね》に自覚《じかく》して、ひたすら広宣流布達成《たっせい》に邁進《まいしん》していくことだ」

幹部たちには、戸田《とだ》の、あらたまって言う、こうした話《はなし》が、なぜか不審《ふしん》に思《おも》えた。

彼《かれ》らは、〝今の創価学会《そうかがっかい》に、分裂《ぶんれつ》などあるはずがない。だいいち、それほど膨大《ぼうだい》な組《そ》織《しき》でも決《けっ》してない。戦時中《せんじちゅう》、壊滅状態《かいめつじょうたい》になったのは、軍部政府《ぐんぶせいふ》の弾圧《だんあつ》のためであり、学会の責任《せきにん》でもなければ、内部《ないぶ》分裂によるものでもなかったはずだ〟と考えていた。

戸田は、不可解《ふかかい》そうな顔《かお》をしている、みんなを見ながら、苛立《いらだ》ってきた。

「君《きみ》たちは、ぼくが、今、言っていることが、わからんかもしれない。しかし、よく覚《おぼ》えておきなさい。

もし仮《かり》に、創価学会が、根本の使命《しめい》を忘《わす》れ、分裂するような気配《けはい》が生《しょう》じたら、即座《そくざ》に解散《かいさん》します。

毛筋《けすじ》ほどでも、ひびが入《はい》ったとしたら、ダイヤモンドの車軸《しゃじく》はどうなる。既《すで》に車軸としての働《はたら》きは、全《まった》くなくなってしまう。われわれの学会《がっかい》は、車軸そのものが、全然《ぜんぜん》、他の団体《だんたい》とは違《ちが》うのだ。

仏法《ぶっぽう》では、団結《だんけつ》を破《やぶ》る者《もの》を*破和合僧《はわごうそう》といって、*五逆罪《ごぎゃくざい》の一つに数《かぞ》えている。学会は、正法《しょうほう》を持《たも》った純正唯一《じゅんせいゆいいつ》の教団《きょうだん》であるがゆえに、御金言通《ごきんげんどお》りの団結が、必《かなら》ずできるのです。

名聞名利《みょうもんみょうり》を願《ねが》う幹部《かんぶ》や会員《かいいん》が、出てくることもあるかもしれない。しかし、考《かんが》えがあまりにも低《ひく》いために、学会の崇高《すうこう》なる大使命《だいしめい》がわからず、いつかは行き詰《づ》まる。

また、団結、団結といくら叫《さけ》んだからといって、それで団結が固《かた》くなるものではない。それには、車軸が金剛不壊《こんごうふえ》でなければならぬ。純粋《じゅんすい》にして強《つよ》い信心《しんじん》だ。幹部の自《じ》覚《かく》と、使命感《しめいかん》だ。一人《ひとり》ひとりが、自分《じぶん》の力《ちから》を最大《さいだい》に発揮《はっき》して、目的《もくてき》のために、強く伸《の》び伸びと前進《ぜんしん》していけば、おのずから固い団結がなされていくものです。

そうすれば、この世《よ》で恐《おそ》れるものは何もない。『異体同心《いたいどうしん》なれば万事《ばんじ》を成《じょう》じ』（御書《ごしょ》一四六三ジペー）だよ。異体とは、各自《かくじ》の境遇《きょうぐう》であって、自己《じこ》の個性《こせい》を最大限《さいだいげん》に生かす生《せい》活《かつ》。同心《どうしん》とは、信心《しんじん》、そして広宣流布《こうせんるふ》という目的《もくてき》への自覚《じかく》――これだ。ぼくをはじめ、全員《ぜんいん》が、大聖人《だいしょうにん》の御聖訓《ごせいくん》のままにいくんだよ。これが学会精神《がっかいせいしん》だ」

戸田《とだ》は、ここで言葉《ことば》を切って、何かを仰《あお》ぎ見《み》るように、顔《かお》を上げた。血色《けっしょく》のよい頬《ほお》ではあったが、表情《ひょうじょう》は意外《いがい》に厳《きび》しい。

「ぼくは、重《かさ》ねて言っておく。将来《しょうらい》の発展《はってん》のためと、発展してから、その先《さき》のことまでを考《かんが》えてだ。諸君《しょくん》は、幹部《かんぶ》として、あくまでも学会《がっかい》の車軸《しゃじく》であることを自覚してもらいたい。みんな、一生懸命《いっしょうけんめい》に信心していると思《おも》っているだろうし、事実《じじつ》、そうだと思うが、重大《じゅうだい》な使命《しめい》をもつ学会のなかで、自分《じぶん》の使命というものが、何かということを忘《わす》れてはなりませんぞ。

つまり、わかりやすく言えば、ぼくと諸君との間《あいだ》に、毛筋《けすじ》一本でも挟《はさ》まって、余計《よけい》な摩擦《まさつ》があれば、学会の車軸は金剛不壊《こんごうふえ》ではなくなるのだ。……ここのところがわかるかな。学会の車軸を堅固《けんご》にしていくには、皆《みな》が、一生涯《いっしょうがい》、今までよりも、さらに堅固な、強《つよ》い信心を貫《つらぬ》いていかなければならない。

真《しん》の団結《だんけつ》というものは、人の意志《いし》や心《こころ》がけだけで、できるものではない。御本尊《ごほんぞん》に対《たい》する、純粋《じゅんすい》で強盛《ごうじょう》な信心《しんじん》を貫《つらぬ》き通《とお》す時に、その信心の絆《きずな》で、自然《しぜん》と固《かた》い団結《だんけつ》ができるのだ。ここが、利害《りがい》を基《もと》にしたほかの団体《だんたい》とは、根本的《こんぽんてき》に違《ちが》うところだ。利害で結《むす》ばれた団結は、必《かなら》ず分裂《ぶんれつ》する。利害以外《いがい》に、何ものもないのだから。だが、ぼくらの団結には、断《だん》じて分裂はない。もし、団結が不可能《ふかのう》になったら、それは即壊《そくかい》滅《めつ》を意味《いみ》する。

創価学会《そうかがっかい》というのは、仏意仏勅《ぶついぶっちょく》によって生《しょう》じた団体なるがゆえに、君《きみ》たちの想像《そうぞう》以上《じょう》に、すごい団体なのだ。これを見事《みごと》に回転《かいてん》させ、発展《はってん》させるのは、車軸《しゃじく》である。したがって、金剛不壊《こんごうふえ》の車軸を、どうしても、つくらねばならない時が来ている。諸君《しょくん》は、この立派《りっぱ》な車軸の役割《やくわり》を担《にな》ってもらいたい。……いいかい、いくらかわかったかな。……わかってくれよ」

戸田《とだ》が異体同心《いたいどうしん》の団結の重要性《じゅうようせい》を語《かた》ったのは、西神田《にしかんだ》の本部《ほんぶ》で、幹部《かんぶ》会《かい》が行《おこな》われたあとのことであった。そして、皆《みな》が解散《かいさん》したあと、幹部数人《すうにん》が残《のこ》って、この話《はなし》を聞いていたのである。

語気鋭《ごきするど》く語《かた》る戸田城聖《とだじょうせい》の声《こえ》を、幹部《かんぶ》たちは、深刻《しんこく》な思《おも》いで聞いていた。しかし、考《かんが》えてもいなかった話《はなし》なので、戸田の言葉《ことば》を、心《こころ》から理解《りかい》するには、いたらなかった。

戸田は、「根《ね》ふかければ枝《えだ》しげし」（御書《ごしょ》三二九ジベー）の道理《どうり》にしたがい、立派《りっぱ》な大樹《たいじゅ》の根をつくることに懸命《けんめい》であった。根が弱《よわ》く小さければ、決《けっ》して枝も花《はな》も盛《さか》んになるわけもなく、永続性《えいぞくせい》のないことを知っていたからである。

彼《かれ》はまた、こう考えていた。

――誤《あやま》れる宗教《しゅうきょう》は、教祖《きょうそ》だけが悟《さと》りを得《え》たように装《よそお》い、他の信者《しんじゃ》は、いつまでも無《む》知暗愚《ちあんぐ》として取《と》り扱《あつか》われているのが常《つね》である。信者は、教祖の奴隷《どれい》に似《に》ている。

正法《しょうほう》は、真実《しんじつ》の師弟不二《していふに》を説《と》き、弟子《でし》が師と共《とも》に進《すす》み、かつ師以上《いじょう》に成長《せいちょう》し、社会《しゃかい》に貢献《こうけん》していくことを指導《しどう》する。

前者《ぜんしゃ》は、不合理《ふごうり》であり、俗《ぞく》にいう宗教のための宗教、そして企業化《きぎょうか》した宗教である。後者《こうしゃ》は、生きるための源泉《げんせん》であり、生活法《せいかつほう》である。矛盾《むじゅん》のない哲学《てつがく》が裏付《うらづ》けとなっている。

仏教《ぶっきょう》といえば、往々《おうおう》にして高遠《こうえん》で霧《きり》に包《つつ》まれたような、難解《なんかい》なものとされてきた。

しかし、正法《しょうほう》である妙法《みょうほう》の眼《まなこ》を開いて見れば、最《もっと》も身近《みぢか》な、絶対《ぜったい》の幸福確立法《こうふくかくりつほう》であることが、はっきりとわかる。

戸田《とだ》は、弟子《でし》たちに、未来《みらい》へ向かって、正法を根底《こんてい》として、あらゆる指南《しなん》を開始《かいし》したのであった。一本の枝《えだ》から、大輪《たいりん》の菊《きく》の花《はな》が咲《さ》き、小さな一塊《いっかい》の球根《きゅうこん》から、美《うつく》しい水仙《すいせん》の花が開くように、学会《がっかい》は、妙法の信心《しんじん》の一念《いちねん》によって発展《はってん》し、さらに社会《しゃかい》にあって、近代的《きんだいてき》な新社会建設《けんせつ》の花を、爛漫《らんまん》と咲かせていくであろうことを、彼《かれ》は確信《かくしん》していたのである。

「わかってくれよ」と、戸田に言われた時、幹部《かんぶ》たちは、自分《じぶん》たちが、いまだ不甲斐《ふがい》ない、未熟《みじゅく》な弟子であることを、しみじみと知った。ある人は、それを恥《は》じ、ある人は、戸田の心中《しんちゅう》を察《さっ》して、緊張《きんちょう》した顔《かお》になった。

「今夜《こんや》、諸君《しょくん》に語《かた》ったことは、今にわかる。諸君が、それぞれ責任《せきにん》ある地位《ちい》について、大勢《おおぜい》の学会員のために、身《み》を挺《てい》して戦《たたか》わなければならない時が来る。その時に、いやでもわかるようになる。

これが、創価学会《そうかがっかい》の組織論《そしきろん》の根本《こんぽん》だ。……今夜《こんや》は、やかましい話《はなし》をしたようだが、大聖人《だいしようにん》の弟子《でし》として、勇敢《ゆうかん》に前進《ぜんしん》していくならば、その人は、まさに金剛石《こんごうせき》だ。だが、金剛石は磨《みが》かなければ、それが金剛石であることすら、わからんのだ。真剣勝負《しんけんしょうぶ》で、信心《しんじん》を磨くことだ。そうすれば、無量《むりょう》の福運《ふくうん》を積《つ》むことは、間違《まち》いないよ」

静《しず》まり返《かえ》っていた人びとは、ここで初《はじ》めて口《くち》を開いた。

「はい」

「はい、わかりました」

戸田《とだ》の顔《かお》にも、やっと微笑《びしょう》が浮《う》かんだ。

「どうだ。今夜は焼鳥《やきとり》で一杯《いっぱい》やるか。みんな来たまえ」

初秋《しょしゅう》のさわやかな夜の街《まち》に、彼《かれ》らは足《あし》を向けていった。

恩師《おんし》・牧口常三郎《まきぐちつねさぶろう》の亡《な》き後《あと》、戸田城聖一人《じょうせいひとり》が、車軸《しゃじく》であったことは言うまでもない。

しかも、それは敗戦後《はいせんご》に残《のこ》った、たった一つの車軸なのであった。

この孤独《こどく》な車軸は、広宣流布《こうせんるふ》への偉大《いだい》なる活動《かつどう》を推進《すいしん》するために、その組織が、軍《ぐん》隊《たい》や労働組合《ろうどうくみあい》や、その他あらゆる組織《そしき》と、本源的《ほんげんてき》に全《まった》く異質《いしつ》でなければならないことを知っていた。前代未聞《ぜんだいみもん》の組織でなければならないと、考《かんが》えていたのである。

戸田《とだ》は、あるべき組織について、さまざまに思《おも》いをめぐらせていた。

組織といえば、人体《じんたい》こそ、最高《さいこう》に完璧《かんぺき》な組織体である。また、およそ社会機構《しゃかいきこう》というものは、すべて組織によって成《な》り立《た》っている。組織は、時代《じだい》の要請《ようせい》であり、必然《ひつぜん》でもある。ゆえに、組織は、その団体《だんたい》の目的《もくてき》、使命達成《しめいたっせい》のために、より価値的《かちてき》に、より効果的《こうかてき》に、指導《しどう》・伝達《でんたつ》の徹底《てってい》がなされ、共《とも》に全員《ぜんいん》が、その恩恵《おんけい》に浴《よく》し、幸福《こうふく》になるためのものでなくてはならない。

今夜《こんや》、初《はじ》めて、彼《かれ》は未来《みらい》への思索《しさく》の過程《かてい》から、その一部分《いちぶぶん》をもらしたのであった。しかし、幹部《かんぶ》たちの理解《りかい》の仕方《しかた》は、あまりにも遅《おそ》い。彼は、自己《じこ》の孤独《こどく》を、また自覚《じかく》せざるを得《え》なかった。

この一九四七年（昭和《しょうわ》二十二年）の夏《なつ》、総本山《そうほんざん》での夏季講習会《かきこうしゅうかい》には、約《やく》百人が参加《さんか》し、前年《ぜんねん》の三十余人《よにん》に比《くら》べて、三倍以上《ばいいじょう》の躍進《やくしん》をみていた。九月の法華経講義《ほけきょうこうぎ》は、第五期となり、受講者《じゆこうしや》は、かなり増加《ぞうか》していた。これらは皆《みな》、弘教《ぐきよう》の成果《せいか》が、上昇《じようしよう》のカーブを描《えが》いていったことの表《あらわ》れといえよう。

しかし、このように躍進《やくしん》をすればするほど、それにふさわしいだけの車軸《しやじく》の堅固《けんご》さが要求《ようきゆう》され、それが学会《がつかい》の最《もつと》も重要《じゆうよう》な鍵《かぎ》となってくる。戸田《とだ》は、現在《げんざい》まだ、未熟《みじゆく》で脆《ぜい》弱《じやく》な車軸について、考《かん》えていかねばならなかった。

十月十九日に、神田《かんだ》の教育会館《きよういくかいかん》で開催《かいさい》された第二回総会《そうかい》にも、その傾向《けいこう》は表れていた。参加人員《さんかじんいん》は、前年《ぜんねん》の第一回総会をはるかに上回《うわまわ》り、盛大《せいだい》ではあったが、なぜか手《て》応《ご》え《た》は、期待《きたい》したほどではなかったのである。

午前《ごぜん》九時から午後《ごご》四時まで、二部《ぶ》に分かれての総会は、時間が長《なが》かったせいもあってか、会場《かいじよう》には疲労感《ひろうかん》が漂《ただよ》っていた。それは、第一回の時の、あの牧口会長追悼法要《まきぐちかいちようついとうほうよう》がなく、やや緊張感《きんちようかん》が薄《うす》らいでいたためかもしれない。

しかし、組織《そしき》の糸《いと》は、この一年間に、全国的《ぜんこくてき》に伸《の》びていたはずである。それは、三《み》島由造理事《しまよしぞうりじ》の、冒頭《ぼうとう》の経過報告《けいかほうこく》によっても、明《あき》らかに知ることができた。

「本創価学会《ほんそうかがつかい》は、現在、本部《ほんぶ》においては、総務部《そうむぶ》、教学部《きようがくぶ》、情報部《じようほうぶ》、青年部《せいねんぶ》、婦人《ふじん》部《ぶ》、財務部《ざいむぶ》の六部に分かれて、おのおのその役割《やくわり》を遂行《すいこう》しております。

支部《しぶ》としましては、東京都内《とうきょうとない》に十二支部、地方《ちほう》に十一支部、それぞれ月一回以上《いじょう》の座談会《ざだんかい》を開催《かいさい》して、信心《しんじん》の強化《きょうか》を図《はか》るとともに、折伏《しゃくぶく》に邁進《まいしん》しております。

それでは、ただ今から、昨年《さくねん》十一月十七日、再建《さいけん》第一回総会以《そうかいい》後《ご》、行《おこな》われました、主《しゅ》たる行事《ぎょうじ》の経過《けいか》報告《ほうこく》をいたします。

まず、法華経講義《ほけきょうこうぎ》でありますが、この講義は、昨年元日《がんじつ》より開始《かいし》され、本年九月には、第五期が新規《しんき》に開講《かいこう》されました。毎週月《まいしゅうげつ》、水《すい》、金《きん》の午後《ごご》六時から八時までのこの講義は、受講者《じゅこうしゃ》は目下《もっか》五十人内外《ないがい》に及《およ》んでいる現況《げんきょう》であります。

遠《とお》くは神奈川県《かながわけん》の茅ケ崎《ちがさき》、平塚《ひらつか》より通《かよ》ってくる青年男女《せいねんだんじょ》、あるいは相模原《さがみはら》より道《みち》を求《もと》めてくる青年、また埼玉県《さいたまけん》の志木《しき》方面《ほうめん》より通ってくる青年たち、熱意《ねつい》あふれる求道《きゅうどう》の同志《どうし》は、日本正学館《しょうがつかん》の階上《かいじょう》の本部《ほんぶ》を埋《う》めております。戸田先生《とだせんせい》の、心《こころ》の底《そこ》よりほとばしる師子吼《ししく》に、青年たちは、広宣流布《こうせんるふ》の礎石《そせき》たらんと、続々《ぞくぞく》と集《つど》い、優秀《ゆうしゅう》なる幹部《かんぶ》が養成《ようせい》されつつあります」

三島《みしま》は、このあと、地方支部の活動状況《かつどうじょうきょう》を語《かた》り始《はじ》めた。

——諏訪《すわ》支部《しぶ》は、戦時中疎開《せんじちゅうそかい》した松崎英三《まつさきえいぞう》から連絡《れんらく》があり、昨年《さくねん》十一月から二回、本部《ほんぶ》から数人《すうにん》の幹部《かんぶ》が派遣《はけん》された。なお本年《ほんねん》八月末《まつ》、戸田理事長《とだりじちょう》の指導《しどう》の結果《けっか》、二十人ほどの同志《どうし》を擁《よう》する支部となり、明《あか》るい発展《はってん》の兆《きざ》しが見えている。

伊豆下田方面《いずしもだほうめん》の伊豆支部は、本年一月、戸田理事長をはじめ、六、七人の幹部の派遣によって、現在《げんざい》では、数十人の新《あたら》しい会員《かいいん》が、真剣《しんけん》に信仰《しんこう》に励《はげ》んでいる。

伊東《いとう》支部は、四月以来《いらい》、本部から、毎月《まいつき》、幹部が派遣され、座談会《ざだんかい》が常《つね》に盛大《せいだい》に開かれた結果、数カ月を経《へ》ずして、三十人以上《いじょう》の新入会員《しんにゅうかいいん》を見るにいたっている。

九州《きゅうしゅう》方面は、福岡《ふくおか》、大分両県《おおいたりょうけん》に、本年一月、本部から三人が指導に向かったが、久《ひさ》しく低迷《ていめい》を続《つづ》けてきた地方《ちほう》であり、その指導は困難《こんなん》を極《きわ》めていた。しかし、これを契《けい》機《き》として、最近《さいきん》は活発《かっぱつ》な活動《かつどう》に入《はい》り、今後《こんご》、大きく発展することが予想《よそう》されるにいたっている。

那須《なす》支部は、昨年九月、戦後《せんご》最初《さいしょ》の地方指導が行《おこな》われた地でもある。中心者《ちゅうしんしゃ》・増田《ますだ》一家《いっか》の真剣な信心《しんじん》は、地域《ちいき》に仏法対話《ぶっぽうたいわ》の輪《わ》を大きく広《ひろ》げていた。

桐生《きりゅう》支部でも、戸田理事長以下《いか》数人の幹部が訪《おとず》れて以来、講演会《こうえんかい》や座談会を盛大に催《もよお》し、その結果《けっか》、有能《ゆうのう》な闘士《とうし》を輩出《はいしゅつ》するような動《うご》きとなってきた。

このような地方《ちほう》支部《しぶ》の状況《じょうきょう》に対《たい》し、都内《となない》の現況《げんきょう》は、どうであったか。城南《じょうなん》の蒲田《かまた》支部《しぶ》は、戦前《せんぜん》の学会《がっかい》の最盛期《さいせいき》より、はるかに活発《かっぱつ》の度合《どあ》いを増《ま》し、千葉《ちば》県《けん》・浦安《うらやす》、埼玉県《さいたまけん》・志木《しき》に、二つの新《あたら》しい支部を生むにいたった。

足立《あだち》支部も、新幹部《しんかんぶ》の輩出によって、埼玉方面《ほうめん》、青森《あおもり》方面にも、折伏活動《しゃくぶくかつどう》を拡大《かくだい》しつつある。

本所《ほんじょ》支部は、一面《いちめん》の焼《や》け跡《あと》のなかでの弛《たゆ》まざる努力《どりょく》の結果、支部創立《そうりつ》の運《はこ》びとなったものであり、純真《じゅんしん》な新会員《しんかいいん》によって、発展《はってん》の機運《きうん》をみなぎらせている。

経過《けいか》報告《ほうこく》は、各支部の名《な》をあげて詳細《しょうさい》に行《おこな》われた。まだ支部としては微弱《びじゃく》なものであるが、幹部の陣頭指揮《じんとうしき》による開拓《かいたく》によって、広宣流布《こうせんるふ》への布石《ふせき》が、少《すこ》しずつ打《う》たれていたのである。

この報告は、創価《そうか》学会の一九四七年（昭和《しょうわ》二十二年）当時《とうじ》の姿《すがた》を、まざまざと想起《そうき》させるが、戦前の創価教育《きょういく》学会の最盛時《さいせいじ》に、どうやら戻《もど》ったと思《おも》われるのは、わずかに蒲田支部だけであった。

経過報告《けいかほうこく》は、一通《ひととお》り立派《りっぱ》なものであったが、力《ちから》ある人材《じんざい》のいないことは、戸田自身《とだじしん》が知悉《ちしつ》していた。

確《たし》かに規模《きぼ》は全国的《ぜんこくてき》になったとはいえ、事実《じじつ》は、力強《ちからづよ》い、はつらつたる萌芽《ほうが》の力が、なぜか乏《とぼ》しい感《かん》があったといえる。

戸田城聖《じょうせい》は、このような一般《いっぱん》の状況《じょうきょう》を、誰《だれ》よりも明《あき》らかに見ていたが、それとともに、学会組織《がっかいそしき》の根本《こんぽん》である車軸《しゃじく》を、自《みずか》ら厳《きび》しく点検《てんけん》していたのである。

彼《かれ》は沈痛《ちんつう》な思《おも》いで、三島《みしま》の報告を聞いていた。

多くの幹部《かんぶ》は、全国に及《およ》んだ発展《はってん》の経過報告に、自分《じぶん》たちの努力《どりょく》が大きな成果《せいか》となって実《み》を結《むす》んだと喜《よろこ》んだ。確かに、彼らの努力の賜物《たまもの》である。だが、各地方《かくちほう》の会員《かいいん》による自発的《じはつてき》な活動《かつどう》も、見過《みす》ごすことはできなかった。

経過報告は、最後《さいご》に、この夏《なつ》の五日間にわたる夏季講習会《かきこうしゅうかい》が、学会の前進《ぜんしん》に大きな意義《いぎ》を刻《きざ》んだことを述《の》べて終《お》わった。

次《つぎ》に体験談《たいけんだん》は、十数人《すうにん》にものぼった。

この日、水谷日昇《みずたににっしょう》が総会《そうかい》に出席《しゅっせき》したほか、堀日亨《ほりにちこう》、堀米泰栄《ほりごめたいえい》、細井《ほそい》精道《せいどう》らも壇上《だんじょう》に席《せき》を連《つら》ねた。そして、それぞれ講演《こうえん》をしたのである。

総会《そうかい》で日昇《にっしょう》は、広宣流布《こうせんるふ》の時代《じだい》がいよいよ到来《とうらい》したことを訴《うった》えるとともに、話《はなし》は総《そう》本山《ほんざん》の現況《げんきょう》にも及《およ》んだ。

「既《すで》に、皆様《みなさま》もご承知《しょうち》の通《とお》り、一昨年《いっさくねん》は総本山未曾有《みぞう》の災厄《さいやく》に遭遇《そうぐう》し、これが復興《ふっこう》の大業《たいぎょう》に迫《せま》られつつある折柄《おりから》、今回《こんかい》は、さらに農地《のうち》法《ほう》の実施《じっし》に伴《ともな》い、過去《かこ》数百年築《きず》き上《あ》げた総本山の田畑《でんぱた》等は、ことごとく、皆《みな》、その対象《たいしょう》として、買収《ばいしゅう》せられることとなり、今や、文字《もじ》通《どお》り丸裸《まるはだか》とならざるをえない時艱《じかん》に直面《ちょくめん》いたしました。

これしかしながら、宗祖大聖人様《しゅうそだいしょうにんさま》の往時《おうじ》を回顧《かいこ》すれば、むしろ、当然《とうぜん》すぎるほど当然とも言えましょう。一切《いっさい》は無《む》でありますが、独《ひと》り宗祖大聖人様の教法《きょうほう》だけは、厳然《げんぜん》として、この濁悪《じょくあく》なる世相《せそう》の変転《へんてん》を熟視《じゅくし》せられておられます。

私ども宗徒《しゅうと》は、今こそ平素《へいそ》の信条《しんじょう》を最高度《さいこうど》に発揮《はっき》し、宗門再興《しゅうもんさいこう》と国家《こっか》再建《さいけん》のため、最善《さいぜん》の奮闘《ふんとう》と努力《どりょく》を傾《かたむ》けられんことを切《せつ》に希望《きぼう》いたします」

戸田《とだ》は、日昇の講演に心《こころ》を痛《いた》めた。日昇の心痛《しんつう》を、何から何まで手に取るように察《さつ》することができたからである。

七百年来《ねんらい》、かつてない総本山《そうほんざん》の困窮《こんきゅう》の事実《じじつ》を、彼《かれ》は、ことごとく知っていた。戸田《とだ》は、再建《さいけん》すべき最高《さいこう》の責任《せきにん》を自覚《じかく》していたのである。

日昇《にっしょう》は、最後《さいご》にこう言って話《はなし》を結《むす》んだ。

「この秋《とき》に際《さい》し、宗徒諸氏《しゅうとしょし》には相倚《あいよ》り、相励《はげ》まし、常《つね》に教学《きょうがく》の研鑽《けんさん》と仏教《ぶっきょう》の振興《しんこう》を計《はか》られ、仏祖《ぶっそ》＊三宝《さんぽう》の御冥助《ごみょうじょ》の下《もと》に、一天広布《いってんこうふ》の日の速《すみ》やかならんことと、あわせて本《ほん》学会《がっかい》の発揚《はつよう》を衷心《ちゅうしん》より念願《ねんがん》、熱祈《ねっき》してやまざる次第《しだい》であります。

終《お》わりに、会員《かいいん》諸氏のご健康《けんこう》を祈《いの》ります」

戸田は、席《せき》から立ち、日昇に深《ふか》く頭《あたま》を下《さ》げた。彼は、心《こころ》の奥《おく》で、総本山の再建を誓《ちか》っていた。

次《つ》いで、堀日亭《ほりにちこう》は、＊松尾芭蕉《まつおばしょう》の俳諧運動《はいかいうんどう》から話を始《はじ》めた。

――芭蕉は、生涯《しょうがい》をかけ、当時《とうじ》、天下《てんか》を風靡《ふうび》していた談林派《だんりんは》の愚俳《ぐはい》を掃蕩《そうとう》して、蕉風《しょうふう》（正風《しょうふう》）を起《お》こし、先駆者《せんくしゃ》として目的《もくてき》を達成《たっせい》し、以来《いらい》二百年にわたる俳道《はいどう》を樹立《じゅりつ》している。しかるに、わが宗門《しゅうもん》は、宗祖大聖人《しゅうそだいしょうにん》より七百年を経過《けいか》し、法灯《ほうとう》は続《つづ》いて現《げん》代《だい》に至《いた》っているが、正《ただ》しい方法《ほうほう》で、正しい道《みち》を説《と》いているためか、時が来《こ》ぬのか、いっこうに広《ひろ》まらず、したがって宗門《しゅうもん》も振《ふ》るわない、と嘆《なげ》いた。

そして日亭《にちこう》は、「今こそ折伏行《しやくぶくぎょう》に邁進《まいしん》されんことを望《のぞ》む」と話《はなし》を結《むす》んだ。

戸田《とだ》の胸《むね》には、日亭の言葉《ことば》も、深《ふか》く強《つよ》く響《ひび》いた。彼《かれ》は、広宣流布《こうせんるふ》の前途《ぜんと》は、彼一人《ひとり》の双肩《そうけん》にかかっていることを、あらためて自覚《じかく》せざるを得《え》なかった。

この総会《そうかい》で、戸田は、午前《ごぜん》と午後《ごご》に、講演《こうえん》をしている。午前の講演は、三世《さんぜ》にわたる永遠《えいえん》の生命観《せいめいかん》が、正法《しょうほう》の大前提《だいぜんてい》であるという意味《いみ》のものであった。戸田の話は、仏法《ぶっぽう》の真髄《しんずい》に触《ふ》れ、人びとに多大《ただい》な感銘《かんめい》を与《あた》えた。

「日本国再建《さいけん》の根底《こんてい》に、私は三世の生命観を説《と》き明《あ》かした仏法の真髄《しんずい》を置《お》かねばならないと、強く主張《しゅちょう》してやみません。

それは、正法により、因果《いんが》の理法《りほう》の厳然《げんぜん》たる実在《じつざい》を知ることができるからであります。この原理《げんり》によらずして、もはや日本民族《みんぞく》の興隆《こうりゅう》も、未来《みらい》の平和《へいわ》への方途《ほうと》も、決まらないのであります。

仏法哲学《てつがく》の基礎《きそ》にあるのは、生命《せいめい》の因果律《いんがりつ》であります。釈尊《しやくそん》は、これを悟《さと》って仏《ほとけ》となったのです。したがって、われら仏法を信《しん》ずる者《もの》は、この生命の因果律を信じなければならないのであります。

しかし、釈尊《しゃくそん》が法華経《ほけきょう》以外《いがい》の経典《きょうてん》において説《と》いた因果律《いんがりつ》は、大聖人《だいしょうにん》が『常《つね》の因果の定《さだ》まれる法《ほう》なり』（御書《ごしょ》九六〇ページ）と仰《おお》せのように、いわば人間道徳《にんげんどうとく》の基本《きほん》とすべき、当《あ》たり前《まえ》の因果の教《おし》えであり、仏法《ぶっぽう》の極理《ごくり》から見れば、まだまだ低《ひく》い因果律です。

この因果の法理《ほうり》すら信《しん》じられない人びとが、なんで久遠《くおん》の生命《せいめい》を信ずることができましょうか。また、地涌《じゆ》の菩薩《ぼさつ》の自覚《じかく》が、どうして生まれてまいりましょうか」

彼《かれ》はさらに、釈尊の法華経が、経文中《きょうもんちゅう》、最高《さいこう》の理念《りねん》を説いたものであり、低い因果の理法《りほう》を破《やぶ》り、さらに深《ふか》い本源《ほんげん》の法ともいうべき、*本因本果《ほんいんほんが》の妙理《みょうり》を現《あらわ》していることを述《の》べた。だがそれも、所詮《しょせん》、釈尊の立場《たちば》からの近因近果《ごんいんごんか》の法にすぎず、末法《まっぽう》の凡夫《ぼんぷ》にとっては、単《たん》なる理念にすぎないと説明《せつめい》し、大聖人の仏法の真髄《しんずい》は、次《つぎ》のようなものであると述べた。

「われわれ末法の凡夫にとっては、釈尊が説いた近因近果の理法を叩《たた》き破って、久遠の仏身《ぶっしん》を開覚《かいかく》する法が必要《ひつよう》となってくるわけであります。この必要に応《こた》えて、実際《じっさい》生活《せいかつ》において、過去世《かこせ》からの因果を叩き破って、久遠の命《いのち》に立ち返り、よき運命《うんめい》へ転《てん》換《かん》することのできる法《ほう》を確立《かくりつ》されたのが、日蓮大聖人様《にちれんだいしょうにんさま》であります。

すなわち、大聖人様が、『日蓮がたましひ《魂》をすみ《墨》にそめながして・かきて候《そうろう》ぞ』（御《ご》書《しょ》一一二四ページ）と仰《おお》せになって、お認《したた》めの御本尊《ごほんぞん》に帰依《きえ》し、南無妙法蓮華経《なんみょうほうれんげきょう》と唱《とな》えることによって、大聖人様と信心《しんじん》の血脈《けつみやく》が相通《あいつう》じていくのであります。

そこにおいて、過去世《かこせ》の因果《いんが》が、皆《みな》、消《き》え去《さ》って、久遠《くおん》の凡夫《ぼんぷ》が出現《しゅつげん》するのです。

すなわち、自身《じしん》の生命《せいめい》に、久遠の仏《ほとけ》を覚知《かくち》することができて、よりよき運命《うんめい》への転換《てんかん》ができるのであります」

　戸田《とだ》は、コップの水《みず》を一口《ひとくち》ぐっと飲《の》むと、さらに話《はなし》を進《すす》めた。

「久遠の仏というと、えらく難《むずか》しい言葉《ことば》に聞こえますが、久遠というのは、〝もとのまま、何も立派《りっぱ》でない、ありのまま〟ということです。仏とは、命《いのち》でありますから、自身の命を、〝もとのままの命〟と悟《さと》る時に、途中《とちゅう》の因果が、一切《いっさい》、消え去って、因果倶時《ぐじ》の仏が胸中《きょうちゅう》に涌現《ゆげん》してくるのです。

釈尊《しゃくそん》の仏法《ぶっぽう》であれば、過去世の正法誹謗《しょうほうひぼう》という最《もっと》も重《おも》い宿業《しゅくごう》は、来世《らいせ》まで永劫《えいごう》の時間を費《つい》やして、少《すこ》しずつ消《け》していく以外《いがい》にないのでありますが、御本尊を拝《はい》して、胸《きょう》中《ちゆう》に久遠《くおん》の仏《ほとけ》を涌現《ゆげん》していく凡夫《ぼんぷ》は、すべての宿業《しゆくごう》を、この一生《いつしよう》のうちに軽《かる》く受けて、生命《せいめい》を浄化《じようか》し、人生《じんせい》を輝《かがや》かしていくことができるのです。

したがって、いかなる難《なん》がありましょうとも、この難は、久遠の仏を開覚《かいかく》するための修行《しゆぎよう》であると心得《こころえ》て、決《けつ》して信仰《しんこう》の道《みち》に迷《まよ》ってはなりません。

一切《いつさい》が御本尊様《ごほんぞんさま》の仰《おお》せと、喜《よろこ》び勇《いさ》んで難に赴《おもむ》かなくてはなりませんぞ」

当時《とうじ》の戸《と》田城聖《だじようせい》の思索《しさく》の深《ふか》さを、まざまざと思《おも》わせる講演《こうえん》である。

彼《かれ》は、現代《げんだい》における正《ただ》しい信心《しんじん》の道が、どのようでなければならないかを、荒廃《こうはい》した人びとの心《こころ》に教《おし》えたのである。

信仰とは、俗《ぞく》にいう諦観《ていかん》ではない。修養《しゆうよう》や気休《きやす》めのものでもない。空漠《くうばく》としたものへの求道心《きゆうどうしん》でもなく、ましてや現実《げんじつ》からの逃避《とうひ》の道でもない。正しい教えを根本《こんぽん》とした、正しい実践《じつせん》による信心によってのみ、宿命《しゆくめい》を打開《だかい》することができる——そう戸田は説《と》いていった。

彼は、人びとに真《しん》の所願満足《しよがんまんぞく》の境涯《きようがい》を与《あた》え、生活《せいかつ》の価値《かち》創造《そうぞう》を指導《しどう》したかったのである。それには、一生涯《いつしようがい》、強盛《ごうじよう》な信心を貫《つらぬ》く以外《いがい》にないことを訴《うつた》えたのであった。

戸田城聖《とだじょうせい》の午後《ごご》の講演《こうえん》は、「学会《がっかい》の使命《しめい》について」と題《だい》するものであった。

彼《かれ》は、殺伐《さつばつ》たる社会世相《しゃかいせそう》の推移《すいい》を説《と》き、そのなかで苦悩《くのう》に沈《しず》む民衆《みんしゅう》を救《すく》うためには、ただ一つ、大聖人《だいしょうにん》の仏法《ぶっぽう》を教《おし》えていかねばならないと力説《りきせつ》。それによって個人《こじん》を救済《きゅうさい》し、日本民族《みんぞく》、いな全世界《ぜんせかい》の衆生《しゅじょう》をも救おうと講演した。

そして、彼が獄中《ごくちゅう》において、凡身《ぼんしん》に仏《ほとけ》を感応《かんのう》し得《え》た大果報《だいかほう》を喜《よろこ》ぶとともに、この喜びを悩《なや》める人びとに分《わ》かち与《あた》えることは、当然《とうぜん》のことであると話《はな》した。

「……この当然の行為《こうい》は、すなわち、われわれをして仏の使《つか》いたらしめるのであります。さればまた、仏から遣《つか》わされた者《もの》として、慈悲《じひ》の袋《ふくろ》に救いの源泉《げんせん》を包《つつ》んで人びとに与えること、これを折伏《しゃくぶく》というのであります。

折伏こそ、学会の使命であり、信条《しんじょう》なのであります。されば、われわれは仏を感得《かんとく》しうる大果報の人であるとともに、世《よ》の中《なか》にその大確信《だいかくしん》を伝《つた》えなくてはなりません。

仏に貧乏《びんぼう》があってなるものですか。仏が、三世《さんぜ》の仏菩薩《ぶつぼさつ》、諸天善神《しょてんぜんじん》に守《まも》られなくて、なんとしましょう。現世《げんせ》は、必《かなら》ず安穏《あんのん》であることが疑《うたが》いないのであります。

　されば、仏《ほとけ》の使《つか》いの集《あつ》まりが学会人《がっかいじん》である、と悟《さと》らなくてはなりません。迷《まよ》える人びとを、仏の御《おん》もと、すなわち御本尊《ごほんぞん》の御もとに、案内《あんない》する者《もの》の集まりであることを知らなくてはなりません。

　このためには、決《けっ》して、信仰《しんこう》や折伏《しゃくぶく》を、自分《じぶん》の金儲《かねもう》けや、都合《つごう》のために利用《りよう》してはならないのであります。仏罰《ぶつばち》の恐《おそ》ろしさを知るならば、そんなことは決してできないのであって、世《よ》にいう悪事《あくじ》などより、はるかに悪《わる》いのであります」

戸田《とだ》の話《はなし》は、いつか叱咤《しった》するような調子《ちょうし》になっていた。そして、厳格《げんかく》であった牧口《まきぐち》を思《おも》い出《だ》したのか、生前《せいぜん》のことに話は移《うつ》っていった。

「宗教革命《しゅうきょうかくめい》に立ち上がられてからの牧口先生《せんせい》は、悪口罵詈《あっくめり》、誹謗《ひぼう》にさらされ、それが、あたかも先生の人生《じんせい》のすべてでありました。そのなかに、なんら恐るるなく、正《しょう》法流布《ほうるふ》のために、平穏《へいおん》な日など、一日としてなかったのであります。

　しかも、軍国主義《ぐんこくしゅぎ》の横暴《おうぼう》と、時の警視庁《けいしちょう》の小役人《こやくにん》の無知蒙昧《むちもうまい》から、遂《つい》に牢死《ろうし》までなされて、御仏《みほとけ》に命《いのち》を捧《ささ》げた方《かた》であります。

　されば、その後《あと》を継《つ》ぐわれわれも、*三障四魔《さんしょうしま》紛然《ふんぜん》として起《お》こるとも、恐るるなく、

三類《さんるい》の強敵《ごうてき》、雲《くも》のごとく集《あつ》まるも、大聖人《だいしょうにん》の御言葉《おことば》を信《しん》じ、霊鷲山会《りょうじゅせんえ》に参《さん》ずる時は、三世常恒《さんぜじょうごう》の御本尊《ごほんぞん》に、胸《むね》を張《は》って御目通《おめどお》りのかなうよう、互《たが》いに努《つと》めようではありませんか！」

まさに師子吼《ししく》である。聴衆《ちょうしゅう》は深《ふか》い感動《かんどう》を受けた。

最後《さいご》は、学会歌《がっかいか》の合唱《がっしょう》である。「同志《どうし》の歌《うた》」が歌われた時、戸田《とだ》は、ひそかに涙《なみだ》をぬぐっていた。そして彼《かれ》は、今日《きょう》の総会《そうかい》が、予期《よき》に反《はん》し、非常《ひじょう》に重《おも》い空気《くうき》の総会であったことに、心《こころ》を痛《いた》めていたのである。何か得体《えたい》の知れない惰性《だせい》のようなものが忍《しの》び寄《よ》って、この総会の回転《かいてん》を重くしているようであった。

彼が、車軸《しゃじく》のことに思《おも》いをいたして、身近《みぢか》にいた幹部《かんぶ》に語《かた》ったのは、一カ月余《あま》り前のことであった。彼の予感《よかん》は、総会に的中《てきちゅう》して現《あらわ》れてしまったのである。

彼は、現在《げんざい》の車軸を構成《こうせい》する一人《ひとり》ひとりについて、考察《こうさつ》せざるを得《え》なくなってきた。

そして、総会に罪《つみ》はなく、車軸に問題《もんだい》のあることを悟《さと》ったのであった。

かつての創価教育学会《そうかきょういくがっかい》は、現在の創価学会へと見事《みごと》に脱皮《だっぴ》したと、彼は思っていた。

確《たし》かに彼自身《じしん》は、既《すで》に戦前《せんぜん》の戸田ではなかったが、彼を取《と》り巻《ま》く最高《さいこう》幹部は、皆《みな》、牧《まき》口会長《ぐちかいちょう》を取《と》り巻《ま》いていたのと、同じ幹部《かんぶ》であった。敗戦《はいせん》という一大転換期《いちだいてんかんき》を迎《むか》えても、彼《かれ》らの信心《しんじん》、目標《もくひょう》は、往年《おうねん》の惰性《だせい》を打破《だは》することができなかった。その根底《こんてい》にあるのは、仏法《ぶっぽう》でいう元品《がんぽん》の無明《むみょう》である。

経済人《けいざいじん》グループの四人の理事《りじ》たちは、学会《がっかい》が、かつての最盛期《さいせいき》に近《ちか》くなるにつれ、戦前《せんぜん》の経験《けいけん》と惰性で、一切《いっさい》が処理《しょり》できるものと高《たか》をくくっていたようであった。惰性は既《すで》に保守《ほしゅ》であり、保守は人を腐《くさ》らせていく。そこには既に使命感《しめいかん》もなく、たくましい建設《けんせつ》と開拓《かいたく》の精神《せいしん》は薄《うす》れていた。

原山《はらやま》、小西《こにし》、清原《きよはら》などの新進《しんしん》の幹部も成長《せいちょう》し、活躍《かつやく》し始《はじ》めてはいたが、学会組織《そしき》が新陳代謝《しんちんたいしゃ》するまでには、いたっていなかった。

戦前からの理事たちは、なんといっても弾圧《だんあつ》の折《おり》、獄中《ごくちゅう》で退転状態《たいてんじょうたい》に陥《おちい》った前歴《ぜんれき》をもっている。戸田《とだ》の思《おも》いやりが、彼らを再起《さいき》せしめて、理事に復活《ふっかつ》させたのであるが、再建《さいけん》が、ひとまず軌道《きどう》に乗《の》ると、ようやく彼らの信心は限界《げんかい》を露呈《ろてい》するようになってきた。しかも、これらの人びとが、最高首脳部《さいこうしゅのうぶ》を構成《こうせい》していた。

これらが、今度《こんど》の総会《そうかい》の姿《すがた》となって現《あらわ》れたのである。戸田の悩《なや》みは深《ふか》かった。新進幹部《かんぶ》の成長《せいちょう》を、彼《かれ》は辛抱強《しんぼうづよ》く待《ま》たねばならなかった。

戦前《せんぜん》の創価教育学会《そうかきょういくがっかい》の活動《かつどう》と、戦後《せんご》の学会の実践《じっせん》活動の相違点《そういてん》の第一は、法華経講《ほけきょうこう》義《ぎ》と、青年部《せいねんぶ》の他宗破折《たしゅうはしゃく》であった。

法華経講義は、後年《こうねん》は御書《ごしょ》講義に移《うつ》り、学会精神《せいしん》の骨髄《こつずい》となっていった。

戸田《とだ》は、教学《きょうがく》、理念《りねん》のない教団《きょうだん》が、いかにもろく、はかないものであるかを、戦前の経験《けいけん》によって、よくわかっていた。

そこで彼は、日蓮大聖人《にちれんだいしょうにん》の仏法《ぶっぽう》には確固《かっこ》たる理論体系《りろんたいけい》があり、信心《しんじん》の裏付《うらづ》けには教学が絶対《ぜったい》に必要《ひつよう》であって、理論は、また信心を深《ふか》めていく、という道理《どうり》を力説《りきせつ》していた。

「信仰《しんこう》は理性《りせい》の延長《えんちょう》である」という箴言《しんげん》もある。

戸田はまた、勉強《べんきょう》しない者《もの》は戸田の弟子《でし》にあらず、と常《つね》に指導《しどう》していた。そして、創価学会と、仏法哲理《てつり》の片鱗《へんりん》も知らない、誤《あやま》った教《おし》えの宗教《しゅうきょう》とを同一視《どういつし》することは、獅子《しし》とネズミを対等《たいとう》に考《かんが》えるようなもので、全《まった》く的外《まとはず》れも、はなはだしいと語《かた》っていた。
「創価学会《そうかがっかい》は、日蓮大聖人《にちれんだいしょうにん》の御書《ごしょ》を根幹《こんかん》とし、それに基《もと》づく教学《きょうがく》の体系《たいけい》がある。学会を批判《ひはん》する学者《がくしゃ》は、それらを勉強《べんきょう》して、しかる後《のち》に批判すべきである」と言って、毅然《きぜん》としていた。

次《つぎ》には、青年《せいねん》たちの訓練《くんれん》である。

戦前《せんぜん》の学会は、特《とく》に壮年《そうねん》たちが中核《ちゅうかく》であり、次代《じだい》の青年に対《たい》する指導《しどう》がなかったとさえいえる。

戸田《とだ》は、青年たちの育成《いくせい》に力《ちから》を注《そそ》ぎ、教学を若《わか》い生命《せいめい》に打《う》ち込《こ》んできた。すると、心《こころ》はやる青年たちは、勇《いさ》んで他宗破折《たしゅうはしゃく》を始《はじ》めたのである。

それは、他宗教の実態《じったい》、そして大聖人の仏法《ぶっぽう》の正《ただ》しさを、実践《じっせん》を通《とお》して体得《たいとく》し、確信《かくしん》をつかむのに役立《やくだ》ったことは確《たし》かであった。

また、若い彼《かれ》らにとって、あちこちの教団《きょうだん》の本部《ほんぶ》などに出向《でむ》き、得々《とくとく》と説法《せっぽう》する教祖《きょうそ》たちを破折し、答《こた》えに窮《きゅう》する姿《すがた》を見ることは、痛快事《つうかいじ》であったようだ。だが、その後、それらの教団がつぶれたという話《はなし》は、いっこうに聞かなかった。

ある夜、青年《せいねん》たちの有志《ゆうし》は、戸田《とだ》に質問《しつもん》した。

「先生《せんせい》、今年《ことし》は、ずいぶん、いろいろな教団《きょうだん》と法論《ほうろん》をやりましたが、さっぱり他宗《たしゅう》の勢力《せいりょく》は衰《おとろ》えません。衰えるどころか、ますます大勢《おおぜい》の信者《しんじゃ》を獲得《かくとく》している教団さえあります。これは、いったいどういうことなのでしょうか?」

戸田は、カラカラと笑《わら》いだした。

彼《かれ》らの純真《じゅんしん》さが、たまらなくかわいかったのである。

「みんな不景気《ふけいき》な顔《かお》をしているじゃないか。法論で連戦連勝《れんせんれんしょう》して不景気な顔をしていては、しようがないな。

君《きみ》たちは、現代《げんだい》の法論というものが、どういう性質《せいしつ》のものに変わってきているか、そろそろ悟《さと》ってもいいころだ。

昔《むかし》は、法論というと、互《たが》いに一切《いっさい》をかけてやったものだ。つまり、法論して負《ま》けた方《ほう》は、勝った方の宗旨《しゅうし》に改宗《かいしゅう》する。そして、その弟子《でし》になる。そういう約束《やくそく》のもとに、法論というものが成立《せいりつ》していた。だから命《いのち》がけであったし、それだけに自信《じしん》をもっていたし、真剣《しんけん》であった。

たとえば、御書《ごしょ》には、*伝教大師《でんぎょうだいし》が桓武天皇《かんむてんのう》の前で、善議《ぜんぎ》や勤操《ごんそう》など、南都《なんと》七大寺《だいじ》・六宗《しゅう》の碩学《せきがく》十四人を相手《あいて》に、公場対決《こうじょうたいけつ》したとある。『安国論御勘由来《あんこくろんごかんゆらい》』によれば、十四人は伝教大師にコテンコテンにやられて、『自宗《じしゅう》を破《やぶ》らるるのみに非《あら》ず皆謗法《みなほうぼう》の者《もの》為《た》ることを知る』（御書《ごしょ》三四ジペー）ということになった。

そこで桓武天皇から勅宣《ちょくせん》が下《くだ》されて、六宗の最高権威者《さいこうけんいしゃ》たちが責《せ》められたわけだ。『撰時抄《せんじしょう》』には、責められた彼《かれ》ら高僧《こうそう》たちは、『帰伏《きぶく》の状《じょう》』（御書二七二ジペー）を書《か》いて提《てい》出《しゅっ》したと仰《おお》せになっている。

帰伏状には、〝天台《てんだい》大師の教《おし》えには甚深《じんじん》の妙理《みょうり》が説《と》かれており、南都七大寺・六宗の者は、未《いま》だ見聞《けんぶん》したことがなかった教えである。伝教大師が講義《こうぎ》した最高、完璧《かんぺき》な教えを聴《き》いて、六宗の学者《がくしゃ》は初《はじ》めて仏法《ぶっぽう》の極理《ごくり》を知ることができた。今後《こんご》、世《よ》の人びとは、この妙法《みょうほう》によって速《すみ》やかに成仏《じょうぶつ》することができるであろう〟と、伝教大師の教えを絶讃《ぜっさん》する言葉《ことば》が連《つら》ねられている。これは有名《ゆうめい》な話《はなし》だ。

この時を契機《けいき》に、伝教大師の比叡山《ひえいざん》が、日本仏教《ぶっきょう》の中心《ちゅうしん》になっていった。これをもって大聖人《だいしょうにん》は、〝法華経《ほけきょう》が広宣流布《こうせんるふ》したといえるのではないか〟と仰せになっている。

平安時代《へいあんじだい》は、約《やく》三百五十年間《ねんかん》にわたって、死刑《しけい》が行《おこな》われなかったことで世界的《せかいてき》に有名《ゆうめい》だが、わが国の歴史《れきし》のなかで、大変《たいへん》に平和《へいわ》な、しかも文化的《ぶんかてき》にも繁栄《はんえい》した時代が現出《げんしゅつ》したんです。これは、過去《かこ》における法華経《ほけきょう》が流布《るふ》した時代の繁栄という、類例《るいれい》の一つと言っていいと思《おも》う。

当時《とうじ》の社会《しゃかい》は、貴族《きぞく》社会であり、さらに法《ほう》も像法《ぞうほう》の迹門《しゃくもん》の時代であったから、天皇《てんのう》はじめ、社会の指導階層《しどうかいそう》だけを指導することによって、個人《こじん》も自由《じゆう》で幸福《こうふく》になり、全社会にも繁栄の指針《ししん》をもたらしていくことができたんです」

青年《せいねん》たちは瞳《ひとみ》を輝《かがや》かせて、真剣《しんけん》な表情《ひょうじょう》で聞いていた。

「だから、今われわれが考《かんが》える、全民衆《ぜんみんしゅう》を対象《たいしょう》にした末法《まっぽう》の広宣流布《こうせんるふ》から見れば、根《ね》の浅《あさ》いものであったことは、やむを得《え》ない。また、何よりも重要《じゅうよう》なことは、伝教大師《でんぎょうだいし》の精神《せいしん》、教《おし》えが、正《ただ》しく弟子《でし》たちに受《う》け継《つ》がれなかったことだ。それゆえに、三代の*慈覚《じかく》の時には、もう真言宗《しんごんしゅう》などを取り入れて、めちゃくちゃなものにしてしまった。

これを大聖人様《だいしょうにんさま》は、お嘆《なげ》きになって、『三大秘法抄《さんだいひほうしょう》』に、こうおっしゃっている。

『叡山《えいざん》に座主《ざす》始《はじ》まつて第三・第四の慈覚・智証《ちしょう》・存《ぞん》の外《ほか》に本師伝教《ほんしでんぎょう》・義真《ぎしん》に背《そむ》きて

理同事勝《りどうじしよう》の狂言《おうげん》を本《もと》として我《わ》が山《やま》の戒法《かいほう》をあなづり戯論《けろん》とわらいし故《ゆえ》に、存《ぞん》の外《ほか》に延《えん》暦寺《りやくじ》の戒《かい》・清浄無染《しようじようむぜん》の中道《ちゆうどう》の妙戒《みようかい》なりしが徒《いたずら》に土泥《どでい》となりぬる事云《ことい》うても余《あま》りあり歎《なげ》きても何かはせん』（御書《ごしよ》一〇二三ジペー）と。

比叡山《ひえいざん》延暦寺に座主《ざす》が置《お》かれ始《はじ》めてから第三代座主・慈覚《じかく》、第四代座主・智証《ちしよう》が、思《おも》いの外に本師《ほんし》の伝教大師《でんぎようだいし》、第一代座主・義真《ぎしん》に背《そむ》いた。そして『法華経《ほけきよう》と大日経《だいにちきよう》とを比較《ひかく》すると、一念三千《いちねんさんぜん》の理《り》はどちらにも説《と》かれているから同じであるが、大日経には印相《いんそう》と真言《しんごん》（呪《じゆ》）が説かれているから事《じ》において勝《まさ》っている』という誤《あやま》った言説《げんせつ》を根本《こんぽん》として、自分《じぶん》の比叡山延暦寺の大乗戒《だいじようかい》の道理《どうり》を侮《あなど》って、戯《たわむ》れの論と笑《わら》った。そのために、延暦寺の戒は、清浄《せいじよう》で汚《けが》れのない中道の妙戒であったのに、思いの外に、いたずらに土泥となってしまったことは、言っても言い尽《つ》くせず、歎いても何《なん》ともすることができない――。

だから、迹門《しやくもん》の広宣流布《こうせんるふ》の純然《じゆんぜん》たる期間《きかん》は、ほんの三十年そこそこであったが、その余光《よこう》で、なお数百年の比較的平和《ひかくてきへいわ》な時代《じだい》が続《つづ》いたと考《かんが》えられる。そのもとはといえば、伝教大師が六宗の碩学《せきがく》と公場対決《こうじようたいけつ》して、法論《ほうろん》に勝《か》ったことにある。結局《けつきよく》、法論のルールが、ちゃんと守《まも》られた時代《じだい》であったわけだ。

大聖人様《だいしょうにんさま》も、公場対決《こうじょうたいけつ》を何度《なんど》も幕府《ばくふ》に迫《せま》った。『立正安国論《りっしょうあんこくろん》』を、時の最高権力者《さいこうけんりょくしゃ》であった北条時頼《ほうじょうときより》に提出《ていしゅつ》したのも、〝もし、この安国論が嘘《うそ》だと思《おも》うなら、他宗《たしゅう》の僧《そう》と公場対決させてみろ。はっきり正邪《せいじゃ》がわかるから〟という熱烈《ねつれつ》な気迫《きはく》で迫っているんです。

ところが、当時《とうじ》の極楽寺良観《＊ごくらくじりょうかん》にしろ、その他の僧たちにしろ、法論《ほうろん》をしたら、とても大聖人様にかなわないことを知っていた。

鎌倉時代《かまくらじだい》といえば、もう末法《まっぽう》に入《はい》っているから、人間《にんげん》もずるくなって、性質《たち》が悪《わる》くなっている。なんとか理屈《りくつ》をつけて、体《てい》よく法論を逃《に》げていただけではなく、逆《ぎゃく》にいろいろな讒訴《ざんそ》をして、幕府という国家《こっか》権力を動《うご》かし、大聖人様を弾圧《だんあつ》させた。実《じつ》に陰険《いんけん》な、卑怯《ひきょう》な連中《れんちゅう》だった。

しかし、大聖人様は、良観らがどれほど策謀《さくぼう》をめぐらそうと、あくまで公場対決を迫られたのです。公場対決というのは、いわば、世間《せけん》に正邪の判定《はんてい》を問《と》う言論戦《げんろんせん》です。正義《せいぎ》は、武力《ぶりょく》では勝ち取れない。言論でしか、正義を天下《てんか》に示《しめ》すことはできないし、言論《げんろん》でこそ、人の心《こころ》も動《うご》くからです。だから、蒙古《もうこ》が国書《こくしょ》をもって日本を脅《おど》した時にも、あの痛烈《つうれつ》な『*十一通御書《じゅういつつうごしょ》』を認《したた》められ、時の指導者《しどうしゃ》、権力者《けんりよくしゃ》に送《おく》られたんです。大聖人《だいしょうにん》の『身《み》の為《ため》に之《これ》を申《もう》さず……国の為・一切衆生《いっさいしゅじょう》の為に言上《ごんじょう》せしむる所《ところ》なり』（御書一七〇ジペー）との叫《さけ》びが、私の胸《むね》に響《ひび》くんです。大聖人は、日本の人びとを守《まも》るために、また戦争《せんそう》を回避《かいひ》させるために、わが身の安全《あんぜん》など、なげうって叫ばれた。すぐに武力《ぶりょく》を用《もち》いようとする今の革命家《かくめいか》など、足《あし》もとにも及《およ》ばぬ、堂々《どうどう》たる御振《おふ》る舞《ま》いをなされた。

大聖人様が、法論《ほうろん》を挑《いど》まれなかったならば、*伊豆《いず》の流罪《るざい》、*佐渡《さど》の流罪といった、あのような御災難《ごさいなん》はなかったといってよい。結局《けつきょく》、大聖人様の御一生《ごいつしょう》は、常《つね》に公場対決《こうじょうたいけつ》を迫《せま》られたという御一生であったわけだ。

しかも、その機会《きかい》は、遂《つい》に一回もなく終《お》わったのです。人間《にんげん》というものが、どんなに卑怯《ひきょう》になり下《さ》がったかが、わかるだろう。それでも、まだ鎌倉時代《かまくらじだい》は、法論のルールというものの厳《きび》しさを知っていたから、他宗《たしゅう》の僧《そう》たちも逃《に》げ回《まわ》っていたといえる。そして、裏《うら》で陰険《いんけん》な奸策《かんさく》を凝《こ》らしていたのだろう。

ところが、現代《げんだい》の宗教界《しゅうきょうかい》は、法論《ほうろん》のルールもへちまも全《まった》くない。めちゃくちゃだ。いや、金儲《かねもう》けが大切《たいせつ》で、だいたい信仰《しんこう》それ自体《じたい》がない。人間《にんげん》も、ずいぶん性質《たち》が悪《わる》くなってしまったものだ。

法論して負《ま》けたら、潔《いさぎよ》く相手《あいて》の宗旨《しゅうし》に改宗《かいしゅう》し、その弟子《でし》になるということなんか、遠《とお》い昔《むかし》のお伽話《とぎばなし》になってしまっている。まさしく末法濁悪《まっぽうじょくあく》の様相《ようそう》だね」

戸田《とだ》は微笑《びしょう》し、なおも青年《せいねん》たちに話《はな》し続《つづ》けた。

「君《きみ》たちが、真剣《しんけん》にあちこちで法論をやり、相手はグウの音《ね》も出なくなって、明《あき》らかに君たちが勝ったと思《おも》っても、相手は決《けっ》して、『まいった』とは言わない。そういう恐《おそ》ろしい時代《じだい》なんだよ。

こういう悪辣《あくらつ》な時代に、本式《ほんしき》の広宣流布《こうせんるふ》をやろうとするんだから、容易《ようい》なことではない。しかも、一部《いちぶ》の指導者階級《しどうしゃかいきゅう》の意思《いし》で、世《よ》の中《なか》が動《うご》く時代でもない。主権在民《しゅけんざいみん》だ。民衆《みんしゅう》の心《こころ》からの声《こえ》として実現《じつげん》する広宣流布でなければならない。だから、単純《たんじゅん》な運動《うんどう》ではない。われわれの宗教革命《かくめい》は、よほどの信心《しんじん》と、勇気《ゆうき》と、知恵《ちえ》がなければ、とうてい遂行《すいこう》できない大偉業《だいいぎょう》なのだ。

昔流《むかしりゅう》の法論形式《ほうろんけいしき》や、その効果《こうか》を期待《きたい》したって、なんにもならない。人も、時代《じだい》も、国も、濁《にご》りきっているのだから、仕方《しかた》ない。法論ばかりじゃない。外交上《がいこうじょう》の国家《こっか》と国家との国際条約《こくさいじょうやく》だって、そうじゃないか。不可侵条約《ふかしんじょうやく》なんて、反古《ほご》のように破《やぶ》ってきたのが現代《げんだい》の歴史《れきし》だよ。

君《きみ》たちが、他宗《たしゅう》の連中《れんちゅう》は卑怯《ひきょう》だ、けしからんと、いくら憤慨《ふんがい》しても、広宣流布《こうせんるふ》にはならないし、いくら連戦連勝《れんせんれんしょう》が続《つづ》いても、それだけでは、今の他宗は教《おし》えを改《あらた》めようとはしないのだ。始末《しまつ》が悪《わる》いといえば、これほど始末の悪いものはない。結局《けつきょく》は、一対一《たいいち》の折伏《しゃくぶく》ということが、広宣流布達成《たっせい》の鉄則《てっそく》となるのだよ。これがまた、立派《りっぱ》な民主主義《しゅしゅぎ》のルールにかなった方程式《ほうていしき》ともいえるのだ。

地道《じみち》に見える進《すす》み方《かた》だが、最《もっと》も堅実《けんじつ》であり、この一波《いっぱ》が二波《には》になり、やがては千波、万波《ばんぱ》になっていって、初《はじ》めて達成されるのだ。どうだね？」

戸田城聖《とだじょうせい》は、いつになく楽《たの》しそうに長《なが》い話《はなし》をした。

「まったく、ひどいものです」

一人《ひとり》の青年《せいねん》が、ある教団《きょうだん》の状況《じょうきょう》を語《かた》れば、他の青年たちも、ほかの教団の言語道断《ごんごどうだん》な実態《じったい》を語《かた》った。そして話《はなし》は、ひとしきり彼《かれ》らの破折《はしやく》した教団本部《きょうだんほんぶ》の様子《ようす》に移《うつ》っていった。

この時、また一人《ひとり》の青年《せいねん》が、学会本部《がっかいほんぶ》となっていた日本正学館《しょうがっかん》の二階《かい》の天井《てんじょう》を見ながら、口《くち》をはさんだ。

「しかし、どの教団《きょうだん》も、建物《たてもの》だけは、結構《けっこう》、立派《りっぱ》ですね。先生《せんせい》、創価《そうか》学会も、せめて二、三百人は入《はい》る建物が欲《ほ》しいですね」

戸田《とだ》は、その何げない一言《ひとこと》に、急《きゅう》にあらたまった語調《ごちょう》で言った。

「大事《だいじ》なのは、建物より信心《しんじん》だよ。あちこちの教団の建物を見て、うらやんだり、卑屈《ひくつ》になっているようでは、真《しん》の学会精神《せいしん》が理解《りかい》できていないんです。特《とく》に今は、建物より人材《じんざい》が大事だ。広宣流布《こうせんるふ》の途上《とじょう》、人のため、また社会《しやかい》を救《すく》うために、ぜひとも必要《ひつよう》になれば、建物は、いくらでも同志《どうし》の真心《まごころ》の結晶《けつしょう》としてできていくだろう。また、広宣流布にぜひとも必要なものなら、御本尊様《ごほんぞんさま》がくださらないはずはない」

戸田は青年たちの顔《かお》を見渡《みわた》し、壁《かべ》から天井へと視線《しせん》を注《そそ》いだ。

壁は古《ふる》く、いたるところが、はげ落《お》ちている。天井も煤《すす》けて、染《し》みも目立《めだ》つ。これ以上《いじょう》、質素《しっそ》な本部《ほんぶ》はないともいえる。だが、不思議《ふしぎ》に雰囲気《ふんいき》は、いつも明《あか》るく、たくましかった。

「今は、これで、結構《けっこう》、事足《ことた》りているではないか。今の日本の姿《すがた》は、この部屋《へや》より、もっと、もの寂《さび》しいはずだ。われわれは、日本の柱《はしら》となって、日本の運命《うんめい》を背負《せお》っていくんだ。そして、この日本の運命を見事《みごと》に転換《てんかん》させていくのが、学会《がっかい》の使命《しめい》だ。

まぁ、しばらく見ていたまえ。君《きみ》たちは、建物《たてもの》などを、うんぬんすべきではない。自分自身《じぶんじしん》を磨《みが》いていくんだ。大聖人様《だいしょうにんさま》の哲理《てつり》を夢《ゆめ》にも疑《うたが》わず、〝広宣流布《こうせんるふ》は俺《おれ》がやる〟という気概《きがい》にあふれて、前進《ぜんしん》していくべきじゃないか。

君らは、将来《しょうらい》の学会の中枢《ちゅうすう》じゃないか。金剛不壊《こんごうふえ》の車軸《しゃじく》となるんだ。末法《まっぽう》では、いちばん尊貴《そんき》なのは、妙法《みょうほう》を持《たも》った人だと、御書《ごしょ》にも説《と》かれている。それなのに、本部が貧弱《ひんじゃく》だから、入会者《にゅうかいしゃ》に体裁《ていさい》が悪《わる》いなどと考《かんが》えるのは、若《わか》き革命児《かくめいじ》とはいえないよ」

青年《せいねん》たちは、気恥《きは》ずかしそうに、戸田《とだ》から視線《しせん》を外さずにはいられなかった。

人には、外見《がいけん》によって、その内容《ないよう》の優劣《ゆうれつ》までを決定《けってい》しようとする習性《しゅうせい》がある。会社《かいしゃ》なども、日本では、建物の大小《だいしょう》や、従業員数《じゅうぎょういんすう》の多寡《たか》によって、その内容を判断《はんだん》しようとする傾向《けいこう》がある。戸田《とだ》は、外形《がいけい》や形式《けいしき》にはこだわらなかった。

彼《かれ》は、青年《せいねん》たちを見ながら笑《わら》いだした。そして、言葉《ことば》をついで言った。

「そんなことより、考《かんが》えなければならないことがある。それは、総本山《そうほんざん》の客殿《きゃくでん》のことだ。終戦直前《しゅうせんちょくぜん》に焼亡《しょうぼう》したまま、二年半《はん》もそのままになっている。

この間《あいだ》の総会《そうかい》でも、猊下《げいか》のお話《はなし》から、客殿を、なんとかしなければならないと、痛感《つうかん》した。

本部《ほんぶ》は、今のところ、これでたくさんだ。戸田のいるところが本部なんだ。総本山の復興《ふっこう》が完成《かんせい》したら、それから本部の建物《たてもの》に手をつければよい。その時までには、君《きみ》たちも福運《ふくうん》を積《つ》み、力《ちから》をつけて、その穴《あな》の開《あ》いた臭《くさ》い靴下《くつした》で、畳《たたみ》を汚《よご》さないようにするんだな。近代的《きんだいてき》な、スカッとした建物ができた時には、それなりのパリッとした姿《すがた》で、出入《でい》りしようじゃないか」

彼は、愉快《ゆかい》そうに笑った。

青年たちも、どっと笑い声《ごえ》をあげたが、頭《あたま》をかく者《もの》もあり、靴下を隠《かく》す者もいた。

一九四七年（昭和二十二年《しょうわ》）の暮《く》れ、日本列島《れっとう》を吹《ふ》き抜《ぬ》ける風《かぜ》は、一段《いちだん》と寒《さむ》さを増《ま》していた。そして、来る日も来る日も、厳《きび》しい生活《せいかつ》の連続《れんぞく》であった。戦後《せんご》二年を経過《けいか》したが、再建《さいけん》の曙光《しょこう》は、いまだ、その兆《きざ》しさえも見えなかった。経《けい》済《ざい》の危機《きき》は慢性化《まんせいか》している。一億《おく》の国民《こくみん》は、生活難《せいかつなん》にあえいでいた。

さらに不幸《ふこう》のうえに、不幸が重《かさ》なった。

九月十四日から十五日にかけて、本土《ほんど》を襲《おそ》ったキャスリーン台風《たいふう》は、関東地方《かんとうちほう》に未《み》曾有《ぞう》の大水害《だいすいがい》をもたらした。

だが、その応急策《おうきゅうさく》も立たず、寸断《すんだん》された山間《やまあい》の道路《どうろ》は放置《ほうち》されたままだった。政府《せいふ》はあっても、危機管理能力《かんりのうりょく》は、皆無《かいむ》に等《ひと》しかったのである。

激動《げきどう》する世界《せかい》は、アメリカとソ連《れん》を軸《じく》とする両陣営《りょうじんえい》の苛《か》酷《こく》な対立《たいりつ》、つまり冷戦《れいせん》という見えざる戦争《せんそう》に翻弄《ほんろう》され始《はじ》めていた。それは、まさしく暗闇《くらやみ》へ世界を動《うご》かし始めた軸であった。明《あか》るい世界に導《みちび》いていく軸は、どこにもなかった。

そのなかで、この年《とし》八月十五日に、インドがイギリスの植民地支配《しょくみんちしはい》から脱《だつ》し、独立《どくりつ》したことが、アジアの人びとにとっては、ほのかな希望《きぼう》となった。

中国大陸《ちゅうごくたいりく》では、日本の敗戦《はいせん》と同時《どうじ》に、国民党軍《こくみんとうぐん》と共産党軍《きょうさんとうぐん》との内戦《ないせん》が始《はじ》まっていた。そして、アメリカは、大量《たいりょう》の兵器《へいき》と軍事顧問団《ぐんじこもんだん》と、二十億《おく》ドルに上《のぼ》る軍事援助《えんじょ》を、蔣《しょう》介石《かいせき》（チアン・チエシー）の国民党軍に与《あた》えた。

前年《ぜんねん》六月ごろから、国民党軍は共産党軍に対《たい》する総攻撃《そうこうげき》を展開《てんかい》し、年末《ねんまつ》までには掃《そう》蕩《とう》できる計画《けいかく》であった。当時《とうじ》、共産党軍兵力《へいりょく》は百二十万、国民党軍は四百三十万といわれていた。しかも、国民党軍はアメリカの多大《ただい》な援助を受け、格段《かくだん》に優勢《ゆうせい》のはずであった。

ところが、大衆《たいしゅう》は、長《なが》い戦乱《せんらん》にうんざりしていた。彼《かれ》らは、内戦に反対《はんたい》し、国民党の腐敗《ふはい》と独裁《どくさい》とを非難《ひなん》したのである。結局《けっきょく》、民意《みんい》は自然《しぜん》と共産党に移《うつ》っていった。

戦《たたか》いは、軍事力や財力《ざいりょく》、あるいは権威《けんい》や伝統《でんとう》で決まるものではない。最後《さいご》は、民衆《みんしゅう》の心《こころ》をつかんだ勢力《せいりょく》が勝利《しょうり》を収《おさ》めるのである。

四七年（昭和《しょうわ》二十二年）九月十二日には、遂《つい》に共産党軍は、国民党軍に対して総反撃《そうはんげき》を宣言《せんげん》するにいたった。この時から満《まん》二年の後、四九年（同二十四年）十月一日、中華《ちゅうか》人民共和国《じんみんきょうわこく》が正式《せいしき》に発足《ほっそく》するまで、六億の民《たみ》は、なおも戦乱に巻《ま》き込《こ》まれていったのである。

このころから、アメリカを主力とする自由陣営《じゆうじんえい》、ソ連《れん》を主力とする共産陣営《きょうさん》の相克《そうこく》は、世界《せかい》の各地《かくち》で激突《げきとつ》を始《はじ》めていた。

アメリカは、世界唯一《ゆいいつ》の核兵器《かくへいき》保有国《ほゆうこく》として、共産陣営に威圧《いあつ》を与《あた》え、ソ連にとっては、アメリカの原子爆弾《げんしばくだん》が、無言《むごん》の脅威《きょうい》となって、のしかかっていた。押《お》されぎみのソ連は、苦慮《くりょ》していたにちがいない。

ところが、四七年（昭和《しょうわ》二十二年）十一月六日、ソ連外相《がいしょう》V・M・モロトフは、「原子爆弾は、もはや秘密《ひみつ》兵器ではなくなった」と声明《せいめい》し、ソ連もまた、遠《とお》からず核兵器の保有国になることを、全世界に暗示《あんじ》したのである。その余波《よは》は、いやがうえにも人びとの心《こころ》を、不安《ふあん》に駆《か》り立《た》てていった。

生活《せいかつ》は暗《くら》く、日本も、世界も暗かった。太陽《たいよう》は、いつも明《あか》るく昇《のぼ》っているのに、人びとの心は、悪魔《あくま》の芸術《げいじゅつ》のように、暗黒《あんこく》に塗《ぬ》りつぶされていた。

戸田城聖《とだじょうせい》は、油断《ゆだん》も隙《すき》もない時勢《じせい》を、ひしひしと感《かん》じていた。いつ足《あし》をさらわれるかわからない奔流《ほんりゅう》のなかで、一人《ひとり》、仁王立《におうだ》ちになって、広宣流布《こうせんるふ》の旗《はた》をかざして、踏《ふ》ん張《ば》っていた。そして、世界《せかい》を平和《へいわ》へと導《みちび》く、新《あたら》しい軸《じく》としての学会《がっかい》の前進《ぜんしん》に、これからまだ、苛烈《かれつ》な辛《つら》い戦《たたか》いが待《ま》ち構《かま》えていることを、いやでも知らねばならなかったのである。

（第二巻終了）

注解

《幾山河》

10 杜甫《とほ》（七一二年〜七七〇年）中国・盛唐期の詩人。字《あざな》は子美《しび》、号は少陵《しょうりょう》。科挙に合格できず青年時代から各地を放浪。一時、宮廷に仕えるが官を捨て、妻子を連れて放浪生活を送り、不遇の一生を終えた。律詩の完成者で、「詩聖」と称され、「詩仙」と呼ばれる李白《りはく》と共に中国の代表的な詩人とされる。

13 スフ　ステープル・ファイバーの略。特に、ビスコースレーヨンからつくった短くカールした繊維《せんい》。昭和十年代に木綿《もめん》の代わりに広く使われた。

もんぺ　女性用の袴《はかま》の一種で、足首のところですぼまっている。股引《ももひき》に似た労働用の衣服。第二次大戦中に女性の服として、全国に広まった。もんぺい。

14 国民学校《こくみんがっこう》　一九四一年（昭和十六年）、それまでの小学校は、国民学校と改称され、初等科六年、高等科二年となった。四七年（同二十二年）、その初等科は再び小学校、高等科は新制の中学校となった。

19 下種《げしゅ》　仏が衆生の心に成仏の種子を下すこと。ここでは、仏法の対話を通して、人々の心田《しんでん》に妙法の種子を植えていくこと。

25 **復員**《ふくいん》 兵員の召集《しょうしゅう》を解除《かいじょ》すること。

29 **バイロン**（一七八八年〜一八二四年）ジョージ・ゴードン。イギリス・ロマン派の代表的詩人。主著に長編物語詩『チャイルド＝ハロルドの巡礼』や、長詩『ドン＝ジュアン』など。

34 **『価値論《かちろん》』** 初代会長・牧口先生の著作。当初『創価教育学体系』第二巻に収められ、後に第二代会長・戸田先生の補訂により、独立した著作として発刊された。カントをはじめドイツ観念学派等によって説かれた「真・善・美」の体系と異なり、「美・利・善」を価値の内容とした独創的な学説。

38 **国家神道**《こっかしんとう》 明治期以降に形成された一種の国教。神社神道と皇室神道とが結びついて成立した国家の祭祀《さいし》であり、国民に天皇崇拝《すうはい》と神社信仰を義務づけ、第二次大戦中には戦争遂行《すいこう》の精神的支柱《しちゅう》となった。戦後、ＧＨＱ（連合国軍総司令部）の国家神道廃止令によって解体された。

40 **五時八教**《ごじはっきょう》 釈尊一代の教法を天台が判釈して、五時と八教に分別したもの。五時とは、華厳《けごん》時、阿含《あごん》時、方等《ほうどう》時、般若《はんにゃ》時、法華・涅槃《ねはん》時のこと。八教は、化儀《けぎ》（化導の形式、方法）の四教と化法（衆生の理解度に応じた教理の内容）の四教のこと。化儀の四教は、頓教《とんきょう》・漸教《ぜんきょう》・秘密教・不定教《ふじょうきょう》をいい、化法の四教は、蔵教・通教・別教・円教をいう。

末法《まっぽう》 仏法流布の次第および法の効力の及ぶ年代を判ずるうえに用いられる言葉で、三時（正法時・像法時・末法時）の一つ。釈尊の仏法の功力《くりき》が消滅し、隠没《おんもつ》する時のことをいう。

48 十界論《じっかいろん》 十界は、地獄・餓鬼・畜生・修羅・人・天・声聞・縁覚・菩薩・仏の各界のこと。衆生の生命に、この十種の境界が具《そな》わっていることを明かした法理を、十界論という。

64 仁丹《じんたん》 口中清涼剤《こうちゆうせいりようざい》の丸薬の商標名。一九〇五年（明治三十八年）から発売。

65 魔《ま》 サンスクリットの「マーラ」の音写「魔羅《まら》」の略。人々の心を悩乱《のうらん》させ、善事を妨《さまた》げ、仏道修行を阻《はば》む働きをいう。

《序　曲》

70 マッカーサー（一八八〇年～一九六四年） ダグラス。アメリカの軍人。太平洋戦争後、連合国軍最高司令官として日本に駐在し、六年近くにわたり占領政策《せんりようせいさく》を統括《とうかつ》。GHQ（連合国軍総司令部）の指令を通して、日本の非軍事化および民主化政策を進めた。

幣原喜重郎《しではらきじゆうろう》（一八七二年～一九五一年） 外交官、政治家。大正末から四度、外相を務め、対英米協調外交を推進。第二次大戦後、東久邇《ひがしくに》内閣の後継首相となり、新憲法制定にあたった。

吉田茂《よしだしげる》（一八七八年～一九六七年） 政治家。駐英大使、外相を歴任後、一九四六年（昭和二十一年）に首相就任。以来、五四年（同二十九年）までに通算五度にわたり内閣を組織。この間、五一年（同二十六年）にはサンフランシスコ講和条約・日米安保条約に調印し、戦後日本の政治路線を決定づけた。

74 松本《まつもと》四原則《げんそく》 国務大臣・松本烝治《じようじ》による大日本帝国憲法改正の基本方針。大要は、①天皇が統治権を総攬《そうらん》するという大原則は変更しない②議会の権限を拡大し、天皇の大権事項を縮小する③国務大臣の責任を国務の全面にわたらせ、国務大臣は議会に対して責任を持つこと④人民の自由・権利の保護を拡大し、この自由と権利の侵害に対する救済方法を講じる、というものである。

78 **極東委員会**《きよくとういいんかい》　第二次大戦後の日本を占領管理するため、一九四五年（昭和二十年）十二月、ワシントンに設置された連合国の最高政策決定機関。五二年（同二十七年）四月、対日講和条約の発効に伴《ともな》い自然消滅。

86 **朝鮮戦争**《ちようせんせんそう》　一九五〇年（昭和二十五年）六月から五三年（同二十八年）七月まで、大韓民国（韓国）と朝鮮民主主義人民共和国（北朝鮮）との間で行われた戦争。韓国はアメリカ軍を中心とした国連軍に、北朝鮮は中国の人民義勇軍に支援を受け国際紛争に発展。五三年七月、休戦協定が調印された。

87 **「角《つの》を矯《た》めて牛《うし》を殺《ころ》す」**　少しの欠点を直そうとして、かえって全体をだめにしてしまうことのたとえ。「矯めて」とは、直しての意。

88 **ガンジー**（一八六九年～一九四八年）モハンダス・カラムチャンド。〝マハトマ（偉大な魂）〟と称えられるインドの独立運動の指導者。初めは、南アフリカで人種差別の撤廃に献身。帰国後、非暴力・不服従の大衆運動を展開し、イギリスの植民地支配からの独立と民衆解放のために戦った。独立の翌年、暗殺される。

92 「時」と、「機《き》」と、「国」…… 「教」「機」「時」「国」「教法流布の先後《せんご》」を「宗教の五綱《ごこう》（五義）」という。「宗教」とは「究極の悟り（宗）を伝える（教える）」の意で、そのための規範《きはん》を五項目にわたって示されたもの。「教」とは、あらゆる思想・宗教のなかで、どれが最も高く優れているかを知ること。「機」とは、衆生がいかなる教えによって成仏していく機根であるかを知ること。「時」とは、正法・像法・末法のうち、今は末法であることを知り、どのような法を弘めるべきかを知ること。「国」とは、その国の状態を知り、説き方をわきまえること。「教法流布の先後」とは、先に広まった教えをふまえて、後に弘めるべき教えを知ること。

歓喜寮《かんきりよう》 日蓮正宗第六十五世堀米日淳が、一九三一年（昭和六年）に設立した寺院。歓喜寮の名は、第五十九世堀日亨の命名。当時は、新寺院の建設が認められていなかったため、寺院ではなく教会として発足。後に中野教会の名で正式に認可された。

95 **章安大師《しようあんだいし》**（五六一年～六三二年） 灌頂《かんじよう》。中国天台宗の開祖・天台大師智顗《ちぎ》の弟子。智顗が講述した内容を、『摩訶止観』『法華玄義』『法華文句』としてまとめたのをはじめ、数多くの法門を筆録し、編纂《へんさん》した。自らも『涅槃経疏《ねはんきようしよ》』『涅槃玄義』等を著《あらわ》している。

101 **地涌《じゆ》の菩薩《ぼさつ》** 法華経従地涌出品《じゆうじゆじゆつぽん》第十五に説かれる菩薩。虚空会《こくうえ》の儀式で、釈尊滅後の弘教を誓って大地の底から出現し、末法における妙法流布を託された。日蓮大聖人は、御自身が地涌の菩薩の指導者・上行菩薩であるとされるとともに、末法に妙法を信受し、大聖人の門下として広宣流布の使命に生きる人は皆、地涌の菩薩であると説かれている。

103 本居宣長《もとおりのりなが》（一七三〇年～一八〇一年）江戸中期の国学者。神道学者。国学四大人《うし》の一人。京都で医学を学び郷里・伊勢松坂で開業する一方、『源氏物語』などを研究。賀茂真淵《かものまぶち》に入門して古道研究を志し、大著『古事記伝』を完成。漢字音、文法など国語学史上にも大きな業績を残した。

平田篤胤《ひらたあつたね》（一七七六年～一八四三年）江戸後期の国学者。国学四大人《うし》の一人。

天台《てんだい》（五三八年～五九七年）天台大師智顗《ちぎ》。中国天台宗の開祖で智者大師とも言われる。『摩訶止観』『法華玄義』『法華文句』の法華三大部を講説。法華経に基《もと》づいて理の一念三千を明かした。

106 巣鴨《すがも》 東京都豊島区の東部にある地名。西巣鴨（後の東池袋）に、かつて拘置所《こうちしょ》が置かれ、戦時中、創価教育学会の会長・牧口先生、理事長・戸田先生ら幹部が拘置された。

判事《はんじ》 ここでは予審判事のこと。旧刑事訴訟法《そしょうほうか》下では、検事の予審請求により、裁判官が被告事件をあらかじめ非公開で審理し、公判に付《ふ》すべきか否《いな》かを決めていた。予審判事は公判では収集しがたい証拠の収集や、被告人の身柄拘束《みがらこうそく》などの権限を持っていた。

霊鷲山《りょうじゅせん》 古代インドのマガダ国の首都・王舎城の東北に位置した山の名。法華経は、この霊鷲山で説法されたと説かれている。

107 『在在諸仏土《ざいざいしょぶつど》 常与師倶生《じょうよしくしょう》』 法華経化城喩品《けじょうゆほん》の文。「在在《いたるところ》の諸仏の土《ど》に 常に師と倶《とも》に生《しょう》ず」

と読む。師弟の関係は、今世だけでなく三世にわたることを表す。

108 霊鷲山会《りようじゆせんえ》 「霊鷲山」は古代インドのマガダ国の首都・王舎城の東北に位置した山の名。「会」は「会座《えざ》」「法会《ほうえ》」の略で、仏が説法している場所。法華経の説法は、この霊鷲山が舞台とされていることから霊鷲山会といわれる。

111 因果《いんが》の理法《りほう》 因は果を生起《せいき》させる原因、果は因によって生起する結果。仏法では全ての現象は因果律に貫かれていると捉《とら》え、因果関係のない偶然の現象というものは認めない。人間の幸・不幸も因果律のもとにあり、現在の幸・不幸は過去の善悪の行為に因があり、未来の幸・不幸の果は、現在の善悪の行為が因となると説く。日蓮大聖人は法華経の受持を最高の善とされている。

《光　と　影》

118 客殿《きやくでん》 一般には接客用の殿舎《でんしや》のこと。大石寺では大法要を行う場所として用いられた。

119 農地改革《のうちかいかく》 第二次大戦後のGHQ（連合国軍総司令部）による民主化政策のなかで行われた農地制度改革。小作地の多くを国が地主から強制的に安い価格で買い上げ、小作農民に売り渡した。

121 登山《とざん》 ここでは大石寺に参詣《さんけい》すること。

129 八紘一宇《はつこういちう》 「八紘」とは四方と四隅のことで全世界、「宇」は屋根のことで家を意味する。全世界を一つの家にすることを表し、『日本書紀』の「八紘《あめのした》を掩《おお》ひて宇《いえ》にせむ」の文に基《もと》づく。太平洋戦争期の、日本の中国・東南アジアに対する侵略を正当化する標語として用いられた。

134 **キケロ**（前一〇六年〜前四三年）　古代ローマの雄弁家、政治家、哲学者。共和主義者でカエサルらの独裁に反対し、一時ローマを追放される。のちに後継者アントニウスを激しく非難し暗殺された。著書に『国家論』『友情論』等がある。

140 **ゼネスト**　ゼネラルストライキの略。総罷業《そうひぎょう》、総同盟罷業ともいい、全国の全産業または同一地域・同一産業の労働者が、一斉《いっせい》に仕事を停止すること。

治安維持法《ちあんいじほう》　天皇を中心とする国家体制の変革を企図《きと》したり、私有財産制度を否認する者を取り締まるための法律。一九二五年（大正十四年）に制定され、二八年（昭和三年）、四一年（同十六年）に改正。当初は共産主義者・無政府主義者の取り締まりが主であったが、次第に拡大解釈され、言論、出版、思想、学問の自由を抑圧《よくあつ》し、思想統制の手段として利用された。四五年（同二十年）十月、廃止。

164 **ニューディール政策**《せいさく》　ニューディールは「新規まき直し」の意。アメリカ合衆国第三十二代大統領F・ルーズベルト（在任一九三三年〜四五年）が、大恐慌《だいきょうこう》の克服を目的として、一九三三年以降に実施した一連の社会経済政策。農業調整法（AAA）、全国産業復興法（NIRA）などを立法・施行《しこう》し、またテネシー渓谷《けいこく》開発公社（TVA）をつくってダム建設を推進するなどの政策を行った。

164 冷戦《れいせん》　直接に武力は用いないが、経済、外交、情報などの手段で国際的に激しく対立・抗争する状態のこと。第二次大戦の終了後、核戦力を背景に米国・ソ連の二大陣営の対立による緊迫した敵対関係が長く続いたが、一九九〇年のドイツ統一、九一年のソ連崩壊《ほうかい》を経て、冷戦の時代は終焉《しゅうえん》した。

165 宿業《しゅくごう》　今世（現世）に応報を招く原因となった前世（宿世）の善悪の行為。善い宿業と悪い宿業があり、一般には悪い方の意味に使われる。仏法の業思想は、決定論的宿命論ではなく、むしろ宿命転換のための法理である。

《前哨戦》

185 ジャン・バルジャン　フランスの作家ビクトル・ユゴーの長編小説『レ・ミゼラブル』の主人公。一切れのパンを盗んだため逮捕され、十九年間の獄中生活後、社会への憎悪《ぞうお》を抱いて出獄する。司教館から銀器を盗むが、司教の慈愛に触れて回心し、愛と献身の生活を送る。工場経営に成功し、人望を得て市長にもなるが、再び投獄されるなど、波瀾万丈《はらんばんじょう》の人生を送る。

199 八万法蔵《はちまんほうぞう》　釈尊が一代五十年の間に説いたとされるすべての法門のこと。八万とは多数という意。

211 尋常小学校《じんじょうしょうがっこう》　旧制の小学校。義務教育として満六歳以上の児童に初等普通教育を施《ほどこ》した。一八八六年（明治十九年）に設置され、修業年限は四年、一九〇七年（同四十年）からは六年。四一年（昭和十六年）国民学校令により国民学校初等科と改称された。

213 『この本尊《ほんぞん》を信《しん》じて……』 日蓮正宗第二十六世日寛の『観心本尊抄文段』にある文。

『立正安国論《りっしょうあんこくろん》』 文応元年（一二六〇年）七月十六日、日蓮大聖人が、鎌倉幕府の事実上の最高権力者・北条時頼《ときより》に提出された諫暁《かんぎょう》の書。表題は「正法を立て国を安んずる論」の意で、正しい法（思想・哲学）の確立こそ、平和な社会、そして平和な世界を築く根本の道であることが示されている。

217 三類《さんるい》の強敵《ごうてき》 末法において、法華経の行者を迫害する三種の敵人のこと。法華経勧持品《かんじほん》で、菩薩が悪世の弘通を誓った〝二十行の偈《げ》〟から、妙楽大師が立て分けたもの。①俗衆増上慢＝仏法を知らない人々が悪口罵詈《あっくめり》等の迫害をする。②道門増上慢＝慢心で邪智《じゃち》な僧が誹謗《ひぼう》・迫害する。③僭聖《せんしょう》増上慢＝あたかも聖人・賢人のように世の尊敬を受けている高僧等が、権力者を動かして迫害する。

233 《地　涌》

西田幾多郎《にしだきたろう》（一八七〇年～一九四五年） 哲学者。石川県生まれ。京大教授。禅などの東洋思想の絶対無を根底に置き、それを理論化して、西洋哲学も摂取《せっしゅ》しながら「西田哲学」と呼ばれる独自の体系を築き、大正・昭和の思想に大きな影響を及ぼした。著書に『善の研究』『自覚に於ける直観と反省』など。

233 三木清《みききよし》（一八九七年〜一九四五年）　哲学者。兵庫県生まれ。法政大学教授。西田幾多郎、ハイデッガーに師事。第二次世界大戦末期、治安維持法違反で逮捕《たいほ》され、終戦直後に獄死《ごくし》した。著書に『パスカルにおける人間の研究』『人生論ノート』など。

モンテーニュ（一五三三年〜九二年）　ミシェル・ド。十六世紀フランスの代表的思想家、モラリスト。『随想録（エセー）』の著者。

『唐宋八家文読本《とうそうはっかぶんとくほん》』　中国の唐・宋時代の八人の著名な文章家の古文を収録、評点を加えた書。清《しん》の沈徳潜《ちんとくせん》の撰《せん》。

『言志四録《げんししろく》』　江戸後期の儒学者・佐藤一斎（一七七二年〜一八五九年）の著『言志録』『言志後録』『言志晩録』『言志耋録《てつろく》』四書の総称。

234 カーライル（一七九五年〜一八八一年）　トマス。イギリスの評論家、歴史家。主著にムハンマド、ルター、ダンテなどの〝英雄〟を論じた『英雄及び英雄崇拝』をはじめ『衣裳哲学《いしょうてつがく》』『フランス革命史』などがある。

ベルクソン（一八五九年〜一九四一年）　アンリ。フランスの哲学者。生命の直観的かつ動的な把握に努め、〝生の哲学〟といわれる思想体系を打ち立てた。主著に『時間と自由』『創造的進化』『道徳と宗教の二源泉』など。一九二七年度のノーベル文学賞を受賞。

245 法然《ほうねん》（一一三三年〜一二一二年）　浄土三部経といわれる無量寿経、観無量寿経、阿弥陀経を依経とした浄土宗（念仏宗）の開祖。念仏宗では、この世を穢土《えど》（苦しみの充満する穢《けが》れた国土）

であるとし、一心に阿弥陀仏の名を称《とな》えることで、死後、西方極楽浄土に往生《おうじょう》できると説いている。

249 **死身弘法《ししんぐほう》** 「身を死《ころ》して法を弘む」と読む。章安大師の『涅槃経疏《ねはんきょうしょ》』にある。教法流布の精神を示したもので、身を賭《と》して法を弘めることをいう。

256 **楠木正成《くすのきまさしげ》**（一二九四年～一三三六年） 日本・南北朝時代の武将。河内《かわち》国の土豪《どごう》。一三三一年、後醍醐《ごだいご》天皇に呼応して挙兵。建武《けんむ》政権下で河内の国司と守護、摂津《せっつ》の守護となる。のち、九州から東上する足利尊氏《あしかがたかうじ》と兵庫・湊川で戦うが敗死した。大楠公《だいなんこう》。

吉田松陰《よしだしょういん》（一八三〇年～五九年） 幕末の思想家。アメリカのペリー来航時（一八五三年）に海外密航を図《はか》るが失敗し、投獄《とうごく》された。出獄後、長州（山口県）・萩の松下村塾《しょうかそんじゅく》で、高杉晋作や久坂玄瑞《くさかげんずい》、伊藤博文《ひろぶみ》など、明治維新の原動力となった多くの人材を育成。尊王攘夷《そんのうじょうい》運動への大弾圧事件・安政《あんせい》の大獄《たいごく》で刑死。

乃木大将《のぎたいしょう》（一八四九年～一九一二年） 希典《まれすけ》。軍人。陸軍大将。長州藩士。西南戦争、日清戦争に出征。日露戦争では第三軍司令官として旅順を攻略。のち学習院院長。明治天皇の大喪《たいそう》の日、自宅で妻・静子と共に殉死した。

257 **無作三身如来《むささんじんにょらい》** 有作《うさ》は無作に対する語。三身如来とは、仏身を三つの側面からとらえたもので、①法身《ほっしん》如来は、仏が悟った真理そのものを指し、②報身《ほうしん》如来は、その真理を悟る知恵の働きを指し、③応身《おうじん》如来は、悟った仏が衆生を救う働きを指す。この三身は、仏身をそのように分析的にとらえることが出来るということであり、現実の仏は、三身を一身に備えている。法華経以前の教えでは、長遠《ちようおん》な期間の修行を経て、特別な悟りを得て（有作）、仏身を成就《じようじゆ》するとされたが、法華経では、本来、衆生の命に仏性が備わっており、その事を悟ることによって、凡夫の姿そのままで（無作）、仏の境地を得ることが出来ると説かれている。日蓮大聖人は、この無作三身如来の境地を成就されたのであり、その境地を御本尊として顕《あらわ》された。

258 **久遠元初《くおんがんじよ》** 久遠は遠い昔、元初の根本、最初の意。表面的な字義では長遠《ちようおん》な原初《げんしよ》の過去を指すが、元意は時間の概念を超えた、もともと存在する無始無終の仏の生命を自身の当体と開覚する根源的な成仏の時をさす。

286 **教育勅語《きよういくちよくご》** 明治天皇の名のもとに示された日本の教育の基本方針。一八九〇年（明治二十三年）十月三十日発布《はつぷ》。公式呼称は「教育ニ関スル勅語」。忠君愛国を国民道徳として強調し、御《ご》真影《しんえい》と称された天皇の写真とともに天皇制教育推進の主柱となった。一九四八年（昭和二十三年）、廃止。

《車　軸》

299 **ソクラテス**（前四七〇年〜前三九九年）古代ギリシャの哲人。対話によって相手の無知を自覚させ、〝汝《なんじ》自身を知る〟こと、自らの魂を大切にすることを教えた。彼を敵視する勢力の告発から、死刑になった。「悪法もまた法である」とのソクラテスの主張は、彼の弟子プラトンが綴《つづ》った『クリトン』などに見られる。

300
七難《しちなん》 正法を謗《ぼう》ずることによって起こる七種の悪現象。経典によって、内容は異なるが、薬師経には以下の七種の難が説かれている。①人衆疾疫《にんしゅしつえき》難（伝染病等で多くの人が死ぬ）、②他国侵逼《しんぴつ》難（他国から侵略される）、③自界叛逆《ほんぎゃく》難（仲間同士の争い、自国内の戦争）、④星宿変怪《しょうしゅくへんげ》難（天体の運行の異変、彗星《すいせい》の出現）、⑤日月薄蝕《はくしょく》難（日月蝕や、太陽活動の異変、火山噴火等による大気の異常などにより、日月の光が弱くなること）、⑥非時風雨難（季節はずれの暴風雨）、⑦過時不雨難（雨期に雨が降らない天候の異変）。

305
破和合僧《はわごうそう》 僧の和合を破ること。破僧ともいう。僧は僧伽《そうぎゃ》の略で、仏道修行をする人たちの集団、教団のこと。仏道修行者の組織を、混乱、分裂させ、破壊する行為を破和合僧という。五逆罪の一つ。

五逆罪《ごぎゃくざい》 五種類の最も重い罪。これが因となって無間《むけん》地獄に堕ちるとされている。①父を殺す、②母を殺す、③阿羅漢を殺す、④仏身より血を出す、⑤和合僧（仏法を正しく護持する集団）を破る、の五罪をいう。

318
三宝《さんぼう》 仏教徒が尊敬すべき三つの宝。仏宝・法宝・僧宝をいう。仏宝とは、生命と宇宙を貫く根源の法を悟った教主。法宝とは、その仏の説いた教説。僧宝とは、この法を伝持し、弘める教団組織。

松尾芭蕉《まつおばしょう》（一六四四年〜九四年） 江戸前期の俳人。伊賀上野（三重県伊賀市）の人。名は宗房。

芭蕉は俳号。俳諧師《はいかいし》を目指して江戸に下り、深川の芭蕉庵に住み、談林派の俳諧を超えた独自の作風を確立し、蕉風と称された。各地を行脚《あんぎゃ》し、多くの名句や紀行文を残している。句は『俳諧七部集』に収められ、主な紀行に『野ざらし紀行』『更科《さらしな》紀行』『奥の細道』がある。

320 **本因本果《ほんいんほんが》の妙理《みょうり》**　法華経如来寿量品第十六において釈尊の五百塵点劫の成道（本果）と、本果を得るための因行（本因）が明かされたことで示された、仏界即九界、九界即仏界という本有常住の十界の因果の法理。

324 **三障四魔《さんしょうしま》**　信心修行を阻《はば》み、成仏を妨《さまた》げる三種の障《さわ》り（煩悩障、業障、報障）と、四種の魔（陰魔、煩悩魔、死魔、天子魔）のことをいう。御書に「此の法門を申すには必ず魔出来《しゅったい》すべし魔競はずは正法と知るべからず、第五の巻に云く『行解《ぎょうげ》既に勤めぬれば三障四魔紛然として競い起る……』」（一〇八七ページ）とある。

327 **元品《がんぽん》の無明《むみょう》**　「元品」は根本の意。「無明」は迷いのこと。衆生に本然に具《そな》わっている根本の迷いで、真理を明らかに見ることができないこと。

331 **伝教大師《でんぎょうだいし》**　（七六七年、あるいは七六六年～八二二年）最澄《さいちょう》。日本天台宗の開祖。諸宗の誤りを正して法華経を宣揚した。比叡山《ひえいざん》に大乗戒壇《かいだん》の建立《こんりゅう》を推進。逝去七日後に、その勅許《ちょっきょ》が出て、翌年（八二三年）に延暦寺《えんりゃくじ》戒壇として初の授戒が行われた。

332 **慈覚《じかく》**　（七九四年～八六四年）円仁《えんにん》。延暦寺第三代座主《ざす》。最澄（伝教大師）に師事。入唐して顕

密二教を学び帰国。天台宗に真言密教を取り入れ、法華経第一の天台の宗義を濁乱《じょくらん》させた。

334 **極楽寺良観《ごくらくじりょうかん》**（一二一七年～一三〇三年）　忍性《にんしょう》。鎌倉中期の真言律宗の僧。鎌倉の極楽寺の開山。非人《ひにん》への救済事業、非人の労働力を使った土木事業などを行って、幕府との関係を強め、港湾や主要街道の通行税を徴収する利権を得たほか海上貿易にも関わった。通行税で人々を悩まし、富を蓄《たくわ》える良観を日蓮大聖人は厳しく批判されたが、これを恨《うら》んだ良観は幕府要人に大聖人への迫害を働きかけ、これが竜の口法難の要因の一つとなった。

335 **十一通御書《じゅういっつうごしょ》**　文永五年（一二六八年）に蒙古《もうこ》の国書が到来して、他国侵逼《しんぴつ》難が切迫《せっぱく》した折、日蓮大聖人が、諸宗との正邪を決し、正法に帰依《きえ》することを求めて、同年十月十一日に、執権北条時宗《ときむね》をはじめ幕府要人や有力寺院の僧など十一カ所へ出された十一通の書状の総称。

伊豆《いず》の流罪《るざい》　日蓮大聖人が、文応元年（一二六〇年）七月、「立正安国論」を提出された後、念仏者の反発が強まって、幕府要人も動き、翌弘長元年（一二六一年）五月に伊豆の伊東へ配流となった。

335 **佐渡《さど》の流罪《るざい》**　文永八年（一二七一年）九月十二日の竜の口法難の後、日蓮大聖人は佐渡流刑に処せられた。佐渡の過酷な環境のなかで「開目抄」、「観心本尊抄」など、重要な御書を著された。

引用文献

〔幾　山　河〕
（1）『杜甫 上』黒川洋一注、『中国詩人選集 9』（岩波書店）所収

〔序　曲〕
（1）官報号外　昭和二十一年六月二十九日
（2）ハリーバーウ・ウパッデャイ『バープー物語』（講談社出版サービスセンター）池田運訳

〔光　と　影〕
（1）「朝日新聞」昭和二十一年十二月十四日付
（2）「毎日新聞」昭和二十一年二月二日付
（3）角間隆『ドキュメント　労働組合』（PHP研究所）

〔地　涌〕
（1）五十澤二郎『大学中庸　付録礼記』、『東方古典叢刊　5』（竹村書房）所収
（2）エッケルマン『ゲェテとの対話　上』（岩波文庫）亀尾英四郎訳
〔車　軸〕
（1）「朝日新聞」昭和二十二年十一月五日付

参考文献

『国民学校法規の解説と実際』門田重雄編著（湯川弘文社）
『占領秘録』住本利男著（毎日新聞社）
『資料・戦後二十年史 3』末川博編（日本評論社）
『日本国憲法』宮澤俊義著、『法律学体系コンメンタール篇 1』（日本評論社）所収
『史録 日本国憲法』児島襄著（文藝春秋）
『外交五十年』幣原喜重郎著（中央公論社）
『歴史のなかの日本国憲法』浜林正夫・森英樹編（地歴社）
『憲法制定史』竹前栄治・岡部史信著、『日本国憲法検証 資料と論点 1』（小学館）所収
『九条と安全保障』古関彰一著、『日本国憲法検証 資料と論点 5』（小学館）所収
『憲法第九条』小林直樹著（岩波新書）
『誰も教えてくれなかった憲法論』佐伯宣親著（日本工業新聞社）
『木戸幸一関係文書』木戸日記研究会編（東京大学出版会）
「農地改革過程と農地改革論」上原信博著、東京大学社会科学研究所戦後改革研究会編著『戦後改革 6』（東京大学出版会）所収

『人生の幸福について』キケロ著、呉茂一訳、『世界人生論全集 2』（筑摩書房）所収
『トゥスクルム荘対談集』キケロー著、木村健治・岩谷智訳、『キケロー選集 12』（岩波書店）所収
『ドキュメント　労働組合』角間隆著（PHP研究所）
『戦後労働運動史』斎藤一郎著（社会評論社）
『戦後日本の労働運動』大河内一男著（岩波新書）
『戦後秘史 4　赤旗とGHQ』大森実著（講談社）
『戦後日本革命運動史』田川和夫著（現代思潮社）
『教育のあゆみ』読売新聞戦後史班編（読売新聞社）
『昭和教育史 下』久保義三著（三一書房）
『戦後政治史』石川真澄著（岩波新書）
『日本占領と教育改革』鈴木英一著（勁草書房）
『学制百年史』文部省編（帝国地方行政学会）
『ワンマン宰相奮闘す』佐藤昭編、『証言の昭和史 7』（学習研究社）所収
『数字でみる日本の100年』矢野恒太記念会編（国勢社）
『価格・配給の安定』竹前栄治・中村隆英監修、天川晃他編、清水洋二解説・訳、『GHQ日本占領史 35』（日本図書センター）所収
『占領下の時代』坪田五雄編、『昭和日本史 9』（暁教育図書）所収

『日経社説に見る戦後経済の歩み』日本経済新聞社編（日本経済新聞社）
『法制史』石井良助編、『体系日本史叢書 4』（山川出版社）所収
『戦後史ノート 上』恩地日出夫・川村善二郎・紀平悌子・真継伸彦著、『放送ライブラリー 3』（日本放送出版協会）所収
「婦人朝日」昭和二十一年六月号（朝日新聞社）
『議会官庁資料』国立国会図書館
『記録写真 終戦直後 下』三根生久大著（光文社）
『完結 昭和国勢総覧 2』東洋経済新報社編（東洋経済新報社）
『人民中国の誕生』野村浩一著、『中国の歴史 9』（講談社）所収
※以上の他に、聖教新聞社等の各種出版物、及び「朝日新聞」「毎日新聞」「読売新聞」等の新聞各紙、『大正新脩大蔵経』「大日蓮」「蓮華」「日蓮正宗 宗報」等を参照している。

〈著者略歴〉

池田大作（いけだ・だいさく）

1928年（昭和3年）、東京生まれ。創価学会名誉会長。創価学会インタナショナル（SGI）会長。創価大学、アメリカ創価大学、創価学園、民主音楽協会、東京富士美術館、東洋哲学研究所、戸田記念国際平和研究所などを創立。世界各国の識者と対話を重ね、平和、文化、教育運動を推進。国連平和賞のほか、モスクワ大学、グラスゴー大学、デンバー大学、北京大学など、世界の大学・学術機関から名誉博士・名誉教授、さらに桂冠詩人・世界民衆詩人の称号、世界桂冠詩人賞、世界平和詩人賞など多数受賞。

著書は『人間革命』（全12巻）、『新・人間革命』（全30巻）など小説のほか、対談集も『二十一世紀への対話』（A・トインビー）、『二十世紀の精神の教訓』（M・ゴルバチョフ）、『平和の哲学　寛容の智慧』（A・ワヒド）、『地球対談　輝く女性の世紀へ』（H・ヘンダーソン）など多数。

聖教ワイド文庫――051

人間革命　第2巻

二〇一三年二月十一日　第二版第一刷
二〇二二年六月十日　第二版第七刷

著者　池田大作
発行者　松岡資
発行所　聖教新聞社
〒一六〇-八〇七〇　東京都新宿区信濃町七
電話〇三-三三五三-六一一一（代表）

印刷・製本　大日本印刷株式会社

＊

ISBN978-4-412-01503-6
定価はカバーに表示してあります

聖教ワイド文庫発刊にあたって

一つの世紀を超え、人類は今、新しい世紀の第一歩を踏み出した。これからの百年、いや千年の未来を遠望すれば、今ここに刻まれた一歩のもつ意義は極めて大きい。

戦火に血塗られ、「戦争の世紀」と言われた二十世紀は、多くの教訓を残した。また、物質的な豊かさが人間精神を荒廃に追い込み、あるいは文明の名における環境破壊をはじめ幾多の地球的規模の難問を次々と顕在化させたのも、この二十世紀であった。いずれも人類の存続を脅かす、未曾有の危機的経験であった。言うなれば、そうした歴史の厳しい挑戦を受けて、新しい世紀は第一歩を踏み出したのである。

この新世紀の開幕の本年、人間の機関紙として不断の歩みを続けてきた聖教新聞は創刊五十周年を迎えた。そして、その発展のなかで誕生した聖教文庫は一九七一年(昭和四十六年)四月に第一冊を発行して以来三十年、東洋の英知の結晶である仏教の精神を現代に蘇らせることを主な編集方針として、二百冊を超える良書を世に送り出してきた。

そこで、こうした歴史の節目に当たり、聖教文庫は装いを一新し、聖教ワイド文庫として新出発を期すことになった。今回、新たに発行する聖教ワイド文庫は、従来の文庫本の特性をさらに生かし、より親しみやすく、より読みやすくするために、活字を大きくすることにした。

昨今、情報伝達技術の進歩には、眼を見張るものがある。「IT革命」と称されるように、それはまさに革命的変化で、大量の情報が瞬時に、それも世界同時的に発・受信が可能となった。こうした技術の進歩は、人類相互の知的欲求を満たすうえでも、今後ますます大きな意味をもってくるだろう。しかし同時に、「書物を読む」という人間の精神や人格を高める知的営為の醍醐味には計り知れないものがあり、情報伝達の手段が多様化すればするほど、その需要性は顕著に意識されてくると思われる。

聖教ワイド文庫は、そうした精神の糧となる良書を収録し、人類が直面する困難の真っ只中にあって、正しく、かつ持続的に思索し、「人間主義の世紀」の潮流を拓いていこうとする同時代人へ、勇気と希望の贈り物を提供し続けることを、永遠の事業として取り組んでいきたい。

二〇〇一年十一月

聖教新聞社